Hatto Käfer

DAS PHANTOM DES PARLAMENTS

Roman

© 2024 Hatto Käfer

Umschlaggestaltung: Dominik Uhl – www.designundcode.at

Lektorat / Korrektorat: Philipp Preiczer – www.korrigiert.at

Satz: Dominik Uhl – www.designundcode.at

Druck und Vertrieb im Auftrag des Autors:

Buchschmiede von Dataform Media GmbH, Wien

www.buchschmiede.at – Folge deinem Buchgefühl!

Besuche uns online

ISBN:

978-3-99165-448-3 (Paperback)

978-3-99165-447-6 (E-Book)

Stand der Recherche und Daten: Jänner 2024

Ich widme dieses Buch allen jenen,
die frohen Mutes ungewohnte Wege gehen,
dabei das Wohl der anderen im Sinne führen.

INHALTSVERZEICHNIS

PROLOG

I*m Anfang war das Wort* ..., lässt uns der Apostel und frühere Fischer Johannes gleich zu Beginn seines an die Insider der in Entstehung begriffenen Kirche gerichteten, ergo gewichtigen Evangeliums wissen, und wer will es schon wagen, einen Autor dieses Rangs infrage zu stellen? Gut, Johann Wolfgang von Goethe lässt im Studierzimmer den Doktor Faust über dieses jahrtausendealte Diktum räsonieren, aber auch jener tiefe Denker gelangt – bevor er von dem immer unruhiger werdenden schwarzen Pudel aus seinen Überlegungen gerissen wird – nach Versuchen über Sinn, Kraft und Tat anstelle des Wortes zu keinem befriedigenden Ergebnis, er findet keine haltbaren Begründungen für die von ihm in Erwägung gezogenen Alternativen.

Die anhaltende Unsicherheit bezüglich der konstitutiven Bedeutung des Wortes für das Menschengeschick ist aber gar nicht der wesentliche Punkt, sondern vielmehr das Fehlen jeglichen biblischen Hinweises darauf, dass am Anfang das Vorwort stünde. Denn genau genommen ist das Vorwort entweder eine Zumutung für den Leser oder ein Eingeständnis des Unvermögens des Autors. Der Leser, dieses wunderbare Wesen, das sich die Zeit nimmt, über unzählige Seiten hinweg die Gedankengänge eines wildfremden Menschen nachzuvollziehen, bedarf er wirklich eines Vorwortes? Muss ihn der Autor mit seinen Zielen, Absichten und Ideen molestieren, muss er ihn mit Hintergründen, Klarheit und Eindeutigkeit versprechenden Gedankenwolken traktieren und ihn wie ein kleines Kind bei der Hand führen? Kann er dem nach Zerstreuung und Inspiration Suchenden nicht einfach seine eigene Perspektive lassen, jene Geschmackstoffe herausschmecken lassen, auf die er am besten anspricht? Politiker aller Couleurs und Ebenen teilen dem potenziellen Wähler gerne mit pathetischem Raunen den Moment ihrer Erweckung mit, aufgrund welches Ereignisses oder welcher Aussage eines bewunderten, öfter aber verachteten Dritten sie beschlossen haben, *in die Politik zu gehen.* Diese im Windkanal der Public Relations stromlinienförmig modellierten Bekenntnisse lassen die Bemühung und Absicht ebenso deutlich erkennen wie die knisternde Zellophan-Verpackung den in ihr gefangenen Blumenstrauß, und daher verfehlen sie zuverlässig ihre intendierte Wirkung. Ich bin noch keinem Verkäufer von Handschuhen begegnet, der mir den tieferen Beweggrund seiner Geschäftseröffnung mitgeteilt hat, nur wenige Baumeister fügen den technischen und kalkulatorischen Unterlagen ihres Angebots eine sinnstiftende Seite hinzu, und selbst die redseligsten Wirte halten sich vor dem Gast mit dem Ausstülpen ihres Innersten höflich zurück. Es stimmt, die Zahl der Internetauftritte, auf denen ein Schokoladehersteller oder ein Limonadenabfüller über seine Werte schwadroniert, ist im Steigen begriffen, werden die einander stark ähnelnden Worthülsen aber auch gelesen?

Der liebevolle, klientenzentrierte Autor muss sich als gesellschaftsbildende Kraft gegen das bedeutungsschwangere Aufplustern des Banalen, des Selbstverständlichen stellen und sich bescheiden; es steht ihm nicht zu, dem wissbe- und neugierigen Bücherwurm einen Stolperstein von mehreren Seiten in den Weg zu legen, dieses weitverbreitete Delikt der Publikumsbehinderung sollte spätestens vom Verleger – dem ehrlichen Makler zwischen dem Mitteilsamen und dem Aufnahmebereiten – im Keim erstickt werden. Wird es aber zumeist nicht, und um eventuelle Büchsen der Pandora nicht leichtfertig zu öffnen, sehe ich an dieser Stelle von Spekulationen und Mutmaßungen ab.

Aber auch der gemeinhin von sich selbst überzeugte und von seinem eigenen Werk höchst angetane Autor darf sich der höchsten aller Tugenden, der Selbstkritik, nicht verschließen und muss sich fragen, was ihn, vom monatelangen Erarbeiten des voluminösen Œuvres erschöpft, noch drängt, ein Nachwort zu schreiben, das er dann *Vorwort* nennt. Er hatte alle Zeit der Welt, *sein* Buch zu verfassen, der gesamten Palette an Stilmitteln war er kundig und hat sich ihrer ausreichend bedient, und er hatte auch vor dem Hinschreiben des finalen Satzes, zum Beispiel *Und wenn sie nicht gestorben sind, dann leben sie noch heute*, ausreichend Gelegenheit, den Mitgliedern der Familie und dem Freundeskreis sein brillantes Konzept, seine zündenden Einfälle und seine kühnsten Sätze zur wohlwollenden Prüfung zu unterbreiten. Wenn es ihm bis zu diesem Punkt noch immer nicht gelungen ist, seine Botschaft verständlich und eindeutig zum Ausdruck zu bringen, dann werden ihm die paar zusätzlichen Zeilen auch nicht helfen. Schlimmer noch! Täten sie es, würde das Werk nur mithilfe eines solchen Beipacktextes erkannt und richtig interpretiert werden, so müsste er sich sein Scheitern eingestehen und den Papierstapel den Flammen überantworten.

Somit darf ein Vorwort getrost als das angesehen werden, was es ist: als unangebrachte Belästigung und Ausdruck des Selbstzweifels zugleich. In diese Niederungen werde ich mich nicht begeben und das Nichtvorwort an dieser Stelle auch gleich wieder beenden. Aber halt, niemand zwingt mich, das, was ich sage und schreibe, auch ernst zu nehmen und es buchstabengetreu zu leben, wir sind ja bereits mitten drinnen im Wunderland der Fiktion, und so widerspreche ich mir gleich ohne größere Hemmungen – und verfasse einen vorwörtlichen Satz! Einen Vorsatz, sozusagen. Der Hintergrund des Romans, die Gebäude, in denen er spielt, die Verfahren, mittels derer die Architekten und Handwerker der Gesellschaft Europa bauen, ebenso deren Sitten und Gebräuche, entsprechen der Wirklichkeit, jedoch hat es die handelnden Personen niemals gegeben, die Handlung selbst hat niemals, nicht einmal ansatzweise, stattgefunden; ihr politisches Ergebnis hätte aber eintreten können, und es ist nicht auszuschließen, dass es eines Tages der Fall sein wird, denn in der Politik, diesem tosenden Kessel aus Wille zur Macht und Liebe zum Menschen, ist alles möglich.

LOG

ERWACHEN OPTIMISTISCHER EMPFINDUNGEN BEI DER ANKUNFT IM PARLAMENT

Ich hatte die gerade noch höfliche, jedenfalls aber bestimmte Aufforderung einer gelben Jacke, mich unverzüglich zum Ausgang zu begeben, befolgt, was blieb mir auch anderes übrig, jetzt aber, nachdem ich eine gute Strecke des Ganges mit schnellem Schritt hinter mich gebracht hatte, blieb ich kurz stehen und hielt mir beide Ohren zu. Die mit der Aufschrift *Security/Sécurité* beschriftete Jacke, beziehungsweise der korpulente Mittdreißiger in ihr, würde sich nicht mehr nach mir umdrehen, zu beschäftigt war er damit, die vielen anderen auf dem langen Gang forteilenden Menschen anzutreiben, jede der Bürotüren aufzureißen und hineinzurufen: »En dehors – Get out of here!« Der Lärm der knapp unterhalb der Decke angebrachten elektrischen Alarmglocken war unerträglich schrill, er ging bis in die Knochen. Alle die Tage, die ich gerade hier verbracht hatte, waren sie mir nicht einmal aufgefallen, und nun hingen und tobten sie scheinbar überall. Vor mir das schrille Läuten aus dem Seitengang, ums Eck drängte sich der Schall irritierend laut heran, und weiter hinten, etwas gedämpfter, aber unangenehm genug, läutete es ebenfalls unaufhörlich. Ein ganzes Orchester, zusammengesetzt aus einem einzigen Instrument, verteilt über die unzähligen Gänge des Europäischen Parlaments, spielte fortissimo und baute sich zu einer Klangwolke auf, die nur eine Aufgabe hatte: die Menschen im Gebäude dazu zu bringen, das Gebäude gefälligst und raschest zu verlassen, indem es eine Gemütslage erzeugt, die sie auf gar keine andere Idee kommen ließ, ja sie nur nach einem trachten ließ, nämlich vor diesem unerträglichen Lärm zu fliehen. Obwohl ich bei meiner Verschnaufpause ganz auf der rechten Seite stand, rempelten mich die Vorbeieilenden an, weder hastig noch gemächlich waren sie in einer Art Schweinsgalopp unterwegs, nahmen keine Notiz von mir, und es störte sie auch nicht, dass sie meinen Rollkoffer mit mäßiger Wucht zu Boden stießen, sodass er auf seiner langen Seite zu liegen kam. Dieses penetrante Läuten hatte nichts mit der Schulglocke zu tun, bei der zuverlässig eine Pawlow'sche Freude aufgekommen war und die unwiderstehlich die Hand in den Ranzen mit den Pausenbroten geführt, die aber auch im selben Ton das Ende der begehrten Unterbrechung angekündigt und die Schüler wieder in ausklingender Fröhlichkeit in die Räume des Dienstes an sich selbst geführt hatte. Jener schon Jahrzehnte verschollene Ton war ein Begleiter und Kamerad gewesen, dieser gerierte sich als herrischer Quälgeist, ich konnte nicht feststellen, ob er mehr Anteile einer Sirene oder doch einer Klingel hatte. Ich sah, wie sich vor mir die Brandschutztüren vor dem Bereich mit den vier Personenaufzügen langsam von links und rechts zuzogen. Dadurch wurde es gleich eine Spur dunkler, die nun dahinterliegende Glocke hörte ich nur mehr gedämpft, sie gab Raum für andere Melder frei, die bislang noch nicht an mein Ohr gedrungen waren. Der Gang, auf dem ich mich befand, war leicht gebogen angelegt, eine lange konkave Linie, sie gestattete es mir nicht, seinen Anfang und sein Ende im Blick zu haben, aber doch die Türen zu den nahe vor und hinter mir liegenden Büros. Viele waren bereits leer gewesen, als der Sicherheitsmitarbeiter und gleichzeitige Brandschutzbeauftragte sie aufgestoßen und seinen Schlachtruf ausgestoßen hatte – Freitag, früher Nachmittag, und die Arbeit von zu Hause aus lassen grüßen –, aber nun kam wenige Meter vor mir eine kleine Frau in dunklen Jeans und in einem Nicki-Pullover heraus, dessen Ärmel sie bis über ihre Ellbogen hochgeschoben hatte. Eine ärmellose Jacke aus wasserabweisendem Kunststoff, blau und weiß in der Länge gestreift, wies sie als Putzfrau aus, als eine der Soldatinnen der stets und überall im Haus patrouillierenden Armee, die ohne Unterlass wischend, saugend und wedelnd für saubere Flächen und leere Behälter sorgt. Jetzt erst bemerkte ich den Putzwagen, den sie vor dem Eingang zum Dienstzimmer abgestellt hatte. Sie war unverkennbar nervös, blickte nach links und dann nach rechts, um die Richtung des bereits abflauenden Stroms zu erkennen, und ließ sich dann von ihm mitreißen, wurde wie selbstverständlich Teil von ihm.

Ich drehte mich um, ganz hinten konnte ich wieder eine gelbe, in die nun offen stehenden Büros hineinrufende Jacke erkennen, und ohne jegliche Absicht, ja sogar ohne eine Überlegung angestellt zu haben, bückte ich mich, riss meinen Trolley vom Boden hoch und eilte dorthin, wo die Putzfrau ihre Flucht begonnen hatte. Es – was mich in diesem Moment beherrschte, würde ich erst später verstehen – zog mich förmlich in den menschenleeren Raum hinein. Ich überlegte nicht einmal, ob ich dabei gesehen wurde, und bemerkte gerade noch das an der Tür befestigte Schild: *David ist da – 53 Zentimeter, 3730 Gramm –, ich komme wieder im Januar 2024!* Ein Schnuller, ein Paar gestrickte Söckchen und ein Kinderwagen illustrierten den kurzen Text und erleichterten das Verstehen oder zumindest das Erahnen der Botschaft für jene, die des Deutschen nicht mächtig waren. Der Sog, der mich bestimmte, ließ mich das Wochenköfferchen hinter dem Schreibtisch abstellen, ich kroch auf den Knien darunter, setzte mich auf mein Hinterteil, zog die Knie an die Brust und auch den schwarzen Drehsessel so nah wie möglich an mich heran, um so mein Versteck zu vervollkommnen. Der Tisch stand leicht schräg im Raum, seine Platte ruhte auf zarten Metallbeinen, und auf der rechten, dem Eingang zugewandten Seite stand ein Rollcontainer, der fast bis zur Unterkante der Arbeitsfläche reichte. Alles in allem bildete das Ensemble eine brauchbare Höhle, und jemandem, der seinen Kopf nur rasch in den Raum steckte, wäre ich nicht aufgefallen. Um mich auszumachen, müsste er schon eintreten, sich zur verstellten und getarnten Öffnung hinunterbeugen und nach einem Moment der Überraschung einen zweiten Blick tun, um sich seiner Sache sicher zu sein. Eine solche aufwändige Übung stand, nehme ich die gerade vergangenen Minuten als Maß und Richtschnur, keinesfalls am Programm.

Ich kauerte in einer lockeren Haltung und bemerkte, dass die letzte Amtshandlung der ängstlich Geflohenen wohl die Reinigung der Tischplatte gewesen sein musste. Der intensive Geruch des sicherlich grellgelben, blitzblauen oder intensiv grünen Reinigungsmittels stieg mir unangenehm in die Nase, er brachte mich nicht zum Niesen, rief aber einen merklichen Ekel hervor. Es scheint ein Naturgesetz zu geben, dass, um ein

Ziel erreichen, erst der Umweg über den Gegenpol zu gehen ist. Soll der abgenützte, geschundene menschliche Körper wieder in Hochform kommen, so muss er sich zuerst durch Übungen und Bewegungen aller Art in den Zustand der Erschöpfung versetzen, im Falle eines der Beweglichkeit förderlichen chirurgischen Eingriffs ist sogar eine vorübergehend gänzliche Leistungsunfähigkeit in Kauf zu nehmen. Für ein gutes Mahl zerteilt der Koch das schöne Gemüse und das verlockende Fleisch in kleinste Stücke, bis hin zur Unkenntlichkeit, um es dann, nach weiteren Quälereien, wieder zu einem verlockenden Kompositum zusammenzuführen, und bei der Reinigung der Räume und Möbel verhält es sich ebenso. Zuerst werden Schäume, Pasten und Flüssigkeiten aller Art aufgebracht, gesprüht und verschmiert, die so scharf und übel riechen, dass niemand mit ihnen etwas zu tun haben und schon gar nicht in Berührung kommen will, nur um sich dann nach, dem Abflauen des Gestanks, in der Sauberkeit und vermeintlichen Hygiene wohlzufühlen.

Mittlerweile war es auf dem Gang ruhig geworden, zuerst hörte ich keine Schritte mehr, ein jeder hatte sein Büro verlassen, und einige Minuten danach verstummte auch die Alarmglocke. Endlich. Gleichzeitig schwoll draußen ein dumpfer, wabernder Lärm an. Vorsichtig ging ich zum Fenster des Büros im dritten Stock, allerdings nicht zu nahe, um nicht entdeckt zu werden, und schaute auf den Vorplatz des Parlamentsgebäudes. Er war voll von Menschen, alt und jung, klein und groß, Mann und Frau, dick und dünn, Hautfarben nach jedem Geschmack, und vom maßgeschneiderten Dreiteiler bis zu den absichtsvoll an den Oberschenkeln zerrissenen Jeans waren alle Ausrichtungen und Tollheiten der Mode versammelt. Jeder, der sich zu Beginn des Feueralarms im Gebäude befunden hatte – Abgeordnete, Mitarbeiter, Besucher,

Angestellte der unzähligen den Parlamentsbetrieb unterstützenden Firmen –, musste sich auf den Sammelplatz vor dem Place du Luxembourg begeben, um sich, wie der Name sagt, zu sammeln. Nicht innerlich, sondern als Gruppe. So gesehen müsste es genau genommen *Versammelplatz* heißen, schoss es mir durch den Kopf, nur um diese Spitzfindigkeit als für den Moment irrelevant zu erkennen und damit abzuschließen.

Die zahlreichen Mitarbeiter der Sicherheit – leicht erkennbar an den übergezogenen Signaljacken und an den Funkgeräten, die sie immer wieder an ihr Ohr hielten – gingen derart, wie pflichtbewusste Schäferhunde über ihre Herde wachen, um die unfreiwillig, aber nicht ausgesprochen widerwillig zusammengekommene Menschenmenge herum, um sie daran zu hindern, sich mehr als notwendig auszuweiten. Mittlerweile war klar geworden, dass nirgendwo Rauch oder Feuer aufgespürt worden ist, alles war in bester Ordnung gewesen, es handelte sich nur um einen Probealarm. Dementsprechend entspannt war, soweit ich es durch das geschlossene Fenster von meinem leicht nach hinten versetzten Beobachterposten erkennen konnte, die Stimmung. Einige der vom imaginären Feuer und Rauch Geretteten rotteten sich zu kleinen Gruppen zusammen und plauderten lebhaft, jene, die keinen Gesprächspartner fanden oder finden wollten, betippten und bewischten konzentriert die Displays ihrer Mobiltelefone, mit hochgestreckten Armen wurden die unvermeidlichen Fotos geschossen, Selfies oder weit in die Gruppe hinein, um sie gleich danach über irgendeinen Kommunikationskanal an irgendjemanden zu versenden, und dann gab es noch die, die telefonierten, in mäßiger Erregung. So versuchte ein jeder, das Beste aus der verlorenen Zeit herauszuholen, denn der kahle Ort und das schwirrende Umfeld waren nicht dazu angetan, sich tieferen Gedanken hinzugeben oder mit der Umgebung eins zu werden.

Yogaübungen hätten sich angeboten, das in aufrechter Haltung durchgeführte Tadasana wäre kaum aufgefallen, der Yogabaum mit dem einen angewinkelten Bein schon etwas mehr, und für den weit ausladenden Krieger wäre ein Einverständnis mit der unmittelbaren Umgebung vonnöten gewesen. Und wer hat schon immer ein Taschenbuch oder ein Reclam-Heft eingesteckt, um sich mithilfe anregender Literatur über die Ödnis des Wartens hinüberzuretten? Die Verantwortlichen für diese Aktion hatten einen guten Kompromiss gefunden, zwischen der Notwendigkeit, die Sicherheitssysteme auf ihr Funktionieren hin zu überprüfen, die vorgesehenen Abläufe für eine rasche Evakuierung des Gebäudes zu proben sowie das Einsatzpersonal zu trainieren einerseits und dem laufenden Betrieb den geringstmöglichen Schaden zuzufügen andererseits. So war die Wahl auf einen frühen Freitagnachmittag gefallen, wobei in Brüssel der Freitag *Trolley-Tag* ist. Viele hatten schon ihren kleinen Koffer gepackt, um das anstehende Wochenende daheim bei der Familie irgendwo in Europa verbringen zu können – Wanderarbeiter de luxe, sozusagen – oder um sich in eine der Metropolen zu begeben, die, in Kilometern gemessen, nicht unbedingt nahe am Herzen Europas liegen, aber mit Hochgeschwindigkeitszügen in kurzer Zeit zu erreichen sind. Das abtrünnige London oder der Evergreen Paris bieten sich hier besonders an, und fragt jemand nach den Vorzügen, die Brüssel bietet, so wird er in den meisten Fällen *die faktische Nähe großartiger Städte* zu hören bekommen. Ein solches Denken hat mich immer befremdet, denn wem würde es einfallen, auf die bildhübsche Schwester der eigenen Gemahlin hinzuweisen, auf den allerneuesten SUV des Bäckers ums Eck und auf seine umfangreiche Zusatzausstattung oder auf die zufriedenstellend verlaufende Genesung des Nachbarn von seinem Sturz, wenn er nach seiner Frau, der

Qualität der Frühstückssemmeln oder der Heilung seiner Operationsnarbe gefragt wird? Es liegt im Wesen des Menschen, aus jeder Situation das Beste zu machen und nach außen hin schönzufärben, und daher wird das beschauliche Brüssel in einem größeren Kontext gesehen, über die Grenzen seines Stadtgebiets hinaus.

So standen also jene mit den Koffern zunehmend unruhig und machten Anstalten, die mittlerweile sinn- und zwecklos gewordene Zusammenrottung zu verlassen. Über den Köpfen der Wartenden befanden sich riesige Transparente. Sie waren an den Glasscheiben des hufeisenförmigen Verbindungsgangs zwischen dem zentralen Gebäudeteil *Altiero Spinelli* und den beiden viel kleineren Außenposten *Willy Brandt* und *József Antall* angebracht, verbreiteten durchaus ehrenwerte Botschaften und zeugten von der stromlinienförmigen Professionalität ihrer Gestalter, sie waren aber nicht außergewöhnlich genug, um Lust zu erwecken, sich in ihre Ästhetik zu vertiefen oder in eine tiefere Nachdenklichkeit zu verfallen. Es war schön und erhebend, daran erinnert zu werden, dass die Europäische Union der Gesundheit erste Priorität einräumt, sich gegen an Kinder gerichtete Werbung im Internet erhebt, keinen Gefallen mehr am Erdgas des russischen Präsidenten findet und mehr Frauen in den Aufsichtsrat bringt, sowie die die Botschaft illustrierenden Menschen und Gesichter zu betrachten, sofern sie nicht durch FFP3-Masken verdeckt waren, aber jetzt bitte wollen wir zurück an den Schreibtisch oder hinein in den gläsernen Schlund des nur wenige Schritte entfernten Bahnhofs Bruxelles-Luxembourg. Die Sicherheit bemerkte die zunehmende Unruhe und erkannte selbst, dass ein weiteres betreutes Herumstehen keine nennenswerten Erkenntnisse mehr brächte. Der unsichtbare, wahrscheinlich in einem dunklen Raum voller Monitore und Telefone sitzende Einsatzleiter musste das Signal zur Beendigung der Übung gegeben haben, denn im selben Moment senkten alle Schäferhunde ihren Arm mit dem Funkgerät, sagten etwas, was ich nicht hören konnte, und zogen, begleitet von einem auffordernden Blick und einem leichten In-die-Knie-Gehen, den anderen Arm mehrfach schwungvoll von einer Seite zur anderen, nach außen in die Leere schwingend, um auch so den Schafen zu deuten, dass diese Leere ihnen nun zur freien Verfügung stünde. Die Masse begann, in ihre Teile zu verfallen, die Beeren der Traube rollten in alle Richtungen.

***

Von einer Sekunde auf die andere starb der teilnahmslose Beobachter in mir, und ich fragte mich überrascht, was ich denn hier täte, alleine, ungeplant, in einem wildfremden Büro, eindeutige Anweisungen verletzend, das Gastrecht missbrauchend, frei von jeglichem Sinn und Zweck. Und in der nächsten Sekunde war die Frage schon ohne Bedeutung, denn ohne mir selbst ein Argument zu liefern, mir mein Verhalten zu erklären oder auch nur in einen inneren Dialog zu treten, durchzuckte mich der tiefe Wunsch, hier zu bleiben. Hier, in diesem schmucklosen Büro, möchte ich, Franz Mödlhammer, als Eremit hausen, für einige Zeit zumindest, denken, nachdenken, überdenken, meinem Leben eine ungeahnte Wendung geben, wo immer sie mich auch hinführen möge, und sei es auch nur ergebnislos an den Ausgangspunkt meines gerade beschlossenen Abenteuers. Ja, das würde ich tun! Jetzt galt es, rasch zu handeln, ich durfte nicht entdeckt werden, und in wenigen Minuten würden sich die Gänge wieder füllen. Ich drückte auf die Klinke der Verbindungstür zum Büro nebenan, sie war verschlossen. »Gut so!«, dachte ich bei mir und ärgerte mich gleichzeitig über meine

Einfalt, denn dass sie jetzt, in diesem Moment, verschlossen war, hieß ja nicht, dass sie nicht im nächsten Moment wieder geöffnet werden konnte. Überhaupt, die Türen waren jetzt einmal das Wichtigste. Ich blickte hinaus, noch war kein Mensch zu sehen, die Barrieren und Schutzvorrichtungen, um ins Gebäude zu gelangen, auf Magnetkarten reagierende Schwing- und Drehtüren, Durchleuchtungsstraßen für das Gepäck hielten den Strom der Heimkehrer auf, die weiten Strecken bis zu meinem Aufenthaltsort in der Mitte des 1993 verstorbenen ungarischen Ministerpräsidenten taten das Übrige.

Ein kleines quadratisches Schild rechts vom Türstock verriet mir den Namen meiner sich ihrer neuen Aufgabe noch gar nicht und hoffentlich niemals bewussten Gastgeberin – der Schriftzug *V. Hoffmann-Pawlowski* wurde von zwölf freundlichen goldenen Sternen umrandet. Jeder stand fest auf seinen zwei Beinen, streckte die Arme seitwärts und den Kopf aufrecht in die Höhe. Unmittelbar daneben war der Eingang zum Raum, den ich nicht direkt betreten konnte, zwei Personen mussten sich den Sternenkreis und damit auch das Büro teilen: *H. Azevedo* und *P. Kalogeropoulos*. Europa, sein Miteinander ohne Grenzen und ohne Festhalten am eigenen Clan, fand genau auf diesen wenigen Quadratmetern statt. *V.* war sicherlich keine Österreicherin, ich kannte die Namen aller Abgeordneten meines Heimatlandes, wenn schon nicht auswendig, so zumindest dann, wenn ich sie hörte, und an *Hoffmann-Pawlowski* hätte ich mich sicherlich erinnert. Ich würde bei einer Frau Unterschlupf finden, die kulturell und familiär in der deutsch-polnischen Wolke beheimatet ist, einer Wolkenbank, die in der Geschichte für heftige, verheerende Gewitter gesorgt hat und aus der zuweilen noch immer der eine oder andere kleine Blitz zuckt, vorzugsweise, aber nicht nur dann, wenn eine Wahl ansteht. Ihr Mann, und nun glückliche Vater eines

Sohnes, musste zumindest seine Wurzeln zwischen der Ostsee und den Karpaten haben, und die Wahrscheinlichkeit war hoch, dass sie in den nördlicheren Gefilden der Bundesrepublik wohnten. Die Assistenten hingegen stammten eindeutig aus dem Olivengürtel der Union, der eine aus dem äußersten Westen und vom Geist des Atlantiks oder der Pyrenäen beseelt, die Wiege des anderen stand am Ufer des Mittelmeers, dort, wo Europa vorläufig sein Ende gefunden hat und an den ebenso unergründlichen wie unermesslichen Orient grenzt. *H.* und *P.*, die Anfangsbuchstaben der Vornamen verrieten das Geschlecht nicht, und ich wunderte mich, warum die schildgebende Verwaltung des Parlaments breitflächig wider die gelebte Wirklichkeit arbeitete.

Das Du-Wort hat die europäischen Institutionen überschwemmt wie der Nil die fruchtbaren Ebenen zu seinen Ufern, nur mit dem Unterschied zum Wasser, dass es sich nicht mehr langsam zurückgezogen hat, sondern für immer geblieben ist. Es gibt für den Mitarbeiter jeglichen Rangs keine Möglichkeit, der semantischen Fraternisierung zu entkommen, ohne seiner Karriere nachhaltigen Schaden zuzufügen, in Erklärungsnot zu geraten oder im gelindesten Fall als versponnener Außenseiter angesehen zu werden. *Per du oder perdu*, also *verloren*, das sind hier die zwei Optionen. Herrn oder Frau *Kalogeropoulos* kennt im Kosmos des Parlaments niemand, der Nachname hat nur mehr für die Gehaltsverrechnung Bedeutung, nein, nicht einmal für diese sinnstiftende Funktion wird er gebraucht, dort zählt in erster Linie die Personalnummer, es gibt nur einen *Panos*, *Phanos* oder *Panagiotis* beziehungsweise eine *Philia*, *Philissa* oder *Philyra*. Sucht also nun ein *Frederik* eine *Madeleine*, um mit ihr etwas persönlich zu besprechen, und ist ihm die der sorgfältig ausgetüftelten Struktur entsprechende Identifikationsnummer des Büros entfallen, zum

Beispiel 05M157 oder 08A011, so muss er an allen *Schneiders*, *Duponts*, *Giners* und *Kovaceks* vorbeigehen, peinlich darauf achten, ob sich davor ein *M.* befindet, hoffen, dass es das richtige ist und nicht für *Monika* steht, um danach an der Tür zu klopfen und einzutreten – dies so lange, bis er vor *Madeleines* Kollegen steht, der ihm mitteilt, dass sie gerade an einer Sitzung des *Ausschusses für Umweltfragen, öffentliche Gesundheit und Lebensmittelsicherheit* teilnimmt.

H. und *P.* also, vielleicht würden sie ja gleich zurückkommen, ich musste vorsichtig sein. Der Einsatzwagen der Putzfrau stand auch noch neben der Tür, das hieß jedenfalls, sie würde bald auftauchen, um ihr Arsenal von Lappen, Schwämmen, Putzmitteln, Hygienepapier, Besen und Wischern und die mit eingesammelten Abfällen gefüllten Behälter und Säcke, alles ergonomisch und platzsparend angeordnet, wieder an sich zu nehmen, sodass sie auf dem Gang, der ihr zur Betreuung zugeteilt und der mittlerweile auch zum Gang ihres Lebens geworden war, fortfahren konnte. Würde sie im Zuge dessen nochmals ins Büro von *V.* kommen – in das nunmehr meinige, denn so weit hat mein Gefühlsleben mittlerweile schon Besitz vom Revier ergriffen –, um ihre unterbrochene Arbeit fortzusetzen, oder war der Alarm auch der Schlusspfiff für dieses eine Arbeitsmodul, für diese eine der unzähligen Waben der Demokratieproduktion gewesen? Egal, bei *H.* und *P.* würde mein Projekt zu einem jähen Ende kommen, noch bevor es richtig begonnen hatte, bei der Reinigung würde ich mir zu helfen wissen. Ein kurzes, bestimmtes Kopfnicken zum Gruße, untermalt mit einem knappen »Danke, das reicht für heute«, natürlich leise, wegen des Nachbarzimmers, wäre ausreichend, um sie erkennen zu lassen, dass das Verlangen nach Ungestörtsein jenes nach Sauberkeit übersteigt, und meine Präferenz würde ihr Vorteil sein.

***

Ich setzte mich also an den Schreibtisch und begann, von ihm aus meine Klause zu inspizieren. Der Raum erstreckte sich über zwei Fenster und war im Großen und Ganzen gleich lang wie breit, ich schätzte ihn auf zehn Quadratmeter. Hunderttausend Quadratzentimeter, so viel hatte auch mein Zimmer im Studentenheim gemessen, in dem ich drei Viertel des Jahres zubrachte, jung und bewegungshungrig war und in das ich mein ganzes Leben in Form von Kleidung, Schuhen, Tennisschlägern und Büchern verpacken musste, was brauchte ich, hier und heute, minimal ausgestattet, mehr? Zwei Türen führten zu ihm, die geschlossene in das Nachbarbüro und die noch offene auf den Gang. Ich stand auf und zog sie so weit zu, dass sie angelehnt war und kein Vorbeigehender einen Blick hereinwerfen konnte. Dabei fiel mir der kleine Nebenraum auf: eine komplett eingerichtete Nasszelle, mit einem WC, einem kleinen Waschtisch mit kreisrundem Becken und sogar einer mit durchsichtigem Sicherheitsglas abgeschlossenen Duschkabine. Ergänzt wurde das Ensemble durch einen kleinen Spiegelschrank und schmale Ablageflächen überall dort, wo noch Platz war. Die Abgeordnete hatte die Duschkabine in einen Stauraum umfunktioniert, mehrere aufgerissene Kartons aus Wellpappe standen unordentlich herum und gaben den Blick auf ihren Inhalt, farbenfrohe Broschüren, frei. Gewaltige Mähdrescher fraßen sich schmatzend durch die reifen Getreidefelder, dahinter spreizten glückliche Windräder ihre Rotorblätter, der blaue Himmel lachte dazu, und auf die gut gefüllte Starkstromleitung hatte der Fotograf auch nicht vergessen. Aus einer anderen Schachtel quoll ein aus der Luft aufgenommener, sich weit in die Landschaft hineinsteckender Wald hervor, darüber wand sich in luftiger Höhe eine riesige bunte Doppelhelix, und wie ein Poststempel war am rechten oberen Rand ein blauer Schmetterling draufgeklatscht. Genug gesehen, ich würde alle Zeit der Welt haben, mich in die volksnahen Schilderungen und optimistischen, schön bebilderten Erklärungen der Politiken der Europäischen Union zu vertiefen.

Ich ließ die weißen Fliesen hinter mir und begab mich wieder auf den Spannteppich, der in einem verschwommenen Muster aus gebrochenem Weiß und Grau gewebt war. Das Holz der Schreibtischplatte fühlte sich angenehm an, nicht zu glatt und nicht zu rau, sein Gestell aus schwarzem Metall ließ trotz der unter der Platte hängenden Workstation und meines Beschützers, des Rollboys, genügend Platz für meine immer leicht unruhigen Beine. Der Bildschirm war praktischerweise an einem Teleskoparm befestigt, eine Tastatur lag vor mir und wartete sichtlich darauf, wieder einmal bedient zu werden. Auf dem Tisch lagen kreuz und quer einige offizielle Dokumente, auf den ersten Blick fiel mir die *Commission Communication on the Spring Package of the 2022 European Semester* auf, ebenso ein *Working Document on Housing and Regional Policy* sowie ein Vermerk über die Auswirkungen des *Vertrags von Lissabon* auf die Regionalpolitik. Ich schlichtete die Papiere fein säuberlich zu einem Stapel und legte ihn links vom Tisch auf den Boden. Teppichmuster und Schriftbilder harmonierten trefflich, dadurch wurde mir klar, dass sich der Innenarchitekt bei seiner Auswahl etwas gedacht hatte. Ein A5-Zettel, der unter der Tastatur hervorlugte, störte noch meinen Ordnungssinn, ich drehte ihn um und hatte ein Zertifikat des Parlaments in der Hand, das der Frau Abgeordneten namentlich bestätigte, an einer Ausbildung, die Belästigung und Schikanen am Arbeitsplatz vorbeugen sollte, teilgenommen zu haben. Es war sogar mit einer gedruckten Unterschrift versehen, um dem Gewicht dieser Maßnahme Nachdruck zu verleihen.

Ich musste schmunzeln. Zugegeben, das Brot der Politik, es ist ein hart erworbenes. Nein, der Politiker – sei es ein Abgeordneter, Bürgermeister, Landesrat, Mitglied der Europäischen Kommission, Minister, Staatssekretär, ein anderes Mandat oder Amt auf der langen Liste der verfassungsmäßig legitimierten und strukturierten Macht – muss nicht auf einem lärmenden, stinkenden Gefährt sitzen und eine Asphaltschicht auf den gepressten Schotter legen, er muss auch nicht in endloser Monotonie bei Waffeln, Hygieneprodukten, abgepackten Wurstwaren und Joghurtbechern den Strichcode suchen, ihn an das Lesegerät halten und beim Erscheinen der Kundentrennleiste »Euro 42,98 – bar oder Karte?« fragen, er muss nicht seinen Körper verwinden, unter die Spüle in der Küche kriechen und im kleinen Raum, der ihm bleibt, vom Tageslicht abgeschnitten, kunstvoll verdrehte Rohrverbindungen abdichten, und er muss auch nicht Anträge von den vielen auf einen Zuschuss Hoffenden auf ihre Vollständigkeit und Richtigkeit hin prüfen, samt der langen Liste aller erforderlichen Beilagen.

Aber er muss für seine Idee, für seinen Gestaltungswillen eine ausreichende Zahl von Menschen finden, die ihn unterstützen, er muss Allianzen schmieden, begeistern, werben, erklären und verstehen, auch das, was manchmal nicht verstanden werden kann, er muss Zugeständnisse einfordern und geben, abwehren, was ihm unerträglich scheint, ahnen, wie der Hase läuft, noch bevor dieser seine Löffel aus dem hohen Gras herausstehen lässt. Ein Termin jagt den nächsten, und vor allem steht er einem nie endenden Ansturm von Bitten, Anregungen und von eindeutigen oder von verborgenen Interessen geleiteten Vorschlägen gegenüber. Jeder sieht in ihm den Mächtigen, den, der es arrangieren oder applanieren kann, der die Tore für den Bittsteller öffnet beziehungsweise für dessen

Gegner schließt. Der Politiker als Vater aller Väter, für dieses eine Anliegen jedenfalls, der gütig und verständnisvoll seinen Einfluss um der guten Sache willen fließen lässt. Und hat so ein Petent seine Herzensangelegenheit vorgetragen, sogar noch mit Erfolg, so wird er sich bei seinem Gönner für die erwiesene Hilfe artig bedanken, das wird ihn aber nicht daran hindern, bei nächster Gelegenheit im Freundes- oder Bekanntenkreis lautstark und voller Überzeugung darauf hinzuweisen, dass die gesamte politische Kaste korrupt sei und ohnehin nichts arbeite und zu viel verdiene.

Das ambivalente Verhältnis zu Zeitung, Fernsehen & Co. – man bedarf ihrer, fürchtet sie zugleich, verachtet sie zuweilen und diskret – verstärkt den Druck auf Seele und Stimmung auch des dickhäutigsten Volksvertreters, und für jeden kommen die Momente, in denen er seinem Ärger und seiner Enttäuschung Luft machen muss. Als Adressat dieser sich Bahn brechen wollenden Gefühle bietet sich einer der immer in der Nähe befindlichen Mitarbeiter an, und auch die Menschen in Machtpositionen sind in erster Linie eines: Menschen – mit Fehlern und Schwächen. Auch wenn die gesamte Selbstdarstellung darauf ausgerichtet ist, sie als Supermenschen ohne Fehl und Tadel darzustellen. Seit dem Zeitpunkt, als die Hebamme ihm einen Klaps auf den Hintern gegeben hatte, um seine Atmung in Gang zu bringen, hat er jeden Moment alles richtig gemacht; kein keckes Wort kam je über seine Lippen, kein Lausbubenstreich bemächtigte sich seiner Person, alle seine Entscheidungen waren korrekt und optimal gewesen. Diese absolute Kontrolle, sie muss dann und wann ihr Ventil finden. Die stets hinter vorgehaltener Hand vorgebrachten Erzählungen jener Unglücklichen, die der Ungnade eines Zornesausbruchs teilhaftig werden mussten oder auch nur Zeugen waren, bringen Erstaunliches zutage. Wer nur Schimpfworte, ein Abkanzeln oder Drohungen empfängt, darf sich glücklich schätzen, denn in jenen Momenten der Betrübnis soll auch zuweilen mit Gegenständen geworfen werden. Die beliebten Aktenordner sind dank der Digitalisierung eine zurückweichende Spezies, und ist gerade keiner zur Hand, so darf auch schon mal der siegreiche Laptop herhalten. Neben Papierkörben, Registraturlochern und Heftgeräten ist das Werfen mit Schuhen eine schöne Variante, beweist sie doch die Gelenkigkeit des Verärgerten und zugleich die Klugheit, auch im Zustand höchster Erregung elektronisches oder technisches Gerät nicht beschädigen zu wollen. Sollte der Ärger nach der Landung des Schuhs noch immer nicht verflogen sein, so kann die elegante Wurfgeste noch um eine kleine Machtdemonstration erweitert werden. Der Betroffene, aber hoffentlich nicht Getroffene, wird dann aufgefordert, seinem Herrn den Schuh wiederum überzuziehen und die Schnürsenkel zu binden. Den Wunsch sollte er tunlichst befolgen, denn wer garantiert ihm, dass nicht auch noch der zweite Schuh seine Bahn findet?

Als ich mir das alles durch den Kopf gehen ließ, hatte ich auch Sinn und Notwendigkeit der Ausbildungsmaßnahme erkannt, vielleicht nicht unbedingt für die Abgeordnete Hoffmann-Pawlowski im Speziellen, sie mag die Rücksichtnahme und Fürsorge in Person sein, aber für den Apparat als Ganzes gewiss; nicht jedes zur Schwärze neigende Schaf ist sofort ersichtlich, zumal in einer so großen, unübersichtlich verstreuten Herde, wie sie das Parlament eben einmal ist. Eine wahrscheinlich zwei- bis höchstens vierstündige Schulung bildet zweifelsohne den Garanten dafür, dass zum Zorne neigende Charaktere in den dunklen Stunden der Bedrängnis und Enttäuschung zu ihrer Mitarbeiterin sagen: »Ich würde dir jetzt liebend gerne meine Teetasse an den Kopf werfen, aber ich schlage vor, dass wir stattdessen einen Kaffee trinken gehen, sofern du dies nicht als Belästigung ansiehst.« Schwierig wird dieses vorbildliche Verhalten erst dann, wenn die großzügige Geste von der Eingeladenen mit der Bitte um einen Wurf mit einem nicht allzu schweren Gegenstand beantwortet wird. Sei dem, wie dem sei, die Verwaltung des Hauses hat alles in ihrer Macht Stehende getan, die gefährdete Mitarbeiterschaft zu schützen.

Ich hängte mein Sakko auf den Kleiderständer links vom Schreibtisch und sah mir die Couch genauer an. Ihr Stoff fühlte sich rau an, die grobe Textur würde meinen Schlaf stören, und sie war für ein sorgloses Liegen um eine Spur zu kurz, denn ich selbst bin nicht besonders groß, guter Durchschnitt, und daher konnte nicht ich es sein, der zu lang war. Auf der breiten, niedrigen Fensterbank, die auch als erstaunlich großzügiger Stauraum diente und sich mit Schiebetüren öffnen ließ, lagen mehrere flache Stoffpölster. Ich stellte drei davon an die Seitenlehne des Sitz- und Liegemöbels und legte mich probeweise hin. So würde es gehen, nicht gänzlich flach ausgestreckt, aber mit erhöhtem Oberkörper, ähnlich einem Kranken, der Schwierigkeiten hat, ordentlich Luft zu bekommen, lag ich da, und meine Fußsohlen berührten ganz leicht, ja eigentlich war es eine angenehm schmeichelnde Empfindung, die gegenüberliegende Lehne. So, als würde ich es kaum erwarten können, zog ich die Lamellenvorhänge an den Fenstern zu, und – eine kleine Überraschung – dieser Schwund an Tageslicht reichte aus, um die Deckenlampen aufleuchten zu lassen. Wie praktisch! Diente diese in großen Bürogebäuden um sich greifende Automatik, beruhend auf dem Messen der Helligkeit und der Bewegung im Raum, dazu, dem tief über seine Akten Gebeugten rechtzeitig die optimalen Lichtverhältnisse zu bieten und sein Augenlicht zu schonen, oder war sie eine energiesparende Gegenwehr gegen den Undisziplinierten, der beim Verlassen des Büros nicht die Zeit fand, das Licht abzudrehen? Wie so oft in der Politik würde es nicht ein Entweder-oder, sondern ein Sowohl-als-auch sein. Leider war der Fernseher an jener Seitenwand angebracht, an der auch die Couch stand, und es erschien mir bei aller Frechheit, die ich bislang schon an den Tag gelegt hatte, doch zu gefährlich, mein Bett mit dem Aktenschrank auf der gegenüberliegenden Seite zu vertauschen. Außerdem reichte das Möbelstück bis zu meinem Bauch, und ich würde es schwerlich bewegen können, ohne meine Wirbelsäule nachhaltig zu beleidigen.

Mittlerweile kamen die ersten Opfer der hypothetischen Feuersbrunst zurück, ich hörte ihre Stimmen und vernahm den einen oder anderen Gesprächsfetzen. Die Stimmung war gut, gelöst, ähnlich der auf der letzten Strecke des Schulwandertages, wenn der für die Heimreise bereitgestellte Bus auf dem Parkplatz schon in der Abendsonne leuchtet. Die kleine Episode, rundum abgesichert, war gut überstanden, für einen kurzen Moment hatte das schwere Rad der täglichen Mühle nicht gedreht werden müssen, und vor allem gab es was zu erzählen:»Stell dir vor [...] So ein Blödsinn! [...] Heute hatten wir [...] Was, glaubst du, war heute los [...] Schatz, die Behörde kümmert sich um mich«, so oder ähnlich würden die Schilderungen abends daheim oder im Restaurant anheben. Plötzlich hörte ich eine langsame, einfache Melodie, eine Frauenstimme summte ein mir unbekanntes Lied, leicht melancholisch, dann ein kurzes Ratschen von Metall, die Tür zum Gang wurde zugezogen, klack, und der Schlüssel im Schloss umgedreht und wieder herausgezogen. Die Putzfrau hatte mich ohne Absicht eingeschlossen, von einer Sekunde zur anderen bin ich, Franz Mödlhammer, Assistenzprofessor am Institut für Finno-Ugristik an der Universität Wien und selbsternannter Abenteurer, zu einem Gefangenen geworden. So hatte ich mir das nicht vorgestellt, ich wollte ein Versteck und keine Zelle! Aber wie bin ich überhaupt hierhergekommen, 900 Kilometer Luftlinie von meiner geräumigen Wohnung, in der ich heute noch zum Abendessen erwartet werde, in dieses durchaus ansprechende, aber kleine und in der Natur der Sache liegend unwohnliche Büro?

***

Am Dienstag waren wir angereist, ein gutes Dutzend Studenten der Abteilung, an der ich unterrichte und forsche, denke und zum Denken anleite. Brüssel liegt weder in Ungarn noch in Finnland, und eigentlich hätten wir, in einer engen, fokussierten Betrachtungsweise, hier nichts zu suchen. *Finnenfreund, bleib bei deinem Leisten! Liebhaber des Magyarischen, kehre vor deiner eigenen Haustüre!*, möchte man meinen, aber die Zeiten haben sich geändert, sind im Vergleich zu, ja im Vergleich zum berühmten und immer präsenten *Früher* seelisch weiter, gleichzeitig auch enger, geistig seichter, aber auch tiefer, jedenfalls anders geworden. In diesem neuen Relief der Gesellschaft und ihrer Gebräuche geziemt es auch dem versonnenen, dem in sich Schönen zugewandten Philologen, sowohl die Grundzüge des politischen Geschehens zu verstehen als auch eine leise Ahnung davon zu haben, was Europa als omnipotenter Akteur bedeutet und tut. Von dieser niemals offiziell verkündeten, aber stillschweigend etablierten Prämisse ausgehend, führt mein Institut alle zwei Jahre eine Studienreise nach Brüssel durch, das entgegen manch oberflächlicher Ansicht nicht die Hauptstadt Europas ist, sondern nur Sitz der drei großen europäischen Institutionen – der *Kommission* und des *Rats* de jure, des *Parlaments* de facto –, und wir bekommen innerhalb weniger Tage einen Eindruck, wie diese einzigartige Staatengemeinschaft funktioniert. *Einzigartig* meine ich vorerst gänzlich wertneutral, denn einen weiteren Staatenbund mit vergleichbaren Zielen, Organen und Regeln gibt es nicht, aber nichts spricht dagegen, dieses Eigenschaftswort auch gemäß seiner emotionalen Komponente zu verwenden. Europa als Faszinosum, als Ideal, als Leidenschaft! Immer wieder erlebe ich Studenten, wie sie in Wien-Schwechat in einer abwertend witzelnden Laune bis hin zur offenen Feindschaft gegenüber dem europäischen Projekt ins Flugzeug einsteigen, in der listigen Absicht, mit geringer Anstrengung ein paar Punkte für den Studienfortschritt zu sammeln, und auch, um ein bisschen Tourismus zu genießen.

In diesen explorativen Tagen besuchen wir die Ständigen Vertretungen Österreichs, Finnlands und Ungarns bei der Europäischen Union, jeweils gut bestückte diplomatische Missionen, denn in Brüssel geht es um die Wurst, wir treffen mehrere Mitarbeiter der Europäischen Kommission, vom Abteilungsleiter bis zum Kommissar, und wir werden auch immer von einem Abgeordneten in das Europaparlament eingeladen. Die Zahl der Vorträge hält sich, je nach Konstitution des Studenten, mit den am Abend getrunkenen Bieren ungefähr die Waage, einmal neigt sie in die eine, einmal in die andere Richtung. Am Menüplan stehen nicht nur das für uns naheliegende und obligate Sprachenregime mit den vierundzwanzig Amtssprachen und eine Darstellung, wie sich die drei Staaten europapolitisch positionieren und in das Geschehen einbringen, sondern auch die Art und Weise, wie ein institutionelles Rad ins andere greift, um letztendlich ein Gesetz Wirklichkeit werden zu lassen, und wie die großen und kleinen Hebel arbeiten, mit deren Hilfe die Kraft der gebündelten Staatskunst ihre Wirkmächtigkeit erlangt. Was sind die bedeutenden Vorhaben der kommenden Jahre, was wurde bislang gemeinsam erreicht, Wissen, das sich beim Interessierten auch durch aufmerksames Lesen der Zeitung nach und nach wie Schwemmland ablagern könnte, wird hier in kompakter Form als festes Fundament samt allen Anschlüssen geliefert. Die Intervalle zwischen den Witzen werden länger, der polemische Ton bei den Fragen und Bemerkungen ebbt ab. In Bruxelles-Zaventem schließlich, beim Warten auf das Einsteigen in das Flugzeug Richtung Heimat, dessen Abflug sich des Öfteren verzögert, habe ich dann immer das Gefühl, mit anderen Menschen nach Hause zu fliegen als mit jenen, die ich Tage zuvor frühmorgens in Schwechat eingesammelt hatte. Nicht nur die Überraschung, anstelle der im öffentlichen Diskurs mit erdrückender Regelmäßigkeit bemühten Eurokratenkarikatur echte Menschen getroffen zu haben, die mit Begeisterung für ihre Sache leben und deren Aspekte bis in die kleinsten Ritzen hinein ausleuchten können, und die noch dazu bereitwillig und verständlich darüber berichten, ist zu spüren, ebenso haben die zukünftigen hauptberuflichen Kenner des Finnischen und des Ugrischen Geschmack daran gefunden, wie der Maschinenraum der EU funktioniert. Auch wenn sie in den wenigen Tagen nur an der Oberfläche der politischen und wirtschaftlichen Einigung des Kontinents kratzen konnten, scheint ihnen nun die unter dem gräulich-schmierigen Beschlag des weitverbreiteten wohlfeilen Jammerns, Kritisierens und Abwertens durch Hinz und Kunz hervorschimmernde leuchtende Farbe ebenso prächtig wie attraktiv, bis zu einem gewissen Grad sogar unausweichlich.

Gestern allerdings waren sie alleine abgeflogen, denn bei unserem Besuch sah ich auf einem der vielen Monitore in den Gängen und Atrien des Parlaments, dass für heute eine Konferenz zu künstlicher Intelligenz angekündigt wurde. Veranstaltet von der Gruppe der *Europäischen Linken*, der kleinsten der sieben politischen Fraktionen, dem Populismus nicht abhold, versprach das Programm, einen neuen Ausblick auf unser tägliches Leben zu gewinnen, wie es denn aussehen könnte, wenn die künstliche sich zur natürlichen Intelligenz ebenso wie zur leider weitverbreiteten natürlichen Dummheit hinzugesellen würde. Das hat nun mit meinem Beruf unmittelbar sehr wenig zu tun, zumindest nicht im Sinne von revolutionären Erkenntnissen, denn dass KI das Übersetzen von einer Sprache in die andere zu einer immer leichteren Übung werden lässt und dass der professionelle Übersetzer immer weniger, immer feinere Eingriffe in den Text tätigen muss, um das durch Software in Sekundenschnelle vorgefertigte Werk zu vervollkommnen, ist eine Binsenweisheit. Der unbekannte Übersetzer ähnelt dem unbekannten Herrgottsschnitzer, der den bedeutenden Gotteshäusern vorgelagerten Souvenirläden die geduldig stillende Maria, den dem Tode mit seitlich geneigtem Haupt entgegenleidenden Gesalbten sowie die lokal prominenten Heiligen en gros liefert. Dabei greift er auf eine maschinell, seriell mit der vorprogrammierten Fräse bis ins Detail vorgefertigte Rohform zurück, um den bereits den Vorgaben des Impressionismus genügenden Figuren durch einige kleine Handgriffe mit dem Schnitzmesser den Hauch einer persönlichen Note zu verleihen, bevor er das Ganze mit Schleifpapier und Lack zum vorgeblich einzigartigen Kunstwerk vollendet. Es ist Aufgabe der Gewerkschaften, denen die Übersetzer in breiter Schar angehören, die Bedeutung dieses letzten Schliffs mit aller Kraft herauszustreichen und die KI-bedingten Gewinne an Produktivität kleinzureden, um so die Weiden ihrer Schäfchen grün sowie die sprachliche Eleganz und Exzellenz des Einigungsprojektes hochzuhalten. Aber ich bemühe mich immer wieder, über den Tellerrand zu blicken, und Bernadette Frischlinger, jene elsässische Abgeordnete, die unsere Gruppe empfangen hatte und

die ebenfalls dem linken Spektrum der Weltanschauungen zu-
neigte, war auf meine Bitte hin so freundlich gewesen, mich für
diesen einen zusätzlichen Tag als ihren persönlichen Besucher
zu akkreditieren.

Das Europäische Parlament ist schließlich kein Vogelhaus,
in das jeder hinein- und wieder herausfliegen kann, wie es ihm
beliebt. So hatte ich in der Früh am Rande des brückenartigen
Flachdachs gewartet, das die beiden Gebäudeteile *Paul-Henri
Spaak* und *Altiero Spinelli* – benannt nach Persönlichkeiten,
die sich in vielfältiger Weise für die Gründung der heutigen
Europäischen Union eingesetzt und die in den Kinder- und
Jugendjahren des Vereinigten Europas wesentliche Funktionen übernommen und Impulse gesetzt haben – schützte.
Zu Recht zählen der Belgier und der Italiener zu den Grün-
dungsvätern, und ihre Visionen spiegeln sich im Europa der
Jetztzeit wider, gleich den über dem Brüsseler Himmel da-
hinziehenden Wolken in der Glasfassade, vor der ich stand,
während ich zur Kenntnis nehmen musste, dass der Freund
der Demokratie klugerweise darauf achtet, nicht zu leicht
angezogen zu sein.

»Ich werde erwartet und abgeholt, darf ich in die Vorhalle
gehen?«, fragte ich den Sicherheitsbediensteten, der sich vor
dem Eingang unüberwindbar aufgebaut hatte.

»Nein, alle Besucher müssen auf der Straße warten und
dürfen nur mit ihrem Gastgeber eintreten.«

»Warum denn das?«, verwunderte ich mich.

»Das sind die Regeln.«

»Und zu welchem Zweck gibt es dann die Vorhalle?« Ich
zeigte mit der linken Hand auf den riesigen, fast menschenleeren Raum, der sich zwischen der Glaswand und der Sicherheitskontrolle, einer breiten Barriere aus Förderbändern und
Durchleuchtungsgeräten, erstreckte.

Er zuckte mit den Achseln, ansonsten blieb er unverwandt und unbeeindruckt stehen und blickte ungefähr fünf Stufen hinab, auf mich.

»Wahrscheinlich gab es früher andere Regeln«, gab ich mir selbst die Antwort. Mein Gesprächspartner, wenn ich ihn so bezeichnen darf, schien von meinem Scharfsinn nicht beeindruckt.

Ich wusste, dass ich auf verlorenem Posten stand, und bemühte mich auch nicht mehr, den Mann, der vorschriftsgemäß seinen Dienst versah, zu überzeugen, konnte aber nicht umhin, meinem Ärger Ausdruck zu verleihen: »Behandelt man so den Souverän? Man lässt den Wähler bei Wind und Wetter auf der Straße stehen und nimmt in Kauf, dass er sich eine Verkühlung zuzieht?«

»Die Regeln sind die Regeln.«

»Hoch lebe die Tautologie, der Zufluchtsort für jene, denen die Argumente ausgehen«, erwiderte ich leise, fügte mich in mein Schicksal und machte mir meine Gedanken zu den schon lange nicht mehr auf den letzten Tag der Woche fallenden Sonntagsreden. Der vielbeschworene Bürger als höchste Instanz des politischen Geschehens steht wie ein unerwünschter, lästiger Bittsteller im ständigen Luftzug der Rue Wiertz – nein, kein Gründungsvater, sondern ein gemäßigt fantastischer Maler des neunzehnten Jahrhunderts. Er kann nur hoffen, von seinem Gastgeber zum vereinbarten Zeitpunkt abgeholt zu werden. Das war schließlich auch der Fall, da ich aber in meiner Vorsicht einige Minuten zu früh gekommen war, versuchte ich nun, den in ein weißes Hemd und in einen schwarzen Anzug gesteckten sowie mit einer dunklen Krawatte bestückten Zerberus – auch ihm musste kalt sein, ich verspürte diese höhere Gerechtigkeit – zu ignorieren und mir von meinem Platz aus die unmittelbare Umgebung anzusehen. In eine

Nussschale gesteckt, um eine hier sehr gebräuchliche englischsprachige Redewendung eins zu eins zu transponieren: Es war ein trister Ort. Die senkrecht aufragenden Glaswände, kalt und abweisend, die schmale Straße ohne jeglichen der Ablenkung dienenden Autoverkehr, das an den Eingang einer unbedeutenden Kaserne erinnernde, mit Stacheldraht umkränzte Wächterhäuschen für die Kontrolle der Straßensperre dominierten das Bild. Sie konnten durch den Blick zum Eingang des Parc Léopold und zu der hinter den Bäumen hervorlugenden, einem Schloss ähnelnden Vertretung des Freistaates Bayern, bewundernd bis spöttisch *Neuwahnstein* genannt, nicht kompensiert werden.

So verfiel ich darauf, mir die Bronzestatue links des Eingangs zum Belgier näher anzusehen. Sie wirkte, trotz ihrer Höhe von ungefähr drei Metern, lächerlich klein, ziemlich nahe an die Hausmauer gestellt, gewann ich den Eindruck, Möbelpacker hätten sie dort vorübergehend niedergesetzt, um auf eine genaue Anweisung des Auftraggebers zu warten. Dieser hatte damals anderes im Kopf, die wackeren Männer sind mittlerweile abgezogen, und so verblieb das Kunstwerk für immer an seinem eigentlich vorübergehenden Ort – dies allein ist schon eine schöne Metapher des politischen Geschehens. Ich weiß nicht, was May Claerhout zum Ausdruck bringen wollte, als sie diese fest entschlossene, sich unmissverständlich der Bedeutung ihrer Mission bewusste, in die unbekannte Ferne blickende Frau schuf. Mit ihrem rechten Arm reckt *L'Europe* ein E, das dem Symbol der gemeinsamen Währung zum Verwechseln ähnlich sieht, pfeilgerade in die Höhe, und zu ihren Füßen strecken sich drei Gestalten, gleich sich auftürmenden Wellen, in einer die Beine der Tapferen umschließenden schwungvollen Bewegung, kraftvoll nach oben, als wollten sie nach dem Euro greifen und ihn in ihren Besitz bringen. Es wird ihnen nicht gelingen, daran kann kein Zweifel bestehen. Die von ihrer Aufgabe beseelte Hüterin, deren Gesichtszüge im Übrigen eine Ähnlichkeit mit der Bildhauerin in jungen Jahren aufweisen, würde alle Versuche abprallen lassen. Kunsthistoriker – das sind jene Menschen, die immer besser als der Kunstschaffende selbst wissen, was ihn bewegt hat, woher seine Absichten und Botschaften rührten und warum er sein Werk genau so und nicht anders gestalten konnte – haben sicherlich einen ganzen Blumenstrauß von tiefsinnigen Erläuterungen im Angebot. Da darf ich nicht zurückstehen und denke mir, dass Frau Claerhout vor allem einen feinen Sinn für Ironie hatte und mit *L'Europe* die immerwährende Bedrohung der hehren Idee der von Idealismus getragenen Vision durch die nackte Gier so manches Normalbürgers dargestellt hat.

»Herr Mödlhammer?«

Unterbrochen in meinen Gedankengängen – was hätten sie nicht noch alles zutage gebracht – antwortete ich mehr aus einem Reflex als aus einer Überlegung heraus:»Ebenderselbe!«, und blickte in ein Paar blitzend blaue Augen. Sie gehörten Edith Polgar, einer akkreditierten persönlichen Assistentin von Frau Frischlinger. Jeder Abgeordnete hat das Recht, in Brüssel – das umfasst auch Straßburg – ein paar Assistenten und auch einige in seinem Wahlkreis im Heimatland zu beschäftigen. Diese meist gut ausgebildeten, motivierten und engagierten Helferlein recherchieren, formulieren und organisieren für ihn, sind seine Arme, Beine, Ohren, Münder und Gehirne. So kann er sich auf die ihm zugedachte Hauptrolle konzentrieren, den Bedarf an einer politischen Handlung zu erfahren und zu erkennen sowie eine ausreichend passende Antwort darauf zu finden, andere davon zu überzeugen, dass sie die beste aller möglichen sei und, sobald die Frucht reif ist, die Entscheidung in seinem Sinne herbeiführen. Bleibt noch die schwierigste Aufgabe, sie besteht in den seltensten Fällen darin, den Wähler von den Qualitäten seiner Person oder seines Programms zu überzeugen. Vielmehr gilt es, innerhalb der aufgeregten und unübersichtlichen Hühnerschar der Partei eine Position auf dem Stimmzettel zu erlangen, die den Erhalt des Mandats garantiert, und sei es allein aufgrund des Umstandes, dass eine ausreichend große Anzahl von Wählern den Auftritt der Konkurrenz als noch schlechter empfindet. Die solcherart im Hintergrund wirkende Frau E. Polgar, kurzum: Edith, war eine Person, die einem auf den ersten Blick sympathisch sein musste, vielleicht 30 Jahre alt, sie wirkte unbeschwert und dennoch intelligent, und ihre Jeans hatten keine Löcher. Sie strahlte Tatendrang und Professionalität aus, und wer weiß, vielleicht würde E. eines Tages irgendwo ein E schützend in die Höhe halten.

»Sie wissen, die Sicherheit«, sagte sie in einem Ton, in dem sowohl die notwendige Loyalität gegenüber der Institution als auch das Unverständnis des denkenden Menschen über die mechanistische, starre Anwendung der Vorschriften ohne Ansehen der Person mitschwang, die mittlerweile weltweit zur Norm geworden war.

»Ich weiß«, schwang ich zurück. Der Security blickte auf ihren an einem Band um den Hals hängenden Badge – das Wort *Ausweis* ist im Kosmos des Internationalen im Aussterben begriffen –, den sie in die Nähe seiner Augen führte, musterte mich immer noch misstrauisch, aber eine Spur weniger abweisend, und alsbald stand ich in der Eingangshalle. »Moment, ich wollte eigentlich erst heute Abend abfliegen«, dachte ich, als ich, wie schon bei meinem Besuch zwei Tage zuvor, an der Sicherheitskontrolle nicht nur meinen Koffer und das Sakko auf das Band legen musste, sondern auch aufgefordert wurde, die potenziellen Angriffswaffen Armbanduhr und Ledergürtel abzunehmen und durchleuchten zu lassen. Der Metalldetektor schlug nicht an, ich schnürte mich, so rasch es ging, wieder zusammen und Frau Polgar führte mich zum Schalter für die Akkreditierung der Gäste. Das dicke Panzerglas der geräumigen Kabine vollendete den Eindruck, herzlich willkommen zu sein. Das Prozedere verlief wie am Schnürchen, und ich bekam eine kleine dunkelgrüne Plakette aus Hartplastik ausgehändigt, auf der meine nunmehrige Funktion stand, *Visitor*, unterlegt vom aktuellen Datum, und eine dem Badge meines Schutzengels gehorchende Drehtür weiter war ich endlich wieder im Parlament.

»Frau Frischlinger ist in einer Sitzung, Ihre Konferenz beginnt in etwas mehr als einer Stunde«, sagte Edith, um gleich danach zu fragen: »Kann ich Ihnen bis dahin behilflich sein?«

Ich kannte den Code der höflichen Bürokratie und wusste die Frage zu deuten. Ihrer Ansicht nach war die Aufgabe erledigt, und das war sie ja auch. Ich antwortete den Erwartungen entsprechend mit einem neutralen »Alles bestens«. Wir verabschiedeten uns, und als ich mich nochmals kurz nach ihr umdrehte, war sie schon, mit sicherem Schritt Raum gewinnend und in ihr Mobiltelefon vertieft, am Verfassen einer Textnachricht; dabei benutzte sie die Daumen beider Hände, eine Technik, die ich mir seit Jahren vorgenommen habe zu erlernen.

Hinter Grünzeug, leicht versteckt, las ich über einem breiten, in die Tiefe gehenden Eingang *Astrid-Lulling-Lounge*, der Schriftzug war mir soeben zum ersten Mal aufgefallen – Grund genug, hineinzugehen, auch deswegen, weil ich ein Faible für Lounges, gerade auf Flughäfen, hatte. Große Räume und ständiger Wechsel der Statisten, alle wirkten sehr beschäftigt. Ich fühlte mich sofort wohl, die getragene Popmusik aus den Lautsprechern harmonierte mit dem hellen Schiffboden und dem warmen Licht der Stehlampen. Durchscheinende, blickdichte

Vorhänge trennten die Außenwelt ab, der Eingangsbereich war als Bar gestaltet, dahinter lag der große Raum mit den Sitzgruppen. Ich setzte mich in eine Chesterfield-Garnitur und stellte den Wecker ein, um nicht vor lauter Gemütlichkeit und Träumerei zu spät zur Konferenz zu kommen. Die Kellnerin, brünetter Rossschwanz und Sommersprossen in einem tatkräftigen Gesicht, fragte mich nach meinem Begehr und servierte mir dann die heiße Schokolade mit drei einzeln abgepackten Keksen. Dabei lachte sie mich an und meinte ohne jeden Anflug von Aufdringlichkeit: »Jetzt haben wir uns schon sehr lange nicht mehr gesehen.«

Ich verstand nicht und sie wusste mein ratloses Gesicht richtig zu deuten.

»Ja, es muss bald vier Jahre her sein, 2019, genau. Nachdem das Parlament neu zusammengetreten war, waren sie mehrere Wochen lang jeden Tag hier, kannten sich im Betrieb hinten und vorne nicht aus und haben auch immer eine heiße Schokolade getrunken, niemals ein anderes Getränk. Darum sind Sie mir heute wieder eingefallen.«

Ihre unbeschwerte Art gefiel mir so sehr, dass ich eine Missstimmung zwischen uns vermeiden wollte, und ich verlegte mich auf das Allgemeine: »Ja, die Zeit vergeht schnell, bitte entschuldigen Sie, ich war in Gedanken. Und wie geht es Ihnen?«

»Sie wissen ja, das Leben ist Ansichtssache, und um zurechtzukommen gilt es, die Ansprüche mit den Umständen in Einklang zu bringen. Das gelingt mir ganz gut, einmal verbessere ich die Umstände, ein anderes Mal senke ich die Ansprüche.«

Ich lachte. »Große Philosophie!« Und da ich sie vom Akzent her als Italienerin einschätzte, legte ich nach: »Dasselbe hätte Dante auch sagen können.« Das war natürlich Blödsinn, aber Smalltalk ist fast immer Blödsinn und diese Plattitüde zeigte mein ehrliches Bemühen.

Sie ging darüber hinweg, musste also intelligent sein, und fragte:»Und wie geht es Ihren Rentieren?«

»Ich bin ja nicht der Weihnachtsmann.«

»Kurz angebunden, wie immer. Verzeihen Sie meine Offenheit, aber Sie sind ein erfreulicher Kontrapunkt zu vielen der Schwätzer hier. Werden Sie jetzt wieder öfter kommen?«

»Ich fürchte nicht.«

»Schade!«

Damit war das Gespräch beendet, und sie wandte sich den gerade angekommenen Gästen zu, die in meiner Nähe Platz genommen hatten.

Es war mir nicht klar, für wen sie mich gehalten hatte, ich maß diesem Umstand auch keine größere Bedeutung zu. Im Gegenteil, ich wunderte mich immer über das ungeheure Vermögen des Menschen, Gesichter auseinanderzuhalten, und dass ich nicht öfter mit einem der anderen vier Milliarden Männer auf diesem Planeten verwechselt wurde. Beim Bezahlen und beim Verlassen der Lounge sah ich sie leider nicht mehr, einer ihrer Kollegen war nun mit den Gästen und deren Wünschen beschäftigt. Alles in allem habe ich mich bei *Astrid Lulling*, jener Luxemburger Sozialistin, die fünfundzwanzig Jahre Abgeordnete in diesem Hause und zuvor Bürgermeisterin von Schifflingen war, wohlgefühlt. Ich verspürte auf einmal eine leichte Lust, auch Parlamentarier zu werden. Obzwar ich mir nicht zutraute, so bedeutende Arbeit zu leisten, dass ein ganzer Gebäudeteil nach mir benannt werden würde, zu einer Lounge könnte ich es vielleicht noch bringen. Ich müsste halt ein Vierteljahrhundert durchhalten, aber das traute ich mir schon zu. Von diesem Gedanken über meine Verewigung im Gedächtnis der Menschheit beseelt, zumindest jenes Teils, der sich einmal kurz niedersetzen und bei einem Getränk entspannen will, ging ich an einer Büste von Beethoven vorbei, er blickte so streng und abweisend, dass ich mich fragte, wie so ein Grantenzipf die *Ode an die Freude* vertonen hatte können. Als Zeichen seiner geistigen Arbeit hielt der bronzene Ludwig das Notenblatt in der linken und den Federkiel in der rechten Hand, wie ein langes Messer, mit dem er jemandem drohen wollte. Rasch verabschiedete ich mich vom Grimmigen, erreichte gerade noch rechtzeitig den Saal mit der künstlichen Intelligenz und nahm meinen Platz dort ein, wo möglichst wenige andere saßen. Die Sitzung wurde eröffnet.

Nach der Konferenz, die zwei Stunden länger gedauert hatte als vorgesehen und die bei aller antikapitalistischen Grundierung, die ja selten eine Aufbruchstimmung verspüren lässt, durchaus Wissenswertes, Aufregendes über die auf uns zurollende digitale Zukunft hervorbrachte, wollte ich mich bei meiner Gastgeberin bedanken, und ich war auf dem Weg, ihr Büro zu finden. Während dieser Suche, ich musste schon in unmittelbarer Nähe meines Ziels gewesen sein, ging der Feueralarm los, und nun saß ich hier, eingesperrt, noch ohne einen Plan zu haben und voller Neugier darauf, was Dr. Livingstone im Dschungel des Parlaments erleben würde. Wann würde er die Victoria-Fälle erreichen – und vor allem, was würde er dann tun?

***

Zu meiner Erleichterung stellte ich zweierlei fest, nämlich dass die Toilette funktionierte und dass die Assistenten heute wohl nicht mehr zurückkamen. Ich würde also ungestört sein und mich orientieren und einleben können. Mittlerweile war mir auch bewusst geworden, warum ich diese Tollheit in Angriff genommen hatte. Ob die mir selbst gegebene Erklärung auch tatsächlich stimmt, kann ich nicht beschwören, denn der Mensch ist gut darin, für seine irgendwo tief aus dem

Unterbewussten geborenen Verrücktheiten Argumente zu finden, die ihn als rational handelnde Person ausweisen, als jemanden, der, durchdrungen von klarem, scharfem Geist, trittsicher voranschreitet. Ganze Wirtschaftszweige leben von der intellektuellen Einfärbung des Trieblebens, allen voran die Automobilindustrie. Wie sonst wäre es zu erklären, um nur eine Facette des tief in der Gesellschaft verwurzelten Wahnsinns namens *persönlicher Besitz eines PKW* zu nennen, dass Menschen freiwillig und wie selbstverständlich ein Jahr ihres Lebens oder noch länger arbeiten, um ein Auto zu erwerben, das doppelt so schnell fahren kann, wie es die rechtlich zulässige Höchstgeschwindigkeit auf Autobahnen gestattet, von den tatsächlichen Einschränkungen durch Stau und Bau einmal ganz abgesehen. Ohne jegliches Infragestellen oder gar Protest nehmen sie sämtliche der Hybris der gefesselten Potenz geschuldeten Kosten für den viel zu starken Motor sowie für das für den Fall des Falles notwendige robustere Fahrwerk und Getriebe in Kauf. *Es gibt dir mehr Sicherheit, die Kraftreserve kann dir in der Sekunde der Gefahr nützlich sein,* raunt die vermeintliche Vernunft in das Ohr des Käufers, der kindlich nach technischer Überlegenheit und Leistungsfähigkeit um ihrer selbst willen giert. Und wer will, wenn es um Leib und Leben geht, schon sich selber widersprechen?

Mein Vernunft simulierendes Ich bedeutete meinem nach dem Beweggrund fragenden Ich, dass es in das europäische Geschehen eintauchen wollte, dass ihm die Kostproben, die es bei seinen kurzen Studienreisen erhalten hatte, Lust auf mehr gemacht hätten, es wollte nun das Restaurant der 450 Millionen, vor allem seine Küche, von innen kennenlernen, die Zubereitung der Speisen verstehen. Mit dieser mir schmeichelnden Logik konnte ich mich abfinden, war ich doch ein Forscher, ein Wissenschaftler, wenn auch auf einem gänzlich anderen

Gebiet. Zu forschen ist kein Beruf, sondern vielmehr eine Lebenshaltung. Der Forscherdrang ist eine Veranlagung, die sich in irgendeiner Form Bahn bricht, wobei der Zufall oft eine entscheidende Rolle spielt. Es ist etwas anderes, Steuerberater zu werden, um seine Familie ernähren und eine Motoryacht mittlerer Größe unterhalten zu können, oder den Mechanikerberuf zu ergreifen, weil es der Vater auch schon getan hatte, als unter dem Elektronenmikroskop den Synapsen beim Austauschen von Signalen zuzusehen oder nach der Auswertung von Tausenden von Fragebögen einen bislang verborgenen Winkel der Seele freizulegen. Oder eben die Sprache jener wenigen unerschrockenen Menschen, die sich in den Wäldern und an den Seen des nördlichen Polarkreises angesiedelt haben, zu studieren und zu verstehen sowie sich darüber hinaus mit den in ihr verfassten literarischen Werken auseinanderzusetzen. Der Wissenschaftler steht vor Faszinierendem, Unbekanntem, Unübersichtlichem, und er macht sich dran, Phänomene zu sichten, sie einzuordnen, Regelmäßigkeiten zu erkennen, Beziehungen zu finden, die er in Gesetzen festhalten kann, Ordnung in das scheinbare Chaos zu bringen und Fragen aufzuwerfen, die noch niemandem vor ihm in den Sinn gekommen waren, in der Hoffnung, selbst die Antworten darauf zu finden.

Auch bei mir hatte der Zufall eine große Rolle gespielt. Mein Vater fabrizierte in den Vorbergen zwischen Wien und Graz Wellpappe, so ziemlich das langweiligste Produkt auf dem Erdenrund, eintönige Farbe, fantasielose Form und unangenehmer Geruch, aber das unaufhörliche monotone Rollen der Walzen und Schlagen der Messer schufen ihm erheblichen Wohlstand, den er dankenswerterweise auf mich übertrug und von dem ich, sollte nicht vorher der Jüngste Tag anbrechen, noch ausreichend an meine Kinder weitergeben könnte, sofern ich denn welche hätte. Einmal im Jahr, meist wenn der Sommer mit leisen Schritten nahte, nahm er mich mit nach Finnland. Dorthin begab er sich, um die Hersteller jener Materialien zu besuchen, die dann seine Maschinen malträtierten und zusammenfügten, um Preise auszuhandeln und sich – kaum zu glauben, aber wahr – erklären zu lassen, warum das noch langweiligere, noch unscheinbarere Ausgangsprodukt für das seinige, ein Papier namens *Kraftliner*, noch bessere Eigenschaften hätte als die, über die es bereits in der vergangenen Saison verfügt hatte. Der weite Raum zwischen den wenigen Menschen, gefüllt mit Bäumen, Moosen und mit unendlich viel Nichts, gefiel mir, ebenso die viele Zeit, die sich die Finnen nahmen, bevor sie ihrem Mund eine kurze Reihe von unverständlichen Wörtern, melodisch aneinandergereiht, entließen. Überall, wo wir hinkamen, herrschte eine mir unbekannte, wohltuende Ruhe, die Uhren schienen langsamer zu ticken als daheim, der Druck, etwas tun zu müssen, war spürbar geringer. Man wollte nichts, die Dinge ergaben sich, die Bäche des Lebens und der Geschäfte fanden wie selbstverständlich ihren Lauf. Ich fühlte mich in diesen Tagen einfach wohl, ohne einen besonderen Grund, ein Erlebnis oder ein Ereignis dafür verantwortlich machen zu können, und freute mich am Ende eines jeden Besuches auf den in der Ferne liegenden nächsten.

Daher war es nur logisch, dass der verwöhnte, von den Sorgen des Alltags auf immer befreite Maturant, vor die Aufgabe gestellt, seine Nische im Leben der Erwachsenen, der auf irgendetwas hingetrimmten Menschen zu suchen, danach trachtete, die Jahre der Kindheit und Jugend in seine persönliche Ewigkeit hineinzuverlängern, und sich der fremden Kultur zuwandte, die ihm schon die Heimat seines Herzens geworden war. Dass diese Weggabelung meinen Eltern nicht gefallen hatte, war kein Wunder, und ich verstand sie auch. Nur zu gerne hätte mein Vater, ein Unternehmer von echtem Schrot und

Korn, das Zepter des Betriebs an seinen Wellpappeprinzen weitergegeben. Auch meine Mutter, eine kluge, emanzipierte Dame, die den Anstand hatte, nicht jeden, der es ohnehin nicht wissen wollte, mit aller Deutlichkeit auf diesen, ihren Wesenszug hinzuweisen, sondern ihn selbstverständlich lebte, hätte auch lieber einen Sohn der Tat gehabt. Jedenfalls bin ich froh, dass beide sich noch einige Jahre vor ihrem Unfall mit ihrem genetischen Unfall abgefunden und mich vom Versager in die Kategorie Träumer hochgestuft hatten. Sollten sie nicht in Frieden ruhen, so liegt es nicht an mir, und das beruhigt mich, obwohl ich nicht an das ewige Leben glaube.

Nun aber war dem Träumer die Heimat offensichtlich zu klein geworden und Europa musste nachrücken, und hier war ich nun, am fremden Schreibtisch, eingedrungen in eine riesige, unüberschaubare Konstruktion aus Stahl und Glas einfach dadurch, dass ich sie nicht rechtzeitig und ordnungsgemäß verlassen hatte. Als Erstes musste ich meine Lage absichern, die Brücken hinter mir sprengen oder zumindest unpassierbar machen, sowohl für den potenziellen Angreifer als auch für mich selber. Ich gab in meinen PC den hinter dem Panzerglas kundgetanen WLAN-Zugangscode des Tages ein und schrieb an Hermine: *Unergründlich sind des Lebens Pfade / die linke, auch die rechte Wade / werden hier in Flandern bleiben / dies gebeut es mich zu schreiben / wann in Wien die Beine wieder gehen / wir werden es schon sehen / du holde Minne, lebe wohl / den Schlüssel bitte gib der Kohl.* Über wenig konnte sich meine nunmehr wohl ehemalige Freundin mehr ärgern als über holprige Gedichte, und zu diesem wenigen zählte meine langjährige Haushälterin, Frau Svetlana Kohl. Hermine konnte die frühere Jugoslawin – die mittlerweile zu einer früheren Serbin, Kroatin, Bosnierin oder was auch immer aufgestiegen oder herabgesunken war, der nunmehrige Westbalkan hat ja eine atemberaubende Zellteilung vollzogen – und dank Trauschein nunmehrige Österreicherin unter keinen Umständen ausstehen.

Meine augenblickliche Ex-Freundin, Altfreundin, das klingt besser, zählte zu jenen Snobs, denen unverdrossen einfache Aufgaben verrichtende Menschen suspekt erschienen. Die doppelte Erniedrigung der Trennung aus dem blauen Himmel heraus und des Kotaus vor der Verachteten würde Hermines Blut in Wallung bringen – sie war alles in allem sehr unfinnisch –, und so schickte ich mich an, sie um meiner Seelenruhe willen gleich auf sämtlichen telefonischen und digitalen Wegen zu blockieren.

Jedoch, ich war zu langsam, ich hätte meine Nachricht zeitversetzt absenden oder einfach meine Handlungen in einer anderen Reihenfolge wahrnehmen sollen. Schon erklang das Motiv *An der Strandpromenade*, und das Gespräch nicht anzunehmen erschien mir als Feigheit vor dem Feind umso verächtlicher, da Hermine ja gar nicht meine Feindin war.

»Hast du das geschrieben?«, eröffnete sie das Gespräch in neutraler Manier.

»Du meinst das Gedicht?«

»Nein, den Unsinn.«

»Ja.«

»Nicht dass ich unbedingt etwas dagegen hätte, mich mit anderen Menschen als mit dir zu umgeben, auf neue Gedanken zu kommen, neue Wege zu gehen, aber kannst du mir gütigsterweise eine Erklärung geben?« Ihr Ton war mittlerweile schon deutlich schärfer geworden.

Ich antwortete wahrheitsgemäß: »Nein, kann ich nicht.«

»Hilft dir vielleicht ein Multiple-Choice-Test? Blond, brünett, schwarz- oder rothaarig?«

Ich spielte auf den Spannteppich an: »Gebrochen weiß und grau.« Im Übrigen war ich beleidigt, dass sie mich in den

Niederungen des vom Verlangen nach menschlichen Kontakten getriebenen Wesens verortete. Wieso musste der Grund für eine Trennung immer in einer anderen Person liegen, warum war es nicht einmal denkmöglich, aus dem ewigen Du-und-Ich herauszukommen und sich in ein Ich-und-die-Welt zu begeben?

»Idiot!«

Ich erklärte mich, so gut es ging, und wies auch darauf hin, dass ich mir selbst noch nicht über alles im Klaren wäre, darum hätte ich ja auch den schönen Text mit *unergründlich* begonnen, und ich bat um ihr Verständnis, auch wenn ich mir klar darüber war, dass ich weder ein Recht noch eine Aussicht darauf hatte, dass sie dieser Bitte nachkommen würde.

»Jedenfalls werde ich jetzt einige Monate hierbleiben, und an deren Ende werden wir sehen, wozu es gut oder schlecht gewesen sein wird. Punkt!«

»Na ja, vielleicht wirst du ja ein zweiter Ferdinand«, meinte sie versöhnlich, aber nicht ohne spöttischen Unterton. Damit spielte sie auf den Vater meiner Mutter an, der als junger Diplomingenieur des Maschinenbaus eines Tages seine Koffer gepackt und sich in einer kleinen Keusche, umgeben von Wasser, Wald und Rotwild sowie in größerer Entfernung von ein paar wohlwollenden Bauern, niedergelassen hatte, ebenfalls aus einer Laune heraus – so zumindest die Familiensage. Am Ende dieser, seiner Einsiedelei stand dann eine abenteuerliche, lärmende Konstruktion in einem Schuppen aus Holz, dem Grundstein der Fabrik, die er nach und nach entwickelte und die schließlich mein Vater als Kittelindustrieller mit großem Erfolg führte.

»Zu viel der Ehre«, gab ich zurück.

»Vielleicht zu viel, aber ein bisschen emotionale Wegzehrung kann nicht schaden, da bin ich gerne großzügig.

Jedenfalls, mach es gut!«, beendete sie das Gespräch und damit auch gleich die Verbindung. Ich sah mich gezwungen, Hermine Abbitte zu leisten, obzwar sie kein Verständnis für das Unverständliche aufbringen konnte, hatte sie ihre Krallen nicht ausgefahren und war erstaunlich ruhig geblieben. Ich hätte mehr Theater, ein paar Beschimpfungen erwartet und diese auch verstanden. Umso besser. Aber wer weiß, wie lange ihre sanftmütige Stimmung anhalten würde, was ihre Überlegungen noch an Reaktionen zeitigen könnten? Und daher blockierte ich jetzt wirklich *alle* Kommunikationskanäle.

Kurz stellte ich mir noch die Frage, ob ich gegenüber meiner langjährigen Weggefährtin nach Maßgabe des kategorischen Imperativs oder zumindest wie ein Gentleman gehandelt hätte, wartete aber die Antwort nicht ab, denn sie hätte mir nicht geschmeichelt, und schrieb nun an den Vorstand des Instituts: *Sehr geehrte Frau Professor Karjalainen, liebe Laiska! Einer der Höhepunkte des vergangenen Semesters waren unsere vielen Gespräche über das Kalevala. Bei fast jeder Gelegenheit sind wir die Verse des umfangreichen finnisch-karelischen Epos durchgegangen, haben sie einander vorgelesen und versucht, ihren tieferen Sinn zu ergründen und zu deuten, wie sie heute zu verstehen wären. Deine Interpretationen und sachkundigen Hinweise auf die Verwandtschaft der Texte zur griechischen Mythologie, aber auch die vielen erfrischenden Beiträge unserer Studenten, besonders erwähnen möchte ich jene von György und Wolfgang, haben mir dieses einzigartige Werk nähergebracht, es mich mit ihm verschmelzen lassen. Ohne es zu merken, bin ich Teil des Kalevalas geworden, und nun gilt es für mich, in einem weiteren Schritt, das Epos zu leben. Gerade dem Sänger Väinämöinen fühle ich mich besonders stark verbunden, ja ich schließe nicht aus, dass ein Teil seiner Seele in die meinige hineingewandert ist. Genügend Zeit hierfür hätte sie ja gehabt und genügend Platz gibt es bei mir auch. Wie du weißt, war der greise Barde auf der Suche nach Zaubersprüchen, um – halten wir es allgemein und kurz – seinem Leben eine Wendung hin zum Neuen, zum Guten zu geben. Um das unbekannte Bessere, von dem er nicht wusste, was es sein würde, zu finden, ist er sogar in die Unterwelt hinabgestiegen, mehr noch, er ist in den Kadaver eines Riesen hineingekrochen, letztendlich mit Erfolg. Auch in mir, Franz Väinämöinen, gärt es schon seit Längerem. Ohne eine Vorstellung davon zu haben, wo ich eigentlich hinwill, brenne ich darauf, bald dort zu sein. Wo werde ich sie finden, meine Zaubersprüche? Liebe Laiska, du kennst mich, Leichen und Moder sind meine Sache nicht, das Suchen an okkulten Orten jedoch sehr wohl.*

Vielleicht ist ja einer aus unserer Reisegruppe heute noch auf den Campus gekommen und hat mitgeteilt, dass ich gestern Abend nicht nach Wien zurückgeflogen bin. Nun, ich werde auch heute nicht abreisen, auch nicht morgen und überhaupt nicht in den nächsten Wochen. Mein Riese, er ist hier und lebendig, und ich werde ihn von oben bis unten inspizieren, auf ihm herumturnen, die Taschen seiner Jacke durchsuchen, in seinem Bart wühlen, in seine Schuhe kriechen und, da bin ich mir sicher, auch fündig werden. Mit magischen Lehrsätzen im Gepäck und im Herzen werde ich wiederkommen, nach Wien, auf unser Institut, zu dir, und gemeinsam werden wir dann ein neues Kapitel aufschlagen, ähnlich aufregend, wie es die Verbreitung und Auffächerung der uralischen Sprache in den vergangenen sechstausend Jahren war. Liebe Laiska, ich verehre und ich vergöttere dich – selbstverständlich in den engen Grenzen der geziemenden Distanz und Würde –, und ich danke dir von ganzem Herzen, dass du mich verstehst und die eventuellen bürokratischen Schritte setzt, die mein Fernbleiben erforderlich macht. Kaikkea hyvää![1]

---

[1] Alles Gute!

***

Der schmutzige, heruntergekommene Abenteurer, womöglich noch in zerlumpter Kleidung und mit wirrem Haar, ist eine traurige Figur, und diese Rolle wollte ich nicht spielen. Der Scheitel war noch ausreichend gut zu erkennen und die Frisur noch halbwegs in Form, den Kopf hatte ich gestern früh gewaschen, die Wäsche in meinem Koffer hingegen war gebraucht. Insgesamt vier Sets, bestehend aus einem Paar Socken, einer Boxershort und einem Hemd, muffelten in meinem Koffer vor sich hin. Ich nahm die Broschüren aus der Duschkabine und verstaute sie in der breiten Ablage unter dem Fenster. Sie war weitgehend leer, auf den in der Mitte angebrachten Brettern und am Boden befanden sich nur einige Werbegeschenke, die unvermeidlichen Schlüsselanhänger, die immer mehr in Mode kommenden bunten Trinkflaschen, Haftnotizen unterschiedlicher Größe, kleine elastische Bälle – knetete man sie in der Hand, würden sie die Anspannung aus dem Körper des Benutzers aufsaugen – und zu meinem großen Glück einige leichte Decken aus Polyester. *Europe protects you – L'Europe te protège – Europa beschützt dich* stand auf ihnen zu lesen, den allgegenwärtigen Sternenkreis brauche ich nicht zu erwähnen. Wovor ich bewacht und beschirmt würde, das war auf den Decken nicht zu erkennen, vor Krankheit und Tod, vor verdorbenen Lebensmitteln, vor Menschen, denen Staatsgrenzen gleichgültig sind, mehr noch, die diese bewusst verletzen, vor schlimmen Auswüchsen im Internet, vor Kinderspielzeug mit verbotenen Weichmachern, vor einer ungebührlichen Gier marktbeherrschender Konzerne, vor einer hohen Telefonrechnung, vor mir selber? Europa, die Übermutter, der Schutzengel mit den breiten Schwingen, die sich von der Nordsee bis in die Ägäis spannen? Egal, was gemeint war, heute Abend würden diese Decken mich vor Kälte schützen, und mehr brauchte es im Moment nicht.

Mit den Socken fing ich meinen Waschtag an, und ich erlebte gleich den ersten Rückschlag: Der Hahn des Waschbeckens spendete kein warmes, sondern ausschließlich kaltes Wasser. Ich würde also länger walken und kneten müssen, um meine Sachen sauber zu bekommen und um die Seife aus dem Gewebe herauszuspülen. Der von mir geplante Arbeitsablauf sah vor, die im Handwaschbecken gespülte Wäsche in der nunmehr leeren Duschkabine einem zusätzlichen Brausegang zu unterziehen, jedoch ließ Rückschlag Nummer zwei nicht lange auf sich warten: Aus dem Duschkopf floss überhaupt kein Wasser, nicht einmal kaltes, mit dem ich mich, mittlerweile bescheiden geworden, schon zufriedengegeben hätte. Ich drehte an der Batterie, auf und zu, auf, zu, suchte nach verborgenen Absperrungen und Hähnen, allein es half nichts. Die Duschkabine versagte mir ihren Dienst. Missmutig wusch ich alle sechzehn Einzelteile meiner Körperbedeckung und hängte sie, so gut es ging, zum Trocknen auf, am oberen Rand der Nichtduschkabine, auf den Wasserhähnen, dem Haken für die Handtücher und auch auf der Türklinke. Zwei Äpfel vom Frühstücksbuffet des Hotels, eine Missetat, ich gestehe sie, retteten meinen Abend in kulinarischer Hinsicht, dann breitete ich die Decken aus, eine als Auflage und zwei zum Drüberziehen, brachte die Pölster in den richtigen Winkel und fügte mich auf den Zentimeter genau in mein Nest. Es war noch nicht spät, aber von der Aufregung müde, schlief ich, den Kopf voll mit wirren Gedanken und rundum beschützt, bald ein.

Offensichtlich hatte ich mich während der Nacht nur wenig bewegt, denn ich erinnerte mich nicht daran, von einer aufflammenden Deckenleuchte in meinem Schlaf unterbrochen worden zu sein, oder aber mein Bedarf an Ruhe hatte über die

Empfindlichkeit meiner geschlossenen Augen obsiegt. In guter Laune aufgestanden, überfiel mich jedoch bald eine leichte allgemeine Tristesse, und ich begann, an dem Vorhaben, für das ich gestern noch brannte, zu zweifeln. Für die morgendliche Körperhygiene musste eine weitere Schutzdecke herhalten, mit kaltem Wasser getränkt, wischte ich meine Oberfläche mehrmals von oben bis unten ab, eine Katzenwäsche oder, weil ich sie doch sehr ausführlich gestaltete, schon eher eine Löwenwäsche. Um die Operation *Sauberer Franz* zu bewerkstelligen, musste ich die von gestern noch feuchten Kleidungsstücke hin- und herräumen, und die Nassrasur mit kaltem Wasser, daher auf harter Haut, hinterließ mehrere blutige Stellen auf dem von Bartstoppeln befreiten Gesicht. Die Fenster waren von unten nach oben zu kippen und ließen mäßig frische Luft herein, der Blick auf den menschenleeren Place du Luxembourg und die ihm vorgelagerte weitläufige Esplanade Solidarność 1980 – sie verbindet die Stadt Brüssel mit der parlamentarischen Festung – deprimierte mich. Nein, nicht dass es etwas auszusetzen gäbe, alles war ordentlich gebaut und hergerichtet worden, ja sogar instandgehalten und sauber; das war in dieser Stadt nicht selbstverständlich. Ins Auge stach das Überbleibsel des historischen Bahnhofsgebäudes Bruxelles-Luxembourg, die Eingangshalle, ein an sich schön gegliederter zweistöckiger Bau, der Neoklassik eindeutig zuordenbar. So frei stehend und allein, wie es vor der glatten Außenhaut des Parlamentes und den harmonisch geschlossenen Häuserreihen auf der Längsseite des Platzes stand, erinnerte es an den letzten Stockzahn im Mund eines alten Bauern. Der Rest des Bahnhofs war niedergerissen und, von meiner Zelle aus nicht zu sehen, in die Tiefe verlegt worden. Der einsame Zahn, beraubt seiner Reisenden und Ankommenden, hat eine neue Aufgabe gefunden. Nun dient er dem Parlament dazu, den informationswilligen Bürger ohne Barrieren und Formalitäten zu bedienen. Veranstaltungen, Ausstellungen, Informationsmaterial, Filme, kurz gesagt alle Arten von Getränken, die den Durst nach Wissen über Europa löschen können, werden dort frei und großzügig ausgeschenkt. Lediglich, das Gebotene konnte nur ein Abbild der Wirklichkeit sein, ähnlich den Schatten im Höhlengleichnis von Platon, während ich hier in der Kathedrale der Demokratie hoffte, den Glanz des Sonnenlichts selbst und die von ihm beschienenen Körper unmittelbar erblicken zu können, ohne dabei geblendet zu werden.

Die Esplanade war jener Ort, an dem gestern Hunderte auf das Verglimmen des vorgetäuschten Feuers gewartet hatten, heute, Samstag, lag sie menschenleer und nackt da, und so fiel mein Blick auf eine Sitzgruppe aus Stahlrohrsesseln, daneben ein paar zylindrische Blumentöpfe mit Grünzeug. Was konnte ein nur irgendwie auf sein eigenes Wohlgefühl bedachtes Wesen verleiten, auf einem dieser Sessel inmitten der Ödnis aus Granit Platz zu nehmen? Abgesehen von einem fast schon trotzigen instagrammablen »Ich war da!« oder einer punktgenau einsetzenden Kreislaufschwäche gibt es keinen nachvollziehbaren Grund, an dieser Stelle zu verweilen. Die Esplanade war ein Ort, den jeder so rasch wie möglich hinter sich ließ, auf dem sich aber niemand niederließ. Nicht einmal der Stahlindustrielle John Cockerill will darauf blicken, dessen lebensgroße Statue auf dem Place du Luxembourg dem Parlament ohne jeden Anflug von Respekt den Rücken zeigt, an dieser Unhöflichkeit kann auch der dazwischen aufgestellte Amboss nichts ändern. Zu seinen Füßen sitzen in majestätisch-entspannter Haltung ein Bergmann, ein Stahlarbeiter, ein Schmied und ein Mechaniker, alles Gewerke, die dem Eisenerz und seiner Verarbeitung verbunden sind. Cockerill scheint ein sozialer Unternehmer gewesen zu sein, oder die vier entspannt und fröhlich wirkenden Figuren befinden sich gerade in der Mittagspause. Was für ein Unterschied zu Österreich, wo es nur Dichter, Denker, Musikanten, Heilige und Sagenfiguren, Staatsmänner und Kriegsherren auf das Podest schaffen, aber niemals ein schnöder Wirtschaftstreibender, umso mehr, als die Statue hier nur eine Kopie ist, das Original steht im wallonischen Seraing, dort, wo der mehrfach Verewigte seine Fabriken betrieben hatte. Um das Monument herum befand sich eine rechteckige Grasfläche, die ihr Ende vor einem niedrigen Zaun aus Halbkreisen, einer Stolperfalle, fand. Der Zustand des Rasens ließ zu wünschen übrig, unmittelbar rund um die Statue wuchs kein Halm, dort war nur festgetretene Erde. Mag sein, dass die Handwerker zur Geisterstunde herabstiegen und sich ihre schweren bronzenen Füße vertraten, das hält auch die robusteste Rasenmischung nicht aus.

Die Rue de Luxembourg führte schnurgerade in die Ferne, am Platz selbst waren die Restaurants, die ihn lückenlos umkränzten, noch geschlossen. Ich musste mich rügen. Genau genommen gab es an diesem Ensemble nichts auszusetzen, wahrscheinlich verbreitete es bei hellem Lichte und linder Luft sogar eine Stimmung der gesicherten Freiheit, denn einerseits gab es jede Menge Raum und andererseits fand dieser Halt in einer klaren Struktur und in einem leicht zu überblickenden Rahmen. Ich fühlte mich unsicher, alleine gelassen, ja auch gefangen, hatte noch keine Perspektive, ein Cocktail, der mir nicht behagte, den ich mir aber gemixt hatte und den ich nun austrinken oder wegschütten musste. Nur ungern ärgerte ich mich über mich selber und so mussten jetzt Platz und Vorplatz dafür herhalten. Big John würde meinen Spott verkraften, wahrscheinlich hätte er mich für eine lächerliche Figur gehalten, die nicht einmal in der Lage war, einen Hammer ordentlich zu schwingen. War ich auch nicht.

***

Es half nichts, die Nieren hatten während der Nacht ihre Aufgabe gewissenhaft erledigt und der Durst machte sich mehr und mehr bemerkbar. Zum Wasser aus dem Hahn gab es keine Alternative, und wer die Dramatik dieser Situation nicht versteht, hat noch nie in Brüssel einen Schluck Leitungswasser getrunken. Da mögen die Konsumentenschützer, hauptberuflichen, chemisch gebildeten und olfaktorisch erfahrenen Wasserbeobachter sowie die gewissenlosen touristischen Schönredner verkünden, was sie wollen, chemisch mag das, was aus den Rohren fließt, durchaus der Formel H_2O entsprechen, aber über seinen Geschmack breite ich gnädig den Mantel des Schweigens. Ich hielt mir die Nase zu, beugte mich unter den kurzen Hahn und brachte es hinter mich. Hunger hatte ich natürlich auch, aber was sollte ich tun. Nachdem ich die Höhe der Sitzfläche und die Neigung der Lehne des angenehmen Drehstuhls an meinen Körper angepasst hatte, steckte ich das Mobiltelefon und den PC zum Aufladen an und sah mir meine elektronische Korrespondenz an. Die wichtigste Botschaft kam von der Professorin, kurz und bündig: *Du bist ein Spinner, ich gebe dir drei Monate, keinen Tag mehr.* Wieder so eine Nussschale, aber es war alles in ihr, was ich brauchte, und um Nägel mit Köpfen zu machen, verfasste und aktivierte ich gleich meine Abwesenheitsnotiz in den Sprachen von Goethe, Shakespeare und Väinämöinen, die da lautete: *Ich befinde mich bis Ende Jänner 2024 auf einer Forschungsreise und werde Ihre Post nach meiner Rückkehr lesen.* Das waren von heute an gerechnet vier Monate, aber der kluge Mann baut immer einen Puffer ein. Eher von Nervosität getrieben als bewusst intendiert, begann ich, die Laden des Rollwagens aufzuziehen. Es sollte ein Glücksgriff werden, in der obersten Lade lagen ein kleiner Notizblock, Gummiringerl, eine Nagelschere, farbloser Nagellack, ein Kamm, mehrere USB-Sticks und sonstiger Krimskrams, vor allem aber schaute unter einem Häufchen von Büroklammern der Bart eines Schlüssels hervor. Sollte das vielleicht ...?

Es sollte, denn ohne Vorsicht walten zu lassen, sprang ich zur Tür, steckte den Schlüssel ins Schloss – und er passte. Zum Glück war der Gang leer, welcher Arbeitswillige sollte sich auch an einem Samstag, in Zeiten, in denen das Büro zu Hause als Totem verehrt wird, in ein beklemmend stilles Bauwerk begeben? Ich zog mich gleich wieder in mein Versteck zurück, mein Puls war in die Höhe gesprungen, denn gänzlich unerwartet hatte ich einen Weg in die Freiheit gefunden. Genau genommen war ich nicht frei im wirklichen Sinn, aber signifikant weniger eingesperrt, als ich es noch vor einer Minute gewesen war. Was sollte ich tun? Vorerst einmal gar nichts, außer die Ruhe zurückzugewinnen, ich durfte jetzt nicht unüberlegt sein und meine Expedition in Gefahr bringen. Mit deutlich schnelleren Fingern als zuvor kramte ich nun in den beiden hohen Laden, die obere war bis zum Rand hin mit Vorschlägen, Beschlüssen, Resolutionen und anderen Dokumenten vollgestopft, ich schloss sie sofort wieder. In der unteren lag ein Paar sichtlich gebrauchte Pantoffel für Damen und gleich daneben eine Prinzenrolle. Die Packung war noch luftdicht verschlossen, so musste ich nicht darüber nachdenken, ob die Nähe von Essen und Schuhwerk besser Zurückhaltung geböte, und ich legte die Prinzenrolle vor mir auf den Tisch. Der freundliche Namensgeber in Stulpenstiefeln, einer Art mittelalterlichem Sportgewand und wehendem Cape lachte mir entgegen. Nun war ich definitiv gerettet. Jetzt war es Samstag, zehn Uhr, am Montag um neun würde ich mich aus dem Büro wagen können, das macht siebenundvierzig Stunden, die zu überbrücken sind, davon einunddreißig im Wachzustand, und in der Packung befanden sich dreiundzwanzig Stück der begehrten Doppelkekse. Ich dürfte mithin alle 1,35 Stunden, das sind einundachtzig Minuten, eines essen, um das Hungergefühl auf ein konstantes Niveau zu dämpfen. Ich dämpfte sofort und schon lange nicht hatte ich diese in Massenproduktion hergestellte Kakobutter so genossen wie jetzt. Hunger ist der beste Bäcker, zweifelsohne.

Nach Lesen und Arbeiten war mir noch nicht zumute, somit beschloss ich, nach draußen zu gehen. Meine Erinnerung sagte mir, dass an allen größeren Flächen des Hauses reichlich Überwachungskameras angebracht waren, in den vergleichsweise engen Gängen, die zu den Büros der Abgeordneten und ihrer Mitarbeiter führten, jedoch nicht. In diesem Bereich konnte ich mich frei bewegen, und nach kurzer Zeit gelangte ich auf einen Vorplatz, der primär als Zugang zu vier Aufzugstüren diente. Ich erinnerte mich, dieser Bereich war gestern automatisch oder zumindest ferngesteuert zugezogen worden. Zu meiner Überraschung stand an dessen Rand ein Wuzler, das sperrige hochdeutsche Wortungetüm *Tischfußballgerät* wollte mir nicht in den Sinn kommen, er war auf Privatinitiative aufgestellt worden. *Property of Redolf Dönnerschlach – Please handle with care – Do not move me* hat der vermutlich ostfriesische Spender auf den angeklebten Zettel geschrieben und daneben seine Bürokoordinaten angeführt. Redolf musste gute Beziehungen haben, denn weltweit blickt die Feuerpolizei mit Argusaugen auf vermeintlich unschuldige Gegenstände, die den Gang verstellen und im Fall der Flucht zu Stürzen führen könnten, oder war er gar ein gefinkelter Jurist, der herausgefunden hatte, dass vor Aufzügen sehr wohl Gegenstände aller Art stehen konnten (denn im Brandfalle durften jene ohnehin nicht benutzt werden)? In der Teeküche ums Eck fand ich einen Tischwasserfilter vor, eine aus den Brüsseler Haushalten und Büros nicht wegzudenkende Karaffe aus durchsichtigem Hartplastik, versehen mit einer Filterkartusche, die das Trinken aus der Leitung erträglich gestaltet. Sofort füllte ich ihn voll.

Nach ausgiebigem Genuss suchte ich die allgemeinen Toiletten auf, weiß gefliest und geräumig verströmten sie einen neutralen Charme. Zu meinem Leidwesen spendeten die Hähne auch hier kein Warmwasser und eine allgemeine Dusche hatte ich sowieso nicht erwartet. Wie würde ich es vermeiden zu stinken und die Krätze zu bekommen, eine Frage, die mich mehr und mehr besorgte. Da ich mich für einen Moment ein bisschen einsam fühlte, betrachtete ich mich im Spiegel länger als sonst, denn auch ich musste mit der Gesellschaft vorliebnehmen, die zur Verfügung stand. Ich gab meinem Aussehen sieben von zehn möglichen Punkten, mit der Zusatzbemerkung, dass mit etwas mehr Sport und Gymnastik der Achter in Reichweite wäre. Der Teint war hell, aber noch nicht bleich, wie würde er sich fernab jeglicher UV-Strahlung entwickeln? Meine Augen waren grünlich braun, wie immer, daran würde sich auch nichts ändern. Bezüglich der Körpergröße wäre im wahrsten Sinn des Wortes noch Luft nach oben, aber im Hinblick auf die aktuellen Verhältnisse erwies sie sich als technisch gesehen optimal. Ein Besuch beim Friseur stand in ungefähr zwei Wochen an, das würde wohl ein Problem werden. Meine Aufmerksamkeit gegenüber mir selbst wurde durch einen Hinweis abgelenkt, der mit durchsichtigem Klebeband neben dem Waschtisch befestigt war. Betitelt mit *Comment se laver les mains – How to wash your hands*, hielt er vorerst fest, dass die Handwäsche vierzig bis sechzig Sekunden dauern sollte, um dann in insgesamt zehn Schaubildern jeden einzelnen Schritt zu dokumentieren. Vom Befeuchten der Hände als Ouvertüre über das Reiben der Fingerrücken bis hin zum Finale, dem Abtrocknen, hatte der Autor auf nichts vergessen. Ich konnte ein aufkeimendes Erstaunen nicht unterdrücken. In diesen ehrenwerten Hallen werden Mehrjahresbudgets in Billionenhöhe beschlossen, die Aufnahme neuer Mitgliedstaaten wird abgesegnet, alle Vorschläge der Kommission zu Verordnungen und Richtlinien werden modifiziert, ob zum Guten oder zum Schlechten sei im Einzelfall beurteilt, ja alle fünf Jahre entscheidet das Parlament in einem zu einem hoheitlichen Tribunal hochstilisierten Verfahren, ob die vorgeschlagenen Kommissare über ausreichende Fähigkeiten, ihr Amt auszuüben, verfügen, und es prüft, ob ihm deren geplante Vorhaben genehm sind, es erörtert die Währungspolitik und verfasst Resolutionen von geopolitischer Bedeutung, denken wir an jene aus dem Jahr 2009 zur Unterstützung des Sondergerichtshofes für Sierra Leone, und es vergibt Preise und Auszeichnungen in Sachen Demokratie & Co. All das können die Abgeordneten, aber Händewaschen haben sie nicht gelernt?

Bei genauerer Betrachtung der zweisprachigen Hilfestellungen unter den dankenswerterweise von der Weltgesundheitsorganisation zur Verfügung gestellten Zeichnungen fiel mir die altbekannte Tatsache auf, dass das Französische immer mehr Platz beansprucht als Englisch. Im Schnitt beträgt der sprachliche Mehraufwand ungefähr ein Fünftel, nur um denselben Inhalt auszudrücken. Somit ist die Baskenmütze dem Bowler im weltweiten Wettbewerb zwischen den Sprachen klar unterlegen, das Ergebnis ist ja Common Knowledge, das einzige Land auf der Erde, in dem es schwierig ist, mit Englisch durchzukommen, liegt unmittelbar auf der anderen Seite des Ärmelkanals. Der Unterschied führt zu Ungerechtigkeit, denn in beiden Staaten ist die durchschnittliche Lebenserwartung ungefähr gleich hoch, was dazu führt, dass die Franzosen kürzere Zeit schweigen können oder schneller reden müssen als die Engländer. Der Timer meines Mobiltelefons (französisch: *Minuteur*, quod erat demonstrandum) läutete mit der Tonsequenz *Durchsage*, wies also bis zu einem gewissen Grad hoheitlichen Charakter auf – ich durfte den nächsten Prinzen verzehren und ging zu diesem Behufe zurück in mein Büro.

***

Mittlerweile war es hoch an der Zeit, meinen Lehrplan aufzustellen. Ankommen und sein Lager aufschlagen, das musste jetzt ein Ende haben, ich war ja hier zum Arbeiten und nicht zum Vergnügen. Die Methode des Lernens war klar, in einer Zangenbewegung würde ich *lesen* zum einen und *erfahren* zum anderen. Ersteres hätte ich zu Hause in der Donaumetropole auch machen können, bis zu einem gewissen Maß jedenfalls, dank des unerschöpflichen Angebots im ständig sich verdichtenden und ausdehnenden Universum des Internets sowie der einschlägigen Buchhandlungen, jedoch erwartete ich mir von der Parlamentsbibliothek, von deren Existenz ich wusste, die ich aber noch nicht besucht hatte, mehr und Besseres. Zum *Erfahren*: Nach und nach würde sich weisen, zu welchen Sitzungen, Konferenzen, Treffen ich erlaubterweise Zutritt erhalten und in welche ich mich hineinschwindeln würde müssen – und welche ich zu guter Letzt gegebenenfalls über einen der vielen herumhängenden Bildschirme verfolgen könnte. Und nun, was sollten die Inhalte sein?

Die Europäische Union, genau genommen ihre Vorvorläufer: *Europäische Wirtschaftsgemeinschaft* und *Europäische Atomgemeinschaft*, wurde am 25. März 1957 gezeugt, zu Rom, auf dem Kapitol, im Saal der Horatier und Curatier des Konservatorenpalasts. Jeder kennt dieses einzigartige Foto, auf dem elf der zwölf Väter, ganz vorne links der hier gebäudlich verewigte Paul-Henri, an einem Tisch sitzen, der bis zum Fußboden reichend mit einer weißen Decke verhüllt war, ausgestattet mit Vertrag, Füllfeder, Mikrofon, Kopfhörer, und dahinter, sitzend und stehend, eine Heerschar von Männern, die in welcher Weise auch immer zum Gelingen der Römischen Verträge beigetragen haben. Alle tragen sie einen schwarzen Anzug, darunter ein weißes Hemd mit Krawatte, und alle weisen sie dank eines geschickten Fotografen mit einer Neigung zur Retusche exakt dieselbe rosa Gesichtsfarbe auf. Im Hintergrund, auf den mächtigen Fresken, kämpfen je drei Brüder aus der römischen Familie der Horatier und der albanischen Curatier stellvertretend für die Heere ihrer beider Länder, um so ein großes Blutvergießen zu vermeiden. Es starben zwar immer noch fünf dieser Abgeordneten unter den Schwerthieben der Gegner, aber angesichts der Tatsache, dass sich diese Auseinandersetzung bald nach der Gründung Roms zugetragen hatte, einer wenig zimperlichen Epoche, bildet das Motiv den passenden Rahmen für die Gründung des weitreichenden Friedensprojektes. Am 1. Jänner 1958, einige wenige Tage später als der im Menschlichen zu erwartende Termin, traten dann die *Römischen Verträge* in Kraft, der ältere über Kohle und Stahl wurde hinzugenommen, adoptiert, und schon war das gemeinsame Europa geboren. Seitdem werkt eine immer größere Schar an Beamten, Mandataren, Ministern, Kommissaren, Abgeordneten, Richtern und Rechnungsprüfern an der *Verwirklichung einer immer engeren Union der Völker*, wie es *Artikel 1* des *Vertrags über die Europäische Union* an prominenter Stelle und unmissverständlich festhält. Institutionen, Organe, Behörden, Agenturen und Stellen aller Art werden ins Leben gerufen, Politiken und Maßnahmen vorgeschlagen, Grünbücher erhellen sich zu Weißbüchern, sogenannte Nichtpapiere werden gezielt lanciert, um die Akzeptanz eines Vorschlages zu testen, danach verschwinden sie oder mutieren zu Handfesterem, Gesetze in Form von Verordnungen oder Richtlinien werden verabschiedet, verändert und – auch das kommt vor – wiederum aufgehoben, Entscheidungen werden gefällt, Gerichte angerufen, diese rufen per Urteil zurück, Verträge mit anderen Staaten werden geschlossen, wer kann, gibt Entschließungen und Erklärungen ab, es wird geprüft und kritisiert, und im Kern der Sache geschieht dreierlei: Es wird verhandelt, verhandelt und nochmals verhandelt.

Berühmt sind jene Nächte, in denen die Uhren im Sitzungssaal angehalten wurden, um eine Sekunde vor dem offiziell letztmöglichen Zeitpunkt eine Lösung zu finden, mit der alle gleichermaßen unzufrieden waren. Berühmt sind auch die Nuancen, die kundige Übersetzer in ihre sprachliche Version hineingebracht haben, um dem der Sprache entsprechenden Heimatland einen Gefallen zu erweisen, um einen Schritt weiterzugehen, als es seinen Vertretern am Verhandlungstisch gelungen war. Alle diese Papiere türmen sich zu einem Berg, ja was sage ich, zu einem Gebirge, das den Namen *Besitzstand der Europäischen Union* erhalten hat. Welche Höhe es erreicht, weiß niemand genau, zumal es weiterwächst, von Tag zu Tag. Anfang dieses Jahrtausends umfasste eine von den Niederlanden herausgegebene Gesamtausgabe 85 000 Seiten, seitdem liegt sein Gipfel im Nebel. Bei allem Respekt für das Zahlenverständnis dieser Kaufmannsnation erscheint mir die Schätzung viel zu gering, und schon eher glaube ich an die heuer kolportierten 250 000 Seiten, denn allein ein einziger vor Kurzem hinzugekommener Rechtsakt, nämlich die *Delegierte Verordnung (EU) 2021/2139*, umfasst samt Anhängen 397 Seiten. Sie betrifft technische Kriterien zum Klimaschutz, ist also ein winziger Baustein im massiven Gebäude des Europarechts,

das über den weitläufigen Siedlungen des Rechts der Mitgliedstaaten thront. Schon die exakte Bezeichnung[2] dieser heiß
umfehdeten Rechtsnorm auswendig zu lernen wird den einen
oder anderen überfordern, mich auf jeden Fall. Wo also sollte ich anfangen, worauf mein Augenmerk lenken in den drei
Dimensionen *Institutionen, Verfahren* und *Materie?* Einige
Prinzen später, es war aber noch hell, hatte ich meinen Plan
zusammengestellt.

Was die Macher betrifft, so würde ich mich auf die entschei-
denden konzentrieren, auf das *Parlament,* das demokratische
Herz der Union, meinen unwissenden Gastgeber, meinen
Wirtsorganismus; die *Europäische Kommission,* die sich selbst
als Hüterin der Verträge oder als Motor der Europäischen Einigung sieht, Statik und Dynamik unter einem Dach vereint; und
auf den sogenannten *Rat.* Dieser zeichnet sich zum einen dadurch aus, dass er es bislang noch nicht für nötig befunden hat,
eine auf die postrevolutionäre Gefühlswelt des Bürgertums ab-
zielende Funktionsbenennung zu entwickeln, und zum anderen lässt er den oberflächlichen Betrachter ratlos zurück. Gibt
es doch den *Rat der Europäischen Union,* und den gleich zehn
Mal, in nach Sachgebieten getrennten Formationen, dann den
Europäischen Rat und schließlich den *Europarat.* Vergessen
wir sofort Letzteren, der empfindet sich ebenfalls als Hüter,
nämlich von Menschenrechten, Demokratie und Rechtsstaat-
lichkeit, hat aber mit der Europäischen Union, abgesehen

---

[2] Delegierte Verordnung (EU) 2021/2139 der Kommission vom 4. Juni 2021
zur Ergänzung der Verordnung (EU) 2020/852 des Europäischen Parlaments
und des Rates durch Festlegung der technischen Bewertungskriterien, anhand
deren bestimmt wird, unter welchen Bedingungen davon auszugehen ist, dass
eine Wirtschaftstätigkeit einen wesentlichen Beitrag zum Klimaschutz oder
zur Anpassung an den Klimawandel leistet, und anhand deren bestimmt wird,
ob diese Wirtschaftstätigkeit erhebliche Beeinträchtigungen eines der übrigen
Umweltziele vermeidet.

vom Umstand, dass alle EU-Staaten zu seinen sechsundvierzig Mitgliedern zählen, nichts zu tun. Mit einer kleinen Ausnahme, denn auch der Verwirrung sind im grenzenlosen Europa keine Grenzen gesetzt: Die berühmten zwölf goldenen Sterne auf dunkelblauem Grund wurden 1955 vom Europarat ins Leben gerufen, und nachdem er genau drei Jahrzehnte lang die Institutionen der EU ermuntert hatte, auch auf dieses Symbol zurückzugreifen, haben die Staats- und Regierungschefs, die sich im Europäischen Rat zusammenballende oberste Instanz, ihren Widerstand aufgegeben. Seitdem sorgen nicht nur in den Flaggen der Innviertler Gemeinde Mattighofen, der Vereinigten Staaten von Amerika, des savannenreichen Benin oder des weit entfernten Neuseelands unterschiedlich gestaltete Sterne für Licht in der politischen Dunkelheit, Orientierung und Hoffnung, sondern auch in der des gemeinschaftlichen Kontinents. Mehr noch, fest vereint zu einem Kreis, stehen sie für Einheit, Solidarität und Harmonie zwischen den Völkern Europas.

Von den Institutionen bieten auch der Gerichtshof und der Rechnungshof einiges an Bedeutsamem und Beachtlichem, jedoch werde ich mich beschränken und sie ebenso links liegen lassen müssen wie die beratenden Organe *Wirtschafts- und Sozialausschuss* sowie den *Ausschuss der Regionen*. Die Ansichten über die Wesentlichkeit und Wirkmächtigkeit der beiden Ausschüsse gehen weit auseinander, je nachdem, ob der Gefragte eines ihrer Mitglieder ist oder nicht. Und schon gar nicht kümmern würde ich mich um das immer weiter ausufernde Dickicht von Agenturen. Nichts spräche dagegen, alle ihnen überantworteten Aufgaben der Kommission zu übertragen, allein der politische Wille wollte nicht, und so haben mittlerweile gut drei Dutzend der sogenannten dezentralen Agenturen das Licht der Sterne erblickt, und im Adjektiv steckt schon ein ganz wesentlicher Aspekt der Auslagerung ihrer Aufgaben aus dem behütenden Motor versteckt. *Dezentral* heißt, dass der Sitz der Agentur in jedem der EU-Staaten liegen kann, was dazu führt, dass auf der Insel Kreta, in Iraklio, für Cybersicherheit gesorgt wird und dass in der milden Luft Oberitaliens nicht nur der Parmaschinken getrocknet wird, sondern sich auch die Europäische Behörde für Lebensmittelsicherheit der Risiken entlang der Lebensmittelkette annimmt. Aufpassen sollte der, der mit den im Bürokratenjargon gerne eingesetzten Akronymen um sich wirft. Ist er unaufmerksam und verwechselt in der Hitze des Gefechts EIOPA mit EUIPO, befindet er sich unversehens statt in Frankfurt, über Aktenordnern das Versicherungswesen betreffend, im sonnigen Alicante und entscheidet darüber, ob eine bestimmte Marke wie etwa der noch nicht existente Franz-Mödlhammer-Schokoriegel im gesamten Binnenmarkt geschützt ist oder nicht.

Um nun zu den Verfahren zu kommen, werde ich mich darauf beschränken müssen, wie das Heranreifen von Verordnungen und Richtlinien bis zu ihrer Niederkunft im Amtsblatt verläuft. Einzelne Entscheidungen der Kommission haben zweifelsohne ihren Charme, gerade dann, wenn sie Verstöße gegen die Regeln des lauteren Wettbewerbs betreffen und dadurch den Unternehmen, denen ein solcher Lapsus – trotz der zahlreichen juristischen Spitzenkräfte, die laufend in ihrem Sold stehen – unterlaufen ist, Strafen in einer Höhe von mehreren Milliarden Euro aufbrummt werden. Die sachkundig und akribisch Überführten, die Globalisierung und eine monopolartige Stellung am Markt machen es möglich, werden immer noch auf dem Konto *Unerfreuliche, aber unbedeutende Reibungsverluste* verbucht, geben aber Anlass dazu, weitreichende Verhaltensänderungen vorzunehmen. Das Haushaltsverfahren stellt ein weiteres politisch-administratives Kunstwerk dar, auf dessen Studium ich verzichten muss. Alle sieben Jahre wird das Budget der EU in seinen Grundzügen und seiner maximalen Höhe verhandelt, und in diesem festgelegten Rahmen wird dann Jahr für Jahr das monetäre Gemälde in seinen Feinheiten gemalt, wir sehen dann jene, die die Geldsäcke heranschleppen, jene, die sie forttragen – es sind bis zu einem gewissen Teil dieselben Staaten –, und anschließend sehen wir, wofür sie ausgeschüttet werden. Hier düngen die Münzen und Scheine die Äcker und Felder der Bauern, dort bilden sie den Klebstoff für einen besseren Zusammenhalt zwischen den Regionen, gestützt auf eine wirtschaftliche Stärkung der ärmeren, sie sorgen dafür, dass in den Labors der Forscher die Lichter und Kühlschränke nicht ausgehen, auch der Rest der Welt erhält aus einem Amalgam von gefühlten Verpflichtungen und herangetragenen Forderungen heraus sein Scherflein, und da weder ein Beamter noch ein Vermieter von Büroflächen für Gottes Lohn arbeitet oder den Schlüssel zur Eingangstür übergibt, dürfen auch sie nicht vergessen werden.

Gerade die Verfahren zur Gesetzgebung sind faszinierend. In ihnen ist zementiert, wer aller an der Zubereitung des Menüs mitwirken darf; wer entscheidet über die Auswahl der Speise, wer sucht das Rezept, wer kauft ein und wo, wer schält und schneidet, wer holt die Pfannen und Töpfe, wer brät, backt und kocht, wer würzt, wer schmeckt ab, wer befindet über die Qualität und wirft eventuell den ungenießbaren Braten in den Müll, wer richtet an und wer serviert? Dass das, was heute praktiziert wird, so unschuldig und trocken daherkommt, ist das Ergebnis eines jahrzehntelangen Ringens um Macht und Einfluss, das niemals enden wird. Nicht nur die Hüterin der Verträge, das demokratische Herz und die Ratsherren steuern dazu bei, sondern auch die Sozialpartner, annähernd dreihundert Regionen, beide Kammern der Parlamente der Mitgliedstaaten sowie ein unüberschaubares

Heer von Interessenvertretern. Fristen, Anfordernisse an eine Mehrheit, Kompetenzen innerhalb der einzelnen Akteure und deren Ausmaß, Anhörungsrechte, die Zusammensetzung der Gremien, Ausnahmeregelungen, Bewertungs- und Zählkriterien, all das dient nur einem: einer spezifischen soziologischen Gruppe dauerhaft Einfluss zu sichern. Und der Gewinner ist – das Parlament! Das, was 1958 als *Europäische Parlamentarische Versammlung* begonnen hat, in die Abgeordnete der nationalen Parlamente entsandt wurden, die wiederum unverbindlich ihre Kommentare zum europäischen Geschehen abgeben konnten, hat sich zu einem zentralen Korpus der Macht entwickelt, der diese auch selbstbewusst, ohne einen Anflug von hinderlicher Demut, ausübt. Es ist müßig, darüber zu streiten, wer nun vom Dreigestirn (Kommission, Rat, Parlament) der Mächtigste wäre, denn je nach Perspektive würde das Ergebnis unterschiedlich ausfallen, gesicherte Tatsache ist, dass ohne das Parlament überhaupt nichts geht, es weder einen Fortschritt noch Rückschritt, ja nicht einmal einen Stillstand geben kann. Insbesondere in den Schlachten, Pardon, Verträgen von Amsterdam, Nizza und Lissabon hat das Parlament erhebliches Terrain gewonnen, das ihm niemand mehr streitig macht. In fast allen Materien entscheidet es gleichberechtigt mit dem Rat im sogenannten ordentlichen Gesetzgebungsverfahren, lediglich in wenigen, gut begründeten Ausnahmefällen muss es sich mit einer reinen Zustimmung oder Ablehnung in Form eines Ja oder Nein begnügen oder, horribile dictu, lediglich angehört werden. Ich bin sicher, sollte es wieder zu einem neuen Vertrag kommen, wird der Parlamentarismus wieder die eine oder andere Bastion erstürmen und dauerhaft besetzen.

Angesichts dieser aufregenden Mannigfaltigkeit und abenteuerlichen Detailkonstruktionen wollte ich gleich mit dem Studium loslegen, aber ich durfte auf die Inhalte nicht vergessen, musste meine Planungsarbeiten also fortsetzen. Obwohl die andernorts gerade ihren Säugling schaukelnde Viola in ihrem Büro wahre Schätze der Regional- und Kohäsionspolitik hortete – ich hatte mir zwischenzeitlich die zweite Schreibtischlade zu Gemüte geführt –, mochte ich auf diese nicht zurückgreifen.

Brücken, Straßen und Wege, Kabel über oder unter der Erde, Gewässer, die, aus dem Korsett des Betons befreit, wieder frei fließen dürfen, finanzielle Ermunterung für Unternehmer, die sich trauen, ihre Hallen und Lager dort zu bauen, wo Fuchs und Hase einander Gute Nacht sagen, und auch für solche, die ihre ersten Schritte ins raue Wirtschaftsleben wagen, Ausbildungen, deren Wissen nicht nur der persönlichen Erbauung dient, sondern auch angewandt werden kann, oder, ebenso interessant, das Einrichten von Kreisläufen für Materialien, die heute auf der Müllhalde landen. Eine nur annähernd anschauliche Liste all dessen, mit dem ärmeren Landstrichen unter die Arme gegriffen wird, überfordert auch den neugierigsten Leser. Nach viel Überlegung und einigem Hin und Her fasste ich den Entschluss, mich mit ausschließlich zwei Themen zu befassen, die ohne gemeinschaftliches Vorgehen in ein Desaster münden würden. Ich wählte die Landwirtschaft und das Finanzwesen, das eine zum Angreifen, das andere abstrakt, beides Brennstoffe, der eine für unsere Körper, der andere für jegliches wirtschaftliches Treiben. Somit war meine Entscheidung gefallen, wichtig war, eine erste Marschrichtung zu haben und in Schwung zu kommen. Abzweigungen, die sich gegebenenfalls bieten, könnte ich immer noch nehmen.

***

Wiederum blickte ich auf das rote Pflaster der Esplanade und sah zu meiner Freude, dass, von allen Seiten heranströmend, immer mehr Menschen darüber gingen und dem hinteren Eingang der Baulichkeit zustrebten. Der Montagmorgen brachte neues Leben, und nachdem ich ihm eine Weile bei seinem Anschwellen zugesehen hatte und sicher sein konnte, auf den Gängen keine Aufmerksamkeit erregende Einzelerscheinung mehr zu sein, sondern einer unter mehreren, ging ich los und steuerte auf das *Café Traktor* zu. Zuvor hatte ich noch alle Spuren meiner Präsenz so gut wie möglich getarnt. Die mittlerweile getrocknete Wäsche hatte ich im Koffer verstaut und diesen in die geräumige Ablage unterhalb der Fenster gestellt, gemeinsam mit den benutzten Decken. Die Pölster hatte ich so drapiert, dass ihnen ihr letzter Verwendungszweck nicht mehr anzusehen war. Ich machte ein Foto, wie sie so auf der Couch standen, um sie immer wieder in derselben Konfiguration abzulegen, wenn ich das Büro verließ. Das Café hatte möglicherweise einen richtigen Namen, aber jeder verwendete den landmaschinentechnischen Bezug, da seine hohen Tische früher mit Barhockern bestückt waren, die an die einfachen Sitze des Zugfahrzeugs und Allrounders erinnerten. Der Traktorsitz von heute ist von einem Sessel der oberen Führungsetagen kaum mehr zu unterscheiden, die neuen Sitze des Cafés sind keiner Erwähnung wert, der klingende Name ist geblieben. Die Schlange von Hungernden, Dürstenden und Mitteilsamen war noch kurz, das Thunfisch-Sandwich entnahm ich der kühlenden Vitrine, der hagere Mann hinter der Bar, den Hals adrett mit einer schwarzen Fliege verschlossen, versorgte mich korrekt, höflich und rasch mit einem Croissant und einem Pain au Chocolat sowie mit einem gut geschäumten Cappuccino.

Ich wählte einen Tisch am äußeren Rand, um das Treiben bestmöglich beobachten zu können. Der *Traktor* war schlechthin der neuralgische Punkt des Parlaments, hier nahm der

Boulevard hinüber zum Plenarsaal seinen Anfang, an dessen Seiten standen aber keine schattenspendenden Bäume, sondern auf einem flachen Podest mehrere mit Kamera, Mischpult und Bildschirm ausgestattete, in der Höhe verstellbare Lampen auf Stativen und mit Sitzgelegenheiten ausgestattete Stationen, die es erlaubten, den Abgeordneten aller Körpergrößen Interviews zu geben. Paravents aus durchscheinendem Gitter sollten verhindern, dass ein Interview das andere stört, das Vorhandensein der Konkurrenz aber dennoch sanft in das Bewusstsein rufen; es war tatsächlich an alles gedacht worden. Später bemerkte ich, dass die Alleebäume durch immergrüne Wedel aus dem Regenwald, in Hydrokulturen verpflanzt, substituiert worden waren. Die breiten Straßen zu den kleinen Sitzungssälen führten am *Traktor* vorbei und jene in Richtung Außenposten *József Antall* und *Willy Brandt* hatte ebenfalls hier ihren Ausgangspunkt. Mein Platz gestattete mir eine gute Aussicht auf das Fernsehstudio und auf die Hausdruckerei, vor der auch die Post für die Abgeordneten verteilt wurde. Jedes der siebenhundertfünf Kästchen ist ein Abgeordneter, sie sind nach Nationen und dann nach Familiennamen geordnet und gestatten die Aufnahme eines mittelgroßen Ziegels von A4-Dokumenten. Versperren lassen sie sich nicht, das ist auch nicht notwendig, da hier nur die offiziellen, jedermann zugänglichen Papiere Zwischenstation machen.

Die Katzenwäsche der vergangenen Tage – mit Papierhandtüchern und kaltem Wasser – verdross mich anfangs, es fehlte mir das Gefühl der umfassenden Sauberkeit, ich fühlte mich wie ein Schmuddelkind und hatte Sorge, ob eines eventuell wahrnehmbaren Geruchs die Aufmerksamkeit auf mich zu ziehen. Nach und nach entfernten sich meine Gedanken vom Ich und näherten sich dem Ihnen. Immer mehr Bedienstete belebten die Gänge, Abgeordnete waren allerdings noch keine zu sehen, sie standen jetzt noch auf einem Flughafen oder Bahnhof in ihrer Heimat, den Kopf schon voll mit Gedanken, wen sie wo treffen würden, was sie und ihre Mitarbeiter noch vorzubereiten hätten, wie sie argumentieren würden, um der einzig möglichen Wahrheit, der ihrigen, zum Durchbruch zu verhelfen, und wie sie abstimmen würden. Der Kopf eines Abgeordneten gleicht einem Bienenstock, tausend pollenträchtige Gedanken krabbeln in ihm herum, verlassen ihn über den Mund oder über die schreibende, wohl eher tippende Hand und kommen zurück, angereichert mit dem, was er gerade gehört oder gelesen hat. Ruhe gibt es kaum, zu zahlreich sind die Dossiers, die er zu bearbeiten hat, zu umfangreich das Bouquet aus Mitteln, die er einsetzen, und Trümpfen, die er ausspielen kann, sowie aus Störungen und Hindernissen, die er erahnen und abschätzen sollte.

Nach und nach, beginnend mit dem späten Vormittag, würden die unermüdlichen Handwerker der Gestaltung und Reparatur der bürgerlichen Lebensentwürfe eintreffen, jetzt gehörte die Bühne noch den Assistenten, jung, wobei: jung im Vergleich zu wem? Achtzigjährige finden auch jene, die gerade in den Ruhestand getreten sind, jung. Studenten hingegen lediglich ihre kleinen Geschwister. Sie sind jung an Geist und Haltung, haben noch Träume und Hoffnungen und sind bereit, sich mit ganzer Kraft dafür einzusetzen, dass diese auch Wirklichkeit werden, wissend, dass vor einem Erfolg ein gerüttelt Maß an Tiefschlägen einzustecken ist, lassen sie sich durch diese arithmetische Ungerechtigkeit nicht entmutigen, und sie haben die Augen und Ohren stets offen, ob von irgendwo ein günstiger Wind weht oder doch eine schwarze Wolkenbank aufzieht oder ob sich frischer Boden auftut, der zu beackern sich lohnt. Das ist jung, das Suchen nach der Zukunft und der feste Wille, sie zu gestalten, wo immer sie sich aufspüren lässt. Das Alter vergleicht nur mehr das Jetzt mit dem Früher, und je weiter es vorangeschritten ist, desto öfter gelangt es zum Schluss, dass Letzteres besser als Ersteres gewesen war. So gesehen waren alle hier Anwesenden Jugendliche und die Stimmung des immerwährenden Aufbruchs steckte mich zunehmend an. Zum Teufel mit den Miesepetern, Meckerern und Madigmachern, mögen sie in sich verkrusten, ihre Sicht der Dinge im Kreise Gleichgesinnter äußern – sei es rund um einen Tisch oder mithilfe der durch eine rasche, schlampige und nun in den Köpfen festgekrallten Übersetzung als »sozial« bezeichneten Medien – und damit ihr gestalterisches Potenzial erschöpfen. Sie haben nichts gemein mit dem Homo erectus, der siebenhunderttausend Jahre vor uns begann, das Feuer für sich und seine Familie zu nutzen, auch nichts mit jenem unbekannten Steppenbewohner, der – ungefähr sechstausend Jahre mag es her sein – ob seines vom Schleppen gebeugten und schmerzenden Rückens nicht nur jammerte, sondern kurzerhand das Rad erfand und fortan die Last von einem Vierbeiner ziehen ließ. Meine Begeisterung für das Leben, die Tat, die Erkundung schwoll an, und zunehmend erregt, enthusiasmiert stand ich auf und brachte das gebrauchte Geschirr zum Abservierwagen, der vor dem Fenster stand. Keinesfalls durfte ich den Verhaltenskodex verletzen und dadurch die Aufmerksamkeit auf mich ziehen, ähnlich der Mimese im Tier- und Pflanzenreich musste ich meine Umgebung so geschickt nachahmen, dass alle mich schlicht übersehen würden. Es blieb nur zu hoffen, dass sich nicht noch so ein vorwitziger Beobachter (wie ich) eingeschleust hatte, der mich künftig beobachtet und taxiert, aber er wäre schlussendlich keine Gefahr, denn auch er dürfte keine Wellen schlagen und sich dadurch dem Risiko, erkannt zu werden, aussetzen.

***

Über eine Rolltreppe gelangte ich ins Erdgeschoss, zu meinem Leidwesen endete sie unangenehm nahe dem Eingangsbereich. Mehrere schwarze Torwächter standen um ihn herum, zu meinem Glück wandten sie sich ausnahmslos den Hereinkommenden zu, sodass ich nicht in ihren Blickwinkel geriet. Ich hatte das Gefühl, unversehens in ein Einkaufszentrum verschlagen worden zu sein, Geschäfte und Restaurants zu beiden Seiten eines breiten, hell erleuchteten Ganges. Durch das flache Glasdach in der Höhe des dritten Stockwerks gesellte sich dem elektrischen Licht jenes der Sonne hinzu, zurückhaltend zwar, aber immerhin. Nicht nur durch das Tageslicht verspürte ich in dieser glitzernden und gleißenden Kunstwelt gleichzeitig den Hauch einer offenen Einkaufsstraße. Tatsächlich befanden sich an beiden Seiten des Ganges ungefähr fünf Meter hohe Bäume, wahrscheinlich Vertreter der unüberschaubaren und gleichzeitig nicht zu übersehenden Gattung *Ficus*. Ob sich ihr Wurzelwerk tatsächlich in das Erdreich Brüssels erstreckte oder ob es lediglich mit riesigen Töpfen unterhalb der Umrandung aus Marmor sein Auslangen finden musste, konnte ich nicht erkennen. Welche Lösung auch immer gewählt worden war, die Fici gediehen prächtig, dementsprechend standen zwischen ihnen auch einige blaue Bänke, die die Illusion des freien Raums verstärkten. Ich erkannte bei meinem Durchgang auch noch einige Schalter, hinter ihrem Tresen standen oder saßen dienstbeflissene Heinzelmännchen. *Dienstbeflissen* heißt, dass sie mit konzentriertem Blick die Tastatur und Maus des Computers bearbeiteten, natürlich war nicht auszuschließen, dass ihr digitaler Eifer sich auf anderes erstreckte. Irgendwann müssen ja die Online-Versionen der Zeitungen und Zeitschriften gelesen werden, darüber hinaus zählt in einem politischen Betrieb die Erkundigung über den Lauf der Welt zu den Dienstpflichten.

So langsam wie nur möglich, um nicht aufzufallen, ging ich zuerst die rechte Seite ab, blickte in die Auslagen und Eingänge, dann gegenüberliegend zurück, und stand unvermutet vor einer Putzerei. Eine göttliche Fügung! Ich fühlte mich von der warmen Holzvertäfelung und den Arrangements aus weißen Kunstblumen angezogen und ging schnurstracks in das *o'puro*, so der Name des Geschäfts, hinein, um mich über das Was, Wie und Wann zu erkundigen. Eine Dame wurde am breiten Tresen bedient, eine andere, es war die Kellnerin von *Astrid Lulling*, stand hinter ihr und wartete mit drei weißen Blusen in der Hand. Ich hätte sie gerne angesprochen, es fiel mir aber nichts Geeignetes ein, so nahm ich auf der Wartebank Platz und betrachtete die in die Tiefe reichende Kette von bereits gereinigten Kleidungsstücken, die sorgsam mit einer Plastikhülle ummantelt waren. Jeder dieser Säcke stand für die tägliche Frage: »Was soll ich heute anziehen?«, und das eingepackte Stück musste oftmals die siegreiche Antwort gewesen sein, ansonsten wäre dessen Reinigung nicht erforderlich. Was würde sich die freundliche Spanierin, die gerade zwei Kostüme entgegennahm, den ganzen Tag denken? Dieses Sakko passt überhaupt nicht zu seinem Typ, einen so teuren Stoff hätte ich ihr gar nicht zugetraut, je vorstehender der Bauch, desto mehr Flecken auf der Krawatte, eine Dame mit Geschmack, sollte der Träger diese Hose nicht gleich wegwerfen, anstatt sie noch einmal putzen zu lassen, ewig diese blauen Hemden, gibt es denn keinen Mut zur Mode – und vieles andere mehr. Irgendetwas musste sie denken, denn den ganzen Tag leicht muffelnde Wäschestücke entgegenzunehmen und solche, die giftige Chemikalien ausdünsten, zurückzugeben schreit förmlich nach einer Ablenkung. In meine Gedanken über die ihrigen vertieft, verging die Wartezeit rascher, als ich es wollte, und ein fröhliches »Jetzt sind Sie doch schon wieder hier« brachte mich in die Wirklichkeit zurück. Es stellte ich heraus, dass ich dort nicht nur meine Hemden, mein Sakko und meine Hosen reinigen lassen konnte, sondern auch Socken und Unterwäsche, ja sogar Skibekleidung, Richtertalare und Paillettenkleider hätte sie genommen und innerhalb von zwei bis drei Tagen gereinigt. Der Kampf gegen Schmutz und Gestank würde somit einfach zu gewinnen sein, befriedigt verließ ich nach dieser Auskunft das Geschäft. Was sollte ich jetzt tun? Ich sollte mich endlich auf meinen Hintern setzen und anfangen zu arbeiten. Noch hatte ich keine Lust dazu, der Wunsch nach erlebter Wirklichkeit war stärker als jener nach Theorie, und so fiel ich in eine Art Gemischtwarenhandlung ein, gleich neben der sauberen, der säubernden Spanierin. Er hieß natürlich nicht banal und generisch *Tony's Convenience Store* oder so ähnlich, sondern trug den verheißenden, an die Unendlichkeit der Wünsche appellierenden Namen *Press Shop & More*. Beim Hineingehen belächelte ich noch den geistigen Ausfluss eines sichtlich um Aufpeppung bemühten Marketingexperten, wurde aber gleich danach eines Besseren belehrt. Allein der Press Shop konnte sich sehen lassen. Das Standardprogramm an englisch-, französisch- und deutschsprachigen Tageszeitungen und allgemeinen politischen Magazinen brauche ich nicht zu erwähnen, aber auch sonst war für jeden Geschmack etwas dabei. Der Bogen fing an mit *Schöner wohnen*, *Watches*, *Health*, *Laura*, *Gala*, *Playboy* sogar und dem nur wenigen Alltagsbürgern bekannten Magazin *Monocle*, das gleichsam Fisch und Fleisch sich sowohl banalen Lifestyle-Themen wie der Wahl des richtigen Schuhwerks als auch brennenden, ungelösten oder unlösbaren außenpolitischen Fragen widmete. Zeitschriften über Sport im Allgemeinen sowie über einzelne Disziplinen, wie *Running*, leicht erkennbar als deutschsprachiges Laufmagazin, oder über Geschichte führten weiter zu einer breiten Wahl an bunten Magazinen für Kinder. Erwähnen möchte ich *Popi*, das Magazin für die Ein- bis Dreijährigen, und dann – schon für die reifere, tieferen Gedanken aufgeschlossene Generation – *Youpi*, das sich an die wissbegierigen Sechs- bis Neunjährigen wendet. *Press* ist ein elastischer Begriff, und dem natürlichen Expansionsstreben des idealtypischen Unternehmers ist es zu verdanken, dass er sich auch auf Bücher ausdehnt, auf dicke Taschenbücher zumeist. Berühmte, aber auch berüchtigte Persönlichkeiten sind Gegenstand der Betrachtung, der facettenreiche und für jede Überraschung gute Elon Musk ebenso wie Nicolae Ceaușescu, laut Eigenbezeichnung das *Genie der Karpaten*, ebenso der in Frankreich geliebte, aber auch kritisch beäugte Supermarkt-König Michel-Édouard Leclerc. Die Ruhmreichen traten aber auch mit Vergnügen und Sendungsbewusstsein als wohlwollende Autoren auf, die uns an ihrer Weisheit teilhaben lassen. Bezüglich Nicolas Sarkozy müssen dem Ladenbetreiber die Pferde des Optimismus durchgegangen sein, denn mehr als fünfzig Exemplare lagen auf dem Verkaufstisch, alle in idealer Griffhöhe, und offensichtlich griff niemand zu. Reichlich Trivialliteratur, wie *Apples Never Fall* oder *In the Shadow of the Wolf Queen*, fand sich hier ebenso wie Bände mit Cartoons.

Ich erinnerte mich. Länder und Nationen, genau genommen ihre Bewohner, brauchen ihre Mythen, aus denen sie Kraft schöpfen, um weiterhin ohne Murren und Knurren Steuern zu zahlen und um den Stolz weiterleben zu lassen, mit dem sie ihrer Heimat angehören. Frankreich macht es sich einfach und erklärt sich selbst kurzerhand zur Grande Nation, das genügt, Österreich strengt sich schon eine Spur mehr an und hält sich dank Mozart und des Immigranten Beethoven für eine Kulturnation, und England sieht sich als Mutter der modernen Demokratie. Ja, und für Belgien sind es die zahlreichen Cartoonhelden sowie die sie kreierenden Zeichner, die die Brust schwellen lassen, den von der Nachwelt usurpierten Selbstwert erhöhen und die angesichts der leichten Rezeption auch das verbliebene kindliche Herz des Lesers erfreuen. Tintin, der Großmeister aller Großmeister, Mortimer und Blake, Spirou und alle anderen boten sich hier zum Kaufe an.

Neben dieser Zerstreuung und den seichten Darstellungen des politischen Geschehens fand auch der karrierewillige, der an sich arbeiten wollende Träger seiner eigenen Hoffnung das, was er brauchte und suchte. Typische Fragen und richtige Antworten für die Auswahlverfahren des *Europäischen Amts für Personalauswahl*, ebenso für Selor, den taxierenden Torwächter des belgischen öffentlichen Dienstes, waren hier in schmalen, hochpreisigen Bändchen zusammengefasst. Das sprachlogische Denken, das Abstraktionsvermögen und nicht zu vergessen das richtige Verhalten in überraschenden Situationen konnte hier studiert werden. Meine Wahl fiel auf drei Bücher, die sich womit, richtig, mit dem Europäischen Parlament befassten.

Als ob das alles nicht schon genug für ein einziges Geschäft wäre, gab es tatsächlich noch das *More*, und das hatte es wahrlich in sich. Dem Charakter einer Trafik entsprechend, war das Angebot von Zigaretten und Zigarillos samt seinen elektrischen Nachfolgern logisch, für das Rauchen von Zigarren blieb dem Abgeordneten sichtlich keine Zeit. Wer könnte besser als ich verstehen, dass Hygieneartikel hin und wieder gebraucht werden, und so griff ich gleich zu Seife, Duschgel und der in Bälde einzusetzenden Nagelfeile. Weder meine Vorsicht noch meine optimistischen Charakteranteile konnten mich zu einem Kauf in der medizinischen Sektion bewegen, daher nahm ich von den Heftpflastern ebenso Abstand wie von den in schmalen Kartons verpackten Präservativen. Ebenfalls keine Verwendung hatte ich für die zahlreichen Kinderartikel wie Malbücher, Teddybären und Puppen des überraschend zu hohem Ansehen gelangten Modells *Barbie*.

Zurückhalten musste ich mich bei den schön gebundenen Blumensträußen, geschenkfertig in ein Blatt zur Hälfte Papier, zur Hälfte Plastik eingewickelt. Liebend gerne hätte ich mich selbst damit beschenkt und einen Strauß in mein Wohnbüro gestellt. Nachdem ich nun Freude daran gefunden hatte, mir eine kleine Aufmerksamkeit zu machen, kaufte ich eine Schachtel Pralinen, bekanntlich die zweite Säule des hiesigen Nationalstolzes. Meine Wahl fiel auf *Leonidas*. Einmal auf den Geschmack gekommen, durfte auch der Alkohol nicht fehlen, ein Crémant, der Champagner für Kostenbewusste, schien mir die richtige Wahl. Ich würde ihn dann in den Kühlschrank der Teeküche stellen und auf die Ehrlichkeit des Menschen vertrauen. Die belgischen Biere – noch eine weitere Säule, wo soll das noch hinführen, dieses Land ist ja fast schon eine Arkade des Stolzes – ließ ich stehen, ebenso die in ganz Brüssel auf den Fenstern der feilgebotenen Wohnungen angebrachten einheitlichen Schilder mit der Aufschrift *Te koop/A vendre*. Mit Interesse betrachtete ich die Schreibwaren: Kugelschreiber, Leuchtstifte, Aktenordner, Korrekturlack – alles, was das bürokratische Herz begehrt, bis hin zur Plastikschablone mit ovalen Aussparungen. Ich hatte gedacht, in Zeiten der Zeichenprogramme und herunterladbaren geometrischen Formen wäre dieses Hilfsmittel schon ausgestorben, hier lachte es mich an, in durchscheinendem Violett. Ich wusste nicht, wofür ich die Schablone verwenden hätte können, nahm sie aber zusätzlich zu einem Set Leuchtstifte an mich – jedem ein Spielzeug nach seinem Gusto. Zu guter Letzt verzichtete ich auf die

Puzzles, die Kaleidoskope und die Bingotrommeln sowie auf das brotscheibengroße Mini-Wasserspiel *Space Explorer*, bei dem der kindlich Bewegte mittels Knopfdruck kleine flache Ringe auf Pfosten platzieren musste. Arbeiteten die Parlamentarier auch irgendwann einmal? Ja, und eine lustige Ansichtskarte für meine Professorin rundete meinen Einkauf ab. Diese hatte sie sich verdient, sie war immer großzügig zu mir gewesen, insbesondere bei meiner jüngsten Bitte. Die Dame an der Kasse, dem Habitus nach die Eigentümerin, scannte gekonnt ein, verstaute alles in einer Papiertasche, gab mir das korrekte Wechselgeld und wünschte mir alles Gute. Ich ging. Ich ging, aber wohin sollte ich gehen?

***

Ohne viel zu überlegen, lenkte ich meine Schritte in die Richtung meines Wohnbüros, meines Home-Office in seiner reinsten Ausprägung, die Tür zu den Assistenten war geöffnet, ich blickte kurz hinein und sah eine etwa dreißigjährige Dame und einen etwa vierzigjährigen Mann, beide mit dunklen Haaren, sie saß in einem hellgrauen Kostüm an ihrem Schreibtisch, er trug einen dunkelblauen Blazer und stand gerade auf, um zum Wandschrank zu gehen. Mehr konnte ich in dieser einen Sekunde, die für mich vor allem eine Schrecksekunde war, nicht erkennen. Das waren also *H.* und *P.* So gut es ging, behielt ich, um nicht aufzufallen, den Schritt meiner Geschwindigkeit bei, nickte kurz mit dem Kopf, da ich mit dem Mann in einen kurzen Blickkontakt getreten war, und ging geradeaus weiter bis zum nächsten Quergang. Zwei Abbiegungen nach links und einige Meter weiter und ich erreichte die Teeküche. Links oben fand ich ein leeres Kästchen, in ihm verstaute ich meine Einkäufe. Möglich, dass sie jemand entdecken wird, wahrscheinlich, dass es ein ehrlicher Mensch ist, der sie nicht antasten würde, und sicher, dass ein eventueller Verlust kein großes Problem mit sich brächte. Das Einzige, was ich mitnahm, war das Buch *The European Parliament*. Verfasst von mehreren Autoren und gedruckt in der neunten Auflage, musste es das Buch der Bücher sein, denn die zum Zeitpunkt seiner Veröffentlichung drei ranghöchsten Vertreter der Union empfahlen es direkt und wärmstens auf dem Umschlag. Martin Schulz hielt es für *unbezahlbar*, Donald Tusk für *maßgebend* und Jean-Claude Juncker für *unverzichtbar*, was sollte da noch schiefgehen?

Ich suchte nun die Bibliothek mit dem großen Lesesaal, dort würde ich ungestört arbeiten können. Durch einen kurzen schmalen Gang gelangte ich zum Aufzug, der mich an den Ort meiner Wünsche, in den fünften Stock, führte. Er war fast menschenleer, abgesehen von einem Bibliothekar am Eingang, arbeiteten weit verstreut nur eine Handvoll Personen, vertieft in die Bücher und Zeitschriften vor ihnen. Für meinen Sitzplatz wählte ich die rechte Seite, diese war vom Eingangsbereich durch ein langes Zeitschriftenregal abgetrennt, so konnte mich der Aufscher von seinem Sitzplatz aus nicht beobachten. Ich hielt die Vorsichtsmaßnahme für unnötig, denn es ist das Natürlichste der Welt, an diesem Ort über seinen Papieren zu sitzen, jedoch ist es bekanntlich klüger zu vorsichtig zu sein als umgekehrt. Um den Eindruck des Studierens und vertieften Arbeitens zu verstärken, entnahm ich den Regalen wahllos noch einige Bücher, drapierte sie auf dem langen Lesetisch und legte los. Das gepriesene Werk war von einer faszinierenden Klarheit; es hatte, logisch aneinandergereiht und in verträgliche Portionen aufgeteilt, alles zum Inhalt, was zu wissen nötig war, beschrieb das gelebte Parlament in einer Art und Weise, dass keine Frage offenblieb – und, sehr wichtig, es verlor sich in keinen unnotwendigen Schleifen der

Wiederholung. Ein sensibler Punkt, denn immer wieder stoße ich auf dicke Wälzer von mehreren Hundert Seiten, die zwar Wissenswertes in sich bergen, das bereits Vermittelte aber mehrfach in leicht oder de facto gar nicht abgeänderter Form wiederkäuen. Meine Reaktion auf ein solches Geschwafel ist, den Ärger zu unterdrücken und über diese Stellen, die nichts Neues bieten, schnell hinwegzulesen, was allerdings zur Folge hat, dass ich die im Abraummaterial der Wiederholungen verborgenen wenigen Nuggets der neuen Erkenntnisse übersehe, mithin doppelt unzufrieden bin und das Buch meist nur angeknabbert in den Schrank stelle, um nie wieder darauf zurückzukommen. Möglicherweise bestimmt die Seitenzahl die Rangordnung unter den Sachbuchautoren, vielleicht bemisst sich das Autorenhonorar am Gewicht des Buches, oder die Schöpfer sind derart in ihre eigenen Gedanken verliebt, dass sie nicht genug von ihnen bekommen können. Ich nahm mir vor, die Verfasser meiner aktuellen Lektüre anzuschreiben und ihnen eine vierte knackige Verkaufsempfehlung anzubieten, nämlich *Essenziell – Franz Mödlhammer*.

Geist und Körper stehen in ständiger Wechselwirkung und Letzterer begann mit seinem leeren Magen Ersteren zu stören. Ich blickte auf die Uhr, es war knapp vor zwei Uhr nachmittags, und ich musste mich beeilen, denn um halb drei schloss die Kantine ihre Tore und deckte ihre Kochtöpfe zu. Am Ende der Ficus-Allee lief ich die Treppe ins Untergeschoß und war am Ziel meiner Wünsche. Ein Raum, fast so groß wie ein Fußballfeld, lag vor mir, und ich entschloss mich kurzerhand, mich am Salatbuffet zu bedienen, bei dem effizient und gerecht nach Gewicht abgerechnet wurde. Der Einfluss Frankreichs und Italiens auf die zahlreichen Komponenten ließ sich nicht leugnen, und das war gut so. Meinen Bedarf an Kohlehydraten deckte ich durch den Nudelsalat und die Erbsen, für den exquisiten Geschmack mischte ich Chicorée, Artischocken und Kapern bei. Zum Schluss fanden auch noch einige Paradeiser ihren Weg in meine Schüssel, kaum ein Österreicher, der an den roten Scheiben vorbeigehen kann, und zur Krönung die bewusste Unvernunft, der Vorlegelöffel fuhr tief in die Schüssel mit Mayonnaise. Noch einen Apfel-Kirschen-Saft aus der Kühlvitrine und schon begab ich mich an die einzige der ungefähr zehn Kassen, die noch Barzahlung akzeptierte.

War diese Aufteilung der Kassen ein Stupser der Kreditkartenlobby, dem der Betreiber des Restaurants willig nachgegeben hat? Entweder du benutzt die Karte aus PVC oder dein Entrecôte wird in der langen Schlange der Wartenden kalt. Ohne jetzt den von offiziellen Stellen, quasi von Amts wegen, laut beklagten Schaden der Schattenwirtschaft gegen ihren von seriösen Volkswirten ins Treffen geführten und geflissentlich überhörten gesamtgesellschaftlichen Nutzen abzuwägen – der Schaden ist sicherlich größer und Kartenzahlungen dämmen ihn ein –, stört mich am Plastikgeld die zusätzliche und inerte Verwaltung. Denn auf den Erhalt der monatlichen Abrechnung folgt unweigerlich der Reflex zu deren Kontrolle, ich schaffe es nicht, sie ungelesen abzuspeichern oder gar sie zu löschen. Und bei einer solchen Durchsicht kommt dann immer Erstaunliches zutage. Das Restaurant *Zur Weißen Gans*, an das ich mich sicher erinnert hätte, firmiert frisch-fröhlich als *Hang-Wu-Food-GesmbH*, das in Ushuaia gemietete Auto war von einem Unternehmen mit Sitz in London zur Verfügung gestellt worden, mein in der Grazer Innenstadt erworbener Pullover wird über Limassol verrechnet oder überhaupt nur über einen zehnstelligen Zahlencode, und das kryptische *AMZN Mktp* zwingt mich, die während der letzten Wochen getätigten Online-Bestellungen nochmals durchzugehen. Die nervenden Nachforschungen in meiner eigenen unmittelbaren

Vergangenheit vermeide ich durch die Übergabe von Münzen und Scheinen, die ich meist in möglichst kleiner Stückelung mit mir führe, um eventuellen Komplikationen mit nicht vorhandenem Wechselgeld aus dem Weg zu gehen. Salz und Pfeffer in Papierstreifen hinter der Kassa und dann ließ ich mich an einem Tisch nahe der durchgehenden Fensterwand nieder. Hinter mir saß eine Handvoll Personen, die ich vorerst nicht beachtete, sie waren in eine lebhafte Unterhaltung vertieft.

Hinter meiner rechten Schulter, draußen auf der zugigen Straße, verrichtete *L'Europe* weiterhin ihren Dienst und hielt den Euro in sicherer Höhe. Ich ließ meinen Gedanken freien Lauf. Selbst saß ich in diesem Prachtbau der Herrschaft des Volkes, auf der gegenüberliegenden Straßenseite glänzte Neuwahnstein im perfekt gepflegten Parc Leopold und dazwischen lag die unwirtliche, kahle Rue Wiertz. Aber halt, sie war nicht zur Gänze ohne Schmuck und Leben! An mehreren Stellen war der Asphaltbelag durchbrochen und ein Gebüsch mit langen spitzen Blättern wuchs aus seinen Ritzen heraus. Und das eindeutig nicht erst seit gestern, denn es erreichte fast schon Brusthöhe. Diese unvermutete Beobachtung stimmte mich froh. Seien es Triebe der vornehm unter sich bleiben wollenden Pflanzen im Park, sei es eine Folge des Fluges ihrer vorwitzigen Samen gewesen, hier fand eine wichtige symbolische Aktion statt: das unbändige, anonyme Leben gegen die oktroyierte Sterilität. Das Gestrüpp vor meinen Augen war ein Rebell wie ich, wenn es Erfolg hatte, so würde auch mir mein Coup gelingen. Beide waren wir dort, wo wir nicht hätten sein sollen, und wir entwickelten uns prächtig – hoffentlich. Ich fühlte mich dem frivolen Grün zutiefst verbunden und dankte ihm für seine Ermunterung.

Nach und nach wurde meine Aufmerksamkeit auf den immer lauter werdenden Tisch zu meiner Seite gelenkt. Genau genommen sprachen die Gäste an ihm mit derselben Lautstärke wie zuvor, aber nachdem sich der Raum infolge der vorgerückten Stunde mehr und mehr leerte und die Weggehenden ihre Geräusche mit sich mitnahmen, hörte ich das Gesagte nunmehr deutlicher. Die Gruppe sprach Englisch mit unterschiedlichen Akzenten, kein einziger davon ein britischer, und eine weibliche Stimme gehörte dem Alphatier, die anderen äußerten lediglich kurze zustimmende Bemerkungen oder stellten höfliche Fragen. Gegenreden in ähnlichem Umfang oder gar Kritik am Gesagten konnte ich nicht ausmachen. Diese Einschätzung mochte aber auch daran liegen, dass mir die besprochene Materie fremd war. Sie sprachen vom Bankwesen, so weit reichten meine Kenntnisse noch aus, dann aber von Preissignalen, Korporatismus, Drehtüren, einem Dodd-Frank-Act, Aufsichtsbehörden, Treasury, Verbriefungen, Boni, inversen Zinskurven, Sicherheiten, Hebeln, nachrangigem Kapital, Haircuts, Bürgschaften, Nachschüssen und so weiter, und so fort, und offensichtlich ergab das alles zusammengenommen einen Sinn. Für mich nicht, und so stand ich nach einiger Zeit des ebenso ungehörigen wie unbefriedigenden Zuhörens auf, stellte das Tablett mit dem schmutzigen Geschirr auf das Förderband und verließ die Ausspeisungshalle, um mich wieder an meinen Arbeitsplatz zu begeben.

Die Toilette gleich rechts neben dem Ausgang hielt eine weitere Überraschung für mich bereit, diesmal keine detaillierte Anleitung für einen eigentlich selbstverständlichen Ablauf, sondern einen tiefgehenden Dialog. An ihrem Ausgang stand eine Stele namens *HappyOrNot*, und sie fragte mich, wie sauber die Örtlichkeit meiner Ansicht nach gewesen wäre, vier Smileys, von dunkelgrün lachend bis dunkelrot stark verärgert, standen zur Wahl. Wahrheitsgemäß berührte ich den freundlichsten und dachte, damit meine Pflicht als kooperativer

Konsument – der Reinigungsdienste – erledigt zu haben. Weit gefehlt, denn sofort stellte *HappyOrNot* mir die nächste Frage, nämlich *Was denn nun gut gewesen wäre?*, und sie bot gleich sechs Optionen an; beginnend bei der Handseife bis hin zu *Irgendetwas anderes?* durfte ich nun mein diffuses Gefühl begründen. Auch diesen Schritt vollzog ich noch, der gebotenen Höflichkeit gehorchend, jenen nächstfolgenden, *Ob ich noch einen freien Text hinzufügen möchte?*, jedoch nicht mehr. Ich ließ die Frage im wahrsten Sinn des Wortes im Raum stehen, und wer weiß, was noch gekommen wäre, die immer beliebter werdende Erkundung nach der Postleitzahl vielleicht? In der Bibliothek angekommen, fand ich meinen Arbeitsplatz so vor, wie ich ihn verlassen hatte, einige Besucher waren in der Zwischenzeit hinzugekommen und auch der Eingang war nun von zwei Mitarbeitern des wissenschaftlichen Dienstes des Parlaments besetzt. Knapp vor achtzehn Uhr wies mich der ältere der beiden höflich auf das Schließen des Saales hin, und ich stellte die geborgten Bücher, die Attrappen der Recherche, nicht zurück ins Regal, sondern ließ sie auf dem Tisch liegen. So ordnete es ein Hinweisschild an – der anonyme gewissenhafte Bibliothekar traute dem zerstreuten Forscher nicht, wahrscheinlich zu Recht.

***

So vergingen meine Tage. Hugo Azevedo und Pantea Kalogeropoulos – ich hatte mir erlaubt, eines Abends auf den Schreibtischen des Assistentenbüros herumzustöbern, und dabei Schriftstücke gefunden, die mit Namen und Vornamen versehen waren – verließen ihren Arbeitsplatz, ich weiß nicht wann, jedenfalls stets vor der Zeit, zu der ich die Bibliothek verlassen musste. Ab und zu begegnete ich einem von ihnen irgendwo im Gebäude, ohne dass sie von mir Notiz genommen hätten. So konnte ich mich am Ende eines jeden Arbeitstages unauffällig in mein Büro zurückziehen, mich meinen Gedanken hingeben, einen Film streamen, und ich musste ja auch meine unter-, aber nicht abgebrochene Wiener Existenz aufrechterhalten. In diesem Zusammenhang war nicht viel zu tun, denn Strom, Gas und Betriebskosten meiner Wohnung, wie auch Telefon und Internet, wurden ohnehin vom Bankkonto abgebucht, ab und zu versandte ein engagierter Nachbar eine Mail an die Gemeinschaft der Hauseigentümer und fragte an, wer sich an den Kosten für einen notwendig gewordenen neuen Gartenschlauch beteiligen möchte, oder er monierte, dass im Keller die Hausordnung nicht respektiert würde. Die Heizkörper waren, wie immer außerhalb des Winters, auf Frostschutz eingestellt, auch von dieser Seite drohte keine Gefahr. Für die wenigen noch verbleibenden erratisch auftretenden Zahlungsakte leistete die App der Hausbank beste Dienste, so verbleib nur noch die Aufgabe, den Vorschlag des Kundenbetreuers – es gab also hinter den geleerten und geschlossenen Kassenhallen doch noch irgendwo Menschen – bezüglich eines Beratungstermin abzulehnen. Mit Frau Kohl hatte ich, ohne ihr Näheres mitzuteilen, telefonisch vereinbart, den Kühlschrank auszuräumen, um so einem sanitären Übelstand vorzubeugen. Hermine hatte übrigens, angekündigt von einer SMS, den Schlüssel zu meiner Wohnung in den Postkasten der Hausmeisterin geworfen. Somit hatte auch das seine Ordnung, und wenn ich die Meldungen und süffisanten Kommentare aus den Gesprächen und E-Mails mit meinem Freundeskreis richtig interpretierte, dürfte ihr die Trennung so unrecht nicht gewesen sein. Der Pragmatiker in mir freute sich über die Koinzidenz der abgeebbten Gefühle, das eitle Kind protestierte vorerst, fand aber auch bald seinen Frieden. Natürlich wurde ich immer wieder gefragt, wo ich mich denn befände, was ich nun täte und was das Ganze überhaupt sollte, ob man mich besuchen könnte, aber es gelang mir, durch allgemeine Bemerkungen über vielversprechende und reichhaltige Quellen in Belgien und in den Niederlanden betreffend die Ausbreitung und das teilweise Verschwinden der uralischen Sprachen sowie mit einem Verweis auf die ein Nachbohren verbietende Volksweisheit, dass ich über ungelegte Eier nicht reden möchte, die freundschaftlichen Inquisitionen zu einem guten Ende zu führen.

Immer wieder begegnete ich auf dem Gang Mitarbeitern der Sicherheit, ich konnte sie bereits aus der Ferne erkennen. Das war nicht schwer. Sie hatten einen schärferen, mehr auf ihre Umgebung gerichteten Blick als alle anderen Passanten, die sich hier auf den Gängen herumtrieben – diese waren in ihren Gedanken meist irgendwo –, und ihre aus einem billigen Stoff hergestellten Anzüge glänzten leicht, sandten unabsichtlich ein Warnsignal aus. Ich achtete meinerseits peinlich darauf, dass mein längst abgelaufener Badge stets an der Brusttasche des Sakkos angeheftet war und dass ich einen zielstrebigen, geschäftigen Eindruck vermittelte, auch indem ich stets den Laptop oder einen kleinen Packen bedrucktes Papier unter dem Arm trug. Eine Aktentasche wäre schon zu auffällig gewesen, dieses einstige Statussymbol aus Leder war außerdem vom Aussterben bedroht. Um die Sicht auf die kleine grüne Plastikkarte zu verstellen, telefonierte ich auch im Gehen, dabei hielt ich das Telefon in der dem Gegenverkehr zugewandten Hand. Natürlich mussten die Beschützer des Gebäudes und seiner Ordnung mittlerweile mein Gesicht kennen, in dem Sinne, dass sie sich erinnern mussten, es schon einmal irgendwo gesehen zu haben, aber bislang hatten sie offensichtlich noch keinen Verdacht geschöpft. Niemand blickte auffällig lange auf mich, sprach mich an oder ging mir nach.

Was meine Wohnsituation betraf, so hatte sich nicht viel geändert. Jedes Mal, wenn ich Violas Büro des Morgens verließ, lüftete ich ordentlich, brachte alle Papiere und Bürogegenstände in Position und verstaute das Köfferchen und den stets in Wandlung begriffenen Stapel meiner persönlichen Dokumente unter dem Fenster. Bei dieser Ablage mit Schiebetüren hatte ich übrigens eine kleine Adaptation vorgenommen. Ihre Quer- und Längsbretter ließen sich mit wenig Mühe herausnehmen, sodass der Stauraum zu einer einzigen großen Höhle wurde, so tief und hoch, dass ich mich, falls notwendig, liegend darin verstecken könnte. Das war zwar nicht unbedingt meine Absicht, mir fiel auch kein Szenario ein, in dem der Unterschlupf von Hilfe hätte sein können, aber auch der umsichtige Fuchs versieht seinen Bau instinktiv mit zwei Ausgängen. Auf das WLAN des Parlaments konnte ich seit dem ersten Tag nicht mehr zugreifen, da Zugangscode und Passwort tagtäglich geändert und lediglich beim Eingang, auf der schmalen Ablage vor dem Panzerglas, kenntlich gemacht wurden. Ich war also gezwungen, auf die mir monatlich von meinem Mobilfunkanbieter zugemessenen Gigabytes zurückzugreifen, und musste dementsprechend den Vertrag auf ein höheres Datenvolumen anpassen. Im Stillen dankte ich der Kommission, dass sie vor nicht allzu langer Zeit die Initiative ergriffen hatte, den prohibitiv hohen Tarifen für das Roaming, das gelegentliche Herumwandern in fremden Netzen, ein Ende zu setzen. Die Betreiber taten zwar so, als ob sie für das Wohl der kommunikationshungrigen Allgemeinheit geopfert würden und ihre Aktionäre fortan trocken Brot essen müssten, holten aber bei den folgenden Tarifanpassungen die entgangenen Gewinne wieder herein. Die zusätzlichen Erträge, die infolge der stark gestiegenen Nutzung anfielen, wurden als selbstverständlich angesehen und waren keine anerkennende Bemerkung wert.

Das Abendessen besorge ich mir meistens im *Shop & Go*, obwohl die Firmenbezeichnung meinen Zorn als Sprachpuristen erregte. Warum sollte ich nach dem Einkauf nicht gehen, kein Mensch verzehrt sein Wurstsemmerl im Supermarkt, höchstens er möchte sich vor der Bezahlung drücken. Auch der am Eingang unübersehbar angebrachte Slogan *Fresh Food, Good Mood* fand keine Gnade vor meinen Augen – nicht als ehrwürdiges Motto per se, ganz im Gegenteil –, aber er passte nicht zum Sortiment, das der Laden anbot. Ein großer Teil der Regale war mit luftdicht abgepacktem Käse und Wurst, bereits in Scheiben geschnitten, befüllt – Passendale, Maredsous oder Emmentaler, Mortadella, Salami und Truthahnfleisch, aber auch vor dem mittlerweile zum Volksnahrungsmittel herabgesunkenen Edelfisch Lachs hat diese Konfektionierung nicht haltgemacht. Würde sich das *Fresh* auf die Verpackung beziehen, Plastik und Styropor, die erst nach Tausenden von Jahren verrotten, dann wäre der Frischehinweis gerechtfertigt gewesen, so aber nicht. Der Ehrenrettung halber muss ich aber auch die Salatbar und das geschnittene Obst erwähnen, ebenso das Sushi, die Falafeln, vorbereitete Delikatessen mit Oliven und zuletzt das nicht abgepackte Brot in Blöcken. Besonders gut gefiel mir die klobige Brotschneidemaschine, deren Klingen einen ganzen Laib binnen weniger Sekunden in Scheiben von etwas mehr als einem Zentimeter Dicke zerlegten. Zusammen mit den Weinen und Dosengetränken war somit für mein leibliches Wohl gesorgt. Ich kaufte auch einige der dort angebotenen Socken, die überhaupt nicht mit dem sonstigen Sortiment in Einklang zu bringen waren; zumindest aber passten sie zum *Go*.

Ja, und auch mein Hygienekonzept konnte sich mittlerweile sehen lassen. Mit der Putzerei gelangte ich in ein gutes Einvernehmen. La Señora freute sich immer, wenn ich kam, zumindest vermittelte sie glaubhaft den Eindruck, und auch der

Corpus Mödlhammeri kam zu seinem Recht. Dafür musste er allerdings auch Leistung erbringen. Eine der Grundregeln der Lobbyisten, nämlich die, dass es kein Mittagessen umsonst gäbe, galt auch für mich. Wenn ich mir Gutes tun, also sauber sein wollte, so hatte ich dafür in Form einer erbrachten Leistung zu bezahlen, und das verhielt sich folgendermaßen: Gleich nach der Kantine und der wissbegierigen Toilette befand sich das Fitnessstudio des Parlaments. Hinter der breiten Glastür empfing mich der Empfang, und es bereitete keine Umstände, vorerst ein Abonnement für einen Monat abzuschließen, das ich dann nach und nach verlängerte. Sportschuhe, eine kurze Hose und ein Funktionsleibchen hatte ich sowieso auf meine Reise mit den Studenten mitgenommen, auch wenn Laufen nicht gerade meine Leidenschaft war, so tat ich es dennoch gerne. Der Parc de Bruxelles, das grüne Bollwerk zwischen dem Königspalast einerseits und dem Sitz der belgischen Regierung sowie dem Unterhaus des Parlaments andererseits, war ausreichend groß, um dort Runden drehen zu können. Die Wege entlang des hohen Gitterzauns sowie die sinnreichen Querverbindungen zwischen ihnen boten genügend Möglichkeiten, Abwechslung bei den Laufstrecken zu finden. Ein Springbrunnen verrichtete unregelmäßig seinen Dienst, die Statuen von Narziss, Apollo und weiteren Griechen und Römern mit idealen Körpermaßen motivierten mich, bezüglich der meinigen Gutes zu tun. Jedes Mal dankte ich meinem Landsmann, dem Landschaftsgestalter Joachim Zinner, dass er vor über zweihundert Jahren, in den Diensten Habsburgs stehend, dieses Kleinod geschaffen hatte.

The Sports Club hier im Parlament war naturgemäß eine Spur bescheidener, als der Park es war. Holzboden statt Kies, immerhin, aber anstelle der Endlosigkeit des in sich geschlossenen Wegenetzes standen hier die üblichen Verdächtigen herum: ausgetüftelte Kraftstationen für jeden auch noch so gut versteckten Muskel, Hantelbanken mit einer Batterie von Quälgeistern aus Gusseisen in allen Größen, die unspektakulären Dip-Stationen, Laufbänder und Fahrräder. Je nach Lust und Laune lief oder radelte ich eine halbe Stunde oder eine ganze am Stand, keine Leda grüßte mich vom Podest herab, nicht einmal ihr Schwan pfauchte, dafür war die Luft vordergründig besser, als sie es im Park gewesen war. Ein artifizieller Zitrusgeruch durchströmte das gesamte Etablissement, vom Eingang über den langen, sanften Abgang, vorbei an den schmalen Umkleidekästchen und Duschen bis hinein in den letzten Winkel der Kraftkammer sandten die Orangen- und Zitronenbäume aus der Retorte ihre stimmungserhellende Botschaft. Ja, und nachdem die Geräte und ich miteinander fertig gewesen waren, folgte der eigentliche Zweck der Maskerade: die ausgiebige Dusche, die ich beim ersten Mal so genoss wie schon lange nicht.

***

Ich hatte mich zu früh gefreut, oder auch nur die Wirklichkeit und Wahrscheinlichkeit ausgeblendet, vielleicht war ich auch unvorsichtig gewesen.

»Verzeihung, mein Herr!« Dieser Ruf von hinten galt unmissverständlich mir, ich ging aber trotzdem weiter. Es nutzte nichts, ich gewann nur ein paar Schritte Gnadenfrist.

»Mein Herr, bitte warten Sie!«

Ein Mann, leicht untersetzt und dennoch mit straffem Körpertonus und einem Gesicht, das schon längere Zeit keine Sonne gesehen hatte, überholte mich und blieb vor mir stehen. Sein schwarzer Anzug glänzte. Ich erinnerte mich sofort an ihn, denn seine Ausdauer mit den Hanteln hatte mich beeindruckt; wir hatten sogar ab und zu ein paar unverbindliche Worte miteinander gewechselt, typisches Fitnessclub-Gewäsch, die Leistung des anderen anerkennend und die eigene kokett herunterspielend.

Ich sagte:»Guten Tag!« Das war doch schon einmal ein guter Anfang.

»Guten Tag, darf ich Ihren Badge sehen?«

»Hier ist er.« Ich tippte mit der rechten Hand auf die grüne Steckkarte, von der ich hoffte, dass sie mich retten würde.

»Dieser Ausweis ist ja seit fast vier Wochen abgelaufen!«

»Ach so?«

Kein Zweifel, ich war gestellt worden, das Gespräch konnte kein gutes Ende mehr nehmen, aber was hätte ich tun sollen? Mich auf den Boden werfen und den reuigen Sünder vorspielen? Arrogant sein, herrisch, einschüchternd? Weitergehen? Nichts von alledem wäre Erfolg beschieden gewesen, und daher konnte ich nur, ebenfalls ohne jede Aussicht auf eine Wendung zu meinen Gunsten, zum natürlichsten aller Hilfsmittel greifen: mich gemäßigt dumm stellen.

»Ja, vier Wochen!«, sagte der Wächter barsch, mit einem leichten Anflug von Triumph.

»Das kann nur ein Irrtum sein«, entgegnete ich und begann in meinen Taschen zu kramen, »ich muss heute früh den falschen Badge angesteckt haben.«

Für eine kurze Zeit machte Lieven Goossens, so der Name auf seinem Ausweis, dessen Gültigkeit ich jetzt nicht infrage stellen wollte, gute Miene zum dummen Spiel, seine klugen Augen musterten mich jedoch scharf.

»Seit Wochen sehe ich Sie hier, immer im selben Sakko, und heute wollen Sie versehentlich einen uralten Badge angesteckt haben? Das meinen Sie ja wohl nicht im Ernst?«

»Aber Sie tragen ja auch immer denselben Anzug!«

Er hatte nicht denselben Sinn für Humor wie ich, was ich ihm objektiv gesehen auch nicht übel nehmen konnte, denn nun hieß es:»Sie begleiten mich jetzt in die Security-Zentrale!« Dabei fasste er mit professioneller Festigkeit meinen Oberarm und drehte mich Richtung Ausgang. Vorbei ging es an *Shop & Go*, am *Multifunctional Restaurant*, an *Press & More*, bis ich mir endlich auf der Höhe von *o'puro* ein Herz fasste.

»Wollen Sie die Wahrheit hören?«

»Erzählen Sie sie der Chefin! Dazu ist sie da.«

»Ich erzähle sie aber lieber Ihnen«, beharrte ich.

»Warum, zum Teufel?« Aha, ein erster Anflug von Gefühl kam auf. Das ist immer günstig, denn Gefühle sind die Einfallstore in die Mauern der Vernunft.

»Ganz einfach, ich habe das Stockholm-Syndrom.« Dabei blickte ich fest in seine Augen und achtete darauf, das Zucken meiner Mundwinkel zu unterdrücken.

Er stutzte:»Stockholm-Syndrom«, musste dann aber lachen, »das geht schon sehr schnell bei Ihnen.«

Nun lachten wir beide.

»Ich gebe Ihnen drei Minuten«, ließ er mich wissen und zog mich auf die Bank, meinen Oberarm immer noch fest im Griff.

Aus den drei Minuten wurden dreißig, immer wieder wollte Lieven wissen, was meine Beweggründe gewesen waren und was ich denn die ganze Zeit hier im Haus, vollkommen alleine, gemacht hätte.

»Um ehrlich zu sein, es sieht nicht gut aus für Sie, mein Freund!«, diagnostizierte er, um zu einem Ende zu kommen. Seine persönliche Neugier war befriedigt, sein amtlicher Informationsbedarf gedeckt, jetzt war es für ihn an der Zeit, vorschriftsgemäß zu handeln.

»Es sieht nicht gut aus für euch, würde ich sagen«, replizierte ich kühl.

»Verzeihung?«

»Sie haben sehr wohl verstanden«, gab ich ohne erkennbare Emotion zurück. Ich fühlte mich finnisch durch und durch, minus fünfzehn Grad, der Sturm pfeift, dicke Schneeflocken nehmen jegliche Sicht, und ich erkenne kaum den nächsten Baum, geschweige denn ein Schild, um mich zu orientieren, aber in warme Stiefel und in eine dicke Jacke gepackt, verspüre ich die Gewissheit, dass ich die Sache zu einem guten Ende bringen und nach Hause finden werde.

»Überlegen wir gemeinsam. Ich gehe jetzt mit Ihnen in Ihre Kommandozentrale und Sie übergeben mich Ihrem Häuptling. Sie wird sagen: *Bravo, Lieven! Ich wusste schon immer, dass du deinen Dienst ernst nimmst*, und dann wird sie damit beginnen, mir eine Frage nach der anderen zu stellen.«

»Kommt noch etwas Interessantes oder können wir jetzt gehen?«, unterbrach mich Lieven Goossens gereizt.

»Gemach, wir sind schon mittendrin«, erwiderte ich und sammelte mich kurz. Jetzt musste jedes Wort sitzen.

Ich fuhr fort: »Sie wird fragen und ich werde antworten. Ich werde sagen, dass ich seit dem Nichtfeueralarm hier bin, dass ich jeden Tag in der Kantine gegessen habe, übrigens in einer durchaus brauchbaren Qualität, entspannt in den Bars und Cafés des Parlaments gesessen bin, den Bedarf des täglichen Lebens eingekauft habe und dass ich sogar gemeinsam mit Ihnen im Fitnessclub war. Das Letzte ist zugegebenermaßen eine weitgehende Interpretation, aber nicht gänzlich falsch.«

»Los, wir gehen jetzt!«

»Nein, denn jetzt überlegen wir uns, was das alles bedeutet. Ihr Dienst hat beim Feueralarm schlampig gearbeitet und die sicherlich bereits verfasste Evaluierung, in der ihr euch selber über den grünen Klee lobt, wird dann allein wegen meiner Person zur Gänze unglaubwürdig und nutzlos sein. Bekanntlich macht ein Tropfen Motoröl Tausende Liter Trinkwasser ungenießbar, und dieser Tropfen, Herr Goossens, er sitzt hier vor Ihnen. Sie werden Fragen beantworten müssen, warum ich Ihnen nicht schon früher aufgefallen bin, und, penibler noch, Ihre Kollegen werden sich dafür verantworten müssen, dass sie überhaupt nichts bemerkt haben. Mit einem Wort: Systemversagen, jawohl, Systemversagen.«

»So schlimm wird es nicht kommen«, unterbrach er mich gereizt.

»Nein, wird es nicht, sondern noch schlimmer. Ich werde natürlich von Ihrer Maschinerie bei den zuständigen Behörden, entweder bei der Föderalen Polizei oder auch nur beim lokalen Polizeikorps, angezeigt werden, übrigens vollkommen zu Recht, und danach wirft mich die Exekutive in die Mühlen der Justiz. Ich habe nichts gestohlen, ich habe nichts beschädigt, ich habe niemanden belästigt, es wird nicht einmal ein Hausfriedensbruch herbeikonstruiert werden können. Unbefugtes Betreten, erschwert durch die doch beträchtliche Dauer, auf die ich jetzt fast schon beginne, stolz zu sein.«

»Genauso wird es kommen, wir übergeben Sie den Behörden und diese setzen die Strafverfolgungskette in Gang. Und jetzt gehen wir weiter«, herrschte er mich an. Aber seine Bestimmtheit war nicht überzeugend.

»Mit Vergnügen, denn ich bin schon am Schluss meiner Ausführungen und fasse zusammen: Ihre mustergültige Tat wird wie ein Soufflé in sich zusammenfallen, wie ein Salzburger Nockerl, falls Sie diese ikonische Köstlichkeit kennen, ja sie wird sich in den Verdacht einer Komplizenschaft verwandeln, und ein Schuldiger muss nicht nur gesucht, sondern vor allem auch gefunden werden, das ist gewiss. Einen Sündenbock muss es bei jeder Unregelmäßigkeit geben, und je weiter unten in der Hierarchie der Suchtrupp ihm nachspürt, umso zuverlässiger wird er gefunden werden. Ihre Mannschaft, jeder Einzelne, wird Ihnen gram sein, bestenfalls passiv und schweigend, indem er Ihnen aus dem Weg geht, falls Sie überhaupt noch auf diesen Wegen wandeln und nicht zur Bewachung eines Lagers von gebrauchten Textilien am Rande der Stadt abkommandiert werden. Nicht auszuschließen, dass Sie sich auch eine Menge Vorwürfe anhören müssen, in Richtung Kameradschaft und Korpsgeist. Was mich betrifft, ich werde mich nach meiner Anklage verteidigen müssen, dies ist mein gutes Recht, ja vielleicht habe ich sogar die Pflicht, mich zu schützen, und mein Fall wird unweigerlich ans Licht der Öffentlichkeit kommen. Wie die Spargelspitze des späten Frühlings wird er, mithilfe meines Rechtsanwalts, die ihn jetzt noch bedeckende Erde der internen Verwaltung durchstoßen, und dann wird die mediale Photosynthese einsetzen und er wird ins Kraut schießen, zwei Meter hoch, unübersehbar für jeden, der am Feld vorbeigeht. Ich sehe jetzt schon die Schlagzeile *Das Phantom des Parlaments* vor mir, die Besserwisserischen, das Gelächter, das anerkennende Kopfschütteln, die Tweets und deren Bemerkung *Gefällt mir* samt der Weiterleitungen. Bald werde nicht mehr ich mich in den Zeitungen wiederfinden, sondern das Unternehmen, das Sie beschäftigt und entlohnt, immer wieder wird sein Name genannt werden, denn ein Gerichtsverfahren, das braucht seine Zeit, und falls die Weltenlage gerade nichts Spannendes hergibt, wird der unruhig werdende Redakteur, der Zeiger des Redaktionsschlusses rückt näher, auf das Phantom zurückgreifen und es aufwärmen. Ja, und dieses, Ihr Unternehmen wird bald wieder an einer Ausschreibung für einen großen Fünfjahresauftrag teilnehmen wollen, des Parlaments, eines anderen EU-Organs oder einer der öffentlichen Stellen dieses Landes, bekanntlich muss ja alles bewacht und geschützt werden, wie Sie selbst ja jetzt am besten feststellen können. Und die Konkurrenten Ihres Arbeitgebers, stets uneigennützig bemüht um das Wohl ihrer potenziellen Kunden, werden im Zuge der Ausschreibung – abseits der offiziellen Kanäle und schön verklausuliert, versteht sich – diese darauf aufmerksam machen, *dass es da eine Firma gäbe, Sie wissen schon, wir wissen ja nicht, ob sie sich überhaupt für diesen Auftrag bewirbt, das Ganze wird ja wohl kein Einzelfall gewesen sein, wer weiß, was dahintersteckt, auf jeden Fall wollten wir es Ihnen gesagt haben ...*«

Mein Wachtmeister war nachdenklich geworden, ich konnte förmlich sehen, die Pein der Gedanken und Überlegungen ließ ihn sein Gesicht in alle möglichen Richtungen verziehen. Letztendlich rang er sich durch und meinte: »Es gibt keine Lösung, da muss ich jetzt durch. Wie heißen Sie eigentlich?«

Die Frage hat ihn verraten, und in dem Moment wusste ich, dass ich gewonnen hatte, und schaltete sofort in den Modus der konstruktiven Kooperation. »Franz Mödlhammer, aus Österreich, aus Wien, genau genommen, und natürlich gibt es eine Lösung.«

»Österreich, ja Österreich, Tirol, das waren Zeiten ...«, kam er ins halblaute Sinnieren.

»Wollen Sie die Lösung vielleicht hören«, stieß ich nach, »sie ist eigentlich ganz einfach.«

Mehr reflexartig als gewollt entkam seinem Munde ein »Ja, bitte«.

»Grundlage muss ein absolutes Vertrauen zwischen Ihnen und mir sein.«

»Vertrauen ... zu Ihnen, womit hätten Sie es verdient?«

»Vertrauen zu mir, jawohl. Erstens kennen Sie mich jetzt im Sinne von Erkennen, zweitens habe ich Ihnen mitgeteilt, wo ich den Unterschlupf gefunden habe, dies können Sie jederzeit nachprüfen, drittens werde ich Ihnen jetzt alle meine Daten und Koordinaten geben, Namen, Telefon, E-Mail, Wohnadresse, und bitte überprüfen Sie die Eintragungen über mich im World Wide Web, um sich von meiner Seriosität, ja ... richtig ... Se-ri-o-si-tät, zu überzeugen. Und viertens ist mein Vorschlag wie folgt: Ich führe mein Leben noch einige Wochen weiter, unter Ihrer strengen Aufsicht sozusagen, verspreche Ihnen, mich weiterhin korrekt zu verhalten, keine Geheimnisse zu stehlen – obwohl, in einer modernen Demokratie und transparenten Verwaltung sollte es ohnehin keine geben –, nichts zu beschädigen oder zu entwenden und auch in keiner sonstigen Art und Weise irgendwie unangenehm aufzufallen. Und wenn ich dann in einigen Wochen fertig sein werde, dann sehen wir weiter. Entweder ich verlasse das Gebäude, ohne irgendein Aufheben zu verursachen, am späten Nachmittag, wenn das Gedränge am größten ist, oder, falls Sie es bevorzugen, ich lasse mich dann von Ihnen offiziell und publikumswirksam stellen. Natürlich erst, nachdem ich die längst abgelaufene Zutrittsberechtigung vernichtet und entsorgt sowie alle anderen Spuren beseitigt haben werde und behaupten kann, ich wäre erst am Morgen desselben Tages gekommen. Dann werden Sie der Held des Tages, ohne dass eine der zuvor genannten Unannehmlichkeiten oder Katastrophen, die Beurteilung wird je nach Nervenkostüm unterschiedlich ausfallen, eintritt. Wie wir diese Lüge bei dem dichten Wald an Kameras im Eingangsbereich glaubhaft darstellen können, dazu fehlt mir zugegebenermaßen im Moment die Fantasie.«

»Und dann werden wir, der Sicherheitsdienst, nachforschen, nachforschen müssen, die Aufzeichnungen aus den Kameras ansehen und analysieren und unweigerlich feststellen, dass wir hier und heute nun schon bald eine Stunde zusammengesessen sind und uns unterhalten haben. Das kann nicht funktionieren«, meinte er, und es klang logisch, »denn es gibt ja die Videoaufnahmen von unserem Treffen hier.« Dabei zeigte er mit der linken Hand auf eine an der Wand des Ganges hängende Apparatur, die mir bislang noch nicht aufgefallen war.

Davon unberührt, brillierte ich mit meinem vor wenigen Tagen erworbenen Wissen:»Gemäß der *Verordnung 45/2001*, betreffend die *Verarbeitung personenbezogener Daten durch die Organe und Einrichtungen der Gemeinschaft*, unter Berücksichtigung der *Datenschutzgrundverordnung aus dem Jahr 2016*, dürften solche Aufnahmen ja nur wenige Tage gespeichert werden, obwohl es hierzu jede Menge Ausnahmen und Bestimmungen gibt, die ein gerüttelt Maß an Interpretation zulassen. Und im Zweifelsfall wird immer zu lange und zu viel gespeichert als zu kurz und zu wenig. Bleiben wir aber Optimisten!«

Er antwortete:»Schön, dass Sie begonnen haben, sich mit dem Recht, das Ihr Unrecht schützt, auseinanderzusetzen, aber Sie sind nicht auf der Höhe der Zeit, diese, Ihre Verordnung ist Geschichte. Tatsächlich von Relevanz ist die *Verordnung 2018/1725 zum Schutz natürlicher Personen bei der Verarbeitung personenbezogener Daten durch die Organe, Einrichtungen und sonstigen Stellen der Union, zum freien Datenverkehr und zur Aufhebung der Verordnung Nr. 45/2001 und des Beschlusses Nr. 1247/2002.* Wie jede gute Behörde hat die Parlamentsdirektion, genauer gesagt die *Generaldirektion für Sicherheits- und Schutzbelange*, diesen beachtlich ausführlichen Text präzisiert, auf die Belange des Hauses heruntergebrochen und die Videoüberwachungspolitik des Parlaments in einem ausführlichen Dokument festgelegt; es stipuliert, dass die Aufzeichnungen einen Monat lang aufbewahrt werden. Ich bin sicher, dass die digitale Löschmannschaft die Regeln einhalten wird.«

»Also bleibe ich noch mindestens zweiunddreißig Tage hier und wir haben ein Gentlemen's Agreement?« Missmutig, mit einem leichten Anflug der Verzweiflung, sagte er Ja und gab mir auch seine Telefonnummer, dann ging er, ohne Gruß und ohne mich anzublicken. Ich blieb mit meinem schlechten Gewissen zurück, denn obwohl ich von den Argumenten, die ich Lieven dargelegt hatte, überzeugt war, konnte er nun eine gewisse Zeit lang eines größeren Fehlverhaltens beschuldigt werden, als wenn er Dienst nach Vorschrift gemacht hätte. Alles würde von der tatsächlichen Dauer der Datenspeicherung abhängen, und die war undurchschaubar, und Lieven, hätte er sich erkundigt, wäre sofort verdächtig geworden. Ich empfand auf einmal Verantwortung für ihn und nahm mir vor, sie wahrzunehmen, zum einen, indem ich danach trachten würde, in den kommenden Tagen auf keinen Fall aufzufallen, und zum anderen müsste ich ihn im Fall des Falles finanziell unterstützen und auch für ihn für einen ordentlichen Rechtsbeistand sorgen, gegebenenfalls ihm sogar eine angemessene Summe zukommen lassen. Alles in allem mochte trotz des objektiven Erfolgs keine Freude darüber aufkommen, wie ich die Situation gemeistert hatte, gedankenverloren blieb ich sitzen und blickte wieder einmal auf die mitten im Gang aufgestellte Holzskulptur. Ich kannte sie bereits gut, ich war ja fast jeden Tag auf meinem Weg zur Dusche an ihr vorbeigegangen und wusste, dass sie vom Bildhauer Vitaliy Patrov, geborener Russe, verstorbener Ukrainer, geschaffen wurde und dass das Werk, wenig überraschend, den Titel *Europa* trug.

Unzählige Darstellungen der mythologischen Entführung der Tochter von Agenor, eines Königs der Phönizier, hatte ich bereits gesehen. Begonnen bei gefälligen naturgetreuen Darstellungen auf Vasen und Fresken der Antike, die die Jahrtausende im Ganzen oder in Scherben überdauert haben, weiter

103

zur dramatischen Version von Tizian, eine für beide Akteure sichtlich unerquickliche Interpretation durch Max Beckmann, auch Albrecht Dürer versuchte sich an ihr, in Würzburg läuft der Stier mit seiner Beute durch den Hofgarten, und Pablo Picasso ist an dieser Sage auch nicht tatenlos vorübergegangen. Natürlich reitet Europa auch vor dem Europapalast in Straßburg und auf der Rückseite der griechischen Zwei-Euro-Münze. Eine adipöse Königstochter auf einem Stier, der eher einem Lämmchen gleicht, ist Geschmackssache, der Kolumbianer Fernando Botero wird sich seinen Teil dabei gedacht haben, und nur wenige Maler haben sich mit den Stunden, die dem folgenschweren Verbrechen vorangegangen sind, beschäftigt, der vielseitige, aber wenig bekannte Henri Deluermoz zum Beispiel. Seine Deutung, eine entrückte, von friedlicher Stille getränkte Zweisamkeit des ungleichen Paares, lässt die These des Raubs nur mehr schwer aufrechterhalten; es scheint eher eine in beidseitigem Einverständnis geplante Flucht gewesen zu sein, um die lästigen Schwestern endlich loszuwerden. Der Mythos ist zu plastisch, als dass die Karikaturisten an ihm vorübergehen könnten, und in unzähligen Varianten müssen der Stier und die Schöne die Essenz einer wichtigen europapolitischen Entscheidung versinnbildlichen und diese vielleicht auch leichter verdaulich machen.

Diese gewaltig wirkende Statue, vor der ich soeben sitze, ragt kerzengerade in die Höhe, vom göttlichen Tragtier ist nicht viel mehr als sein Haupt zu sehen, dabei ist das Holz, abgesehen vom linken Horn, nur grob, schemenhaft bearbeitet worden, sodass es eine archaische Kraft, eine Urgewalt verströmt. Der Körper der Hauptdarstellerin hingegen zeigt sich in klaren, wohlproportionierten Linien, jedoch hat sie kein Gesicht, es ist durch ihre langen Haare bis zur Unkenntlichkeit verdeckt, lediglich ein geöffneter Mund lässt es erahnen. Die geraubte

Europa weiß nicht, was mit ihr geschieht, wohin die Reise geht, sie ist sichtlich aufgeregt, jedoch von einer Panik weit entfernt. So ähnlich ging es mir, ich freute mich, eine Seelenverwandte gefunden zu haben, und erleichtert zog ich meines Wegs.

***

Wieder zurück im sicheren Hafen ließ ich beide Fenster meines Wohnbüros, so weit ihr Selbstmorden vorbeugender Mechanismus es zuließ, geöffnet, um durch den Lärm der Außenwelt von meinen Gedanken abgelenkt zu werden. Die junge Europa hatte ja das sedierende Rauschen der Wellen des Mittelmeers im Ohr und mir stand der Sinn nach einem ähnlich beruhigenden Lärm. Ich fand ihn im Abrollen der Autoreifen auf dem Straßenbelag, die Motorgeräusche sind bei den Geschwindigkeiten, die engagierte Verkehrsberuhiger in der Innenstadt mit Verkehrsschildern, raffinierten Ampelschaltungen und an Minigolfplätze erinnernden Erhebungen und Engstellen erzwingen, mittlerweile zu vernachlässigen, ebenso sehnte ich mich nach menschlichen Stimmen, ohne die Verpflichtung, auf ein Gespräch eingehen zu müssen. Es war Donnerstagabend, und ich wusste, dass ich nicht enttäuscht werden würde. Plux, die auf Lässigkeit schielende Kurzbezeichnung des Place du Luxembourg, bestand im Wesentlichen aus einem Dutzend geschäftstüchtigen Lokalen, die ihren Betrieb am Vormittag aufnahmen und bis nach Mitternacht aufrechterhielten. Lediglich zwei Fremdkörper harrten noch tapfer aus. Die Schweiz hat am Plux ihre Fahne hängen und mit dem Amtssitz der Botschaft macht das Land seinem Ruf der Sparsamkeit und Schnörkellosigkeit alle Ehre. Nicht nur, dass das Haus für eine Auslandsmission sehr bescheiden wirkt, genauso gut könnte es von zwei oder drei Mittelstandsfamilien bewohnt sein, es beherbergt sowohl die diplomatische Vertretung gegenüber dem Königreich als auch, viel wichtiger, seine Vertretung bei der Europäischen Union, von der die Eidgenossen zur Gänze eingekreist sind und von deren Willen zu intensiven, reibungslosen wirtschaftlichen Beziehungen ihr Wohlstand in bedeutendem Maße abhängt. Hut ab vor der schweizerischen Effizienz, die mit einer sehr kleinen Regierungsmannschaft beginnt und sich durch alle Schichten der Hoheitsverwaltung zieht. Der zweite Sonderling am Platze ist eine Niederlassung von *BNP Paribas Fortis*, einem Finanzkonglomerat, das auf eine über hundertjährige Geschichte zurückblicken, sich auf eine entsprechende Finanzkraft stützen und sich daher seine Nachbarn aussuchen kann. Es hat sich entschieden, seine Geschäfte neben *Fatboy's*, *Beer Factory*, *Grapevine* und anderen ewige Gesundheit versprechenden Lokalitäten zu führen. Jeden Donnerstagabend findet dort das Hochamt des Netzwerkens statt. Die inoffiziellen Zugangsvoraussetzungen für dieses Open-Air-Festival sind: eine Altersgrenze, mehr als dreißig Lebensjahre sorgen für einen schlechten Eindruck, das Beherrschen zweier Sprachen liegt im eigenen Interesse des Besuchers, und es heißt, Eheringe wären nicht gerne gesehen. Wer diese Voraussetzungen erfüllt oder sich ungeachtet einer oder mehrerer Verletzungen der Regeln auf einen Besuch einlässt, ist dabei, ist Zelle eines vielschichtigen und homogenen Organismus zugleich, der im Verlauf des Abends den ganzen Platz in Beschlag nimmt. Die Lokale geizen nicht mit Lautstärke, und sie kümmern sich nicht im Geringsten um die Musik, die das Nebenan zum Gemeinschaftsgefühl, zur akustischen Grundierung des Geschehens beiträgt. Tief aus dem Inneren der Restaurants dringen Bässe und Rhythmen und überfluten den Platz, fließen ineinander in ein akustisches Pantagruel. Die Auswahl der angebotenen Getränke ist mehr als ordentlich und – nationales, abgedroschenes Klischee hin oder her – bei den Biersorten tut sich eine Vielfalt auf, die weltweit ihresgleichen sucht.

Getrunken wird aus dünnen Wegwerfbechern oder gleich aus Dosen und Flaschen, das vereinfacht die Sache für den Kellner und den Durstigen zugleich, und je mehr das Sonnenlicht verblasst, desto lebhafter wird der Platz. Alle jungen Menschen, die in irgendeiner Art und Weise mit Europa zu tun haben, finden sich am vierten Tag der Woche hier ein. Sie dürfen ein mehrmonatiges Praktikum in einem der Organe absolvieren, sie assistieren einem Abgeordneten, um sich erste Sporen zu verdienen, sie werden einer diplomatischen Vertretung zugeteilt, PR-Agenturen und das gesamte Spektrum der Interessenvertreter beschäftigen mit Freude die kostengünstigen, leistungswilligen, gut ausgebildeten Damen und Herren, und auch die Produktion von Nachrichten aus Brüssel an die Welt bedarf polyglotter Hilfskräfte; alle zusammen bilden sie den Nachwuchs der kräftig blubbernden Eurobubble. Wer viel arbeitet, soll auch kräftig feiern. Jeder hier will Kluges und Interessantes, zuweilen Witziges sagen, jeder hier will gehört werden, will sicherstellen, dass die Umstehenden sich seiner erinnern und dass er auch weiterhin seinen Beitrag zum vereinten Europa leisten kann. Dieser Beitrag kann sich mit einem kurzen, intensiven Schnuppern hinein in eine fremde Kultur begnügen und in den späteren Morgenstunden des kommenden Tages schon wieder sein Ende gefunden haben, er kann sich darin erschöpfen, den aktuellen europapolitischen Aufreger von allen Seiten her zu beleuchten, er kann in einer klugen, tiefsinnigen Erklärung für Wissbegierige liegen, sich mit dem Herstellen einer guten Stimmung oder Begeisterung, die das Gegenüber ansteckt, begnügen, in allererster Linie aber liegt er im Aufspüren von Opportunitäten für seine eigene europäische Zukunft. Wo gibt es eine Stelle, unmittelbar oder auf längere Sicht, die zu mir, Mitglied der großen Luxemburgplatz-Familie, passt, wie und wann kann ich mich darum bewerben, wer kann mir weiterführende Auskünfte liefern und was werden die Kriterien für eine erfolgreiche Bewerbung sein? So kann im Laufe des abendlichen Gesprächs jemand, der als Kind den Hund seiner Tante eher lustlos, pflichtbewusst gestreichelt hat, unversehens zum flammenden Tierschützer werden, strenge Bewahrer des bäuerlichen Besitzstandes werfen sich auf einmal für internationale Handelsabkommen in die Bresche, auf deren Grundlage noch kurz zuvor Unmengen an minderwertigem Fleisch und regenwaldfressendem Soja in Europas Häfen gelandet wären, und jene Tugendhaften, die zuweilen von der Kommission als *demokratisch nicht ausreichend legitimierter Institution* plappern, applaudieren dem Motor aller Motoren plötzlich für sein beindruckendes Beschleunigungsvermögen.

Rasches Anpassen und sich marktadäquat ins rechte Licht rücken zu können sind essenzielle Erfolgsfaktoren auf allen Ebenen des politischen Geschäfts, von der Gemeindestube im abgeschiedenen Luftkurort angefangen bis hin zum grünlich schimmernden Glaspalast am Ufer des East River, die Flexibilität ist Teil des Spiels. Es funktioniert dann gut, wenn der Wendige sofort und bedingungslos in seine neue Rolle hineinwächst und den Standpunkt, die Interessen seines jeweiligen Brötchengebers mit Verve und Nachdruck vertritt. Würde er aber Nachdruck mit Unnachgiebigkeit verwechseln, wäre er falsch am Platz. Nirgendwo auf der Welt gibt es so viele Vorkehrungen zu einer wechselseitigen Einflussnahme, zur Kontrolle einer Gruppierung durch eine andere, zum Ausgleich zwischen denen, die einen Beitrag zum Geschehen leisten können, wie hier. Brüssel ist eine einzigartige

Kompromisserzeugungsmaschinerie, und wer glaubt, dass er mit sturem Beharren an sein Ziel gelangen wird, ist zum kläglichen Scheitern verurteilt. Vorsichtig wie ein Seestern mit seinen Füßen oder wie der tentakelreiche Krake muss der Berufseuropäer sich langsam vortasten und den Boden, den er betreten will, mit seinen Sinneszellen erfühlen, erkunden, dessen Beschaffenheit, Festigkeit und Relief zuverlässig einschätzen, um dann den richtigen, Erfolg versprechenden Weg hin zum Essbaren oder zum freundlich gesinnten Pendant einzuschlagen. Sich zurückziehen zu können ist genauso wichtig wie ein konsequentes Vorangehen oder das geschickte Ausweichen zu einer Seite hin. Wer will was, was gibt jener, von dem der Erfolg meines Vorhabens abhängt, vor zu wollen, was will er wirklich, worauf kann er verzichten, worauf ich, was kann ich ihm anbieten, wo liegen die Widersprüche zwischen uns, können wir uns mit einem Dritten verbünden, können wir uns gegen einen Dritten verbünden, ist er mir noch einen Gefallen schuldig oder ich ihm, auf wen könnte er hören, von wem hängt er ab – ohne all diese Überlegungen angestellt zu haben, wird der Weg des Hoffnungsfrohen unvermittelt vor einem Felsen oder einem Abgrund enden.

Eine erste schnelle Schlussfolgerung der Rücksichtnahme nach links, rechts, vorne und hinten, oben und unten könnte sein, dass sie nur zu bescheidenen, gemessen am ursprünglichen Ziel, stark verwässerten Ergebnissen kommt. Tatsächlich ist manchen politischen Initiativen letztendlich ein dürftiges Resultat vergönnt, nicht umsonst macht das Bonmot des mit einem mächtigen Satz losgesprungenen Tigers, der als Bettvorleger landet, die Runde, in der großen Mehrzahl der Fälle aber kann sich das solcherart Erreichte durchaus sehen lassen. Die Gemeinschaftsmethode führt immer wieder zu Fortschritten, die weder im einzelstaatlichen noch im traditionellen zwischenstaatlichen Geschehen vorstellbar sind. Der Ansporn, der von den Gleichen ausgeht, der Reichtum an zusätzlichen Ideen, die unterschiedlichen Sichtweisen, geboren aus unterschiedlichen Situationen und Traditionen, der partnerschaftliche Wille zum Erfolg und vor allem der bedeutend größere Nutzen einer Regel, die sich über siebenundzwanzig Länder erstreckt – oder über dreißig, zählt man den Europäischen Wirtschaftsraum hinzu, der die wirtschaftspolitische Gesetzgebung zu übernehmen hat –, anstatt über nur ein einziges; das Kreißen der Berge gebiert dann doch bedeutend Größeres als die viel zitierte Maus. Die Gestaltungskraft der sich vereinen wollenden Kräfte geht so weit, dass zuweilen Regierungen eines europäischen Landes mit einem Problem, das daheim zu lösen sie nicht in der Lage sind, diskret an die Kommission herantreten, mit der Bitte, einen entsprechenden Vorschlag zu unterbreiten, sodass am Ende des Tages die gewünschte Maßnahme – nein, nicht verschämt und geduckt durch die Hintertür, sondern selbstbewusst und keinen Widerspruch duldend – durch die europäische Vordertür Einzug in das Land hält, dessen Bevölkerung sich in diesem einen Fall uneinsichtig und widerspenstig gezeigt hatte.

Ein berühmter, durchwachsener Fall einer solchen Delegation an Brüssel ist ein Kapitel der *Ökodesign-Richtlinie*. Das umfangreiche, vielgliedrige Gesetzeswerk zielt auf eine umweltgerechte Gestaltung von Produkten mit relevantem Energieverbrauch ab, zum Beispiel auf Kühlschränke, Staubsauger und Klimaanlagen. Es besiegelte aber auch das Ende der traditionellen Glühlampe mit Wolframfaden. Im Ergebnis zwang die angeblich von Deutschland angestoßene Regelung dem Lichthungrigen für teure zehn Jahre die Zwischentechnologie der maximal hässlichen, als *Sparlampen* titulierten Kompaktleuchtstofflampen auf, die über die Gesamtkosten gerechnet ihrem volkstümlichen Namen alles andere als gerecht geworden sind. Aber vielleicht bin ich ungerecht und die Sparlampen halfen insofern, den Stromverbrauch zu senken, da ohnehin niemand Lust hatte, unter dem stimmungstötenden Licht der Lampen zu lesen, und lieber im dunklen Wohnzimmer gesessen ist. Dieser eine – zweifelsohne große – blinde Fleck soll jedoch nicht die Freude über das alles in allem bedeutende, gut durchdachte Gesetzeswerk trüben, durch das der Stromverbrauch im Haushalt ohne große Mühe, zur Freude aller, gesenkt werden konnte. Auch und insbesondere zur Freude der Stromanbieter und der öffentlichen Hand, die die solcherart generierte Kaufkraft des von ökodesignten Produkten umgebenen Konsumenten flink dazu nutzten, den Abgabepreis höher als zuvor anzusetzen oder um vom Verbrauch abhängige Abgaben einzuführen, die natürlich einem guten Zweck, etwa der geplagten Umwelt, zugutekamen. Wer möchte schon, wenn es um die Umwelt geht, ein Spielverderber sein und den Designern von Steuern und Abgaben grollen?

Und dieses gestaltungsfrohe, wirkmächtige Europa findet hier auf dem Plux statt, lärmend, ausgelassen und von einer Unzahl von Hoffnungen durchtränkt. Nur weniges, was unter dem strengen Blick von Cockerill ausgedacht und angebahnt wird, gerät unmittelbar zu einem Erfolg, die Wirkung stellt sich meist erst nach Langem ein, und auch nicht immer so, wie sie beabsichtigt war. Auf jeden Fall aber bilden sich bisher ungekannte Einstellungen heraus und neue Haltungen entstehen, Bande für die Zukunft werden geknüpft, zueinanderpassende Seilschaften stellen sich zusammen und planen ihre Aufstiege. Die Karos der Denkmuster dehnen sich aus, die Spieße der Bürger werden ohne Wehmut in den Keller verräumt. So großartig ich das abendliche, nächtliche Geschehen in seinen Resultaten und Konsequenzen fand, so wenig hätte ich es mitten in seiner unmittelbaren Wirklichkeit ausgehalten, denn jeder Luxemburger des Abends will sich mitteilen, will gehört werden, und unvermeidlich schraubt sich im Laufe der Stunden und der geleerten Becher die Spirale der Lautstärke des Gesagten in die Höhe. Die Anstrengung der Lungen und Zungen erfordert ein Einsparen von Energie an anderer Stelle, so werden die Sätze nach und nach kürzer und ihre Inhalte verlieren an Tiefe, an Würze. Für mich, in meiner heutigen Stimmung, war die Kulisse zu meinen Füßen jedenfalls das, was ich brauchte, sie lenkte mich ab und ihre Vitalität linderte die Erschöpfung, die ich nach dem Erlebnis mit Lieven Goossens verspürt hatte. So schlief ich dann auch bei offenem Fenster ein.

***

Wieder kündigte sich ein einsames Wochenende an, und nach den Aufregungen hatte ich Lust, meine Gedanken mit einem Menschen auszutauschen, über irgendetwas zu reden, ganz gleich, worüber. Lieven kam dafür wohl nicht infrage, zu frisch war die Wunde, die sich der Eifrige selbst geschlagen hatte, einen Freund in der Heimat wollte ich auch nicht anrufen, denn dann wäre eine Reihe von Fragen zu beantworten gewesen, auf die ich keine befriedigende Antwort hätte geben können, mein Bedarf, mich zu tarnen und zu verstellen, war reichlich gedeckt, und in der Bibliothek verpflichtete mich die Saalordnung zu schweigen oder, wenn es sich nicht vermeiden ließ, zu wispern. Nach und nach fiel jede Option aus, sodass nur eine übrig blieb. Ich begab mich in die Gedenkstätte an die tatkräftige Sozialdemokratin aus dem Nachbarland, die im Übrigen auch heute noch, hoch in ihren Neunzigern, Interviews zum Zeitgeschehen, zu ihren Ansichten und zu ihrem Leben gibt.

Beethoven komponierte immer noch mit ernster Miene, einige Tische waren trotz der frühen Stunde bereits besetzt, und bevor ich mich niederließ, betrachtete ich die hell beleuchteten Vitrinen auf der rechten Seite. Hinter fest verschlossenen Türchen waren einige Dutzend Bücher zum Thema Wasser ausgestellt, sie fragten, welche Flüsse wir morgen haben wollten, erläuterten den Dschungel des Ozeans, befassten sich mit der allgegenwärtigen Verschmutzung der Gewässer und versuchten herauszufinden, wie politische Strukturen und Abläufe aussehen müssten, um über das Schicksal jener Flüsse, die sich durch mehrere Staaten ziehen, in völkerrechtlicher Eleganz zu entscheiden. Ich fragte mich, was diese Exposition an verstecktem Orte und ohne einen erkennbaren Weg, sie unmittelbar zu konsultieren, sollte, wurde aber vom Direktor der Bibliothek und Wissensdienste über ein der Büchersammlung beigestelltes A4-Blatt immerhin aufgeklärt, dass Wasser eine der Prioritäten der Umweltpolitik der Europäischen Union sei. Da fühlte ich mich ja gleich beruhigt, umso mehr, als ich beim weiteren Lesen des Beipacktextes die Existenz mehrerer wasserfreundlicher, allerdings unverbindlicher Initiativen des Parlaments in Erfahrung brachte.

So freute ich mich, dass das eintrat, was ich erhofft hatte. Domenica Galotti, so der Name der Kellnerin, die sich besser an mich erinnerte als ich selber, hatte Dienst, und ich bestellte, durch die Ausstellung aufgewühlt, ein prickelndes Mineralwasser und auch zwei Tramezzini, eines mit Thunfisch, das andere mit Salami.

Beim Servieren meinte sie:»Gestern hatten Sie ja ein trautes Zwiegespräch mit einem unserer tausend Bewacher.«

»Ja, das hat sich so ergeben, ich kenne ihn privat flüchtig«, erwiderte ich, mich in den Grenzbereich der Lüge begebend.

»Sie kennen ja viele Leute hier, nur mich nicht.«

»Vielleicht bin ich ja nur zurückhaltend und schüchtern,«
gab ich ihre Neckerei zurück.

»Wenn dem so ist, sollten Sie besser kein Parlamentarier
sein«, beschied sie schlagfertig und hatte damit recht.

»Ich werde mich bessern, versprochen.«

»Dazu haben Sie ja gleich nächste Woche Gelegenheit.
Sind Sie Berichterstatter in einem der Ausschüsse, die tagen
werden?«

»Nein, bin ich nicht.«

»Das hätte mich auch gewundert.«

Mir gefiel diese auf streng gebürstete Keckheit, wenngleich
sie die Grenzen der absichtslosen Distanz und der das gesellschaftliche Zusammenleben stark erleichternden Gleichgül-
tigkeit überschritt; aber das wollen wir ja, das grenzenlose
Europa, in jeder Hinsicht. Gleichzeitig hatte sich im Gespräch
mein Verdacht erhärtet, ja bestätigt, dass sie mich für ein Mitglied des Parlaments hielt. Ich musste unbedingt herausfinden, wer der Abgeordnete war, mit dem sie mich verwechselte,
aber ich hatte es nicht eilig, und so bestellte ich noch zwei
weitere dieser weißen Dreiecke aus seniorengerechtem Brot-
teig und vertiefte mich in *Le Monde*, die *Frankfurter Allgemeine
Zeitung* und ebenso in die aus Brüsseler Sicht exotische *Neue
Zürcher Zeitung*. Die Lektüre hing auf dem Zeitungsständer
hinter mir, alle Exemplare waren exakt in die nostalgisch an-
mutenden Halter eingespannt, sodass auch das erste Wort am
linken Rand jeder Zeile gut leserlich war, eine Annehmlichkeit,
die in vielen Wiener Kaffeehäusern leider nicht mehr selbstverständlich ist. Der Wirt delegiert jene Sorgfalt erfordernde
Aufgabe an den Kellner, der wiederum reicht sie an das prekär
beschäftigte Reinigungspersonal weiter, im Gegenzug erhält
die Brave vielleicht einen am elektronischen Registrierungs-
system vorbeigeschleusten Gratiskaffee, und letztendlich

obliegt die korrekte Halterung jenen pedantischen Gästen, die partout einen Artikel sinnerfassend lesen wollen.

Finanzen und Banken beherrschten die Themenlage des Tages, Sorge machte sich breit, dass die Regeln zur Bankenunion nicht ausreichend wären. Nach dem großen Schock von 2008 war viel geschehen. Immerhin waren damals, seriösen Analysen zufolge, ungefähr 600 Milliarden Euro »an Staatshilfen geflossen«, eine schöne, neutralisierende, wenn nicht gar vernebelnde Beschreibung der Tatsache, dass die Gesamtheit der Steuerzahler für die Torheiten einiger weniger herangezogen worden war. Kann sich der Normalbürger, nicht gewohnt an das Jonglieren mit Millionen und Milliarden, einen Betrag in dieser Größenordnung vorstellen, ihn mit seiner bescheidenen Lebenswirklichkeit erfassen? Nicht unmittelbar, aber indirekt. Würde eine geschickte Person mit ruhiger Hand eine Ein-Euro-Münze auf die andere legen, ergäbe sich ein Turm in der Höhe von 1398 000 Kilometern, auch zu dieser Strecke gibt es keinen Vergleich aus dem Alltag, allerdings entspricht sie der 3,6-fachen Distanz von der Erde zum Mond. Der ein durchschnittliches Gehalt beziehende Österreicher hätte vor 17 Millionen Jahren seinen Dienstvertrag unterschreiben und durchgehend bis heute arbeiten müssen, um das um das Jahr 2010 herum locker ausgeschüttete Manna zu verdienen – brutto, wohlgemerkt! Zu Beginn seines Werkens für Bank und Vaterland wäre er mitten im Tertiär ziemlich einsam in seinem Büro gesessen, in jener erdgeschichtlichen Epoche, in der sich die Säugetiere anschickten, zur dominierenden Gruppe im Tierreich zu werden, und an den Wochenenden hätte er zusehen können, wie sich die Arktis langsam ihren schmucken Eispanzer zulegte, dem wir nun so zugetan sind.

Nachdem die Milch ver- und das Geld ausgeschüttet war, lief die Europäische Kommission zu Hochform auf und legte an die dreißig Rechtsakte vor, um ein zweites 2008 zu verhindern. Der Schock saß damals tief in den Knochen, sodass die Gesetze binnen kurzer Zeit – und getragen von einem Geist der Kooperation über ideologische Grenzen hinweg – beschlossen und rasch umgesetzt wurden. Auch an den Ufern des noch jungen Rheins waren die Verantwortlichen nicht untätig geblieben, der *Basler Ausschuss für Bankenaufsicht* hatte sein mittlerweile drittes und viertes Paket zu den Eigenkapitalvorschriften von Banken verabschiedet, Europa hatte die Pakete in Empfang genommen, sie geöffnet, darin jede Menge Messinstrumente und Werkzeuge gefunden, die es seitdem gewissenhaft anwendet. Alles in allem wurde das Bankensystem mit mehreren Pfeilern stabilisiert, die ein neuerliches Wanken in erträglichem Maße halten und seinen Einsturz auf jeden Fall verhindern würden. Mehr Geld von den Eigentümern wurde schon genannt, ein koordiniertes System der Aufsicht über die Banken, gewoben mit engeren Maschen als bisher, kam hinzu.

Es ist eben nie zu spät, dazuzulernen, außerdem liebt es die Politik aus unterschiedlichen Gründen, neue Behörden zu gründen. Es vermittelt dem wiss- und lösungsbegierigen Wähler den bleibenden Eindruck, dass etwas getan, dass Dauerhaftes geschaffen wurde, auch wenn er die Zuständigkeiten und die Effektivität der Agenturen, Stellen und Mechanismen wohl nur in den seltensten Fällen sachkundig beurteilen kann. Und es ist auch immer ein erhebendes Gefühl, alle Jahre bei der Vergabe prestigeträchtiger Funktionen ein Wörtchen mitreden zu dürfen. Ebenso, im selben Zuge, wurden die Verpflichtungen der Kreditinstitute, die Guthaben des kleinen Mannes auch im schlimmsten Fall auszuzahlen, eindeutig festgelegt und materiell abgesichert, jedes EU-Land hat entsprechende Fonds geschaffen, um liquide zu sein und um so einen Sturm auf die Bankfilialen zu verhindern; finanzielle Beruhigungstabletten um der guten Sache willen. Und sollte das alles nichts helfen und ein Geldverleiher kräftig ins Straucheln geraten, so haben die Behörden fürderhin tiefgreifende Befugnisse, direkt in das Geschehen einzugreifen, die Manövrierfähigkeit des Managements einzuschränken und selbst das Steuer zu ergreifen, um den Fortbestand des Patienten zu sichern und gleichzeitig die kleinen Gläubiger ungeschoren zu lassen.

Klingt gut, ist gut, ist aber nicht ausreichend. Die aus freiem Willen außerhalb der seit 1958 bestehenden Gemeinschaft stehende Schweiz, die nicht im Ruf steht, ein Hort der Zocker und Defraudanten zu sein, hat kürzlich gezeigt, dass trotz aller Vorsicht und Vorausschau jederzeit wieder Ungeheuerliches passieren kann – zumindest, wenn man den Berichten der Medien Glauben schenken kann. Und dies sollte man tun, versichern die traditionellen Zeitungen und Sender doch ungefragt und immer wieder, der Quell von Wahrheit und Objektivität zu sein, und wären sie es nicht, könnten sie diese Feststellung nicht treffen; der Zirkelschluss ist unwiderlegbar. Die *Credit Suisse*, die mehr als hundertfünfzig Jahre als Musterschüler der Kreditwirtschaft galt, hatte sich derart verspekuliert, dass die eidgenössischen Behörden den ewigen Erzrivalen *UBS* bitten – *bitten* im Sinne von *zwingen* – mussten, sich das erstgenannte Institut einzuverleiben, um einen kompletten Zusammenbruch des Bankhauses zu verhindern. Nach und nach trat zutage, dass die ursprünglich als Financier der Industrie und der Eisenbahnen gegründete Schweizer Kreditanstalt nichts ausgelassen hatte, um einen nach Einfällen ringenden Autor von Wirtschaftskrimis zu inspirieren. Gockeleien und Rivalitäten innerhalb der Vorstandsmannschaft, die in wechselseitigen Bespitzelungen durch Privatdetektive und Rangeleien auf offener Straße gipfelten, stellen nur die bunten Streusel auf der Torte dar. Zu den wahren Ingredienzien für das Rezept zum Niedergang zählten jahrelange Wäsche von Geldern bulgarischer Drogenschmuggler, massive Ausleihungen, auch in der Form von Anleihen an die *Greensill Bank*, die vorerst unerklärlich hohe Zinsen zahlte und durch ihren Bankrott eine passende Erklärung nachlieferte, und des Weiteren das Setzen auf den kometenhaft aufgestiegenen Hedgefonds *Archegos*. Auch dieser Vermögensverwalter hat sich in der Zwischenzeit als Vermögensvernichter entpuppt, er konnte mit seinem vielversprechenden griechischen Namen nicht nur die nach Rendite hungrigen Züricher Gnome blenden. *Der, welcher den Weg anführt* klingt durchaus verheißungsvoll und weckte das Vertrauen in die Fonds; die Formulierung ist ja auch korrekt, denn niemand kann behaupten, dass ein Weg nicht auch in den Abgrund führen kann. Nicht fehlen durften Begebungen von Anleihen in unvorstellbarer Höhe zum Aufbau einer Schiffsflotte in Mosambik, um Thunfisch in großem Stil zu fangen und zu verarbeiten. Pech nur, dass von dem von den Anlegern ringsum eingesammelten Geld nur ein vernachlässigbar kleiner Teil in den Schiffswerften ankam, während der Rest auf dem Weg dorthin auf dubiose Weise versickerte. Und als das bei jeder guten Mehlspeise unverzichtbare Schlagobers diente ein umfassendes Datenleck betreffend die Kunden der *Credit Suisse* – darunter Diktatoren, notorische Steuerflüchtlinge und Kriminelle aller Fachrichtungen –, das von mehreren Medien genüsslich ausgeweidet wurde und dem Geschäftsgang wenig förderlich war.

Der höchstinstanzlich verkuppelte Bräutigam *UBS* konnte sein Glück kaum fassen, dass ihn nicht die eigene Kompetenz, sondern die Inkompetenz des Wettbewerbers über Nacht weltweit zur Nummer eins der Vermögensverwalter gemacht hatte, und so vermag er es, sich nun entspannt seinem deklarierten Unternehmenszweck zu widmen, nämlich *Reimagining the*

Power of Investing. Connecting People for a Better World. Der größte Geldhaufen der Erde versteht sich als Denkfabrik und als idealistisches Partnervermittlungsinstitut.

Kurz und gut, die Verwundbarkeit jenes Wirtschaftszweiges, der seit jeher einen offensichtlich schwer bewältigbaren Spagat zwischen Transparenz und Diskretion finden muss, von dem das Wohl und Wehe der Bürger, Unternehmen und Staaten abhängt und der in seinem Strudel unzählige Unschuldige und Unbeteiligte mitreißen kann, war wie immer plötzlich und unvermutet zutage getreten, und der Gesetzgeber konnte sich nicht darauf zurückziehen, einen peinlichen Schluckauf des Finanzsystems zu vermerken, nur um ihn zu übergehen und so rasch wie möglich wieder zu vergessen. Und so waren die Zeitungen voll von der natürlichsten aller Ideen, nämlich die Welt der Banken in zwei Teile zu teilen. Den einen, das von Grau- und Beigetönen unterlegte Brot-und-Butter-Geschäft mit Einlagen und Krediten für jenen Teil des Wirtschafslebens, der reale Werte schafft und konsumiert, Finanzminister inbegriffen, und dann den anderen, den glamourösen Part: Veranlagungen, die bedeutenden, unkontrollierbaren Schwankungen unterworfen sind, Finanzprodukte, die mit Hebeln auf andere Finanzprodukte arbeiten und deren Funktionsweise, abgesehen von ihren Architekten, kaum jemand versteht, Übernahmen, Filetierungen und Fusionen von Unternehmen, die nicht einer intrinsischen Logik zur Stärkung der unternehmerischen Schlagkraft folgen, sondern lediglich die Äuglein von Finanzhaien leuchten lassen, und Transaktionen, die nur deswegen Gewinn abwerfen, weil sie dank aufwendiger Technik wenige Millisekunden rascher als jene der Konkurrenz durchgeführt werden. All das ist nett, der Herrgott wird wissen, warum er solche Phänomene erschaffen hat beziehungsweise warum er seinem Abbild des sechsten

Tages die Fähigkeit dazu gegeben hat, auf dass es in seinem Namen kreativ werde.

Selbst wenn es nicht leichtfällt – wir wollen den Jongleuren und Baumeistern von Luftschlössern ihre täglichen Champagnerbäder in der goldenen Badewanne, der sie dann entsteigen, um ihre Körper mit frisch gedruckten 200-Euro-Noten abzutrocknen, nicht neiden. Nur, wer A sagt, muss auch B sagen, wer sagenhaften Reichtum einfährt, muss auch bereit sein, diesen zu verlieren, mehr noch, er muss darüber hinaus für missglücktes Abenteurertum mit fremden Geldern zur Rechenschaft gezogen werden können. So weit die Theorie, so weit die Denkweise von Lieschen Müller, in der Praxis jedoch versteckt sich der an den besten Universitäten ausgebildete Investmentbanker hinter einem Schutzschild aus braven Sparkassebeamten tief in der Provinz, versehen mit einem Lehrabschluss als Bankkaufmann, er versteckt sich hinter um ihr Hab und Gut bangenden Häuselbauern und hinter kleinen Unternehmern, die das tägliche Leben im Lande, ihr eigenes und jenes der Kunden, am Laufen halten. *Wenn ich falle, fallen diese alle ebenso, wollt ihr das wirklich?*, lautet die unfrohe Botschaft, und bislang wurde sie immer klar und deutlich vernommen. Nun aber hat der Motor befunden, einer solchen manifesten Methode der Umverteilung von den Lämmern zu den Wölfen müsse ein Ende gesetzt werden, und er hat einen entsprechenden Gesetzesvorschlag unterbreitet. Eigentlich war die Idee ganz einfach: Ein Kreditinstitut muss sich die Grundsatzfrage stellen – volkswirtschaftlich wichtiges Bankgeschäft oder Spielcasino? Beides wäre legitim, beides würde seinen Markt finden, aber lediglich die Biene würde auf die Hilfe des Steuerzahlers bauen dürfen, der Schmetterling nicht.

Dieser Vorschlag war ebenso schlicht wie logisch, und die Frage drängte sich auf, warum er nicht schon früher gemacht worden war. Besser ist es, der Neugierige unterdrückt seine Frage, die Antwort könnte ihm nicht bekommen. Die Meinungen und Urteile der Kommentatoren zur Initiative deckten die gesamte Bandbreite des moralischen, weltanschaulichen und des von ureigensten Interessen geleiteten Spektrums ab, von »endlich« bis zum »unerträglichen Würgegriff« war für jeden Geschmack etwas dabei. Nach gewissenhafter Lektüre der Zeitungen begann ich das Gespräch, das ich vor Kurzem in der Kantine mitbekommen hatte, besser zu verstehen, und meine erste Reaktion war, dass es endlich diesen dem allgemeinen Wohle zuträglichen Würgegriff geben sollte.

***

Auf meinen Arbeitsplatz, die Bibliothek, hatte ich heute keine Lust, und so nahm ich auf einer einladenden Couch zwischen dem *Traktor* und den Sitzungssälen Platz und begann, mithilfe des Laptops das Nicht-Mödlhammer'sche Ich zu suchen. Ich rief auf der Webseite des Europäischen Parlaments die Sektion *Abgeordnete* auf und stöberte zuerst in der vollständigen Liste. Irgendwo zwischen Magdalena Adamowicz, in der polnischen Heimat unabhängig und hier Mitglied der Familie der Europäischen Volkspartei, und Tatjana Zadnoka, aus Lettland und im Parlament keiner der sieben Fraktionen zugehörig, daheim jedoch vertritt sie *Latvijas Krievu savienība*, das ist mit *Lettlands Russische Union* zu übersetzen, musste es sein. Alles ist möglich. Die Mathematikerin am Ende der alphabetischen Liste dürfte eine unbeugsame Person sein und gefährdet, am Brüsseler Parkett zu vereinsamen, nimmt sie doch seit jeher und auch jetzt noch eine wohlwollende Haltung gegenüber den russischen Expansionsgelüsten ein. Natürlich sah ich mir auch das Profil von Viola Hoffmann-Pawlowski an, sie war in insgesamt drei Ausschüssen Mitglied, wenig überraschend in jenem für *Regionale Entwicklung*, passend dazu in *Verkehr und Tourismus* und letztlich im Ausschuss *Petitionen*, sie kümmerte sich also um jene Bürger, die mittels einer Eingabe an das Parlament, einer Bitte oder eines Vorschlags ein Körnchen Salz in den großen europäischen Suppentopf werfen wollen. Damit nicht genug, war sie auch Teil der Delegation in der *Parlamentarischen Partnerschaftsversammlung EU – Vereinigtes Königreich*. Bislang hatte ich von diesem Gremium noch nicht einmal den Namen gehört, konnte mir darunter nichts vorstellen und forschte nach. Dessen Selbstdarstellung ließ wissen: *Beide Parlamente haben der Einrichtung dieser Versammlung zugestimmt und sind bereit, zusammenzuarbeiten, um durch Dialog und Debatte ein besseres Verständnis zu fördern und eine solide, auf gegenseitigem Vertrauen basierende Partnerschaft aufzubauen.* Aha! Wären die Herrschaft des Volks, das moderne Staatswesen, die moralischen und sittlichen Werte der Union, die ohnehin dürftigen Beziehungen nach dem Brexit in Gefahr, gäbe es die Partnerschaftsversammlung nicht? Ich beantwortete die an mich gestellte Frage gefühlsmäßig mit *Eher nein* und kam zur Ansicht, dass Viola im Hinblick auf den Abtrünnigen hinter dem Ärmelkanal weiterhin ihren Säugling säugen konnte, sah mich aber in meiner Einschätzung bestätigt, dass sie eine ernsthafte Arbeiterin ist, die sich mit trockenen, aber wichtigen Dossiers auseinandersetzt, bei denen wenig Lorbeer zu gewinnen ist.

Nach einigen weiteren schönen Fotos von Abgeordneten wurde ich der Sache müde und versuchte, die Suche nach mir einzugrenzen und damit abzukürzen. Galotti, die Fürwitzige, hatte bei unserer ersten Begegnung von Rentieren gesprochen, so machte es Sinn, sich in Schweden und Finnland, was will ich mehr, umzuschauen. Ich unterdrückte meine reflexartige

Sehnsucht nach kultureller Nähe und startete in Schweden, indem ich auf die richtige Stelle der Landkarte klickte, aber keiner der zehn Männer oder der elf Frauen hatte auch nur annähernd eine Ähnlichkeit mit mir. Also zog ich weiter nach Nordosten, klickte wieder, und gleich sprang mir Timo Hilvonen ins Auge, ein gut aussehender, intelligent wirkender Mann in den mittleren Jahren, der mir glich wie ein Ei dem anderen. Ich war verblüfft. Sollte meine Mutter Zwillinge geboren und der Einfachheit halber meinen Bruder weggegeben haben oder lag hier eine Laune der Vererbungslehre und ihrer Zufälle vor? Vielleicht hatte ja mein Vater dieser Laune durch eine Laune auf seinen Dienstreisen zum Durchbruch verholfen? Alle diese Gedankenspielereien waren selbstverständlich Unsinn, aber welche Reaktion wäre angemessen angesichts einer solchen doch sehr persönlichen Überraschung? Tatsache war, für den Rest der Welt musste Timo Franz und Franz Timo sein, und auf diese Duplizität kam es im Moment an. Ich las, dass mein Doppelgänger der politischen Mitte angehörte, er war Mitglied der *Finnischen Zentrumspartei, Suomen Keskusta*, die sich im Europaparlament aber nicht, wie es zu erwarten gewesen wäre, den Konservativen angeschlossen hat, sondern der stark von liberalem Gedankengut durchtränkten Fraktion *Renew Europe*. Politische Mitte sind wir eigentlich alle und gleichzeitig niemand, es kommt nur darauf an, wie breit oder schmal die Definition gefasst ist, und in dieser Sichtweise spricht nichts gegen eine Aufnahme des Zentrums in den liberalen Flügel, dort findet sowohl der sozial Bewegte als auch der Turbokapitalist seinen Platz und darf sich daran versuchen, Europa zu erneuern. Im Übrigen hat ja eine Ellipse auch zwei Brennpunkte, zu denen sie – in Summe – immer denselben Abstand hält und daher ein schönes Sinnbild für das politische Geschehen bietet; einmal kommt eine

Entscheidung mehr der einen Gruppe entgegen, dann wiederum der anderen.

Geboren war er am 26. Oktober 1977, er war also ein Jahr, vier Monate und dreizehn Tage älter als ich, Sternzeichen: Skorpion. Skorpione fand ich immer etwas trocken und humorlos, ich vertrug mich aber im Allgemeinen recht gut mit ihnen. Seine Wiege stand in Kummunkylä, einem kleinen Nest knapp über dem nördlichen Polarkreis und nicht weit von der Grenze zum Sehnsuchtsgebiet des Mitglieds Zadnoka, und er lebte auch heute noch dort. Der kurze Lebenslauf wies ihn als Forst-, Land- und Gastwirt aus, seine politische Karriere hatte er als Gemeinderat gestartet. Im Europaparlament war Timo Mitglied in zwei Ausschüssen, *Wirtschaft und Währung* sowie *Landwirtschaft und ländliche Entwicklung*, ein Zufall, denn gerade in diese beiden Gebiete hatte ich mich ja auch vertieft. Sollte in meiner skurrilen, nur zum Zwecke der eigenen Erheiterung aufgestellten Zwillingstheorie doch ein Körnchen Wahrheit stecken, erstens nein, nein und nein, ich weigerte mich, an dieses Hirngespinst zu glauben, und zweitens würde ich wohl von der Richtigkeit des präsentierten Geburtsdatums ausgehen dürfen. Ansonsten war Timo ein unbeschriebenes Blatt – oder eher eine Feder, die sich vor dem Schreiben sträubte, denn das parlamentarische Internet hatte keine Einträge zu bieten. Weder Berichte, Stellungnahmen oder Entschließungsanträge noch mündliche oder schriftliche Anfragen an die Kommission waren verzeichnet, lediglich ein Redebeitrag zur Überprüfung des Schutzstatus von Wölfen und anderen Großraubtieren im Jahr 2019, in dem er meinte, dass der Wolf zwar in die Natur, aber nicht auf die Höfe der Bauern gehöre und daher die starre Haltung gegen Abschüsse dringend überdacht werden müsse.

Der Inhalt seines Beitrages und auch das Datum ließen sich mit den Galotti'schen Bemerkungen in Deckung bringen, ich fand es aufregend, wie sich vor meinen Augen ein Puzzle zusammensetzte, und es ging weiter, denn jeder Abgeordnete musste auch sein außerparlamentarisches Einkommen offenlegen, und siehe da, in der Kategorie *Selbständige Beschäftigung* hatte er ein monatliches Bruttoeinkommen zwischen 5001 und 10000 Euro angegeben. Respekt, der frostige Boden wirft mehr Früchte ab, als ich dachte. Eine weitere im parlamentarischen Netz veröffentlichte Erklärung eines jeden Mitglieds bezieht sich auf das angemessene Verhalten – nur im Rahmen ihres Mandats, nicht im Privatleben – und sie enthält eine Reihe von Regeln, die für jeden auch nur halbwegs kultivierten Menschen selbstverständlich sind und zu deren Einhaltung sich der Parlamentarier mit seiner Unterschrift verpflichtet. Beim Passus *Sie sollten an speziellen Schulungen zur Prävention von Konflikten und Belästigung am Arbeitsplatz und zur guten Büroverwaltung teilnehmen, die für Sie organisiert werden* fiel mir der Zettel auf Violas Schreibtisch wieder ein, das Dokument war noch wichtiger, als ich gedacht hatte.

Auch beschäftigte der entspannte Zentrumsliberale nur einen einzigen Assistenten, währenddem bei anderen Abgeordneten in der Regel zwischen drei und zehn Mitarbeiter, zu einem Teil akkreditiert im Parlament, zum anderen im Heimatland ihren Dienst tuend, angeführt waren. Er hatte offensichtlich nicht einmal Arbeiten, die er delegieren konnte, und wollte sich nicht die Arbeit antun, Mitarbeiter zu führen, und sei es auch nur, um sich deren Vorschläge anzuhören. Staffan Wörström hieß der Glückliche. Bei meinen weiterführenden Recherchen stieß ich auf Zeitungsartikel, die Timo mehrfach als den faulsten Abgeordneten auswiesen. Zu seiner Ehrenrettung könnte ich einwenden, dass der Weg von Kummunkylä in den Elsass ein weiter wäre, etwas über 2700 Kilometer, aber auch Abgeordnete aus anderen Staaten wohnen nicht gerade ums Eck, schon gar nicht jene, die von den Überseegebieten Frankreichs im Atlantik, Pazifik und Indischen Ozean entsandt worden sind; selbst diese brachten es auf eine höhere Anwesenheit. Genau genommen war Timo nicht wirklich müßig, zumindest nicht, wenn man ihn in seiner gesamten Persönlichkeit betrachtete.

Der Internetauftritt seines Rentier-Ressorts konnte sich sehen lassen, sommers wie winters breitet sich in Kummunkylä eine romantische Landschaft aus, die jede Lust nach einem Großstadtaufenthalt, selbst im malerischen Straßburg, im Keim erstickt. Wälder und Wiesen umschlingen einander in einem freundlich gewobenen Muster und sowohl zum nächsten als auch zum übernächsten See ist es nur ein Katzensprung. Die niedrigen Holzhäuser sind im für Skandinavien typischen Falunrot angestrichen, und der Ureinwohner Lapplands, das Ren, streift in großen Herden unbekümmert herum; Zäune kennt er nicht. Timo – auch auf diesen Fotos lachte ich mir quasi selbst entgegen, abgesehen davon, dass ich niemals einen seiner mit gestrickten Schneeflocken übersäten Pullover tragen würde – bot ein breites Programm für jeden Geschmack. Einfach nur übernachten in einer der gemütlich eingerichteten Hütten, am Tag bei der touristengerechten Fütterung der Tiere dabei sein und abends in die nicht untergehen wollende Sonne blinzeln, das Nordlicht bestaunen, angeln oder rudern im kalten Wasser, wandern und Rad fahren sowieso, angriffigere Naturen dürfen auch schießen, auf alles, was fliegt oder sich auf vier Pfoten durch die Wälder bewegt, mit Ausnahme von Otter, Luchs und Isegrim. Die winterliche Schneedecke lädt dann ein, sie mit einem der zahlreichen Hilfsmittel an den Füßen oder unter dem Gesäß zu durchpflügen. Hat die Seele genug gebaumelt, so ruft das Restaurant, und wer lieber rund um den eigenen Herd sitzt, kann sich frisches

Fleisch, Faschiertes, Salami, Zunge und Bratwurst mit nach Hause nehmen. Die drei Kinder, die den Fotos der Anlage die richtige Stimmung für einen Familienurlaub geben sollen, haben eine gewisse Ähnlichkeit mit mir, und so sehe ich ein, dass Timo der Vater, Timo der Ehemann, Timo der Bauer, Timo der Gastwirt, Timo der Holzfäller oder Timo der Verkäufer keine Zeit für Timo den Abgeordneten hat und sich nicht auch noch mit Abgasnormen, Bildungsprogrammen und Halbleiterchips beschäftigen kann. Ein kritischer Geist – als einen solchen empfindet sich jeder, der den Mund aufmacht – könnte einwenden: »... dann hätte Timo der Vielbeschäftigte sich nicht als Kandidat aufstellen lassen dürfen.« Nur, wer will den Stab über ihn brechen, ohne die genauen Umstände seiner Aufstellung als Kandidat und seines Umfelds zu kennen? Hatte er sich zugetraut, alle Aufgaben unter einen Hut zu bringen, liegen die einst tüchtig helfenden Eltern nun unerwartet siech im Bette, erforderte ein diskreter Anruf des Bankdirektors sein vollstes Engagement im Betrieb, hat die damals eigens aus Helsinki angereiste Parteivorsitzende Druck auf ihn ausgeübt, nach dem Motto *Timo, wir brauchen einen wie dich*, wissend, dass ein bilderbuchgerechter Bauer von echtem Schrot und Korn immer auch Wählerstimmen aus anderen Milieus anzieht, oder war er tatsächlich einer, der meint, siebenhundertvier Abgeordnete wären mehr als ausreichend, und im Übrigen hätte er mit seiner eineinhalbminütigen Rede gegen die Heiligsprechung des Wolfs genug für Europa getan, vorausgesetzt, die lupophilen, ja lupomanen Bobos rund um den Place Schuman in Brüssel würden endlich auf ihn hören?

Die Stunden waren vergangen, meine Recherche hatte mich in die Tiefen des Parlaments und in die Weiten der finnischen Seenplatte geführt. Vieles habe ich über einen mir gänzlich fremden Menschen erfahren, mit dem mich streng genommen nicht das Geringste verband. Was sollte ich mit meiner frisch erworbenen Expertise über den vielseitigen Herrn Hilvonen anfangen, würde sie mir jemals von Nutzen sein oder mich eher behindern, da ich ja jetzt auf ihn, seinen Ruf, Rücksicht nehmen musste? Das alles ging mir durch den Kopf, ohne es mit brauchbaren Antworten abschließen zu können. Ich hatte genug vom Tippen und Klicken, dieses Herumsausen von Seite zu Seite, sowohl in alle Himmelsrichtungen als auch dann in ungewollten Schleifen zurück zum Ausgangspunkt, machte mich nach einer gewissen Dauer immer nervös und unrund, und außerdem stand schon wieder ein einsames Wochenende bevor. Grund genug, mich duschen zu gehen und davor ordentlich in die Pedale zu treten.

***

Ich war an einem kritischen Punkt angelangt, aus mehreren Gründen. Vorerst hatte ich schon so viel erfahren und gelernt, dass ich mich zufrieden und bereichert zurückziehen und mein normales Leben wieder aufnehmen hätte können. Dann hatte mich meine Enttarnung aus der Bahn geworfen und mich in einen angespannten Grundtonus versetzt. Was einmal passiert war, konnte sich jederzeit wiederholen, und ob ich meinen Kopf ein weiteres Mal aus der Schlinge ziehen könnte, war alles andere als gesichert. Und zum Letzten musste ich zugeben, dass bei aller selbstzufriedenen Zurückgezogenheit aus der Welt mein Bedürfnis spürbar geworden war, mich mit anderen auszutauschen. So zagte ich hin und her und kam endlich zum Schluss, vorerst nichts zu überstürzen und die Zelte noch nicht abzubrechen, sondern mein Verhalten zu ändern. Ich beschloss, mich stärker in das Geschehen einzubringen, vom versteckten Beobachter zum Mitwirkenden zu werden, und dafür gab es mehrere Wege. Der erste und unverfänglichste bestand darin, sich den kulturellen Ereignissen, die sich immer wieder boten, diskret hinzuzugesellen. Einzelne Abgeordnete oder politische Gruppen liebten es – aus aktuellem oder auch aus wiederkehrendem Anlass –, eine sympathische Besonderheit ihres Heimatlandes zu präsentieren, und entweder luden sie dazu eine für ihr politisches Fortkommen wichtige Gruppe ein oder es durften Kreti und Pleti kommen, sofern sie sich zu benehmen wussten.

In diesem Umfeld hatte der Christbaum aus Österreich mittlerweile schon eine gewisse Berühmtheit erlangt. Seit mehr als fünfundzwanzig Jahren stellt ein österreichisches Mitglied, immer eines, das von der Landwirtschaft nominiert wurde und sich dieser verbunden fühlt, dem Parlament eine Tanne aus Holz, Rinde und Nadeln zur Verfügung; davor mussten die sich nach Weihnachtsstimmung Sehnenden mit einem Surrogat aus Plastik vorliebnehmen. Dieses Bäumchen stammt aus dem einem baldigen Schneefall entgegenblickenden Österreich und wurde ursprünglich mit dem Flugzeug hierherverfrachtet, darf sich aber nun im Zuge der fortschreitenden Ökologisierung von allem und jedem einer Bahnfahrt erfreuen. Politische Prominenz des Landes folgt dem nadeligen Gesellen, sie hält bei seiner offiziellen Übergabe weihnachtlich angehauchte, launige Ansprachen, ein Bischof segnet den reich geschmückten Baum, die mitgereiste musikalische Begleitung spielt auf und für das leibliche Wohl ist selbstverständlich bestens gesorgt. *Bestens* meine ich aus der Perspektive des Genusses, der von seiner Aufgabe beseelte, naturgemäß kritische und sich zum Mahnen verpflichtend fühlende Ernährungsberater würde angesichts der Mengen an Schinken, Speck, Schmalz, Verhackertem, Aufstrichen und zuckerhältigem Backwerk die Hände über seinem Kopf zusammenschlagen, dann aber selbst kräftig zulangen, zu verlockend ist das Angebot aus den Ställen der Alpenrepublik.

Für dieses Ereignis, von dem mir des Öfteren berichtet worden war und das regelmäßig den Weg in die Zeitungen findet, war es noch zu früh, und so suchte ich einen der hier und dort angebrachten Bildschirme, die das Veranstaltungsmenü der Woche bildhaft anzeigten. Nach kurzer Zeit verschwanden die präsentierten Poster und tauchten zuverlässig wieder auf, wenn sie an der Reihe waren. Es war also möglich, rasch einen ersten Überblick zu gewinnen und danach Genaueres über die Veranstaltung seiner Wahl zu erfahren. Geboten wurde diese Woche nicht nur kulturell unterfüttertes Allotria, sondern auch Ernsthaftes außerhalb der parlamentarischen Verfahren. Auf eine Aussprache zu risikoarmen Pflanzenschutzmitteln hatte ich wenig Lust, auf mehr Sicherheit im Internet ebenso wenig – beides wichtig, beides langweilig. Einer Veranstaltung, die für die immer wieder angekündigte Schließung des Gefangenenlagers in der vor dessen Inbetriebnahme im Jahr 2002 weitgehend unbekannten Bucht von Guantanamo warb, konnte ich durchaus Sympathien abgewinnen, fand aber, dass sie nicht geeignet wäre, meine dysphorische Stimmung zu lindern. Auf die verlockende Ankündigung *Stimmen aus Georgien* hätte ich beinahe angebissen – Musik war immer gut, lediglich Schuberts *Winterreise* oder Leonard Cohens getragene Balladen wären zurzeit wenig bekömmlich gewesen –, ich merkte aber dann beim Kleingedruckten, dass sich hier georgische Parlamentarier einem Gespräch stellten. So blieb noch geschichtliche Bildung, und es traf sich gut, dass der Marschall der Region Ermland-Masuren an diesem Abend eine Ausstellung zu einem der großen Söhne Polens, Nikolaus Kopernikus, eröffnen würde. Meine Entscheidung war gefallen.

Die Exposition bestand aus ungefähr zwanzig sehr informativen Tafeln zum Leben und Wirken des Multitalents aus der frühen Neuzeit. Nachdem der Marschall – er trug keine Cowboystiefel, denn der Assoziationen an den Wilden Westen und an Krieg hervorrufende Amtstitel bezeichnet die Funktion des Ministerpräsidenten einer Region – seine Rede blockweise in seiner Muttersprache gehalten und der neben ihm stehende Dolmetscher sie ebenso blockweise in die hiesige Lingua franca übersetzt hatte, vertiefte ich mich in das Gezeigte. Kopernikus war als Arzt wie als hoher Verwaltungsbeamter erfolgreich gewesen, auch nahm er in der Kirche die Funktion eines Chorherrn ein, und er hatte immer noch genügend Zeit, um sich der Astronomie zu widmen. Was mich aber am Ende meiner Auffrischung und Erweiterung meines gymnasialen Wissens beeindruckte, war die Ironie zu Kopernikus. Bekanntlich hatte er mit seinem Werk *De revolutionibus orbium coelestium* die kopernikanische Wende eingeleitet, und allein die Entdeckung, dass die Sonne das Zentrum der für uns Menschen relevanten Parzelle im Weltall ist, hätte schon für ewigen Ruhm gereicht. Nebenbei stürzte er noch die Kirche als unumstrittene Weltendeuterin und ebnete den Naturwissenschaften die Bahn, sodass das mittelalterliche Jahrtausend durch ihn sein Ende fand. Gibt es aus heutiger Sicht einen Größeren? Vielleicht, aber es sind derer sicherlich nicht viele.

Und jetzt kommt es: Die wesentlichen Eckpunkte dessen, der alle Punkte im All berechnen konnte, in der österreichischen Amts- und Polizeisprache *das Nationale* genannt, liegen im Dunkeln. Schon sein genaues Geburtsdatum ist nicht bekannt, Forscher konnten es nur mithilfe eines für ihn erstellten Horoskops und der darin festgehalten Planetenkonstellationen rekonstruieren. Selbiges gilt für den Todestag, die Historiker stützen sich bei der Schätzung auf den Brief eines

Freundes, in dem dieser sein Ableben beklagte. In der damaligen Zeit war es für Leute wie Kopernikus, aus gutem Hause stammend und mit bedeutenden öffentlichen Ämtern betraut, üblich, ein Porträt von sich anfertigen zu lassen. Auch dieses gibt es nicht, und so stoppelten Historiker in den Jahrhunderten danach aus unterschiedlichsten Quellen Bilder zusammen, die ihn, in Summe, annähernd wirklichkeitsgetreu darstellen sollten. Die Methode ging bis ins Jahr 2005 gut, dann aber fanden die Unermüdlichen endlich die Stelle, an der Kopernikus begraben worden war. Bis dahin entzog sich auch dieser für einen Verehrungswürdigen wichtige Ort der Kenntnis seiner Nachwelt. Aus den dort vorhandenen Schädelknochen rekonstruierten Fachleute, unterstützt von einer unbarmherzigen Software, eine Frontal- und Seitenansicht des Astronomen, die mit den imaginierten historischen Annäherungsversuchen allerdings wenig gemein hatte und ein Gesicht zeigte, dessen Träger man sicherlich nicht an dunklem, abgeschiedenem Orte begegnen möchte. Sehen wir es positiv, immerhin ist dieser Wissenschaftszweig nicht korrupt, denn die Versuchung, einen Hollywoodstar der Sternenkunde herbeizuzaubern, war sicherlich groß gewesen. Zu guter Letzt firmiert der Nebelhafte noch als Namenspatron für das Erdbeobachtungsprogramm der Europäischen Union, das zu jeder Sekunde exakte Daten zu den Ozeanen, zur Vegetation am Lande und auch zu den unfruchtbaren Flächen rund um den nördlichen und südlichen Pol liefert. Sowohl der moderne Landwirt als auch der datenhungrige Klimawissenschaftler stürzen und stützen sich auf dieses umfangreiche, wertvolle Bild- und Zahlenmaterial. Im Fall von Katastrophen dienen die Daten den Einsatzkräften zur Analyse der Lage, außerdem erkennt der Verbund von Satelliten auch ungewöhnliche Vorkommnisse an den zwischenstaatlichen Grenzen. Wäre sich Kopernikus seiner späteren

Bedeutung bewusst gewesen, so hätte er, der offensichtlich Uneitle, seinem revolutionären Büchlein sicherlich eine zeichnerische Darstellung seiner selbst und einen ausführlichen Lebenslauf vorangestellt.

***

Mit Lieven Goossens habe ich geschickt ein Abkommen getroffen, Domenica Galotti hat mich noch nicht durchschaut, und falls doch, so spielte sie mein Spiel unaufgeregt und ohne erkennbare Absichten mit, theoretisch wusste ich nun schon sehr genau, wie der parlamentarische Hase läuft beziehungsweise schlendert, ich habe mir zwischenzeitlich auch eine Art zu gehen und mich zu benehmen zugelegt, mit der ich nicht auffiel – obwohl, ist unter gewissen Umständen nicht gerade das Unauffällige auffällig? Ich kannte dieses riesige Gebäude mittlerweile besser als meine Wohnung daheim, und ich hatte nun ein Thema gefunden, das mich neugierig machte, in das ich mich investieren wollte. Dafür zu sorgen, dass das Geld – Zahlungen, Einlagen oder Kredite – dort hinkam, wo es gebraucht wurde, wo es hingehörte, auf die Konten der Unternehmungslustigen, auf dass sie es gleich an ihre Mitarbeiter, Lieferanten und Finanzämter weiterverteilen, und auf die Sparbücher derer, die gerade nichts ausgeben wollen, mehrere Milliarden Mal an jedem Tag, zu jeder Stunde, an jedem Werktag, mit genau den Fristen, die vereinbart worden waren, dass die Zinsen und Gebühren korrekt berechnet und zum vereinbarten Datum eingehoben oder ausgeschüttet werden, kurz und gut den Kreislauf vom Herz der Zentralbank bis zu den Kapillaren, dem Konto eines Mindestrentners, arteriell und venös aufrechtzuerhalten, ohne den alles schleppend und mühsam würde, war eine faszinierende Angelegenheit. Und es durfte nicht sein, dass sich aus diesen Adern heraus okkulte Geflechte und Geschwüre ohne jeglichen Nutzen für den wirtschaftlichen Organismus entwickeln, die erratisch liquide Mittel ansaugen, hin und her und zurückpumpen, wie es ihnen gerade einfällt, mit einer Rasanz, Heftigkeit und Spontaneität, die immer wieder zu einem Kollaps führt – und zu großen Anstrengungen, um sich von ihm zu erholen. So war der Vorschlag der Kommission das Gebot der Stunde, und ich wollte dabei sein, dabei sein dort, wo Geschichte geschrieben wurde.

Auf den kleinen Bildschirmen, die Zeit und Ort der Sitzungen der Ausschüsse anzeigten, konnte ich sehen, dass der Ausschuss *Wirtschaft und Finanzen* heute Nachmittag im Sitzungssaal ASP 4Q1 tagen würde; ich beschloss, daran teilzunehmen, sicherlich würde er sich mit dem aktuellen Bankenthema befassen. Genau drei Minuten vor vierzehn Uhr dreißig, dem angesetzten Beginn, war ich zur Stelle. Zu diesem Zeitpunkt sollten aller Wahrscheinlichkeit nach schon genügend Abgeordnete gekommen sein, dass sie sich untereinander unterhalten konnten und sich nicht auf den endlich Ankommenden, auf mich, stürzen mussten, und die Beratungen konnten noch nicht begonnen haben, ich würde daher nicht als Spätling die strengen Blicke der zeitgerecht Sitzenden auf mich ziehen. Genau so verhielt es sich auch, ich grüßte die Verwaltungsbeamtin, die am Schreibtisch vor dem Eingang saß, freundlich, sie bemerkte mich nicht, nahm mir ein Set der bereitgelegten Dokumente und goss mir Mineralwasser in einen Becher, stieg die breiten, flachen Stufen zwischen den Abgeordnetenbänken hinauf – zwei Schritte, eine Stufe – und setzte mich auf den für Timo vorgesehenen Platz.

T. Hilvonen war auf dem am vorderen Rand der Bank angebrachten Schild zu lesen, ein diskretes *FI* in der linken oberen Ecke verriet meine Nationalität. Wozu eigentlich war das politische Europa nicht angetreten, seine Grenzen zu überwinden? Gut, die beflissenen Bediensteten waren auf dem richtigen Weg, denn sie hatten das Landeskürzel in wesentlich kleineren Lettern als den Familiennamen gedruckt. Mein Platz entsprach der Sitzordnung in den Ausschüssen, vorne links saßen die Mitglieder der *Progressiven Allianz der Sozialdemokraten*, auf der anderen Seite waren die *Christdemokraten* versammelt, während die hinteren Sitze für die kleineren Fraktionen reserviert waren. So hatte ich Platz Nummer einundvierzig, was mir durchaus recht war, auch wenn ich Primzahlen immer suspekt fand. Die Personalstärke von *ECON* war beachtlich, der Ausschuss zählte einundsechzig Mitglieder, jeder zwölfte Parlamentarier fühlte sich berufen, in Wirtschafts- und Währungsfragen nicht nur im Plenum die Hand zu heben und den richtigen Knopf zu drücken, sondern sich in das Räderwerk der Ökonomie zu vertiefen und im richtigen Moment sein Scherflein zu einem gelungenen Gesetz beizutragen. Hinzu kamen noch vierundfünfzig stellvertretende Mitglieder, die in Abwesenheit ihres Herrn volle Rederechte hatten und auch an Abstimmungen teilnahmen. Es war klar, in dieser Formation ging es um das Eingemachte, und alle Interessenträger wollten gehört werden und hören. Nur wenige der insgesamt zwanzig ständigen Ausschüsse versammelten eine noch größere Mannschaft, Spitzenreiter war *ENVI*, zuständig für Umwelt, öffentliche Gesundheit und Lebensmittelsicherheit, mit einundachtzig Mandataren. Wenn es darum geht, sich publikumswirksam für das Gute in der Welt einzubringen und es weiter zu verbessern, möchte jeder mit von der Partie sein und die Ziele zur Verringerung aller möglichen Emissionen in lichte Höhen schrauben, den Export von Müll verbieten und wohlmeinende Empfehlungen an internationale Klimakonferenzen abgeben, die ihrerseits wiederum Empfehlungen erarbeiten. Die rote Laterne hielt *JURI*, der Rechtsausschuss, er war lediglich für fünfundzwanzig Mitglieder so attraktiv, dass sie ihm ihre Arbeitskraft spendeten. Seine Dossiers waren zweifelsohne wichtig, aber äußerst trocken, abstrakt und dem Wähler nur schwer zu vermitteln. Zumindest ich kannte keinen Normalbürger, dem die Angabe nicht finanzieller Informationen in den Jahresberichten größerer Unternehmen ein besonderes Anliegen gewesen wäre.

Heute waren ungefähr zwei Drittel der Mitglieder anwesend, das Präsidium war mit seiner Vorsitzenden und den vier Stellvertretern zu ihrer Linken vollständig. Rechts von der Vorsitzenden hatten zwei Vertreter des Sekretariats des Ausschusses Platz genommen. Reden und Debattieren war eine Sache, das gewissenhafte Einhalten der Verfahren und die transparente, neutrale Dokumentation der Ergebnisse für die Nachwelt eine andere, sie konnte nicht den Mitgliedern überlassen werden, sondern bedurfte des Einsatzes geschulter, disziplinierter Beamter des Generalsekretariats des Parlaments, die jegliche politische Ansicht zu unterdrücken hatten und die zu jedem Moment die Regelwerke auf Punkt und Beistrich abrufen konnten und sie auch anwenden wollten. Hinter den Abgeordnetenbänken standen noch mehrere Reihen mit Fauteuils, diese waren für die Mitarbeiter der Fraktionen und für persönliche Assistenten der Mitglieder vorgesehen, aber auch einige Beamte der Kommission und des Rates fanden sich dort ein.

Hélène Angoulvant eröffnete die Sitzung pünktlich, die Anwesenden setzten die Kopfhörer auf, und die progressive alliierte Französin, in ihrer Heimat wurde sie von *Place publique*, einer vor ungefähr fünf Jahren ins Leben gerufenen linksorientierten Kleinstpartei, für das Europaparlament aufgestellt, verlas rasch, nüchtern, bar jegliches Kommentars die umfangreiche Tagesordnung. Der Punkt, für den ich brannte,

Vorschlag für eine Richtlinie des Europäischen Parlaments und des Rates über eine geschäftsfeldbezogene Spezialisierung der Kreditinstitute und die Errichtung eines Trennbankensystems, würde erst gegen Ende der Sitzung behandelt werden. Ich überbrückte die Wartezeit damit, das Biotop, in das ich mich als invasives Individuum gemengt hatte, aufmerksam zu beobachten. Die anwesenden Abgeordneten waren konzentriert bei der Sache, sie hörten den Ausführungen des Vorsitzes und den Wortmeldungen aufmerksam zu, nur wenige öffneten das kleine, glänzende Tor zur unendlich weiten Welt, und sie flüchteten nicht über das Smartphone aus dem Sitzungssaal. Immer wieder sah ich, dass auf Papier oder via Tablet Notizen vom Gesagten gemacht wurden, die Anwesenden wollten sich daran erinnern, wer was wann gesagt hatte. Wer war Freund, wer Feind, wo würden sie einhaken können, auf all diese Äußerungen und Nuancen würden sie eines Tages zurückgreifen müssen, um ihren Coup zu landen oder ihn zumindest vorzubereiten.

Hinter den dicken, keinen Schall hindurchlassenden Glasscheiben verrichteten die Dolmetscher ihre Arbeit, jeweils zwei pro Kabine, sie wechselten einander im Takt von wenigen Minuten ab. Eigentlich hätten sie gar nicht anwesend sein müssen, denn ihr aufmerksamer Blick richtete sich nicht auf den jeweiligen Redner, zumindest nicht auf dessen Originalversion in Fleisch und Blut, sondern auf sein Abbild am Monitor in ihrer Kabine, das ihnen die schwenkbaren, an der Saaldecke angebrachten Kameras zuverlässig lieferten. Ich war beeindruckt, mit welcher Geschwindigkeit und offensichtlicher Zuverlässigkeit sie ihre Aufgabe erledigten – kaum, dass die Dolmetscher ins Stottern kamen oder ein gesagtes Wort zurücknehmen mussten. Mir gefiel, dass sie den Text nicht nur mit ihrem Stimmapparat in die Kopfhörer im Saal brachten, sondern das Gesagte auch mit den dazu passenden Handbewegungen unterlegten, meist mit mehr Ausdruck und Emphase als der Redner in seinem Original. Naturgemäß beachtete niemand diesen Körpereinsatz, abgesehen von mir, aber bei aller Bescheidenheit kann ich ja nicht als durchschnittlicher Abgeordneter gelten. Die Dolmetscher zogen Kreise in der Luft, senkten und hoben den Arm, steigerten sich zu waagrechten Wellenlinien und zogen dabei den Kopf ein, zählten mit den Fingern, setzten einen bildlichen Schlusspunkt, fügten Daumen und Zeigefinger zu einer Null, sie wandten das gesamte Vokabular des Gestikulierens an. Ihre Beine und Füße konnte ich nicht sehen, aber ich war sicher, dass sie auch diese einsetzten. Ich nahm die Kopfhörer ab, wann immer es möglich war, wenn also einer meiner neuen Kollegen das Wort in Deutsch, Finnisch, Französisch oder Englisch ergriff.

»Wir kommen nun zum Punkt *Geschäftsfeldbezogene Kreditinstitute* und haben als Erstes den Berichterstatter zu nominieren. Das Nominierungsrecht steht *Renew Europe* zu und als Berichterstatter ist Nikola Nayadenov vorgesehen. Gibt es hierzu Fragen oder Kommentare?«

»Ich muss mich zu Wort melden«, meinte ein kleiner Mann, alles in allem sehr gepflegt, selbst der noch nicht angegraute Dreitagesbart war sorgfältig fassoniert. Er hob seine rechte Hand, mit der linken drückte er auf den Kopf, um sein Mikrofon einzuschalten. Es sollte sich herausstellen, dass es der Abgeordnete Pedro Espinosa Velazquez war, der Koordinator von *Renew* für diesen Ausschuss. Das bedeutete, dass er sich mehrmals im Monat mit seinen Homologen der anderen Fraktionen traf, um die anstehenden organisatorischen Fragen zuerst aufzuwerfen und dann zu lösen, schlimmstenfalls zu vertagen.

»Pedro, bitte!« Die Vorsitzende schien überrascht, sie hatte den Tagesordnungspunkt durchwinken wollen, wie es in solchen Fällen üblich war. Die sieben Fraktionen handelten die Person des Berichterstatters auf Grundlage eines komplexen Punktesystems aus, das den Charakter einer Auktion hatte und über die Dauer einer Legislaturperiode hinweg für einen gerechten Ausgleich zwischen den politischen Gruppen sorgte. Bei aller strengen Mathematik ließ die Methode aber jene Prise Byzantinismus, jenen regelfreien Spielraum für Verhandlungen zu, ohne den zuweilen die Räder stillstehen würden oder es zu empfundenen Niederlagen käme, die in sich den Keim des Wunsches nach Vergeltung bergen. Das System funktionierte immer. Was war also noch zu sagen, warum konnte der Ausschuss nicht die Kabinettsdiplomatie ohne Aufheben zur Kenntnis nehmen und unkommentiert abhaken?

Koordinator Espinosa Velazquez räusperte sich und verlautbarte, dass er eine gute und eine schlechte Nachricht hätte. Leicht genervt forderte die Vorsitzende ihn auf, mit der guten zu beginnen.

Ein Lächeln huschte über das Gesicht des agilen Spaniers und er meinte: »Unser ehrenwerter Nikola ist vor einer halben Stunde zum *Minister für Digitale Verwaltung* seiner aufstrebenden Heimat am Balkan ernannt worden.«

»Für ein paar PCs und Drucker brauchen die einen eigenen Minister«, fragte Hélène spitz, »reicht da nicht ein Abteilungsleiter oder Direktor im Amt des Ministerpräsidenten?«

»Sehr geehrte Vorsitzende, dies zu beurteilen entzieht sich meinem Sachverstand und meiner Befugnis gleichermaßen. Und, mit Verlaub, wo kämen wir denn hin, wenn die zukunftsweisenden Aufgaben nicht mit der erforderlichen Würde unterlegt und quasi im Vorübergehen erledigt würden? Lediglich, Faktum ist, dass die Geschäftsordnung des Parlaments den ehrenwerten Nikola dazu zwingt, sein Mandat in unserem Hause zurücklegen. Das wäre jetzt im Übrigen die schlechte Nachricht.«

Frau Angoulvant meinte:»In der Tat, wen schlägt *Renew* jetzt als neuen Berichterstatter vor?«

»Es kam für uns ebenso überraschend wie für Sie, wir hatten nicht das geringste Anzeichen, dass unser Kollege zu neuen Ufern strebt, und vielleicht hatte er ja auch keine Ahnung von dem, was nun auf ihn zugekommen ist.«

»Jene Karrieresprünge, um die der Brave und Tüchtige mittels eines unvermuteten Telefonanrufs gebeten wird und für die er sich stehenden Fußes entscheiden muss, sind fixer Bestandteil der Selbstdarstellung derjenigen, die es nach oben geschafft haben, in Wirklichkeit gehen den scheinbar glücklichen Fügungen stets monate-, ja jahrelange Vorarbeiten des Erwählten, tief im Verborgenen, voraus«, meinte die Vorsitzende und lächelte abgeklärt. Fast der gesamte Saal schmunzelte, einige lachten sogar kurz laut auf, mit ihrer Bemerkung dürfte Hélène den Nagel auf den Kopf getroffen haben.

»Für das Protokoll«, hob sie an und drehte ihren Kopf nach rechts, »für das Protokoll bitte ich festzuhalten, dass der *Ausschuss für Wirtschaft und Währung* seinem Mitglied Nikola Nayadenov seinen tiefen Dank für die geleisteten Aufgaben ausspricht und ihm herzlichst, per Akklamation, zu seiner neuen Aufgabe als *Minister für E-Government der Republik Bulgarien* gratuliert.« Der Beamte notierte das Diktat gewissenhaft, während sich im Saal ein Klopfen auf die Tische, durchmischt von Klatschen in die Hände, erhob. Einige Abgeordnete standen sogar auf.

»Nochmals, wen schlägt *Renew* nun als neuen Berichterstatter vor?«

»Mit Verlaub, wir müssen uns beraten, und ich bitte, in der für morgen anberaumten Sitzung unseren Vorschlag unterbreiten zu dürfen.«

»Ich glaube, ich habe keine Wahl«, schätzte die präsidierende Hélène die Lage ein und fuhr fort, »hiermit ist die Sitzung beendet.«

Pedro rief noch in sein Mikrofon, dass alle anwesenden Abgeordneten seiner Fraktion sich in dreißig Minuten im JAN 2Q2 zu versammeln haben, er hätte den Saal schon reserviert. Die Reihen lichteten sich, und auch ich schickte mich an, hinauszugehen, um nach einer kurzen Pause, in der ich mich sammeln wollte, rechtzeitig bei meiner Fraktion zu sein.

»Ich wusste gar nicht, dass du Französisch verstehst, kleiner nordischer Bauer.« Ich blickte zur Seite, ungefähr zwei Meter von mir entfernt stand Hélène Angoulvant, und ich interpretierte ihren Gesamteindruck als mir durchaus freundlich gesinnt. Sie hatte also beobachtet, wann ich die Kopfhörer benutzte und wann ich sie ablegte.

Ich antwortete ihr daher in ihrer Muttersprache: »Unterschätze weder deine Feinde noch deine Freunde.«

»Konfuzius lässt grüßen, oder ist es doch eher ein früher Lao-Tse? Was bewegt dich, nach Jahren der stillen Abwesenheit Europa wieder einmal deine Aufwartung zu machen? Brauchst du Pralinen für den Geburtstag deiner Schweigermutter?«

»Ich habe beschlossen, ein besserer Mensch zu werden, und gerade in diesem Moment bin ich dabei, den Vorsatz unter deinem weisen Vorsitz in die Tat umzusetzen.«

Frau Angoulvant erwiderte: »Ich möchte es nur zu gerne glauben, aber kannst du es auch beweisen?«

»Nein.«

»Doch.«

»Wie?«

»Hast du nicht aufgepasst?«, fragte sie rhetorisch und fuhr fort: »Wir suchen verzweifelt einen Berichterstatter für diese Bankenrichtlinie.«

»Und dafür sollte der Hirte vom Polarkreis die geeignete Person sein?« Ich war zugegebenermaßen leicht verwundert und ließ mir das auch anmerken.

»Der Fremdenführer aus Warna war es genauso wenig und heute ist er *Minister für Digitale Verwaltung*, nicht für *Tourismus*, wohlgemerkt, was ich ja noch verstehen könnte, und morgen wird er vielleicht die Umwelt und das Wasser des Balkans unter seine Fittiche nehmen. Wem Gott ein Amt gibt, dem gibt er auch Verstand. Also, bewege deinen Hintern zur Sitzung deiner Fraktion und erringe die Beute. Deine Präsidentin wird es dir danken, und außerdem bist du der Institution einiges schuldig.«

Es musste einen Grund geben, warum sie mich in diese Rolle hineinmanövrieren wollte, aber ich hatte keine Idee, welchen. Ihre Motivation, war sie persönlicher Natur, falls ja, wollte sie mir nutzen oder schaden, oder steckte politisches Kalkül, über zwei oder drei Banden, dahinter? Ich würde es rechtzeitig herausfinden, vorerst begnügte ich mich mit einer lapidaren Aussage, die Zustimmung zu ihrem Vorhaben signalisierte, ohne dass sie verbindlich gewesen wäre:»Dein Wunsch ist mir Befehl!«, und begab mich ohne Eile zum Ort, an dem das Erbe des Jungministers anstand, verteilt zu werden.

***

Wie immer wartete ich auf den letztmöglichen Moment, um einzutreten, und begrüßte die im wahrsten Sinne des Wortes sitzende Runde – der Sitzungstisch war ein fast zur Gänze geschlossener Kreis, in ihm befanden sich vier Monitore – mit einem freundlichen, aber nicht zu aufdringlichen »Hallo, schon lange nicht gesehen!«. Ich, ich meine mein Hilvonen'sches Ich, dürfte nicht allzu beliebt gewesen sein, denn es gab zwar

Reaktionen in der Bandbreite zwischen einem leisen Grunzen bis hin zum »Hallo, Timo!«, aber mehr als ein kurzes Aufblicken war nicht drinnen, niemand war aufgestanden, um meine Hand zu schütteln, und von den in Politikerkreisen so beliebt gewordenen Umarmungen war sowieso keine Rede.

Zugegeben, eine gewisse Distanz war mir ganz recht, denn ich konnte Körperberührungen mit Personen außerhalb des engsten Freundeskreises nicht ausstehen, auch wenn ich die dahinterstehende taktische Absicht gut verstand. Der Trick war billig, aber wirkungsvoll und wurde daher auf breiter Front angewandt. *Jetzt haben wir doch gerade so schön geknuddelt, sogar vor der Kamera, ein jeder konnte es sehen, und dennoch bist du auf einmal so gemein und vertrittst einen anderen Standpunkt als ich. Junge, überleg dir das noch mal.* Unbefleckt, unberührt, von niemandem angelächelt, war ich frei und würde daher tun und sagen können, was mir einfiel. Gut so, aber ich konnte ja gar nicht gewiss sein, dass ich zu Wort käme und dass mir einige Sätze einfallen müssten, die die Damen und Herren der Runde hören wollten. Einspruch, Letzteres war gesichert, denn in diesem Haus war es Usus, und genau das entspricht ja der wortwörtlichen Bedeutung eines Parlaments, dass seine Mitglieder mit Eselsgeduld jede Wortmeldung über sich ergehen ließen, war sie auch noch so inhaltsleer oder in einem noch so ohrenquälenden Akzent beziehungsweise durch eine noch so einschläfernde Stimme aus der Übersetzungskabine vorgebracht.

Pedro, der mittlerweile seine gepunktete Krawatte abgelegt und die zwei obersten Knöpfe seines Hemdes geöffnet hatte, er wollte sichtlich einen familiären, entspannten Charakter herstellen, ergriff das Wort in Englisch, Simultandolmetscher waren für Sitzungen der Fraktionen nicht vorgesehen. Die Verständigung zwischen den Teilnehmern sollte bis zum Ende der Sitzung tadellos funktionieren, und irgendwo auf dem Weg zum nächsten Ausschuss würde sich das Polyglotte wiederum auf unerklärliche Weise verlieren und Übersetzer würden dringend gebraucht werden. »Da hat uns Nikola ganz schön was vorgelegt, was? Hand aufs Herz, wer von euch hat davon gewusst, mit wem hat er gesprochen, welche Andeutungen hat er gemacht?«

Keiner der Anwesenden, es waren knapp unter zehn, schien über die Pläne des jetzigen Ministers informiert gewesen zu sein, sie alle schüttelten entweder den Kopf oder blickten starr in die Luft, an den Kollegen vorbei. Das war glaubhaft, denn es wäre ja kein Vergehen gewesen, in die verheißungsvolle Zukunft eines Parteifreundes eingeweiht gewesen zu sein, ganz im Gegenteil. Zahlreich, ja legionenhaft sind die Fälle, bei denen irgendjemand raunt, von dieser oder jener glücklichen Fügung schon seit Längerem Kenntnis gehabt zu haben, in sie unter dem Siegel der Verschwiegenheit eingeweiht worden zu sein, und ganz besonders Kecke behaupten auch, ohne einen Beweis liefern zu können, dass sie um Rat und Fürsprache gebeten worden waren. Diese Methode, sich als Geheimnisträger aufzuplustern, der seine Finger im geglückten Spiel hatte, beeindruckt den Zuhörer, und sie funktioniert, vorausgesetzt, der Hochstapler wendet sie nicht allzu häufig an. Je öfter einer sich solcher Heldentaten rühmt, desto mehr verdichten sich die Zeichen, dass das Gesagte so nicht stimmen könne, Misstrauen steigt bei den Bewunderern auf wie die Morgenröte an einem ruhigen See, und unvermutet scheint die Sonne der Wahrheit, und in ihrem hellen Licht steht der Blender als bescheidene Figur vor seinem Zuhörer, nackter als je zuvor, und das Ganze ist nur deswegen erträglich, weil sein Gegenüber die Delikatesse aufbringt, das Offensichtliche weder an- noch auszusprechen. Diese Rücksichtnahme ist Teil des Spiels, einmal ist man selber Statist, ein anderes Mal der agierende Hauptdarsteller, dann wieder das aufnahmebereite Alter Ego, das Rad der Rollen dreht sich unaufhörlich.

»Schade«, fuhr Pedro fort, »denn in diesem Fall hätten wir die Frage des Berichterstatters rasch geklärt gehabt.« Sein schmieriges Lächeln, diese bonhomistische, witzig sein wollende Überheblichkeit, gefiel mir überhaupt nicht, ich empfand Pedro als Widerling, das Beste an ihm waren wahrscheinlich sein Anzug und seine gelben Socken.

Der von mir so Geschätzte fuhr fort: »Fassen wir die Situation zusammen, liebe Freunde: Es handelt sich bei der geplanten Neuordnung der Bankenlandschaft um ein eminent wichtiges Gesetz, gleichzeitig auch um ein sehr schwieriges. Im Rat schwirren unterschiedlichste Meinungen herum, das habe ich von meinen Vertrauensleuten gehört, eine einheitliche Position ist nicht zu erkennen, ja auch innerhalb der einzelnen Länder liegen die Ansichten weit auseinander – mit der Ausnahme von Luxemburg, diesem von weidenden Kühen durchsetzten Geldspeicher des gesamten Globus, das sich natürlich klar gegen jede Maßnahme ausspricht, von der eine Bank auch nur einen leichten Schnupfen bekommen könnte. Und überhaupt, warum sind die Briten ausgetreten, sie hätten mit ihrer jahrzehntelangen Expertise des unauffälligen Torpedierens wichtiger Vorhaben verhindert, dass uns eine solche Sache vorgelegt worden wäre, was ein Leichtes sein hätte müssen, denn wir wissen, auch im Kollegium des Berlaymont gab es alles andere als ein einhelliges Ja. Weniger als zwanzig Kommissare waren es, die in der Mittwochrunde ihre Hand in die Höhe gehoben hatten. Und wie es bei uns, den Erneuerern Europas, aussieht, wisst ihr genauso gut wie ich. Einige empfinden Banken als Sendboten des Himmels, deren Wünschen und Vorstellungen sich die gesamte Staatlichkeit unterzuordnen hat, andere haben den Konsumenten und Bürger als Objekt ihrer liebevollen Fürsorge ausgemacht, und ihr oberstes Ziel ist es, ihn vor aller Unbill, einschließlich seiner eigenen Torheit, zu beschützen. Wobei wir zumindest in der Theorie für den schlanken Staat sind, und wie soll ein solcher dünner Geselle die schwer an ihren Verlusten leidenden Banken bei ihrem nächsten Schwächeanfall – und dieser kommt so sicher wie das Amen im Gebet, seit es Banken gibt, gibt es auch Bankenkrisen – stützen und tragen können? In der Theorie ist unsere politische Familie, unsere Gesinnungsgemeinschaft, auch für eine funktionierende, erfolgreiche Wirtschaft, und wer sagt, dass der unternehmerische Erfolg immer mühsam am Markt, diesem zersplitterten und zerklüfteten, unwegsamen Terrain, zu holen ist, wenn doch ein Anruf beim Finanzminister, gefolgt von einem diskreten Mittagessen, gleichgute Dienste leistet? Was ich sagen will, ist, dass dieses Gesetz eine harte Nuss ist, viel Mühe und wenig Lohn, wenn überhaupt. Es würde mich nicht wundern, wenn nach Jahren des Verhandelns der Vorschlag zurückgezogen werden müsste, und ich verstehe nicht, warum wir uns die Danaer-Ehre des Berichterstatters umhängen haben lassen.«

Ich verstand es auch nicht, weil ich ja überhaupt ahnungslos bezüglich der Vorgeschichte war, musste aber anerkennen, dass auch ein Widerling einen klugen Diskurs von sich geben konnte, alles von ihm Gesagte hatte Hand und Fuß und fügte sich in ein harmonisches Ganzes. Allerdings hatte ich den Verdacht, dass er auf dem Weg von Sitzungssaal ASP 4Q1 zu Sitzungssaal JAN 2Q2 an einem Glas Champagner, Crémant, Sekt, Frizzante, Cava oder Sonstigem angestreift war, denn dieses Feuer, aber auch die an den Tag gelegte Patzigkeit waren mir zuvor, unter den strengen Augen von Hélène, nicht aufgefallen.

»Und, wer ist nun der Freiwillige?« Pedros Augen gingen im Uhrzeigersinn von einem Anwesenden zum anderen. Betreten schwiegen die Vertreter des Volkes, lediglich einige wenige brachten ihre Argumente vor, sie hätten schon die Verantwortung für einen anderen Bericht, es gäbe da eine Kollision der Interessen, die tunlichst zu vermeiden wäre, für das Ansehen des Parlaments, versteht sich, und auch die schon von der Ausschussvorsitzenden zerzauste Ausflucht, sich nicht kompetent zu fühlen, hörte ich wieder, diesmal nicht aus eigenem, sondern aus fremdem Munde. Da klang sie schon viel weniger überzeugend. Ich wusste, ich müsste mich nun melden, zögerte aber noch.

Wiederum Pedro: »Wollt ihr wirklich, dass wir diesen Bericht abtreten und ihn den Christdemokraten überlassen, den Sozialdemokraten oder gar den Grünen?« Bei der Erwähnung der Konservativen war sein Gesicht noch unverändert geblieben, bei den beiden anderen Fraktionen verzog es sich wie bei jemandem, der beim Kauen merkt, dass er eine mit Schimmel befallene Maroni in den Mund genommen hat, sie aber nicht mehr ausspucken kann. Ich wusste, mein Einsatz war gekommen, und sagte: »Liebe Parteifreunde, wenn die Not am größten, ist die Hilfe am nächsten. Abgeordneter Timo meldet sich zum Dienst.« Ich hätte den Dritten Weltkrieg erklären oder das Gesetz der Schwerkraft für eine Weile aufheben können, die Reaktion des Kreises wäre nicht anders ausgefallen. Dieser Timo musste schon ein ziemlich fauler Kerl gewesen sein.

Eine Abgeordnete rechts von mir feixte: »Timo, wir sprechen hier von Arbeit, du weißt schon, wie sich das anfühlt?«

Eine andere sekundierte ihr: »Auf diese Art und Weise können wir die Richtlinie elegant begraben, zu ihrem unvermeidlichen Scheitern bringen, vielleicht ist die Idee gar nicht so dumm.«

Pedro ergriff erneut das Wort:»Nein, bei allen Problemen, die wir uns einhandeln, wenn wir uns mit den Banken anlegen, und auch dann, wenn wir es nicht tun, wir, *Renew Europe*, haben einen Ruf zu verteidigen. Europa ist nicht perfekt, wird es nie sein, aber mit uns erreichen wir nicht nur das beste Europa, das es geben kann, sondern erarbeiten auch die optimale Richtlinie.«

Ich fing an, den kleinen Spanier zu schätzen, und bat ihn innerlich für meine nie ausgesprochenen missbilligenden Bemerkungen um Entschuldigung.

»Timo, wie willst du die Sitzungen führen, die Meinungen einholen, den Standpunkt für das Plenum formulieren, wenn du nur alle drei Jahre einmal unangekündigt hereinschneist?« Pedro hatte angebissen.

»Wer von euch noch nie eine Sünde begangen hat, soll den ersten Stein auf mich werfen!«, erwiderte ich.

»Keiner von uns ist ohne Sünde, aber ein paar Steine hast du allemal verdient. Im Ernst, ich frage dich nochmals, wie stellst du dir das vor? Wie willst du einen Bericht erarbeiten, der Hand und Fuß hat, wie willst du die Mitglieder dazu bewegen, dich ernst zu nehmen?«

Vieles schoss mir durch den Kopf, eine tolle Batterie von Argumenten hatte ich bereits nach der Aufforderung von Hélène in Stellung gebracht, aber ich musste ein Nordlicht bleiben, ich musste meine Antwort kurz und knapp halten, um mich nicht verdächtig zu machen.

»Freunde, ich hatte Schwierigkeiten, es stimmt, meine Familie und meine Farm haben dunkle Stunden durchlebt, nun aber steht die Sonne wieder über ihnen. Ich bin bereit für den Berichterstatter, ich werde euch nicht enttäuschen. Ehrenwort!« Ruhe im Raum, niemand sagte ein Wort. Die unangenehme Stille endete erst, als Pedro sein Mobiltelefon aus der Jackentasche holte, eine gespeicherte Nummer wählte und, nachdem die Verbindung hergestellt worden war, sagte: »Hélène, *Renew Europe* hat Timo Hilvonen als Berichterstatter nominiert. Schließlich verhält sich die Finanzwirtschaft auch nicht viel anders als eine Rentierherde. Wir sehen einander morgen.«

SZENE AM GANG

B ei aller Bescheidenheit, es hatte sich viel getan, ich fühlte mich nicht mehr als derselbe, der ich noch wenige Tage zuvor gewesen war, was meine Körperlichkeit betrifft, sehr wohl, von mir aus auch meine seelische Verfasstheit, aber nicht mehr im Hinblick auf meinen Freiraum, meine Spielwiesen, meine potenzielle Zukunft. Ich war nicht mehr Franz Mödlhammer, noch nicht Timo Hilvonen, auch keine sich häutende Schlange, denn nach dem Abwurf des Natternhemds bleibt sie dieselbe, eben nur in die nächste Konfektionsgröße eingekleidet. Auch hatte ich eine instinktive Abneigung dagegen, mich als Hybrid zu empfinden, denn dieser Terminus war in allen Bereichen unseres Lebens gar arg in Mode gekommen, überall entdeckten die Welterklärer und Verkaufszahlenoptimierer Hybrides. Obwohl, zu meinem Leidwesen traf der Ausdruck gleich doppelt auf mich zu. Was ich hier seit Wochen aufführte, war es etwas anderes als Vermessenheit, Selbstüberschätzung,

Hybris? Wohl kaum. Und tatsächlich vereinte ich die Potenziale zweier Menschen in mir, das ureigene meinige, zurzeit ruhend, und die parlamentarischen Anteile meines Doppelgängers, die schwach ausgebildet, aber ausbaufähig waren. Den Beweis dafür hatte ich soeben geliefert. Ich fühlte, dass eine philosophische Stunde in mir anhob, und wo könnte ich sie besser verbringen als in der Nähe jener mystischen Frau, mit der alles angefangen hatte?

Ich wusste nicht, ob die hölzerne Europa mich durch ihr dichtes, das Gesicht verdeckende Haar schemenhaft erkennen konnte, aber sie musste mich auf jeden Fall hören können, und so setzte ich mich wieder auf die Bank aus blauem Kunstleder gegenüber der Putzerei, ganz an den rechten Rand, und stützte mich, so bequem es ging, auf der rechten Seitenlehne ab.

»Was meinst du zu dem Ganzen, Europa«, begann ich unser Gespräch, »es hat sich ja einiges getan.«

»Ich wusste immer schon, dass du für Überraschungen gut bist.«

»Das finde ich auch.«

»Eitler Geck, schmeichle dir nicht bei der erstbesten Gelegenheit selber, es genügt, wenn du ein Lob erhältst, insbesondere wenn es von mir kommt«, beschied sie mir freundlich, aber bestimmt.

»Du bist auch nicht viel umgänglicher als Domenica.«

»Geh doch zu deiner reschen Kellnerin, wenn sie dir lieber ist als ich. Es bin ja nicht ich diejenige, die sich zu dir hinzugesellt hat und um Rat bittet.«

»Ich meine ja nur«, begann ich mich zu entschuldigen, aber wofür eigentlich?

Sie ging nicht darauf ein und fragte versöhnlich: »In der Tat, deine Entwicklung der letzten Tage ist alles andere als alltäglich, du kannst stolz auf dich sein. Was möchtest du jetzt von mir wissen, worauf willst du hinaus, warum suchst du meine Nähe?«

»Ich fühle mich von mir selbst überrollt. Ich habe keine Idee, wo mich meine Tollheit hinführen soll. Auf einen Schritt folgt der nächste, unvermeidlich, ohne dass ich es möchte, es sieht so aus, als wäre ich Herr des Geschehens, tatsächlich aber geschieht es mit mir. Am besten wäre es, ich hole gleich jetzt meinen Koffer, spaziere zum Ausgang hinaus, nehme einen der vielen Flüge nach Wien und gehe morgen Abend mit Hermine zum Heurigen.«

»Mach es dir gemütlich und höre mich an, o du eines meiner unendlich vielen Kindeskinder und Enkelsenkel«, und Europa fuhr fort: »Gedanken und Vorhaben führen zu Gesprächen, Entscheidungen und Taten, und Gespräche, Entscheidungen und Taten wiederum führen zu neuen Gedanken und neuen Vorhaben, und so setzt sich das fort, immer wieder fügt sich der Kette ein weiteres Glied hinzu. Und nach einer gewissen Zeit ist dann so viel gedacht, vorgehabt, gesprochen, entschieden und getan worden, dass schließlich Fassbares, erkennbar Neues, signifikant anderes entstanden ist. Diesen Prozess der Materialisierung des Geistigen, sofern er das Leben einer Gemeinschaft betrifft, nennen wir Politik. Und eine politische Errungenschaft reiht sich an die andere, und mit der Zeit kommt der Moment, in dem so lange und so viel Politik und Politiken geschaffen worden sind, dass wir sie zurückblickend zusammenfassen und in ein imaginiertes System einordnen können, und diese Synthese nennen wir dann Geschichte. Nachdem die unzähligen menschlichen Emanationen zu Geschichte geworden sind, geschieht zweierlei: Sie werden mit dem Charakter des Ehrwürdigen, des Respektgebietenden versehen, der der im Alltag erlebten, unmittelbar beobachteten Politik anhaftende Schmutz verliert sich, und wichtiger noch, aus der Perspektive der Rückschau erscheinen sowohl der Prozess als auch das vorliegende Resultat logisch, es hatte ja nur so und nicht anders kommen können. Die unzähligen kleinen Niederlagen, die vergeblichen Versuche, die zunichte gemachten Träume, die Irrtümer und Irrwege, die Sackgassen, sie verblassen, verschwinden, sind nicht mehr zu erkennen, und falls sie doch Spuren hinterlassen haben, so wird ihnen keine Bedeutung zugemessen. Im Nachhinein vermeint ein jeder, das Ziel zu erkennen, auf das die Geschichte konsequent hingearbeitet hat. Und ein drittes Charakteristikum der Metamorphose vom Gedanken zur Geschichte darf ich noch hinzufügen, nämlich die Verklärung und die Umdeutung des vergangenen Geschehens. Sie vollzieht sich in einer Art und Weise, dass es mit den Wünschen und Meinungen des Betrachters übereinstimmt; es ist gut, dass es nach all den Katastrophen, Irrungen und Wirrungen so gekommen ist und nicht anders, dass wir heute genau da angekommen sind, wo wir stehen, sagt er sich bei seinen Überlegungen, ohne sich Rechenschaft darüber abzulegen, warum eigentlich, ob nicht vielleicht Besseres das Licht der Sonne hätte erblicken können.

Nimm mich als Exempel, Europäer! Welcher von meinem Mythos Trunkene, sich an meiner Geschichte Berauschende gesteht sich ein, dass der einmal in diese und dann wiederum in jene antike Schönheit verliebte Zeus mich aus Tyros geholt hat. Aus dem Libanon, einem Land, das seit Jahrzehnten immer unwirtlicher wird und mit dem der Europäer von heute am liebsten nichts zu tun haben will. Ich, die tier- und stierliebende Jungfrau Europa, stehe für nichts anderes als für die Schrift Phöniziens, die in der wirklich gelebten Geschichte entweder durch schöngeistige Seefahrer, die an der Küste meiner Heimat gelandet sind und Gäste waren, oder die durch Schwestern von mir, die jene, ohne um Erlaubnis zu fragen, geraubt hatten, an die Gestade des damals barbarischen, dumpfen, durch und durch analphabetischen Kreta gelangt ist. Der Okzident glaubt immer, der Göttervater hätte mich in ein Paradies entführt, nein, es war genau umgekehrt, ich war es, die euch den Samen für dieses Paradies brachte. Ich zögere nicht zuzugeben, dass die solcherart Beschenkten und ihre Nachfahren aus diesen paar Zeichen Großartiges, Unerwartbares gemacht haben, einen Reichtum an Geist und Technik geschaffen haben, vor dem ich mich nur in aufrichtiger Bewunderung verneigen kann. Aber die Tüchtigen verfielen, berauscht durch ihren Erfolg, auch in Übermut, und sie haben meinen Namen missbraucht, um einen Schrebergarten zu errichten, den es gar nicht geben dürfte. Zuerst fiel es Herodot, dem Vater aller Geschichtsschreiber, ein, alle Ländereien von meiner neuen Heimat Kreta weg bis hin zum Schwarzen Meer nach mir zu benennen, und danach sind weitere selbsternannte Taufpaten in die entgegengesetzte Himmelsrichtung gegangen und haben auf jedes Tal, auf jeden Hügel, auf jede Ebene, die sie finden konnten, den Stempel *Europa* draufgedrückt, so lange, bis der Atlantik und die nördlichen Meere diesem Drang nach dem Immerweiter ein nasses Ende gesetzt haben. Nachdem die solcherart getaufte Fläche doch recht ansehnlich geworden war, konnten die Europamacher den nächsten Schritt wagen, und ohne viel Aufhebens erhoben sie mich und sich in den Rang eines Kontinents, zu einem Erdteil, der seine existenzielle Bedingung, eine klar und deutlich abgetrennte Landmasse zu sein, in keiner Weise erfüllt. Franz, du kennst die Landkarte, den Globus, du siehst es doch auch? Der zerfranste Teil am linken Ende Asiens mit seinen vielen Zungen, Fingern und Einbuchtungen dünkte sich etwas Besseres, er wollte sich von dem riesigen, konturlosen Flecken Erde, an dem er untrennbar hängt, abheben, nichts mehr mit ihm gemein haben und nannte sich einfach *Europa*. Diese Hybris, Franz, ja, ich weiß, wie du darüber denkst, ist umso frivoler, da alles, womit die Europäer ihr Leben verbringen, aus dem verschmähten Asien stammt. Die geliebte Fichte – Ursprung: Ostasien! Das Rehlein, das sich im europäischen Wald wohlfühlt, ist vielleicht mit ebendiesen Bäumen mitgezogen, jedenfalls stammt es aus Sibirien. Korn und Getreide für Semmel und Baguette habe ich mitgebracht, als kleines zusätzliches Geschenk sozusagen, und die Mathematik wurde in Babylon, am sandigen Ufer des Euphrat, entdeckt und entwickelt. Die Bronze- und auch die Eisenzeit nahmen von Vorderasien aus ihren Ausgang. Du weißt jetzt schon, worauf ich hinauswill, an dieser Stelle kann ich abbrechen. Die ›Europäer‹ ließen alles Gute von Asien kommen oder sie holten es sich – denk an mein Schicksal, das ich im Übrigen nicht bedauere –, und irgendwann wollten sie mit ihrer uneigennützigen Gönnerin, ihrer Urmutter Asien, nichts mehr zu tun haben. Meine Nachfahren von heute sollten sich den Tatsachen stellen, es gibt kein Europa, Europa ist eine selbst erschaffene Illusion, willkommen in Westwestasien, willkommen in der ernüchternden Wirklichkeit.« Mit diesen Worten beendete Europa ihren Vortrag, den ich trotz des schwer verdaulichen Inhalts nicht als Belehrung, sondern als Aufklärung empfand, durchaus angenehm, nicht zuletzt wegen ihrer sanften, klugen Stimme. Dennoch musste ich mich dazu äußern, auch widersprechen.

»Ich finde deine Ausführungen durchaus apart, als Gedankenspiel, als kleine sophistische Fingerübung sozusagen, und könnte dir viel Kluges zur Antwort geben. Etwa dass Europa aus all den milden Gaben, die es aus seinem Osten – du nennst ihn *Asien*, ich auch – erhielt, Groß-, ja Einzigartiges erschaffen hat, nach dem heute die halbe Welt, ja vielleicht sogar die ganze strebt. Mit anderen Worten: Ein Kontinent bestimmt sich nicht nur aus Gebirgen, Meeren, Flüssen, aus öder, seelenloser Geologie, sondern durch den Geist, der auf ihm waltet. Europa ist eine besondere Art des Denkens, des Fühlens und des Tuns. Du kannst es nicht mit Zirkel und Lineal erfassen, sondern nur durch Hirn und Herz! Aber ich bin müde von den vielen Aufregungen, die ich mir selbst zu verdanken habe, und möchte nicht in einen Disput mit dir verfallen. Ich war in friedlicher Absicht gekommen und hatte dich gefragt, wo das Ganze hinführen soll, und auf diese Erkundigung, die meine verzagte Laune widerspiegelt, hätte ich mir eine Antwort erhofft, von dir, die du ebenso schön wie klug, aber auch streng bist.«

»Und diese Antwort, lieber Franz, lieber schmeichelnder Franz, hast du doch soeben vernommen.«

Europa musste meinen überraschten Gesichtsausdruck gesehen haben, denn sie beeilte sich, ihre Erklärungen wieder aufzunehmen:»Im Großen wie im Kleinen wirkt dasselbe Prinzip. Wir sind uns einig, es existiert kein Europa, und doch ist es der faszinierendste Teil auf dem gesamten Erdenrund, dessen Wert sich seine Bewohner wohl bewusst sind und zu dessen Ufern so viele streben. So wie die Geschichte der Völker und Staaten im Rückspiegel logisch und gewollt erscheint, so wie es Europa jetzt einfach ›gibt‹, so wird auch deine Geschichte verlaufen und sich eines Tages vor aller Welt erklären. Europa ist nicht mehr als eine lange Abfolge von nicht immer, aber zumeist glücklich verlaufenen Zufällen. Und nun, Timo/Franz, wirst du dieser Kette ein neues Glied hinzufügen. Alles, was du heute tust und erreichst, auch alles, woran du scheitern wirst, es wird sich im Morgen und Übermorgen deines Lebens auslegen und rechtfertigen lassen, es wird nur so und nicht anders kommen haben können, und so wird es richtig gewesen sein. Bau zuerst das Haus und lass die anderen hinterher den Plan zeichnen. Schreite also voran, Timo/Franz, nimm jeglichen

Weg und alle Routen, die dir richtig erscheinen, schreite so weit, wie deine Kräfte es dir erlauben, und verfange dich nicht im Dickicht des Grübelns und der übermäßigen Vorsicht. Zeus konnte nicht wissen, dass ich auf seinen stierischen Rücken steigen würde, das hungernde sibirische Reh durfte nicht hoffen, dass seine fernen Nachfahren in strengen Wintern von den Bauern Kärntens und Tirols fürsorglich gefüttert würden, und du konntest im Juli noch nicht wissen, dass wir uns heute unterhalten und dass du morgen den Banken zeigen wirst, wo der Barthel den Most holt – oder die Banken dir, ebendas wird sich noch weisen.«

Mit war auch noch überhaupt nicht klar, wie der Most nach meiner Rezeptur schmecken würde und ob er schon ordentlich Alkohol in sich tragen, eher leicht und bekömmlich sein oder gar wie Abwaschwasser schmecken würde. Aber meine urmütterliche Lehrerin hatte recht, ich musste einfach weitergehen, mit Bedacht und Umsicht zwar – in diesem Punkt widersprach ich ihr –, aber ohne festes Ziel, das Ende der Reise würde sich irgendwann von selbst ergeben, und alles wird seinen Sinn gehabt haben.

ARBEITSREICHES ZUSAMMENSEIN
DER ABGEORDNETEN

B eschwingt steuerte ich auf Platz Nummer einundvierzig zu, der Vorschlag meiner Fraktion musste sich schon herumgesprochen haben, denn konnte ich gestern noch ohne Ablenkung auf mein Ziel zusteuern, so blickten mich heute viele von denen an, die ihren Platz schon eingenommen hatten, und Menschen, Kollegen, Mitdemokraten, mit denen ich bislang noch kein Wort gewechselt hatte, grüßten mich. Worauf hatte ich mich da eingelassen? Hélène teilte formell für die anwesenden Mitglieder und für die Akten mit, wer nun der Vorkämpfer für eine gerecht gepflegte Bankenlandschaft sei, und bat um eventuelle Wortmeldungen. Es gab keine, denn ein Abkommen ist ein Abkommen, und wenn *Renew* diese eine temporäre Rolle zustand, konnten sie nominieren, wen sie wollten – sogar mich. Danach folgte eine Akklamation, ähnlich wie bei der formellen Kenntnisnahme von Nikolas Glückslos, und diese hohle Geste machte mich mürrisch. Kaum einer der hier Anwesenden konnte mich als Menschen kennen, noch weniger konnte er mich aufrichtig schätzen oder gar lieben, also schied persönliche Sympathie als Begründung für den unmelodischen Lärm aus. Geleistet hatte ich in Bezug auf mein neues Amt bestenfalls noch nichts, sie hätten höchstens meinen Opfermut, mich für den Berichterstatter zu melden, wertschätzen können. Folglich blieben nur zwei Erklärungen übrig: Die Begeisterten hatten aus Erleichterung applaudiert, weil ein wichtiger Punkt erledigt, abgehakt war und sie zum nächsten übergehen konnten, oder die archaische Akustik war ein Ritual, ein Akt, den die Mitglieder, ohne zu wissen warum, immer schon gesetzt hatten und den sie auf einen allgemein anerkannten Auslöser hin – in diesem Fall den heischenden Blick und Tonfall der Vorsitzenden – auch heute wieder setzten. Ich hielt die letzte Hypothese für die wahrscheinlichste, wurde aber gleich darauf vom Schicksal für meinen Dünkel bestraft.

Die Vorsitzende richtete das Wort an mich: »Timo, willst du dich zu deiner Wahl äußern?«

»Ich danke euch allen für das Vertrauen und verspreche euch, mein Bestes zu geben, um ihm gerecht zu werden. Gleichzeitig bitte ich, die Bankenrichtlinie auf die morgige Tagesordnung zu setzen, damit wir das weitere Vorgehen ausführlich besprechen. Die Schattenberichterstatter möchte ich für morgen um zwölf Uhr dreißig in das *Multifunctional Restaurant* zu einem Arbeitsessen einladen«, antwortete ich halbautomatisch, sagte also das Natürlichste der Welt. Daher verstand ich vorerst nicht, warum sich einige der Anwesenden erstaunt zu mir drehten, und erst als mir die Bewegungen der Köpfe hinter den Glasscheiben auffielen, wurde mir klar, dass ich vor lauter Aufregung nicht aufgepasst und meine Worte auf Deutsch gesprochen hatte. Dafür gab es keine logische Erklärung, dennoch musste ich in der Sekunde eine finden, und ich gab sie in dem Idiom ab, das die Aufmerksamen legitimerweise von mir erwarten durften:»Ehrenwerte Mitglieder, liebe Kolleginnen und Kollegen, weltweit ist London der führende Finanzplatz – und ich möchte jetzt nicht auf den Schönheitsfehler eingehen, dass das alljährliche Ranking von einem dort ansässigen Beratungsunternehmen erstellt wird –, nur London ist nicht mehr Europa, so wie wir es verstehen. Innerhalb unserer politischen Gemeinschaft fällt die Führungsrolle in Sachen Geld nun Frankfurt zu, und ich dachte mir, als kleine Geste der Anerkennung passe ich die ersten Worte in meiner neuen Rolle den dortigen Gegebenheiten an.«

Wieder klatschte der Ausschuss, diesmal meiner Ansicht nach vollkommen zu Recht, und Hélène meinte:»Tüchtig, tüchtig, jetzt möchte ich nur noch wissen, ob das eine Kampfansage oder eine Ehrerbietung war?« Sie wartete aber keine Antwort ab und ging zum nächsten Punkt auf der Agenda über.

So wie Europa aus ukrainischem Holz es mir gestern deutlich gemacht hatte: Ich hatte keine andere Wahl, als voranzuschreiten. Ein Zögern, ein Innehalten und ich würde straucheln, meine immer reichhaltiger geschmückte Fassade ins Wanken kommen. Noch gestern Abend hatte ich die beiden nebeneinanderliegenden Bürotüren *T. Hilvonen* und *S. Wörström* gesucht und auch gefunden, nun ging ich zielstrebig über die Beamtenlaufbahn zu *Willy Brandt*.

»Hei, Staffan«, sagte ich so natürlich wie möglich und setzte mich, ohne zu fragen, auf den Schreibtisch gegenüber dem seinigen. Wäre ihm die Heilige Jungfrau Maria erschienen oder ein kleines Kometenstückchen dampfend und rauchend neben ihm auf die Erde gefallen, er hätte nicht verwunderter schauen können als jetzt, und glücklicherweise hatte er nichts in seinen Händen gehalten, der Gegenstand wäre ihm sicher entglitten.

Um die Pause nicht zu lange werden zu lassen, wartete ich keine verbale Reaktion ab und setzte fort:»Lange nicht gesehen, wie geht es dir?«

»Ja, ja, gut, aber …«

»Kein ›aber‹, freust du dich nicht, mich zu sehen?« Staffan mochte vielleicht fünfundzwanzig Jahre alt sein, hochgewachsen, kluge grüne Augen und rote leicht gelockte Haare. Wer ihm wohl diesen kleinen Bartfleck unterhalb seines Munds, der nicht einmal das Kinn bedeckte, eingeredet hatte, fragte ich mich. Freiwillig lässt sich niemand so ein Ding im Gesicht stehen, wahrscheinlich liegt die Antwort irgendwo auf dem nächtlichen Plux. Zu seinem weißen Hemd fiel mir nichts ein, mit dem aus der Mode gekommenen Cord-Anzug hätte er ein angehender Architekt sein können.

Mittlerweile hatte er seine Fassung wiedergewonnen.

»Warum hast du nicht angerufen? Ich hätte ja alles vorbereiten können.«

»Vorbereiten, was?«, übte ich indirekt diskrete Selbstkritik.

Er schmunzelte, gerade in der richtigen Stärke, so zurückhaltend, dass ich sein Verstehen des Gesagten noch erkennen konnte, aber keinesfalls so breit und deutlich, wie es jene gern tun, die sich ohne viel Mühe jemandem anbiedern wollen. »Und jetzt?«, fragte er.

»Das besprechen wir morgen«, wehrte ich ein tieferes Gespräch ab.»Kannst du mir bitte noch zeigen, wo der Schlüssel zu meinem Büro ist?«

»Steckt im Schloss, Timo!« Sein Fingerzeig unterstrich das Gesagte.

Ich ließ mir meine Neugier nicht anmerken und war auch nicht überrascht von dem, was sich mir bot respektive nicht bot. Violas Couch war rot, jene von Timo in einem zarten Hellgrün bespannt. Bürotisch, Drehstuhl, Rollkästchen, Bildschirme, Ablagen, Kleiderständer, Deckenleuchten, alles wie gehabt, und sonst – nichts. Keine Broschüre, kein Dokument, keine Mappe, keine Aktentasche, kein Foto von Frau, Kind und Hund am Schreibtisch, kein Bild an der Wand, ja nicht einmal ein mit Klebestreifen dürftig befestigtes Poster mit europolitischem Motiv, kein Kugelschreiber, kein Notizblock, keine Büroklammer, nichts störte die kahle Leere des Raumes. Halt, zwei Dinge fielen mir dann doch auf: Auf dem Schreibtisch ohne Staub – ein Lob auf die unverdrossene Putzfrau, die sich ja auch ihren Teil denken musste – stand gleich neben der Tastatur ein kleines Glas mit Drehverschluss. Es stellte sich heraus, dass es Honig war, sicherlich eines der vielen kleinen sympathiebegründenden Geschenke, die als Erinnerung an eine Veranstaltung verschenkt werden, aber dem gewissenhaften Durchwühlen des Handgepäcks am Flughafen nicht standhalten würden und daher weitergegeben werden mussten – oder letztendlich störend herumstanden. Jetzt hatte der Honig seinen Weg von den bunten Wiesen Sloweniens bis hierher in das vormalige Brabant gefunden, nur um als kleines Denkmal der weit über ihr Ziel hinausschießenden Bestimmungen zur Flugsicherheit zu dienen. Das durfte nicht sein, die slawischen Bienen durften nicht umsonst geflogen sein und gesammelt haben, mir würde schon einfallen, wie ich den Honig in mein Ernährungsprogramm einbauen könnte. Herschenken konnte ich das Glas nicht mehr, das Verfallsdatum war schon um ein Jahr überschritten, und ich hatte keine Lust, dem Empfänger zu erklären, dass Forscher unserer Zeit in den ägyptischen Pyramiden Honig gefunden und diesen als noch genießbar befunden hatten. Meine zweite Entdeckung, am abgewinkelten Arm des Bildschirms, war ein Geschenk des Himmels, und ich konnte es nicht glauben, aber Staffan, der mit mir in das Büro eingetreten war und gleich die Fenster zum Lüften geöffnet hatte, sprach es an: »Da hast du ja deinen Ausweis hängen gelassen. Ich hoffe, er hat sich nicht so einsam gefühlt wie ich.« Hörte ich hier eine Kritik, Kritik von einem, der über Jahre hinweg tun und lassen konnte, was ihm beliebte? Was hat Staffan eigentlich die ganze Zeit gemacht, fragte ich mich, übrigens nicht zum ersten Mal. Es ging mich nichts an, in meiner neuen Rolle schon, aber in der müsste ich es wissen, vielleicht hatte ich ihm jede Menge Aufträge gegeben, abseits der Arbeit, die hier zu verrichten gewesen wäre, vielleicht war Staffan der Sohn meiner verheirateten Schwester oder der Cousin des Bürgermeisters eines Nachbarorts von Kummunkylä, sodass die Wahl auf ihn nicht nur auf objektiven, mit strengem Maßstab angelegten Leistungskriterien beruhte, und er war hier, um seine Dissertation zu verfassen oder um auf eine sonstige Manier als Bindeglied zwischen Helsinki und Brüssel zu fungieren.

So ging ich auf den kleinen Vorwurf – mag sein, dass ich auch zu dünnhäutig war und dass es sich um ein unverfängliches Witzchen gehandelt hatte – nicht sofort ein und sagte: »Jedenfalls bin ich ohne ihn rausgekommen und herein, wie du siehst, ebenfalls.« Über das Herein hüllen wir uns besser in Schweigen, was das Heraus betrifft, so mag der echte Timo durchaus in der Begleitung eines anderen Mitglieds die für die Herren des Geschehens reservierte breite Schleuse genommen haben. Ich sah mir das Foto auf dem Badge mit einem wehmütig-selbstkritischen Gesichtsausdruck an und meinte gedankenverloren: »Wir werden alle nicht jünger. Vielleicht sollte ich mir ein Bartfleckerl wie du wachsen lassen, meinst du, es würde mir stehen und mich nicht so hoffnungslos ausrangiert aussehen lassen?« Damit hatte ich meine kleine, billige Rache, die mich letztendlich als kleinen, billigen Menschen auswies.

Staffan tat das einzig Richtige und überhörte die Bemerkung, und ich hängte mir den unverhofften Schlüssel zur Lösung, wenn schon nicht aller, so doch vieler Probleme, die noch kommen konnten, um den Hals und sagte:»Staffan, eine peinliche Sache. Es ist mir unangenehm, vor Kurzem mussten wir ja wieder einmal das Passwort für den PC aktualisieren, wie heißt das aktuelle?« Ich wusste, dass die Mitglieder ihre Computer, ihre Dokumente und ihre E-Mail-Konten mit den Assistenten teilten, andernfalls wäre ein sinnvolles Arbeiten undenkbar, und warum sollte gerade Timo es anders handhaben?

»*w – e – l – l – G – § – 2 – 2 – 0 – 5*«, buchstabierte er langsam,»ich habe es gemäß deinen systematischen Vorgaben bestimmt.« Und ich tippte es gemeinsam mit meinem Benutzernamen ein – tatsächlich eröffnete sich mir nach einer Reihe von unverständlichen und auch irrelevanten herumzuckenden Botschaften technischen Charakters, die umfangreiche Netzwerke unvermeidlich von sich geben, um ihre Großartigkeit zu präsentieren, die Informationswelt eines Mitglieds des Europäischen Parlaments im Allgemeinen sowie jene von Timo im Besonderen. »Ja klar, *wellG§2205*, das hätte ich selber auch herleiten können«, murmelte ich und sagte dann zu meinem Assistenten:»Treffen wir uns morgen um neun Uhr, gleich in der *Mickey Mouse Bar*. Geht das in Ordnung für dich?«

Staffan nickte und verließ dann zuerst mein Büro, bald darauf das seinige. Ich musste sichergehen, dass Timo nicht von zu Hause aus bemerken würde, dass in seinem Namen E-Mails geschrieben und für ihn empfangen werden. Zu diesem Zweck hatte ich eine automatische Weiterleitung fast aller eingehenden und eine Verschiebung aller gesendeten Nachrichten in einen gut versteckten Ordner programmiert. Mithilfe von spezifischen Adressen, die von dem Befehl ausgenommen waren, würde Timo, im Fall des Falles, nur die allgemeinen

Nachrichten sehen, die an alle Mitglieder ergehen. Ich nahm mir vor, Staffan diesen Schritt morgen mitzuteilen und ihn mit dem Wunsch nach einem eindeutigen und effizienten Ablagesystem zu begründen.

Und noch etwas müsste ich, der ich mich hier nun für längere Zeit einrichten würde, erledigen. Ich durfte nicht lautlos und unbemerkt verschwinden, sondern musste Farbe bekennen und gleichzeitig jemanden ersuchen, mir entgegenzukommen. Mein Magen zog, mein Gesicht verzog sich, seit jeher bereitete es mir Unbehagen, um etwas zu bitten, was nicht selbstverständlich war, wobei ich auf das Wohlwollen eines anderen angewiesen war. In dieser Laune riss ich mich zusammen, setzte mich an den PC und schrieb: *Sehr geehrte Frau Professor Karjalainen, liebe Laiska! Lange hast du von mir nichts gehört, aus gutem Grund, aus tausend guten Gründen. Gerne würde ich sie dir alle darlegen, lediglich, was bringt es, warum sollte ich deine kostbare Zeit anknabbern, du kannst mir in meiner Arbeit hier nicht helfen. Und doch bitte ich dich jetzt um einen Gefallen, mehr noch, um deine Hilfe. Kurz und gut, was können wir tun, wenn die von dir großzügig eingeräumte Frist abgelaufen sein wird? Würde alles zu Ende sein, falls ich nicht pünktlich am Schreibtisch sitzen sollte? Gibt es Wege, mir eine Tür, eine kleine nur, offenzuhalten, damit ich irgendwann wieder in meine wahre Heimat, in dein Institut zurückkehren kann? Ich bin in deinen Händen, lass mich bitte nicht fallen. Toivotan teitä tervetulleeksi ja solidaarisesti, Franz.*[3]

Die Antwort sollte lange auf sich warten lassen, mehr als zwei Wochen, und gemessen am ansonsten praktizierten Stil meiner Vorgesetzten fiel sie in epischer Breite aus: *Lieber Franz, ich leugne nicht, dass mir dein Ansinnen nicht gefällt.*

---

[3] Ich grüße dich in Hoffnung und Verbundenheit, dein Franz.

Möglicherweise hast du vergessen, dass es Studenten gibt, die auf dich warten, dass wir eine Verantwortung nicht nur ihnen gegenüber, sondern gegenüber dem Bildungsauftrag im Allgemeinen haben. Diese nimmst du derzeit nicht wahr, und ich hoffe, dass du dich dennoch in den Spiegel sehen kannst. Jedoch: Wer unter euch ohne Sünde ist ... und so weiter, und so fort. Daher habe ich dich nun für neun Monate karenziert, ohne jeglichen Gehaltsanspruch, ohne dass du weiterhin gegen Krankheit und Unfall sowie für das Alter versichert bist. Pass also auf dich auf. In dieser Zeit wird Herr Mäenpää deine Stelle einnehmen, vor einigen Jahren habe ich mit Taavi gemeinsam geforscht, er ist ein zuverlässiger Kollege. Einen Monat vor Ablauf der mit ihm vereinbarten Zeit kannst du, falls du es überhaupt noch wünschst, um deine Wiedereinsetzung ansuchen, und ich garantiere dir, dass diesem Ansuchen stattgegeben werden wird. Mehr kann ich für dich nicht tun, eigentlich tue ich schon zu viel. Laiska Karjalainen, Institutsvorstand.

Eine mehr als kalte Dusche, aber ich hatte sie verdient und das Wichtigste wurde mir gewährt: das Rückfahrticket! Europa verlangt seine Opfer, und sei es nur, dass ich in den kommenden Tagen auf eigene Kosten eine Versicherung gegen die Unbill des Lebens abschließen müsste.

***

Ich war dann noch etwa zwei Stunden in Timos Büro gesessen, um alles durchzudenken, verbrachte die Nacht aber wieder bei Viola. Dort war ich gut eingerichtet und so provozierte ich auch keine berechtigten Fragen meines Assistenten. Am nächsten Morgen war ich früh dran, früher als verabredet, und konnte auf den würfelartigen Fauteuils unmittelbar vor den Fenstern Platz nehmen. Ich setzte mich zuerst auf Gelb, meine Lieblingsfarbe, bemerkte dann die Unsinnigkeit der Wahl, denn Rücken und Beine verfügen bekanntlich über keine Augen, schon gar nicht über solche, die durch Sakko und Hose hindurchschauen können, und wechselte auf das gegenüber aufgestellte Blau. Somit verblieben für Staffan Rot und Grün, meinen Favoriten hatte ich mit einem Papierstapel unbesetzbar gemacht. Wieder war der nach dem omnipotenten König Belgiens und persönlichen Eigentümer des Freistaats Kongo, Leopold II., benannte Park unmittelbarer Nachbar, er zeigte sich hier von seiner bescheidenen Seite, mit ein paar funktional gestalteten, in die Jahre gekommenen Gewächshäusern, die den Nachschub an Pflanzen sicherstellen sollten. Staffan kam pünktlich, und ich erklärte ihm die Lage und meinen festen Willen, die Richtlinie über die geschäftsfeldbezogene Spezialisierung nicht nur *durchzubringen*, also nicht nur irgendeinen Standpunkt des Parlaments zu erarbeiten, der dann eben vom Plenum angenommen werden und an den Rat übermittelt werden würde, sondern auch dafür zu sorgen, dass sie tatsächlich einen Schutzwall gegen die Schutzbegehren jener bilden würde, die keine haltbare ethisch-moralische Begründung dafür vorbringen konnten. Die Gefahr, dass er zu niedrig gebaut würde oder mit Löchern und Umgehungskanälen versehen, die der Laie nicht sofort erkannte und die den Zweck vereitelten, war groß.

Es stellte sich heraus, dass meine Mutmaßungen falsch gewesen waren, Staffan war mehr oder weniger durch puren Zufall Assistent meines Doubles geworden. Ein Abgeordneter der Nationalen Sammlungspartei Finnlands, *Kansallinen Kokoomus*, das ist der originale Name der konservativen Gruppierung, nicht jener des Parlamentariers, benötigte für eine ihm und seiner Partei teuren Initiative einen Assistenten, der nicht nur zwischen Lauge und Säure unterscheiden konnte, sondern auch über profunde Kenntnisse der Chemikalien und ihrer Wirkung auf alles, was unbeschadet überleben wollte, verfügte. Mit diesem Wissen konnte der Kleinbärtige nicht dienen, er war Jurist, konnte und kannte daher alles ein bisschen, aber nur weniges gut, die Zusammensetzung des Stofflichen auf dieser Erde und dessen Veränderung bei Hitze, Druck und Vermischen zählten sicherlich nicht zu seinen Stärken. Der Sammler fand den Spezialisten in einer erfahrenen Mitarbeiterin einer der vielen hier ansässigen Organisationen, die sich um das Wohl der Hersteller von Chemikalien kümmern, die nach Veränderung suchte und sie im Parlament fand. Nur wohin jetzt mit Staffan Wörström, der ja gute und loyale Arbeit geleistet hatte, dessen Pech aber darin bestand, dass sich sein Abgeordneter nicht nur inhaltlich neu orientierte, sondern zusätzlich vorhatte, seine Aufgabe mit Ernst und Sachkenntnis wahrzunehmen. Die Lösung über Parteigrenzen hinweg, aber innerhalb der Landesgrenzen war nach zwei Videotelefonaten gefunden, das erste zwischen den beiden Mitgliedern, das zweite zwischen Timo und Staffan. Die beiden hatten einander noch nie persönlich getroffen, jedoch bestand über den Bildschirm und darüber hinaus gegenseitige Sympathie, und damit war das Beschäftigungsverhältnis besiegelt.

Nicht ohne Stolz bemerkte ich, dass ich offensichtlich akzentfrei sprach, jedenfalls war dem finnischen Muttersprachler kein Misstrauen anzumerken. Wir waren uns darin einig, dass die Aufgaben, die nun vor uns stünden, nicht von uns beiden alleine geschultert werden könnten. Er würde fürderhin für die Inhalte der Richtlinie zuständig sein, das politische Gehirn – und damit all jene inhaltlichen Termine übernehmen, die ich nicht wahrnehmen konnte. Würde ich verhindert sein, so würde er mit meinen Anliegen an die Mitarbeiter der parlamentarischen Verwaltung herantreten, würde sich mit den Kabinetten und Dienststellen des Motors darüber austauschen, was wünschenswert und durchsetzbar wäre und was nicht, würde bei den Mitgliedstaaten die Temperatur fühlen und bei den Lobbyisten zwischen Spreu und Weizen trennen. Ich würde Timo sein, er Timoke, der kleine Timo. Um ihn und mich zu entlasten, wäre ein Assistent, der sich um die organisatorischen Belange kümmert, von großer Hilfe. Er würde Termine für mich und den mich vertretenden Staffan vereinbaren, all den Papierkram beziehungsweise nunmehr Digitalkram erledigen, der sich in präziser Erfüllung der Parkinson'schen Gesetze unweigerlich aufdrängt und ohne bearbeitet zu werden auch nicht verschwindet, Statistiken erstellen, Fragebogen ausfüllen, die stets hungrigen Datenbanken füttern, Bestätigungen ausstellen, die durch die Ausübung des Amtes anfallenden Ausgaben verwalten und sich um die kleinsten Kleinigkeiten kümmern – bis hin zu dem in unserer nach sozialer Nivellierung lechzenden Zeit beinahe schon verpönten Servieren des Kaffees, für den Fall, dass ein Besucher des Büros sich willkommen fühlen sollte.

Staffan und ich kamen überein, dass er die Suche nach dem Helferlein vornehmen würde, und ich nannte ihm meine Kriterien. Zusätzlich zum Selbstverständlichen hielt ich fest, dass eine Begabung zu Humor erforderlich wäre, denn ernste Menschen nähmen sich selbst und ihre Angelegenheiten zu wichtig, so wichtig, dass sie damit auf Widerstand stoßen, der vermeidbar wäre. Und infolge der sich solcherart auftürmenden Schwierigkeiten würden sie noch ernster, wodurch ein Teufelskreis entstünde. Nationalität wäre mir jede recht, jede außer Finnland, Deutschland, Frankreich, Luxemburg, Irland und Österreich. Dass wir schon gut befinnt waren und Geist und Stimmung aus anderen Kulturen uns nur erfrischen konnten, lag auf der Hand, auch sah mein delegiertes politisches

Gehirn ein, dass Staatsbürger aus Ländern mit robusten Interessen am ewigen Leben der Megabanken unschuldigerweise einem Verdacht bezüglich einer ausreichenden Loyalität ausgesetzt sein könnten, nur meine Abneigung gegenüber Österreich verstand er nicht. Umso weniger, als das Alpenland ein entfernter Bruder war, ist es doch so wie Finnland 1995 der ständig wachsenden Union beigetreten. Ich hingegen verstand meine mentale Reservation, denn mit jedem meiner Schritte stieg das Risiko, dass mein Kartenhaus zusammenbricht, und ich brauchte es nicht noch mutwillig steigern. Über fünf Ecken oder weniger hatte jeder Österreicher einen Bezug zu jedem x-beliebigen anderen. Ich erklärte Staffan, dass es sich in diesem Fall um eine unbedeutende und nicht näher zu erläuternde Marotte von mir handeln würde, dass ich im Generellen Österreicher sehr sympathisch fände – hier log ich nicht –, dass ich es in diesem Fall aber so wünsche. Es stünden ja noch einundzwanzig Nationen zur Auswahl, das sollte genügen. Staffan fragte mich, ob er sich unter den noch zulässigen Staaten auch um jemanden bemühen sollte, der uns die Verbindungen zu den Medien schlägt und die Öffentlichkeit füttert, einmal mit kleinen Häppchen und Bildchen, dann wiederum mit informativen, abgerundeten Darstellungen dessen, worum es geht, wo wir schon stünden und wo wir unbedingt noch hinmüssten – auch das verneinte ich aus naheliegenden Gründen. Obwohl, der guten Sache würde es natürlich helfen, bekämen wir Rückenwind von Bürgern und Kommentatoren.

***

Alle waren sie gekommen, sogar pünktlich, die Verhandlungsführer der sechs anderen Fraktionen, ernannt, um Meinungen ihrer Mitglieder zuerst zu provozieren, sie daraufhin zu formulieren, zu integrieren und zu kanalisieren. Die *Europäische Volkspartei* hatte mit Jean-Marie Morel ein politisches Schwergewicht entsandt, der mittlerweile Siebzigjährige aus dem Calvados vertrat seine Partei schon in der dritten Wahlperiode und hatte den Ruf, vorerst jeden Artikel eines Gesetzesvorschlags auf die Waagschale zu legen, sich von einem Wort zum nächsten zu kämpfen, im Moment der Entscheidung aber sehr pragmatisch zu werden und einen Zug zum Tor zu haben. Mit seinen dreiteiligen Anzügen, die er auch während der heißen Jahreszeit trug, und seinem präzise gestutzten Schnurrbart empfand ich ihn als einen sympathischen Gruß aus der Frühzeit des vergangenen Jahrhunderts. Ähnlich hatte sich die *Fraktion der Progressiven Allianz der Sozialdemokraten im Europäischen Parlament* entschieden, die kleine, aber resolut wirkende Eireen Twomey hatte sich auf der grünen Insel einen Namen als Beschützerin der Konsumenten gemacht, und es war klar, dass sie ihre Aufgabe mit Ernsthaftigkeit verfolgen würde. Der Vertreter der *Fraktion der Grünen/Europäische Freie Allianz*, Botond Nagy, entsprach so gar nicht dem Klischee des Kämpfers für Umwelt und Klima, er war frisch rasiert, hatte sein Haar korrekt geschnitten und trug sogar Anzug und Krawatte, der zu enge und daher offene Hemdkragen unterstrich seine beachtliche Körpermasse. Bei den *Europäischen Konservativen und Reformern* fanden sich jene Parteien wieder, die der Europäischen Einigung ein gerüttelt Maß an Skepsis entgegenbrachten, denen die früher das konservative Monopol innehabende *Volkspartei* nicht forsch genug gegen den Verfall der Welt auftrat, die auch gerne das Christentum und die heile Familie an ihre Fahnen hefteten, allerdings gab es dort auch einige liberal orientierte Elemente. Ihr Standpunkt zu meinem Dossier würde schwer einzuschätzen sein, zu unterschiedlich sahen ihre Mitglieder die großen Fragen unserer

Zeit. Jaromir Zapletal hätte dem Namen nach ein Kleingewerbetreibender meiner Heimatstadt sein können, stammte aber aus dem südlich von Brünn gelegenen Pohofelice. An Jahren jung verbreitete er die Aura des Mannes, der es noch zu Größerem bringen würde. Der ebenfalls noch nicht vom Alter geplagte Däne Ryker Bundgaard trat für die den konservativen Reformern beziehungsweise den reformierenden Konservativen nahestehende Fraktion *Identität und Demokratie* in den Ring, er war ein unbeschriebenes Blatt und wollte es sichtlich auch bleiben. Was die Fraktionen von Zapletal und Bundgaard in ihrem Kern unterschied, hatte ich noch nicht verstanden.

Als Dachmarke ihrer jeweiligen Heimatparteien könnte jede der beiden dienen, ohne dass letztere an Glaubwürdigkeit oder an Brüdern im Geiste verlieren würden, und würden sie sich zusammenschließen, gewönnen sie an Handlungsstärke im Europaparlament, ein auf der Hand liegendes Argument. Eines Tages würde ich es herausfinden, oft obsiegt in der Politik ein unter der Oberfläche dahinschwelendes Ressentiment, der leicht zu erhaschende, schnelle Vorteil trübt den Blick auf das große Bild. Es konnte mir ja auch egal sein, vielleicht wäre ich nur froh gewesen, einen Verhandlungspartner weniger überzeugen zu müssen. Die Letzte am Tisch, Aglaia Koyuncu, vertrat die Fraktion mit der umständlichen Bezeichnung *Die Linke im Europäischen Parlament – GUE/NGL*, in der sich all jene Geister zusammenfanden, mit denen Wladimir Iljitsch Lenin seine helle Freude gehabt hätte. Wie tief der brüderliche Internationalismus und der wohltuende Verzicht zugunsten des Gemeinsamen tatsächlich ging, ließ sich schon daran ablesen, dass die beiden die Zunge brechenden Buchstabenkombinationen, die erste auf die französischen, die zweite auf die nordischen Wurzeln der kleinen Fraktion verweisend, im offiziellen Parteinamen erhalten bleiben mussten. Zumindest ließen Vor- und Nachname der Zypriotin darauf schließen, dass Vertreter der beiden Volksgruppen Zyperns einst tiefes Verständnis füreinander aufbringen hatten können, ein gutes Zeichen. Das waren somit meine Kollegen, jene Damen und Herren, von denen es abhing, dass eines Tages in der Vollversammlung dreihundertzweiundfünfzig der Abgeordneten sich meiner Meinung anschließen würden.

Ich war aufgeregt, denn ich müsste zumindest mehr als die Hälfte beider großen Fraktionen für mich gewinnen können, oder die vier anderen in ihrer Gesamtheit, und meine Gesinnungsgenossen sowieso, oder eben eine bunte Mischung aus allen Parteien, und meine Erfahrung, wie die Abstimmungen wirklich liefen, worauf es ankam, welche Fehler ich vermeiden musste und was ich nicht vergessen durfte, stand noch bei null. Es gab aber ein ermutigendes Signal – wir konnten uns alle auf das gleiche Menü einigen: Kabeljau, begleitet von der den eher verhalten schmeckenden Fisch aufpeppenden Sauce dijonnaise und Kartoffelbrei, mit Spinat durchzogen und verfeinert. Kein Veganer am Tisch, zumindest kein militanter, und wir fanden auch bei der Vorspeise, einer cremigen Karfiolsuppe, zu trauter Einigkeit – schade, dass ich nicht gleich jetzt über die Vorlage zum Bankengesetz abstimmen lassen konnte. Beim Getränk schieden sich die Geister, einige gaben den Usancen des guten Geschmacks nach und bestellten ein Glas Weißwein, andere dachten an ihre Gesundheit, zumindest an ihr Image, und wählten ein sogenanntes Erfrischungsgetränk, ohne den Teufel Alkohol, dafür aber mit einem bunten Strauß von unaussprechlichen Zusatzstoffen, die eines Tages alle als gesundheitsschädlich eingestuft werden dürften.

Bei der Auswahl des Tisches hatte ich auf Transparenz gesetzt und nicht eines der durch Vorhänge abgetrennten Verschwörungskammerl reserviert, sondern einen länglichen

Tisch in der Mitte des *Multifunctional Restaurants*. Ich sah schon ein, dass hier, an diesem politischen Ort, in dieser weitläufigen Atmosphäre der Gaststätte mit ihren cognacfarbenen oder moosgrünen Ledersesseln und dem blitzenden Holzboden, ein *Gasthaus zum Holunderstrauch* oder *Pierre's Bistro* unangebracht gewesen wäre, dieses heimelige Gefühl einer niederösterreichischen Kellergasse oder die Ungezwungenheit der Pariser Banlieue gab es hier natürlich nicht, der namensgebende Hinweis auf unterschiedliche Funktionen, für die das Restaurant genutzt werden könnte – Mittagessen, Abendessen, sprechen, nicht sprechen, gar nur trinken und so weiter, und so fort als Charakteristikum –, mutete jedenfalls trostlos bürokratisch an. Warum hatte bei der Taufe der Gaststätte niemand an Jérôme Lulling gedacht, den Großneffen von Astrid, der sich unermüdlich um das moselfränkische Letzeburgisch und dessen Erhalt verdient macht, die beiden Lokalitäten waren ohnehin nur wenige Schritte voneinander entfernt.

In die Inhalte stiegen wir nur an der Oberfläche ein, beschnupperten uns diesbezüglich ein wenig, und einige der Schatten setzten ihre Duftmarken, zum Teil waren ihre Auffassungen erwartbar und wenig überraschend. Der Franzose sah die Trennung der Banken kritisch und meinte, dass sie mehr Nachteile als Vorteile in sich berge, insbesondere die Banken in ihrem Wachstum, einem sakrosankten Ziel, hemme und dem Ausgleich von Risiken entgegenstehe. Aber genau dieser Ausgleich war ja das Fatale! Seiner Ansicht nach würden auch die Konsumenten von einer Universalbank profitieren. Insbesondere dem widersprach Eireen heftig, für sie konnte die Feuermauer zwischen dem Brandstifter und dem biederen kleinen Sparer nicht massiv genug sein; der Grüne schloss sich ihrem Standpunkt durch mehrmaliges Kopfnicken im rechten Moment an, die Zypriotin blieb eine Sphinx und die beiden

Säulen von *DIRK* – so fasste ich bereits *Demokratie, Identität, Reformer* und *Konservative* zusammen, so hatte mein Kopf deren Fusion vollzogen – schienen für ein neues Bankensystem zu sein, vorausgesetzt, es gäbe keine neuen Kompetenzen für das machthungrige Brüssel. Ich bemerkte nun meinen Fehler, mich mit den Schattenberichterstattern der anderen Fraktionen zusammengesetzt zu haben, noch bevor ich den Standpunkt meiner eigenen abgeklopft hatte, denn nun war ich dran, Farbe zu bekennen. Der ideale Zeitpunkt, die Standpunkte der Erneurer einzuholen, wäre gleich nach der Entscheidung, mich zu nominieren, gewesen – vorausgesetzt, alle Teilnehmer hätten das Dokument schon geprüft und sich eine Meinung dazu gebildet. Bei der fraktionsinternen Beratung am darauffolgenden Tag sollte ich allerdings merken, dass mein diesbezüglicher Optimismus ohnehin zu hoch angesetzt und daher die Kritik an mir selbst zu scharf ausgefallen war. Keiner meiner Kollegen hatte substanzielle Vorschläge oder eine große Linie, jeder vermittelte den Eindruck, sich in den diffizilen Text erst einarbeiten zu müssen. Als ich von meiner Tischrunde gefragt wurde, wie *Renew* sich positioniere, geriet ich trotz meiner fachlichen Nacktheit nicht ins Schwitzen, denn ich behalf mir mit einem allgemeinen Hinweis darauf, dass es per Definition innerhalb der Liberalen einen breiten Fächer an Ansichten gebe, dass wir eine Truppe seien, die sich explizit nicht einem Kadavergehorsam verschrieben habe, dass ich selbst aber im Kommissionspapier viel Richtiges entdecken könne. Jedenfalls, selbst getragene Verantwortung sei eine Haltung, die Europa groß gemacht habe und den Werten des Abendlands entspreche. Es könne nicht sein, dass jemand die Rechnung für ein Gastmahl bezahle, von dessen Bestellung er keine Ahnung hatte und das Unbekannte hemmungslos verspeist haben.

Wichtiger als die Substanz jedoch war die Einigung, wie wir weiter vorgehen, welche Schritte wir setzen wollten. Jaromir ergriff das Wort und die Führungsrolle, alle anderen waren mit seinen Vorschlägen einverstanden. Soweit ich es beurteilen konnte, gab es zwischen den – einschließlich mir – sieben keine Animositäten, keine alten Rivalitäten, die nun über Sachargumente oder ausführlich begründete Gegenpositionen ausgelebt oder aufgefrischt werden mussten. Wir verständigten uns darauf, in der nächsten Ausschusswoche ein Hearing mit denen, die etwas sagen sollten, aber auch mit denen, die etwas sagen wollten, zu veranstalten. Bei dieser Gelegenheit würden wir interessegeleitete, ideologisch eingefärbte Vorträge und Stellungnahmen, ungenannte Absichten verfolgende Behauptungen, mehr oder weniger geglückte Slogans, Mahnungen und Warnungen, Aufforderungen und Appelle, Zitate aus Studien renommierter öffentlicher und privater Forschungsinstitute hören, wir würden auch bunte Grafiken und missglückte, wortlastige PowerPoint-Präsentationen zu sehen bekommen, vielleicht sogar ein an die Gefühlswelt appellierendes Filmchen, und danach würde unsere wirkliche Aufgabe beginnen. Niemand, der hier vor uns auftreten wird, der uns die einzig wahre Sichtweise eindringlich verkünden wird, der in seinen eigenen Augen der Sendbote des Guten ist, der in einer Aufwallung von Weltoffenheit vielleicht sogar bereit ist, mit uns Abgeordneten in einen Dialog zu treten, um andere Aspekte zu erfahren und um zu erwägen, seinen Standpunkt einer Revision zu unterziehen, ist unschuldig. Er setzt sich nicht für das Richtige im abstrakten Sinn ein, nicht für eine Politik, die über alle Betroffenen hinweg gerechnet den größtmöglichen Gesamtnutzen bringt, vielmehr ist er davon überzeugt, dass seine Sicht der Dinge, seine Vorhaben und Neigungen von so überragender Bedeutung sind, dass sich im Vergleich dazu alle anderen Ansichten als unbedeutend, vernachlässigbar, ja eigentlich als Zumutung erweisen und sich gefälligst in Reih und Glied einordnen, sprich sich seiner Himmelsbotschaft unterordnen und für immer verstummen sollten. Lediglich, dass jemand Absichten hat, im Europajargon: *eine Agenda verfolgt*, bedeutet nicht zwangsweise, dass sie sinister, falsch, schädlich, in Bausch und Bogen zu verdammen wären, wie es die Gegenseite – und zumindest eine Gegenseite gibt es immer – hin und wieder insinuiert. Ich treffe bisweilen auf Menschen, deren Aussagen sich mit ihren wahren Überzeugungen decken. Und hier beginnt nun die Arbeit des Abgeordneten: Aus all den Materialien und Verbindungselementen, die ihm bestenfalls in bester und schlechtestenfalls in schlechter Absicht herangekarrt, gereicht, aufbereitet werden, muss er nun mit den ebenso schlichten wie universellen Werkzeugen Geist, Beurteilungsvermögen und Verantwortungsbewusstsein einen ausgewogenen Standpunkt zu einem Gesetzesvorschlag zusammenzimmern.

Bis zu einem gewissen Grad wiederholt er dabei, was der im Dunkel des Verwaltungsapparates vor sich hinarbeitende Kommissionsbeamte bereits getan hat, bevor seine Vorgesetzten – in weiterer Folge das Kabinett des zuständigen Kommissars, danach der im Licht der Öffentlichkeit stehende Kommissar höchstderoselbst und letztendlich das Kollegium aller Kommissare, immer an einem Mittwoch – seinen Vorschlag freigegeben haben, würdig und wert, an den Rat und an das Parlament weitergeleitet zu werden. Denn dieser brave Stubenhocker hatte die gleichen Argumente alle schon gehört, es wurden ihm dieselben Weggabelungen gewiesen, er wurde mit ebenjenen Spiegeln geblendet, die nun wieder blank poliert zum Einsatz kommen werden, dieselben Fallen werden wieder aufgestellt werden und auch an den Verlockungen und

Verheißungen der großartigen Ideen wird sich nichts ändern. Lediglich, nun ist es die Stimme des Volkes, die die Antwort geben, die das Urteil sprechen wird – ich bin Mitglied jenes Spruchkörpers –, die zu entscheiden hat, und nicht mehr der reine Sachverstand des anonymen Experten.

»Sie werden alle kommen und vortragen, die Nichtregierungsorganisationen ebenso wie die Interessenvertreter und die Lobbyisten«, sagte Jaromir gegen Ende unserer Planung und berührte damit, ohne es beabsichtigt zu haben, ein sorgfältig unterdrücktes Paradoxon der demokratischen Meinungsbildung. Wer ist was? Wer ist Lobbyist, wer Interessenvertreter, wer Nichtregierungsorganisation? In der Vorstellungswelt des Bürgers geistert, ganz allgemein, der emsige Lobbyist herum. Niemand weiß genau, anhand welcher Kriterien das Volk präzise und unverwechselbar feststellen kann, dieser ist ein Lobbyist und jener keiner, niemals hat jemand eine Visitenkarte mit der Berufsbezeichnung *Lobbyist* in die Hand gedrückt bekommen, aber er ist kein Fabelwesen, der Lobbyist existiert, er ist auf jeden Fall böse und treibt jetzt, gerade in diesem Moment, im Verborgenen sein schädliches Werk. Satan, weiche! Eine schwammige Kontur hingegen ist dem *Interessenvertreter* eigen. Bei näherer Betrachtung ist dies der maximal allgemeine Ausdruck, und er bietet sich an, als Oberbegriff für die beiden anderen Einflüsterer zu dienen. Lediglich die Wirklichkeit der Wahrnehmung, die mit der Wirklichkeit der Welt nicht deckungsgleich sein muss, ist eine andere, und daher schwimmt der Interessenvertreter irgendwo in der Grauzone zwischen dem Lobbyisten und der regierungsfremden, aber die Nähe der Regierungen suchenden Organisation herum. Sein Bogen spannt sich weit, vom Elternverein eines fröhlichen Kindergartens über die Initiative *Verhindert den Ausbau der Bundesstraße Nummer soundso!* bis hin zum nationalen Verband der Abwasseraufbereitungsbetriebe, alles sind sie ... Ein Interessenvertreter ist dann auf dem Olymp angelangt, wenn für ihn eine eigene gesetzliche Grundlage geschaffen wird, siehe die Kammern in Österreich, und wenn er in seiner Wirkungsweise und Aufgabe gar nicht mehr wahrgenommen wird, sondern als fester Bestandteil des öffentlichen Geschehens, der nicht mehr infrage gestellt wird, ähnlich den drei Farben der Verkehrsampeln oder dem 1. Mai als Feiertag. Von den wenigen solcherart vom Schicksal Bevorzugten abgesehen, haftet aber auch dieser Gruppe ein als unappetitlich empfundener Nebengeschmack an; das sind die, die irgendwas wollen, für sich selber, das kann ja nichts Gutes sein. Somit kommen wir zu den Gewinnern: Als die Glücklichsten der Glücklichen dürfen sich die Nichtregierungsorganisationen fühlen, denn sie zählen a priori zu den Guten, zu denen, die die Welt endlich in eine bessere verwandeln, denen jegliche böse Absicht fremd ist, und vor allem sind sie solche, die keine Eigeninteressen verfolgen. Tatsächlich sind ihre Ziele oft hehre und lobenswerte, welcher mit auch nur einem Mindestmaß an Herz und Verstand ausgestattete Mensch wünscht sich nicht eine intakte Umwelt, in der gesunde Menschen, in harmonischem Verbund mit Tierlein und Pflänzlein, in innerer und äußerer Freiheit, gut gebildet, fürsorglich und liebevoll betreut, bei gerecht geteiltem Brot, leben können? Aber wer legt unangreifbar und unwiderlegbar die Kriterien fest, wer benennt die Wasserscheide zwischen Gut und Böse, wer wägt eventuell widersprüchliche Anliegen gegeneinander ab? Niemand, denn die exakte Trennlinie gibt es nicht, jeder sieht sie gut begründet anderswo gezogen, und auch hinsichtlich der Seite, wo das Wasser hinfließen soll, herrscht oft Uneinigkeit. Und allein das soziologische Naturgesetz, dass für jegliche Organisation nicht nur ihr Fortbestand, sondern auch ihr Wachstum Vorrang vor allen anderen Überlegungen hat, zieht es mit sich, dass der Heiligenschein, mit dem sich NROs vulgo NGOs zuweilen versehen, und der ihnen auch zugesprochen wird, ein falscher, eine Sinnestäuschung ist, eine gesellschaftspolitische Fata Morgana. Der Pedant darf auch den Kopf über die festgefressene Definition ex negativo schütteln, denn eine Organisation, die nicht der Regierung angehört, sind wir alle, die wir mehr als einer sind und nicht in den staatlichen Verfassungstexten ausdrücklich mit Aufgaben zum Wohle der Verfassten versehen wurden. Das Ehepaar in der nachbarlichen Wohnung ebenso wie das Stahlwerk, in dem ebendieser Mann und seine Frau arbeiten, oder der Fischereiverein und die Suppenküche, in der sich das heute noch werktätige Duo eines fernen Tages als Pensionisten engagieren wird, alle sind sie organisiert und gehören keiner Regierung an. Jedoch, die Milch ist vor Langem von allerhöchster Stelle verschüttet worden, schon wenige Wochen nach dem Ende des Zweiten Weltkriegs haben sich die Vereinten Nationen in ihrer Charta auf den Vorläuferbegriff *Nichtstaatliche Organisationen* festgelegt, anstatt das Naheliegende zu wählen, denken wir an *Zivilrechtliche Vereinigung* oder *Bürgerbewegung*. Nur gut, dass dieser terminologische Unfug – bislang – noch nicht Schule gemacht hat, denn ansonsten würde nicht der Pfarrer, sondern ein Nichtteufel unsere Kinder taufen, das Auto auf einer asphaltierten Nichtwiese seinem Ziel entgegenfahren, und wir würden uns nach dem abendlichen Kriminalfilm nichtmunter ins Bett legen.

Begeben wir uns aus den Niederungen der Wortklauberei hinauf zur hohen Kunst der Staatsführung, so darf es einem den Schauder über den ohnehin schon gramgebeugten Rücken jagen. Verfügt unser Planet über rund zweihundert durch das wählende Volk direkt oder indirekt legitimierte Regierungen, so stehen diesen je nach Weite der Definition zehntausend bis fünfundzwanzigtausend NGOs gegenüber, die meisten davon über die Grenzen hinweg tätig. Jede Staatlichkeit benötigt Hunderte von idealistischen bis machiavellistischen privaten, niemandem Rechenschaft schuldende und manchmal in opaker Weise geführte Vereine, um ordnungsgemäß zu agieren und um die Anliegen der ihnen Anvertrauten ausreichend deutlich vernehmen zu können.

Mir wurde schwindlig, und ich musste meine Überlegungen abbrechen, denn die Zeit war nicht stillgestanden, die Kaffeetasse geleert, das Wesentliche gesagt und vereinbart. In einer möglicherweise hochgegriffenen Analogie bezeichnete ich uns als G7, als die *Gruppe der Sieben Ritter für eine gerechte Finanzwirtschaft*, aber keiner der anderen machte glaubhaft Anstalten, meine Anmaßung von sich zu weisen, und gemeinsam begaben wir uns zur G61, zur Ausschusssitzung. Die G54 waren mit den Vorstellungen, die wir soeben erarbeitet hatten, zufrieden, zumal sie nicht besonders originell, sondern business as usual waren, aber dennoch ausdrücklich festgelegt und formell akkordiert werden mussten. Hélène schenkte mir ein anerkennendes sozialdemokratisches Lächeln, ich bat noch, ausreichend Zeit für die nächsten Sitzungen und vor allem für die Anhörung zu reservieren, der Streber in mir war erwacht, und damit hatte das Ganze seine Bewandtnis. Nächster Tagesordnungspunkt ...

***

Ohne viel zu überlegen, ging ich, von meinem Erfolg berauscht, dorthin, wohin mich meine Beine von selbst trugen, strahlte Domenica bei ihrer Begrüßung an und eröffnete ihr mein neues Amt und was ich nicht schon alles auf Schiene gesetzt hatte.

»Und daher werde ich mich heute nicht mit einem Kaffee begnügen, sondern bitte höflich um einen Gin Tonic«, schloss ich meine selbstgefälligen Ausführungen. »Der ist eigentlich für größere Kaliber, als Sie es sind, reserviert, aber ich verstehe Ihre Motive und werde ausnahmsweise fünf gerade sein lassen«, fiel sie in meine gute Stimmung ein. »Liebe Frau Galotti, wir stehen hier vor der klassischen Henne-Ei-Frage, und wo wäre ich heute, wenn ich schon früher auf die gebrühte Bohne verzichtet und stattdessen auf das leicht fermentierte Erfrischungsgetränk zurückgegriffen hätte? Warten wir daher ab, wohin mich meine neue Vorliebe noch führen wird.« Gleichzeitig wunderte ich mich, wie lange sich Geschwätz und Gerüchte hielten, denen es an Beweisen mangelte, und mit welcher Lust sie bei der erstbesten Gelegenheit aufgewärmt wurden, selbst von Menschen, die nicht maligne – Pardon, die benigne wirkten.

Den Badge für Mitglieder versteckte ich vor ihr, sie hatte zwar nie eine Frage hinsichtlich meines Besucherausweises gestellt, er musste ihr aber aufgefallen sein, und ich wollte ihre Fähigkeit, keine Fragen zu stellen, auf die es keine befriedigende Antwort geben könnte, nicht durch die Koinzidenz zweier bedeutender Veränderungen überstrapazieren. Dann konnte ich es doch nicht lassen und wandte mich mit einer Frage an sie, die überraschend sein musste. Jetzt, mit dem Ausweis von Timo, war ich ja ein freier Mann, konnte das Parlament, sooft ich wollte, verlassen und wieder betreten, die Schützer und Beschützer würden mir bei jeder Begegnung freundlich zunicken. Sollte ich weiterhin auf Violas Couch nächtigen oder doch wieder einen ersten Schritt in ein bürgerliches Leben wagen? Ich könnte ja mit einem kleinen Experiment beginnen und, falls es nicht die erwartete Befriedigung brächte, in meine Ausgangslage zurückkehren. Andererseits, Viola würde ihren strammen Jungen nicht bis zu seinem Eintritt ins Gymnasium säugen, eher früher als später an den angesagtesten Ort der konstitutionell organisierten Bürgerbeteiligung zurückkehren, und der kluge Mann baut vor.

»Darf ich mich mit einer privaten Frage an Sie wenden?«

»So viel Gefühl auf einmal?« Ihre Ironie war nicht zu überhören.

»Danke, dass Sie mir diesen Mut zutrauen, so weit sind wir aber noch nicht.«

»Tja ...«

»Nein«, fuhr ich fort, »es ist nur so, dass ich mit meiner Behausung nicht unzufrieden, aber auch nicht mehr ganz zufrieden bin. Ich will Sie auch gar nicht mit Details belästigen, aber ich überlege mir, umzuziehen, ein möbliertes Zimmer zu nehmen. Eines, wo ich nicht investieren, organisieren, amenagieren muss, sondern wo ich ein- und ausziehen, ein und aus gehen kann, ohne einen Finger zu rühren.«

»Fangen Sie also wieder an, ein menschenwürdiges Leben zu führen?«, fragte sie sachlich.

»Ich verstehe nicht ganz.«

»Sie verstehen sehr wohl.«

»Aha.«

»Glauben Sie, ich hätte nicht bemerkt, dass Sie in Ihrem eigenen Büro übernachten? Eine Handvoll Eindrücke genügt, damit ich mir ein Bild von den Herren und Herrinnen dieses Hauses machen kann. Diese lässt den lieben Gott einen guten Mann sein, jener vertieft sich gewissenhaft in seine Dossiers und steht bis zu den Knien in ihnen drinnen, dann gibt es die Earls of Sandwich, die sich zu jedem Empfang hinzudrängen, um ein paar Brötchen und Gläschen abzustauben. Die Blender möchte ich erwähnen, stets gut gekleidet, oft mit einem dünnen Akt unter dem Arm ihre Wege nehmend, sehr gesprächig und beeindruckend, aber zu keinem Anstoß, zu keinem Entschluss in der Lage. Die Überzeugungstäterin redet auf ihr Gegenüber so lange ein, bis sie selbst erschöpft ist, und dieser Moment tritt viel später ein als das höfliche Abschalten hinter der Fassade des anscheinend geduldigen Zuhörers. Die Macher wollen unbedingt zu einem Abschluss kommen, einen Beschluss fassen, Hauptsache, die Angelegenheit ist vom Tisch, und jedwede Entscheidung scheint ihnen besser als gar keine.

Visionäre gibt es auch, einige netzwerken um des Netzwerkens willen, so mancher schleppt sich von Sitzung zu Sitzung, wie er meint abgeklärt, tatsächlich aber resigniert, und jene, die Feuer und Flamme für das große Projekt sind, die ungefragt und wortreich erklären, warum ohne eine baldige EU-weite Vereinheitlichung des Wasserverbrauchs der Geschirrspüler das gesamte europäische Friedensprojekt in Gefahr ist – ich erkenne sie alle. Ja, und dann gibt es noch die Sparmeister, denen das Hotel, das Apartment zu teuer ist und die sich auf den zu kurzen Sofas in ihrem Büro die Wirbelsäule ruinieren. Solche Leute fallen mir vor allem deswegen auf, weil sie ihre Wege im Hause zu einer früheren Stunde als alle anderen nehmen, und das zumeist alleine. Einmal so angetroffen ist nicht verdächtig, zweimal auch noch nicht, aber mit jedem weiteren Morgenspaziergang in Einsamkeit wird die Sache eindeutiger. Früher oder später geben sie aber alle ihren unkomfortablen Lebensstil auf, Sie halten es ohnehin schon überraschend lange durch.«

Ich verstand, sie hatte mich tatsächlich durchschaut, aber nur zur Hälfte; sie sah in mir einen moralisch heruntergekommenen Hilvonen, jedoch nicht den aufstrebenden Mödlhammer.

»Sehr kluge Galotti«, konnte ich mir einen Anflug von Sarkasmus nicht verkneifen, »wie stehe ich jetzt vor Ihnen da?«

Die Antwort war zu erwarten gewesen:»Schlecht, sehr schlecht, aber Sie sind ja gerade dabei, einen weiteren Schritt hin zu einem würdigen Mitglied unseres Hauses zu machen.« Beeindruckend, dieses »unseres«, sie war nicht nur eine Angestellte in einem x-beliebigen Café oder Restaurant, das an jeder Straßenecke seine Gäste hätte bewirten können, sondern sie fühlte sich in all ihrer Bedeutungslosigkeit und Austauschbarkeit als handelnde Person, die die Geschicke des Hauses im Rahmen ihrer bescheidenen Möglichkeiten in bewusster Absicht mitbestimmte. Die Arbeitsstunden, hier verbracht, waren nicht nur Teil ihres Lebens, sondern auch Teil ihrer selbst.

»Werden Sie mir also helfen?«, nahm ich den Faden wieder auf.

»Sicherlich nicht, warum sollte ich Sie bei mir wohnen lassen?«

Ich präzisierte leicht gereizt:»Ich frage Sie nicht als Hotelière, sondern als Drehscheibe. Selbst mir ist nicht entgangen, dass es ein Internet gibt, entlang dessen Fäden und Knoten gelangt der Surfer zu klug programmierten Plattformen, und darauf wiederum befinden sich bunte Bildchen mit Fußböden, Wänden, Betten, Tischen und Waschmuscheln, zusammengenommen ergibt das eine virtuelle Wohnungsbesichtigung. So weit, so gut – und so weiter, und so fort. Ich könnte mir aber vorstellen, dass Sie hier, auf diesem quicklebendigen Basar an Informationen und Wissenswertem, dieses und jenes hören, über vieles im Bilde sind und vielleicht auch jemanden kennen, der über Beton, Ziegel, Holz und Fliesen in einer für mich passenden Konfiguration verfügt und mir diese vielleicht gegen ein angemessenes Entgelt zur Verfügung stellen würde.«

»Warum so aufgebracht, mein Herr?«, beendete sie die Peinlichkeit des Missverständnisses. »Tatsächlich kenne ich ein paar Leute, die Zimmer, Wohnungen und Häuser vermieten.«

»Wie gesagt, Zimmer.«

»Jaja, schon klar, wir wollen hier ja nicht in einem Palast residieren, wir wollen ja arbeiten, jetzt, wo wir einen so schööönen Bericht an der Angel haben, nicht wahr?«, neckte sie mich. Ich fragte mich, was ich an einer Frau fand, die sich ständig über mich lustig machte. Zwar war ich von Haus aus kein prätentiöser Typ, kein aufgeblasener Frosch, der stets und ungefragt seine Wichtigkeit herausquakte, sie vielleicht noch mit einem in der Pfandleihanstalt erworbenen Siegelring an der linken Hand unterstrich, nein, ich war mir der Nichtigkeit des Seins im Allgemeinen und meiner Person im Besonderen sowie der drolligen Eitelkeit allen menschlichen Strebens durchaus bewusst und wusste mich und mein Tun einzuordnen und milde lächelnd zu bewerten, aber mich bewertende Urteile standen nur mir zu und niemand anderem.

Meine Gedanken mussten an meiner Stirn ablesbar gewesen sein, denn sie fragte mich:»Beleidigt?«

»Ja.«

»Das wird Ihnen aber nichts nützen. Kommen Sie morgen wieder, selber Ort, selbe Zeit, dann werde ich Ihnen schon was sagen können, und sei es nur, dass ich nichts sagen kann. Oder soll ich Sie lieber anrufen?«

»Nein, der Raum verströmt eine angenehme Atmosphäre und der Barmann versteht sein Geschäft, ich werde morgen zur Stelle sein«, erklärte ich mich.

»Gibt es sonst noch was, das Sie hierherzieht?«

»Nein!«, log ich und wusste, dass sie wusste, dass ich log.

***

Kaum dass ich mich niedergesetzt und zur Zeitung gegriffen hatte, stand schon der Gin Tonic auf meinem Tisch.

»Sie können Ihre Koffer packen, das verkündet Ihnen Ihr bislang unbedankter Schutzengel«, eröffnete Domenica das Gespräch, ohne sich mit einer formellen Begrüßung aufzuhalten. »So schnell schießen die Preußen nicht!«, bemühte ich eine der vielen Redewendungen, die jeder kannte, ohne sich ihrer ursprünglichen Bedeutung, ihres Entstehungsgrundes bewusst zu sein. Auch ich hatte keine Ahnung, wie die Deutschesten der Deutschen in den Ruf gekommen waren, sorgfältig zu zielen oder erst gar nicht den Finger am Abzug zu betätigen.

»Und die Finnen erst recht nicht, ich weiß, Sie sollten sich die Sache aber ansehen, und ich werde Sie begleiten, wo Sie doch heute Geburtstag haben.«

Ich legte meine Stirn in Falten und blickte Domenica überrascht an. Meinte sie vielleicht den Nationalfeiertag Österreichs, der heute sicherlich wieder in einer verquasten Mischung aus stichtagsbezogen hervorpoppendem Nationalstolz, einem wohligen Erwärmen an einer sich in drei Sätzen erschöpfenden Kenntnis der Nachkriegsgeschichte und einer uneingestandenen Ratlosigkeit über Österreichs Rolle in der Welt abgehalten wird, aber den konnte sie ja kaum kennen, und sie hatte ja soeben bestätigt, dass sie an meine geborgte nordische Identität glaubte. Dann fiel mir ein, dass sie in der Datenbank der Abgeordneten mich, Timo, gesucht haben musste, um Wissenswertes zu erfahren.

»Herr Hilvonen, der Wähler hat ein Recht, Ihr Geburtsdatum zu kennen, und Ihre Immobilienmaklerin sowieso. Ich gebe Ihnen schon einmal die Adresse, *Rue de la Révolution*, ich hoffe, das Aufrührerische findet Ihre Billigung, andernfalls, falls Sie die absolute Ruhe suchen, die städtischen Friedhöfe liegen ziemlich weit entfernt von hier. Und wer will sich schon eine Autofahrt antun, oder die erdrückende menschliche Nähe im dahinratternden Untergrund. Gehen wir dann um achtzehn Uhr los?«

»Ja, mit Vergnügen.« Was hätte ich auch sonst sagen sollen? Ich freute mich auf diesen Ausflug, denn Domenica hatte von Anfang an mein Wohlgefallen erregt. Auch wenn ich – um es so platt und neutral zu nennen, wie es der trockenen Eurokraten-Atmosphäre geschuldet ist – an keiner Beziehung interessiert war und sehr wohl in der Lage, den Unterschied im Alter erkennen und in seinen Auswirkungen bewerten zu können, genoss ich das erotisch-platonische Knistern und bildete mir ein, hoffte zumindest, dass sie ähnlich empfand. In ihrer Herbheit steckte sie voller Überraschungen, war unbändig und hatte gleichsam etwas Mütterliches und Fürsorgliches an sich.

»Franz, du schwächelst«, sagte ich in Gedanken zu mir, »sind solche romantischen Aufwallungen nicht eine schmeichlerische Entschuldigung dafür, dass du es nicht wagst, die Hindernisse auf dem Weg deiner Bestimmung aus dem Weg zu räumen und ihn mutig zu Ende zu gehen?«

»Franz, du ewiger Satyr«, antwortete ich mir, »lass mich bitte in Ruhe und vergönne mir dieses Quäntchen Selbstbetrug.«

»Einverstanden, aber eines Tages, wieder in Wien, wirst du mit deiner Psychotherapeutin darüber reden, versprochen?«

»Versprochen«, erwiderte ich halbherzig, ich wollte endlich Ruhe vor mir selber haben.

Bei einem weiteren Glas Wacholder mit Chinin sah ich mir die Lage an, allein die Adresse hatte es mir schon angetan, denn das Haus lag mitten in dem Viertel, in dem anno 1830 die Kämpfe zur Unabhängigkeit stattfanden, die vormals südlichen Niederlande wollten frei sein, sie wollten Belgier werden. Nomen est omen, auch die umliegenden Straßenzüge trugen das Vokabular der Aufstände, wie zum Beispiel die *Straße der vorläufigen Regierung*. Über das Spirituelle hinaus – ich sah schon ein, dass ich mir nach x Wochen freiwilliger Kasernierung jeden Ort außerhalb dieser Glaswände mit weit hergeholten Argumenten schönreden würde – sprachen zwei handfeste, bodenständige Fakten zugunsten des Ortes. Er war nur wenige hundert Meter vom Parc Royal entfernt, meine Zehen spreizten sich bereits in heftiger Vorfreude, sie konnten ihren morgendlichen oder abendlichen Auslauf schon nicht mehr erwarten, und mit einer Distanz von rund zwei Kilometern würde ich auch, wie von Domenica schon angedeutet, den Weg vom Arbeitstisch zum Bett zu Fuß bewältigen können; über die Rue de Trèves zur Rue de la Loi, dann den Boulevard du Régent, noch zwei Schlenker und schon würde ich vor der Haustür stehen.

Ich konnte den Abmarsch kaum erwarten, setzte mich eine Viertelstunde vor dem Rendezvous zu *Europa*, diesmal, ohne mit ihr zu sprechen, aber ich bildete mir ein, dass sie mir weiterhin gut gesinnt war, auch meinem aktuellen Vorhaben ihren Segen gab, und pünktlich zogen Domenica und ich los. Sie hatte sich umgezogen, war eleganter, mondäner, als ich es von einer Kellnerin in Zivil erwartet hätte, jedoch weder auffällig gekleidet noch von der Sucht nach bekannten, leicht zu erkennenden Modemarken getrieben.

Bei der Engstelle des Ausgangs aus dem Parlament angelangt, ging sie vor, und ich wollte die Schranke in einem Abstand von einigen Schritten passieren, da rief mich jedoch einer der stets patrouillierenden Wächter mit unmissverständlichem Befehlston zurück:»Halt, Herr Abgeordneter!« Sollte ich gerade jetzt auffliegen, jetzt, wo alles so gut lief und ich ja nun wirklich uneigennützig Aufgaben für das Volk wahrnahm, zugegeben, nicht von ihm gewählt, aber bei einer großzügigen Betrachtungsweise so gut wie, jetzt, wo ich immer mehr den Erwartungen dieses Hauses entsprach? Das Blut schoss mir in den Kopf, es hätte aber ruhig dort bleiben können, wo es hingehörte, denn der Security zeigte auf den breiteren Ausgang links von mir und sagte:»Sie müssen das Gebäude durch diesen Korridor verlassen.« Der ausschließlich den siebenhundertfünf Mitgliedern zur Verfügung stehende Zugang war also kein Privileg, das sie in Anspruch nehmen konnten, sondern mussten. Wenn ich keine freie Wahl hatte, war es dann noch ein Vorrecht oder eher eine Vorpflicht, wenn auch keine, die belastend oder belästigend wäre?

Wir nahmen unseren Weg und plauderten über dies und das, nichts Besonderes, jedenfalls nicht über den Zweck unseres Ausflugs, nicht über Politik und auch nicht über unsere Heimatländer. Über Städte und Staaten zu sprechen, in denen das Gegenüber gelebt hatte oder noch lebt, war in Brüssel ein beliebtes Hilfsmittel, wenn die Gesprächspartner nicht wussten, worüber sie sich unterhalten sollten, kein tiefergehendes Interesse an der anderen Person hatten, aber trotzdem eine Verpflichtung in sich fühlten, den Redefluss am Laufen zu halten. Dass diese Pflichtübung nicht stattfand, empfand ich als eine angenehme Überraschung. Nach wenigen Minuten gelangten wir zur Rue de la Loi. Die Hauptstraße des Europageschehens endet – vom Stadtzentrum aus gesehen – spektakulär vor dem Rond-Point Schuman, auf der linken Seite mit dem Sitz der Kommission, dem Berlaymont, das in der Form eines asymmetrischen Kreuzes einen gelungenen Gruß der Architektur der Sechzigerjahre darstellt. Es ist riesig, ohne wuchtig zu wirken, und wir dürfen hoffen, dass die für die Errichtung des Gebäudes nach Waterloo abgesiedelten Klosterschwestern mittlerweile ihren Frieden mit der Stadt Brüssel und ihren prominenten Nachfolgern gemacht haben. Auf der gegenüberliegenden Straßenseite scheint eine riesige Skulptur von René Magritte zu stehen, so surrealistisch wirkt das in den Abendstunden beleuchtete gigantische Ei, das von einem unregelmäßigen, feingliedrigen Netz aus Holz und Glas umhüllt ist. Im Ei tritt der Rat zu seinen unzähligen Sitzungen zusammen und brütet seine Standpunkte aus, das würfelförmige Netz erweist sich bei genauerem Hinsehen als eine Collage aus Tausenden von renovierten Eichenfenstern, die in allen Ländern der Union eingesammelt worden sind, um hier als Symbol der Einheit zu dienen, und darüber hinaus als Sinnbild all dessen, was der ergriffene Betrachter, von seiner eigenen Befindlichkeit ausgehend, hineininterpretieren will.

Neben diesen beiden Ikonen des institutionellen Geschehens kann der Gutwillige noch eine Handvoll weiterer Gebäude zitieren, die zwar nicht als Ensemble, aber immerhin jedes für sich genommen, ihren Planern und Errichtern Ehre machen, dann aber ist definitiv Schluss. Suchen Sie ein Freilichtmuseum misslungener Architektur, zum Teil gründlich heruntergekommener Bürogebäude, dann begeben Sie sich bitte in die Rue de la Loi, zur Arterie der europäischen Bürokratie. Alles, was Baumeister mit dem Zusammenfügen von vorgefertigten Bauelementen anrichten können, lässt sich hier finden; Eintritt frei. In einer Aufwallung von Verlangen, die Tristesse zu behübschen, hatte sich die Stadtverwaltung nach der Jahrtausendwende an Patrick Rimoux gewandt, nach eigenem Bekunden als *Lichtbildhauer* tätig. Entlang der gesamten Straße wurden an die hundert seiner an Gaslaternen und Schornsteine zugleich erinnernden zylindrischen Säulen mit Licht spendenden Köpfchen installiert. Dem ehrenwerten Versuch, der Straßenschlucht mittels Laternen einen gefälligen Eindruck zu verpassen, war das gleiche Schicksal beschieden wie der Methode, ein stark verschwitztes Hemd mit kräftigem Parfum zu besprühen; sie funktioniert nicht und macht das Ganze nur noch schlimmer. Da spielt es dann auch keine

Rolle mehr, dass die von den Autofahrern, vierzigtausend pro Tag sollen es sein, zuweilen ramponierten Exemplare nicht mehr instand gesetzt werden. Die verbeulten, an sich sehr geschmackvollen Laternen harmonieren prächtig mit den umgeknickten Stangen der Verkehrsschilder und mit den verbogenen, aus der Verankerung gerissenen, der Sicherheit der Fußgänger dienenden Absperrungen aus Edelstahl. An und für sich böte das Kompositum schon genügend Beleidigung für das nach der Büroarbeit nach Schönheit lechzende Auge, aber es kommt noch ein weiteres Gestaltungselement hinzu: massive Barrieren aus Gussbeton. Sie sperren die in Fahrtrichtung äußerst linke Fahrspur für den motorisierten Verkehr, um sie den Radfahrern, zusätzlich zu den vier bereits zuvor vorhandenen gut markierten Streifen, zur Verfügung zu stellen – ein Provisorium, dauerhafter als Erz.

Der Zustand der Rue de la Loi, die ich in Hinkunft täglich zweimal begehen würde, geht über mein snobistisches Erwarten städtischer Ästhetik und mein gleichzeitig kleinbürgerliches Verlangen nach Instandhaltung des öffentlichen Raumes hinaus, er ist ein bedenkliches Symbol für die Politik, die den Kontinent geeint hat und weiter einen wird. Selbstverständlich liegen nicht alle Befugnisse und Kompetenzen in einer Hand, die Straßen, Wege und Parks obliegen der Brüsseler Stadtverwaltung oder einer ihrer neunzehn unnachgiebig auf ihre Selbständigkeit pochenden Gemeinden, und Europa ist in den Händen seiner supranationalen Institutionen. Es soll aber schon Fälle gegeben haben, in denen Behörden unterschiedlichster Provenienz und Zuständigkeit in konstruktiver Zusammenarbeit Bedeutendes geleistet haben. Jedoch, wie das Schicksal so spielt, Brüssel als Stadt und Brüssel als Europa sind nicht immer eine Romanze, die Beziehung zwischen den beiden war von Anfang an holprig. Während die anderen fünf Gründungsmitglieder durchaus an Brüssel als Sitz der Institutionen Geschmack gefunden hatten, beharrte Belgien ursprünglich auf Lüttich – eine der Innenpolitik und dem regionalen Kräftemessen geschuldete Schnurre; sie erinnert an die kupplerische Mutter, die eine Tochter, vielleicht die weniger hübsche oder geringer begabte, vor der begehrten anderen verehelichen will.

Europa ist eine Gemeinschaft des Rechts, anders ginge es bei seiner Ausdehnung und seiner Unterschiedlichkeit der Kulturen auch nicht, und so dürfen wir uns über die glückliche Fügung freuen, dass entlang der *Straße des Rechts* – sie trägt ihren hehren Namen seit 1797 – Platz geschaffen werden konnte, um Kommission und Rat zu beherbergen. Nun kennt der an der Staatskunst Interessierte das geläufige Bonmot, dass Gesetze wie Würste wären und der Bürger besser nicht zusähe, wie sie entstehen, aber auch der ärgste Pantscher ist stets bestrebt, seiner Produktionsstätte ein gefälliges Aussehen zu verleihen. Auf solche Weise erwirbt er Vertrauen beim Kunden. Was aber soll sich der Bürger denken, wenn er die deprimierenden Werkstätten und Schmieden des Europarechts und der Europapolitik sieht, abgesehen von den erwähnten Direktionsgebäuden? Verfassungsrechtler werden aufheulen, wenn ich den folgenden Terminus verwende, aber im Rahmen meiner Memoiren nehme ich das Recht auf eine juristische Unschärfe in Anspruch: Jeder Staat, egal wie arm er ist, putzt sein Regierungsviertel wie ein Schmuckkästchen heraus, um so seine Macht und seine zu Stein gewordene Seriosität zu präsentieren, wert, geachtet, verehrt und bewundert zu werden, während das politische Europa, zusammengedrängt im Schlund jener Straße, durch die ich soeben mit Domenica ging, sich wundert, dass sein Image vielfach ein schlechtes ist.

***

Als wir an unserem Ziel angekommen waren, stand der Hausherr zufällig auf der Straße und war damit beschäftigt, den defekten Klingelknopf zu reparieren, er schien für diese Operation über ausreichendes handwerkliches Geschick zu verfügen. Er begrüßte uns mit der gelassenen Freundlichkeit jener Glücklichen, deren Leben in konstanten, ruhigen Bahnen verläuft, und zwar über ihre eigene Existenz hinaus. Das schmale Haus wurde von einem seiner Vorfahren gegen Ende des neunzehnten Jahrhunderts errichtet, roter Ziegel, hellgraue Fensterrahmen, schwarze Gitter aus Schmiedeeisen, sehr geschmackvoll, und seitdem der erste Malermeister seine Utensilien zusammengepackt und die Rechnung für seine Arbeiten gestellt hatte, musste der Name am Türschild niemals gewechselt werden. Er, Junggeselle in mittlerem Alter, war mittlerweile Eigentümer in der vierten Generation und konnte mit dem Begriff *Übersiedlung* vielleicht gar nichts anfangen. Seine Beständigkeit in Sachen Wohnen spiegelte sich im Berufsleben wider. So wie schon für seinen Vater und dessen Vater war die Ville de Bruxelles, die Stadtverwaltung, Arbeitgeber, seiner Existenz fehlten allenfalls die Aufregungen und Überraschungen, die im Nachhinein gesehen das Leben lebenswert machen, aber er verfügte über alle Voraussetzungen, sorgenfrei morgens in den Tag und abends ins Bett gehen zu können. Bertrand Bertrand, sogar bei seinem Namen war er jeglicher Anstrengung enthoben, vermietete zwei getrennte Zimmer im Erdgeschoss, an Personen, die ihm keine Probleme machen sollten, für ihn waren das junge Leute, die für mehrere Monate bei einem gut beleumundeten Arbeitgeber im Sold standen. Man wohnte für sich, aber teilte sich Küche und Bad und gemeinsam mit dem Hausherrn den Keller mit der Waschmaschine.

Nicht nur das Stadtviertel gefiel mir, auch Haus, Zimmer, auf eine gewisse Art und Weise auch der Vermieter, und so wurden wir rasch handelseins. Beide Zimmer, sowohl jenes, das auf die Straße ging, als auch das mit dem Blick auf den winzigen Hinterhof, waren frei.

»Haben Sie einen Einwand dagegen, dass ich beide nehme?«

»Wenn Sie beide bezahlen ...«

»Gibt es Mengenrabatt?«

»Nein.«

Ich gab dem Vermieter die erste Monatsmiete in bar, er stellte eine ordnungsgemäße Quittung aus, wir vereinbarten die Übergabe von Haustür- und Zimmerschlüssel für morgen Abend und er versprach, bis dahin Bettwäsche und Handtücher bereitzulegen. Dann wandte er sich wieder, ohne dass er uns erkennbar verabschiedet hatte, seiner Kleinreparatur zu.

»Jetzt müssen wir über Ihre Provision reden«, sagte ich im Weggehen zu Domenica, halb scherzend.

»Ein Abendessen, und zwar sofort, es ist schon spät geworden.«

Sie führte mich in das nur wenige Straßen entfernt gelegene *GUS*, die junge Brasserie, für meinen Geschmack eine Spur zu kühl eingerichtet, helles Holz, helle Sitzbezüge, helle Wände, war mir sympathisch, da – für die im französischen Sprachraum agierende Gastronomie alles andere als eine Selbstverständlichkeit – die Tische weit genug voneinander entfernt standen, um das Steak schneiden zu können, ohne dabei mit seinem Ellbogen jenes des Nachbarn zu berühren. Mit anderen Worten: kühles Ambiente, aber ein Hauch, eine Andeutung von Intimität.

»Woher kennen Sie Bertrand?«

»Ich selbst habe bei ihm eine Zeit lang Unterschlupf gefunden, gleich nachdem ich von Monza hierhergezogen bin. Ich finde ihn in Ordnung, er lebt für sich, schaut nicht nach links, nicht nach rechts, ist aber zur Stelle, wenn die Mieter ihn brauchen, und geht danach auch gleich wieder.«

»Und wann braucht der Mieter Hilvonen ihn?«, fragte ich nach.

»Wenn das Geschirrspülmittel aufgebraucht ist, falls die Putzfrau nicht ordentlich gearbeitet hat, wenn die Zahl der bereitgestellten Kleiderhaken nicht ausreicht, wenn eine Glühlampe auszuwechseln ist, wenn die Dusche nicht abrinnt, wenn Sie einen Rat betreffend Umgebung, Restaurants, Einkaufen, Handwerker wollen. Sie wohnen ja jetzt all inclusive.«

»Mit Familienanschluss«, spöttelte ich.

»Eher nicht, oder sitzen wir gerade in froher Runde in seinem Wohnzimmer, um den Geschäftsabschluss zu feiern?«

Ich versuchte, mich zu rechtfertigen: »Besser ein inkonsistenter Witz als gar keiner.«

»Da haben Sie vielleicht sogar Recht«, meinte sie zu meiner Überraschung.

Ich fühlte mich heute, am Tag meiner mir selbst gewährten Freiheit, belgobelgisch und bestellte als Hauptspeise eine Waterzooi, einen Eintopf aus mehreren Fischen, unter anderem Aal und Gemüse, Domenica gelüstete es nach Fasan. Als Vorspeise wählten wir Krabbenkroketten.

»Mittlerweile lebe ich schon mehr als vier Jahre hier«, eröffnete sie mir ungefragt.

»Und welcher Wind des Schicksals hat Sie hierhergeweht?«

Eine platte Frage nach einem schlechten Witz. Ich war nicht in Form und beschloss, mir Mühe zu geben, um meiner Konversation mehr Esprit zu verleihen. Immerhin war ich ja jetzt Berichterstatter, zu Recht konnten Domenica und alle anderen Menschen auch von mir ein gewisses Niveau erwarten – diese

Überlegung war natürlich Blödsinn, aber ich brauchte ein Argument, um mich anzuspornen.

»Das Studium.«

Ich war über diese Eröffnung überrascht; nicht dass mir eine akademische Ausbildung von Domenica unwahrscheinlich erschien, lediglich hatte ich sie nie in Betracht gezogen. »Welcher außergewöhnliche Professor rechtfertigt, dass Sie die sonnigen Ebenen der Lombardei verlassen und gegen die hiesigen, nebligen eingetauscht haben?«

»Keiner«, antwortete sie, »es ist die Mischung. Die wirtschaftswissenschaftliche Fakultät an der *Katholischen Universität vom Heiligen Herzen* in Mailand und an der *Freien Universität Brüssel* sind grosso modo gleich gut oder gleich schlecht, aber die Musik spielt hier.«

»In der *Astrid-Lulling-Lounge* spielt die Musik?«

Blitzartig wechselte sie ihren Gesichtsausdruck, sie sah mich kalt und prüfend an, blickte durch meine Augen hindurch in mein vorwitziges Gehirn, und nachdem sie dort offensichtlich nicht das gefunden hatte, was sie suchte, ging sie weiter in mein Rückenmark. Ich fühlte das ganz genau. Nach fast einer Minute ihres vorwurfsvollen und meines betretenen Schweigens entspannte sich ihre Miene, worauf ich meinen Mund wieder aufbekam und entschuldigend meinte: »Eine dumme Bemerkung pro Abend muss gestattet sein, heute habe ich meine Quote früh erfüllt, jetzt sind Sie dran.«

»Ich lasse mir Zeit, vielleicht spare ich mir Ihr großzügigerweise zugemessenes Kontingent auf und präsentiere Ihnen dann eine Serie.«

»Einverstanden, bei vier angesparten gibt es dann eine Bonusbemerkung«, erwiderte ich.

»Jedenfalls«, fuhr sie fort, »Wirtschaft ist Politik und Politik ist Wirtschaft, und die wirkliche Politik findet in Brüssel statt.

Hier werden die Theaterstücke geschrieben, die dann in Rom oder Helsinki zur Aufführung gelangen. Kein Regietheater, sondern werksgetreu.«

»Und so studieren Sie in erster Linie und sorgen mit der Arbeit für Ihr finanzielles Überleben?«

»Messerscharf geschlossen, Kommissar Wallander. Zwanzig Stunden die Woche, mit dieser Balance ist alles, was ich brauche, darstellbar.«

»Und danach?«

»In einem Jahr werde ich fertig sein. Brüssel ist für Leute wie mich wie ein Teich voller Fische. Es ist mit dem Schicksal ausgemachte Sache, dass ich einen Fisch fangen werde, keinen kapitalen, aber einen, der für eine Mahlzeit reicht und ausreichend bekömmlich ist. Außerhalb von einigen Nischen in der Juristerei und im internationalen Steuerwesen ist es in dieser eigenartigen, einzigartigen Stadt schwer, reich zu werden, aber gut durchkommen kann hier jeder, zumindest jeder, der sich anstrengt. Oder man lebt eben wie die Gene in Bertrand und sieht zu, wie die Jahrzehnte und Jahrhunderte ohne Unterlass ein Stückchen Wohlstand nach dem anderen anschwemmen.«

Wir unterhielten uns noch länger über die beruflichen Perspektiven und die Brüsseler Blase, danach über Gott und die Welt, und ungeachtet des unglücklichen Starts gewann das Zusammensein an Tiefe und Wärme. Die Einrichtung des Restaurants konnte es nicht gewesen sein, der Wein trug sicherlich das Seinige dazu bei, jedenfalls hoben sich die Schranken und wir verließen den Bereich der kameradschaftlichen Kommunikation. Es prickelte und knisterte über das Tischtuch hinweg, und die beiden Fränze begannen, miteinander in Wettstreit zu treten, der hemdsärmelige wollte sich vor den Schöngeist drängen. Ich musste den Anwandlungen des Widerlings ein Ende setzen und hob an: »Domenica!«

»Ah, ist es jetzt so weit?« Nichts war ihr heilig, nicht einmal meine eigene Heiligkeit.

»Nein, aber wer Ohren hat, zu hören, der höre!«, bestätigte ich mir selber meine christliche Tugendhaftigkeit.

»Matthäus 11:15 und Markus 4:23, soll ich die restlichen Gäste an den Tisch bitten oder genügt Ihnen das Mithören des Kellners?«

»Es genügt jener großartige Mensch, den ich als Kellnerin kennengelernt habe.«

Überraschung, keine Antwort, also hob der gute Franz ein weiteres Mal an: »Wenn es eine Konstante gibt, in diesem Irdischen, dann die, dass es keine Konstante gibt. Alles ist Veränderung, vieles davon Überraschung. Fische wälzten sich aus dem seichten Wasser und lebten fortan mit festem Boden unter den Flossen, bekamen Finger, Zehen und einen Pelz, einigen gefiel das mühevolle Dahinwackeln ohne die Hilfe des Auftriebs nicht und sie drehten wieder um, Vulkane öffnen nach Lust und Laune das Tor zur Hölle und verschließen es wieder, für Jahrmillionen oder auch nur bis zum nächsten Frühling, auch das angeblich ewige Eis macht, was ihm gefällt, einst deckte es meine Heimat zur Gänze zu, dann schrumpelt es zu zwei kleinen Flecken zusammen und lässt mich am Rande der zurückgelassenen Lacken den guten Hirten spielen, ein vorwitziger Affe fing eines Tages an zu sprechen, Kontinente drehen und messen sich im Widerstreit ihre Kräfte, der Wolf wurde ein Hund, immer wieder entdeckt der Mensch in seiner Not einen neuen Gott, der bei genauem Hinsehen derselbe bleibt, Völker prügeln aus nichtigem Anlass aufeinander ein, verbrüdern sich nach dem Erschöpfen ihrer Kräfte und prügeln wenig später Schulter an Schulter auf ein drittes ein, das Grippevirus erfindet sich jedes Jahr neu, der Tor von heute ist das Genie von morgen, der Rocksaum hing einmal höher, einmal tiefer und verlor auf einmal an Bedeutung, denn die Hose lief ihm den Rang ab, der kultisch verehrte Sonntagsbraten weicht dem scharf gewürzten Linsencurry, die Stellersche Seekuh ist ausgestorben, und ich habe angefangen, Sie zu lieben. Sie haben alles Menschenmögliche getan, damit es nicht so weit kommt, aber nun ist es geschehen, der Vulkan speit, der Kontinent wandert, das Eis zieht sich zurück, der Fisch springt an der Mangrove vorbei, und ich, ich liebe Sie! Jedoch nicht auf diese gemeine, billige Art, wie wir Menschen es zu tun pflegen, die ausgehend vom Begehren alsbald in Besitz und Beschmutzung endet, nein, ich liebe Sie als Idee dieser Welt, als eine Verkörperung ihrer schönsten und edelsten Seiten. All das, was im spirituellen Raum schwebt, diese Schwingungen des Edlen, des Erhabenen, des Guten, des Reinen, des Ewigen haben sich in Ihrem Körper verfangen, haben sich miteinander in ihm und schließlich mit ihm verbunden und sind zu diesem einzigartigen Konglomerat, diesem Faszinosum geworden, dem ich hier und jetzt in der ihm geschuldeten Adoration und Anbetung gegenübersitze. Und ich danke Ihnen, Domenica Galotti, dass Sie in mein Leben getreten sind, dass ich das Schöne der Welt brennglasartig in Ihnen erkennen durfte. Ich weiß, was Sie jetzt vom Lauf der Dinge und von mir erwarten, ich weiß genau, was ich jetzt sagen, wie ich handeln müsste, ohne sicher sein zu können, ob ich, wie es die Sprache der feurigen und ungefragt ihr Werk verrichtenden Eroberer so schön ausdrückt, Erfolg hätte. Aber der Erfolg, er wäre keiner, denn mit ihm würde ich Sie mit dem Gemeinen dieser Welt vermengen, Domenica Galotti würde stürzen und zerbrechen. Selbst diese Bruchstücke wären noch eine Manifestation des Göttlichen, würdig und wert, angehimmelt zu werden, dennoch bitte ich Sie, auch fürderhin, ohne jegliches Begehr, als nunmehr ausgewiesener Bewunderer Ihrer Person und der Prinzipien, die in Ihnen walten, mein Auslangen finden zu dürfen.«

So! Damit musste der geile Franz endgültig außer Gefecht sein, und ich genehmigte mir, zutiefst beindruckt von meinem Sermon, einen guten Schluck, lehnte mich zurück und war innerlich leer.

»Das sehe ich genauso, Herr Hilvonen, vielen Dank, dass Sie es so deutlich ausgesprochen haben.«

»Ich freue mich, freue mich unendlich, darauf stoßen wir an.« Ich freute mich natürlich nicht, denn wo bliebe das wärmende, erhebende Gefühl des Edelmuts, wenn er nicht einmal ein kleines bisschen auf die Probe gestellt würde?

Schweigen.

Immer noch Schweigen.

»Wie stellen Sie sich das eigentlich vor, jetzt, knapp vor Mitternacht, wieder in das Parlament zu gehen? Macht irgendwie einen dummen Eindruck, oder etwa nicht?«

»In der Tat, dann wird es heute Nacht wohl ein Hotel werden müssen, warum auch nicht?«

»Ich mag keine Hotelzimmer, deren Atmosphäre ist mir zuwider«, sagte sie mit einem Augenzwinkern, »und außerdem wohne ich über diesem Restaurant, im dritten Stock. Gehen wir?«

Wir gingen.

***

Auf dem Weg ins Parlament kaufte ich mir in der Rue Scailquin ein neues Hemd, zog es gleich an und ließ das alte, das an den Manschetten ohnehin schon deutlich abgewetzt war, im Geschäft. Daheim in Wien wäre sein Schicksal weniger brüsk verlaufen. Ganz im Sinne der Kreislaufwirtschaft und ihrer

Kaskaden hätte es zuerst den Status des Büro- oder Arbeitshemds verloren und den eines reinen Arbeitshemds erhalten,
um daraufhin für fünf bis zehn Jahre ungestört in den hinteren
Rängen des Schranks zu liegen, um endlich eines nach Ordnung und Ausmisten lechzenden Tages endgültig zerschnitten
zu werden und als Putzfetzen, wenn schon nicht der gesamten Menschheit, so zumindest der unverdrossenen Frau Kohl,
zu dienen. Vielleicht fehlte mir die kaufmännische Fantasie,
nicht auszuschließen, dass der Verkäufer meinen Gruß an den
Mistkübel wusch, bügelte und ihn als secondhand, als Vintage-
Hemd anbot. Soll sein. Der kleine Gewinn sei dem tüchtigen
Geschäftsmann vergönnt. Auch besorgte ich mir in einem der
unzähligen Elektronikläden auf der und rund um die Chaus-
sée de Louvain ein Mobiltelefon, smart, mit belgischer Ruf-
nummer. Staffan würde ich erklären, dass ich fortan meine
beruflichen und meine privaten Gespräche deutlich ausein-
anderhalten möchte und er mich ab sofort nur unter diesem
Anschluss kontaktieren solle. So vermied ich es, dass er eines
Tages in seinem Diensteifer, bei einer dringenden Frage an
mich, den echten Timo anrufen würde. Meine Stimmung an
diesem nun schon seinem Ende entgegenschreitenden Vormittag war begreiflicherweise gut, besonders entzückte mich Do-
menicas Vorschlag, einander weiterhin mit *Sie* anzusprechen.
Ich winkte im Vorbeigehen dem bronzenen Stahlbaron John
zu, nahm den Hintereingang von der Esplanade, treffsicher
ging ich auf die ausschließlich Mitgliedern vorbehaltene Ein-
flugschneise zu und ohne jegliche Inspektion meines Körpers
und der Habseligkeiten war ich wieder mitten im Geschehen –
ein herrliches Gefühl!

Um unerkannt in meine Bleibe bei Viola zu kommen, war es
zu spät, und so ging ich in Timos Büro. Staffan werkte vor sich
hin; zu meiner großen Freude hatte er mir mehrere Artikel

und Abhandlungen, zum Teil populär, zum Teil wissenschaftlich, aber dennoch für den engagierten Amateur verständlich gehalten, auf den Tisch gelegt. Sie befassten sich alle mit der sogenannten Bankenkrise, die das Resultat einer Schuldenkrise war und sich zu einer Krise der Verschuldung der öffentlichen Hand entwickelte, die noch anhält und die – je nach Standpunkt und weltanschaulicher Präferenz – politische Krisen, zumindest Kriserln, nach sich gezogen oder zumindest den Keim zu ihnen gesetzt hat. Unglaublich, wie viele Chancen Europa in den vergangenen fünfzehn Jahren hatte, betrachtet man die ebenso massiven wie unnotwendigen wirtschaftlichen Verwerfungen aus der Perspektive des allseits bekannten und bis zum Erbrechen zitierten Sinnspruchs von der Krise als Chance. Mithilfe dieser Lektüre würde ich das große Bild, worum es letztendlich gehen würde, erkennen und verstehen. Staffan war auch schon damit beschäftigt, einen Überblick über die Organisationen und Personen zu gewinnen, die wir zum Hearing in bald drei Wochen einladen sollten. Er hatte sich rasch entwickelt, von Staffan, dem auf glücklichen Umständen fußenden Verwalter und Entwickler seiner selbst, hin zu Staffan, dem rundum engagierten Assistenten. Und er hatte mir auch mit einem gewissen Unterton, der den Wunsch nach einer expliziten Anerkennung seiner Leistung offenkundig werden ließ, angekündigt, dass er mir spätestens Montag die Lebensläufe von Assistentinnen für unsere Organisationsarbeiten vorlegen würde.

»Ach ja, richtig, gestern war ja Plux«, sagte ich lachend.

»Erraten, Meister. Ich sende sie dir per E-Mail zu, sobald ich sie alle habe.«

»Wieso, wo hast du vor, zu sein?«, fragte ich, ohne mir dabei etwas zu denken.

»Jetzt kommt ja die grüne Woche.«

»Und?«

»Da wirst du dich ja wohl nicht hier in Brüssel aufhalten?«, meinte er verwundert. Mir fiel ein, er spielte nicht auf die jährlich stattfindende Leuchtturmmesse der Bauern und Lebensmittelerzeuger in Berlin an, sondern auf die grafische Gestaltung des parlamentarischen Sitzungskalenders. Plenarwochen waren fordernd in Dunkelrot eingetragen, die Sitzungswochen der Ausschüsse präsentierten sich in einem milden Rosa, an den blau eingefärbten Tagen traten die Fraktionen, jede für sich, zusammen, um sich über die Gemeinheiten des politischen Gegners zu beklagen und um gleichwertige oder schlimmere gegen ihn auszuhecken – und grün, ja bei Grün gehörte der Abgeordnete gänzlich dem Souverän. Dann war der emsige Europaparlamentarier daheim in seinem Wahlkreis, um zu hören, was gesagt werden muss, und um zu sagen, was gehört werden soll, und um die Erkenntnisse – und bestünden sie auch nur darin, dass das Gesagte unerhört, ja vielmehr unsäglich wäre – à la longue in den Prozess der demokratischen Willensbildung einfließen zu lassen.

»Ich glaube, ich habe mich während der letzten Jahre genügend dem Souverän angenommen«, parierte ich, nicht ohne eine von mir auf Timo übertragene Selbstironie.

Staffan wollte noch eine Bemerkung machen, die zwar inhaltlich richtig, aber dessen ungeachtet nur eine Frechheit sein hätte können, und schloss seinen bereits geöffneten Mund alsgleich, gerade noch rechtzeitig. »Mit anderen Worten, du bleibst hier?«, fragte er schließlich gänzlich neutral.

»Genau, und darum bitte ich dich, mir die Bewerbungsunterlagen über die Distanz der lediglich fünf Meter von deinem Schreibtisch zu meinem zu senden.« Wir schmunzelten beide und damit war das Gespräch zu Ende.

An diesem Tag drängte es mich nach Hause, damit meine ich die Straße der Revolution. Bei meinem ersten Versuch, den Koffer zu holen, waren sowohl Pantea als auch Hugo noch auf ihrem Posten und in ihre Bildschirme versunken. Zwei Stunden später hatte ich mehr Glück, ich brauchte ja nur den wie immer gepackten und neugierigen Blicken entzogenen Trolley an mich nehmen und mich vergewissern, ob nicht noch irgendwelche Spuren auf meine Existenz schließen ließen. Gesagt, getan, den Schlüssel für die direkte Tür zum Gang legte ich wieder dorthin, wo ich ihn gefunden hatte, dann ging ich durch das Büro der Assistenten hinaus.

»Was zum Teufel tun Sie hier?«

Gerade, als ich meine jüngste Vergangenheit hinter mir gelassen hatte, war Pantea mit einem ordentlichen Packen Kopien unter ihrem Arm zurückgekommen, und sie war allem Anschein nach eine Frau klarer Worte. Der unverfängliche Code mit derselben Bedeutung hätte gelautet: »Kann ich Ihnen helfen?«, der kam ihr aber nicht über die Lippen.

»Angenehm, ich bin Timo, können Sie mir sagen, ob Viola heute noch kommt?«, fragte ich unschuldig.

»Sehen Sie doch, sie wird erst im Jänner kommenden Jahres wieder arbeiten.« Ihre ablehnende Stimme und Haltung behielt sie bei.

Mit schauspielerischem Einsatz beugte ich mich hinüber zur Tür, die ich soeben von innen verschlossen hatte, tat so, als würde ich den Storch, um den herum zwischenzeitlich einige Gratulationen hingekritzelt worden waren, zum ersten Mal sehen und murmelte beiläufig: »Ach so, ist mir gar nicht aufgefallen.«

»Obwohl Sie seit Wochen hier auf und ab spazieren?«, fragte sie spitz. Offensichtlich bemerkt man es nicht, wenn man bemerkt wird.

»Was man immer sieht, sieht man eines Tages nicht mehr, mein Kind.« Ein gut dosierter Schuss Paternalismus musste die Kleininquisitorin einbremsen. Ich hätte gute Lust gehabt, ihr in aller Ruhe über meinen Aufenthalt Tür an Tür, über unsere Kohabitation zu berichten, um sie von ihrem selbst errichteten Sockel der Großartigkeit zu stoßen, konnte mich aber beherrschen und fragte:»Liest sie ihre Mails?«

»Ja, so einmal die Woche, eher gegen Ende.«

»Gut, dann schreibe ich ihr«, beendete ich das Gespräch knapp, aber höflich und wandte mich zum Gehen. Sie rief mir nach:»Moment, Sie haben sich mit *Timo* vorgestellt, sind Sie etwa Timo Hilvonen?«

»Kein Geringerer!«, rief ich, ohne mich umzudrehen, und hörte noch ein »Tut mir leid«. Unnötig festzuhalten, dass ich ihre Augen, so lange es die Krümmung des Gangs zuließ, in meinem Rücken spürte.

***

Am darauffolgenden Montag verstand ich den Sinneswandel von Pantea. Die drei von Staffan unter Einsatz seines Trommelfells und seiner Leber akquirierten Bewerbungen waren alle tauglich, besonders jene von Pantea Kalogeropoulos. Sie war mir immer noch unsympathisch und daher meine erste Wahl. Mit meiner neuen Aufgabe war ich in ein Haifischbecken gesprungen, in dem alle, die sich darin tummelten, von Gier getrieben waren, zuweilen durchmischt mit Angst, aber diese beiden gegensätzlichen Regungen hoben einander nicht auf, sondern trieben die Raubtiere zu noch mehr Unruhe. Die Kratzbürste würde die Richtige sein, um penetrante, drängelnde Lobbyisten dazu zu bringen, sich mit ihren Anliegen in Reih und Glied einzuordnen, um ebenso wie der ruhige Staffan den Schmeicheleien und Überredungsversuchen anderer Assistenten, insbesondere jener der Schatten, nicht auf den Leim zu gehen – und auch, um die Dinge am Laufen zu halten. Davon war ich überzeugt.

»Ich will diese Kalego Dingsda sehen, am besten gleich«, sagte ich zu Staffan.

»Es ist aber kurz vor Mittag.«

»Umso besser, falls es klappt, suchst du das Lokal aus.«

Eine halbe Stunde später saßen wir zu dritt im *Les Filles*, es lag, aus der Sicht des von der Rue Wiertz in das Gebäude Hereinströmenden, links vom Eingang, war eher klein und unscheinbar und fügte sich damit trefflich in den *Baltischen Weg* ein, so hieß dieser Teil von *Altiero Spinelli*. Er erinnert an die größte Demonstration, die je in der Sowjetunion stattgefunden hatte, im Jahr 1989, eine 650 Kilometer lange Menschenkette, die in Tallinn ihren Anfang nahm, sich über die nächste Hauptstadt Riga zog und schließlich in Vilnius endete. Die bei solchen Anlässen veröffentlichten Teilnehmerzahlen sind stets mit großer Vorsicht zu genießen, hoch lebe die Manipulation mit dem Mittel der Übertreibung oder des Kleinredens, beide Stoßrichtungen sind niemals mit Sicherheit beweisbar, auf keinen Fall zuverlässig zu quantifizieren, jedenfalls schwanken die Angaben für den Baltischen Weg zwischen eineinhalb und zwei Millionen Esten, Letten und Litauern, die einander an den Händen hielten und damit für ihre Unabhängigkeit vom Russischen Bären eintraten. Setzt man die Haltung mit den deutlich vom Oberleib abgespreizten Armen, die die Teilnehmer auf den Fotos eingenommen haben, mit der durchschnittlichen Körpergröße eines Europäers in Bezug, so werden es wohl eher an die siebenhunderttausend Balten gewesen sein, die am fünfzigsten Jahrestag des Molotow-Ribbentrop-Paktes zusammengekommen waren. Diesem Abkommen folgte wenige Wochen danach der Deutsch-Sowjetische Freundschafsvertrag, beide zusammen besiegelten das Ende der Unabhängigkeit der drei kleinen Länder an der Ostsee, deren Einwohner sich fortan *Bürger der Sowjetunion* nennen durften. Jedoch selbst diese eingedampfte Zahl, die einen möglichen Austausch von müden, ja vielleicht sogar schwindlig gewordenen Kettengliedern durch andere, muntere und frisch motivierte Protestierer nicht berücksichtigt, erfordert höchsten Respekt, denn es ist zu bedenken, dass die Kette in Zeiten massiver staatlicher und halbstaatlicher Aufsicht durch ein keineswegs zimperliches Regime organisiert werden musste. Und sie hatte Erfolg, ein halbes Jahr nach dem kollektiven Händchenhalten auf den Autobahnen, Landstraßen und Durchzugsstraßen in den Städten erlangte zuerst Litauen seine Freiheit, die beiden anderen sowjetischen Provinzen folgten in den Monaten danach.

Nirgendwo sonst wird das Wort *historisch* so oft missbraucht wie im europapolitischen Kontext, irgendein hochrangiger Vertreter findet sich immer, der sich und seine zweifelsohne ehrenvollen Arbeiten adeln will, indem er ein Abkommen, das unter seiner Mitwirkung entstanden ist, mit diesem Ehrfurcht einfordernden Adjektiv belegt. Bei näherer Betrachtung zeigt sich ab und zu, dass dem nachvollziehbaren Wunsch nach einem prominenten Eintrag in die Geschichtsbücher die Pferde durchgegangen sind und die Substanz der Vereinbarung hinter seinen Anspruch zurückfällt. Der Baltische Weg kam bislang nicht in den Genuss dieser Auszeichnung, doch gerade er hätte sie verdient, und so ist es nur zu verständlich, ja geradezu lobenswert, dass das Europäische Parlament sein Scherflein dazu beiträgt, um die Nachwelt an diese friedliche Menschenkette, die unmenschliche Ketten gesprengt hat, zu erinnern, ja sie vielleicht zu vergleichbaren Großtaten zu ermuntern. Aber ach, die noble Geste ist gründlich misslungen, denn obzwar ich noch nicht die Kellerabteile und alle entlegenen Winkel dieses wunderbaren Bauwerks kennengelernt habe, wage ich die Behauptung, dass der Baltische Weg ein trauriges Gässchen, ja sogar eine Sackgasse im wahrsten Sinn des Wortes ist. Dort, wo er seinen Anfang nimmt, stehen schon seit mehr als einer Woche zwei hohe Gitterwagen, beladen mit Müllsäcken, kein Gestank dringt aus ihnen, sie dürften entweder nicht mit Lebensmittelresten gefüllt oder fachgerecht zugebunden worden sein. Das Mahnmal des nicht abgeholten Mülls ist mit einem rot-weißen Plastikband mehrfach umwickelt, was seine traurige Anmutung noch steigert. Daneben hängt ein traditionell gestalteter dunkelroter Briefkasten der belgischen Postbehörde aus massivem Gusseisen. Er kündigt auch gleich die erste Lokalität an, ein Büro zur Abholung und Aufgabe von eingeschriebener Post, dessen mattierte Glasscheiben schirmen die emsigen Mitarbeiter von neugierigen Blicken der wenigen Passanten ab, die sich auf den Baltischen Weg verirrt haben. Alles in allem verströmt der großzügig bemessene Schalter eine derartige Trübseligkeit, dass ich hoffte, ihn niemals betreten zu müssen. Danach folgen eine Handvoll einfache quadratische, lackierte Holztische mit ebenso schlichten Sesseln, sie gehören eben jenen unternehmerischen drei Mädchen, die, unterstützt von ihren Mitarbeiterinnen, nicht nur hier, sondern auch noch im Zentrum von Brüssel und im noblen Vorort Vivier d'oie – *Gänseteich* – für vegetarische Speis und vitaminreichen Trunk sorgen. Wiederum meldet sich die Post, diesmal mit einem Schalter für Pakete, äußerlich nicht von der ersten Betriebsstätte zu unterscheiden, und ich bin sicherlich nicht der Einzige, der sich die Frage stellt, warum diese beiden in ihrem Ablauf und vom Kompetenzprofil der Mitarbeiter her einander sehr ähnlichen Funktionen nicht in einem einzigen Raum zusammengelegt worden sind. Lassen wir schnöde Gedanken zu betriebswirtschaftlich orientierter Unternehmensführung und zu optimierten Abläufen beiseite, gegen hohe Kosten hilft ja das hochwirksame Heilmittel der alljährlichen Gebührenanpassung, auch wenn sie nur die Symptome lindert, und gehen wir den Weg einige Schritte weiter. Wir sehen nun den Eingang zu einem Büro, dessen Schild eine der unzähligen Dienststellen der Gebäudeverwaltung verrät, stoßen gleich danach auf eine mächtige Wand aus Grünzeug. Dicht bewachsen mit allem Möglichen, unter anderem mit der zwar nicht im Baltikum, aber in der Karibik heimischen kräftig rot leuchtenden Flamingoblume, *Anthurium andreanum*, stellt sie den ästhetischen Höhepunkt dieser deprimierenden Ecke dar. Eine Treppe führt durch die tropische Anomalie hindurch, oben angekommen, befindet sich der unerschrockene Wanderer in einem schlecht beleuchteten Zwickel, voll geräumt mit Gerümpel aller Art, und an dieser Stelle endet auch der Baltische Weg. Ich sehe ein, dass angesichts der aktuellen geopolitischen Lage die Botschafter der drei Ostseestaaten andere Sorgen haben als das ästhetische Empfinden eines Hochstaplers am Beginn seiner Karriere. Wenn die Welt aber eines Tages wieder in ruhigere Fahrwässer gelangt, sollten sie akkordiert an geeigneter Stelle vorsprechen und bitten, dem Andenken an die mutigen Litauer, Letten und Esten mit mehr Stil und Schönheit gerecht zu werden.

»Hier also verbringst du deine Tage?«, zog ich Staffan auf.

»Nur die Montage, das Mittagessen hier ist sozusagen der Kontrapunkt zum Wochenende, an dem die Regeln zur gesunden Ernährung nur schwerlich einzuhalten sind.«

»Auf Sünde folgt Reue«, ergänzte Pantea.

»Und darauf folgt die nächste Sünde, ein ewiger Kreislauf«, stellte Staffan richtigerweise fest.

»Gut, nachdem wir uns im Spirituellen einig sind, Pantea, was führt dich zu uns?«, lenkte ich die Worte auf den Anlass unseres Treffens im heruntergekommenen Baltikum.

»Du bist ja jetzt der Mann der Stunde, und ich möchte unbedingt dort sein, wo die Musik spielt.«

»Aha, und wenn dann die Musik vorbei ist, wirst du mich wieder verlassen?«

»Ja, dann ist es ja nicht mehr weit bis zur Europawahl, und im Zuge dessen werden ohnehin alle Karten neu gemischt werden.« Sie hatte recht, ich musste mich beeilen, die Arbeiten am Bericht mit Hochdruck vorantreiben und ihn zur Abstimmung in Ausschuss und Plenum bringen, bevor die nächsten Wahlen stattfinden. Wenig wahrscheinlich, dass Timo nochmals kandidiert, und wer weiß, welche Ansichten die zukünftigen Abgeordneten haben würden.

»Du schwörst mir also keine Treue auf Lebenszeit?«

»Nein, tue ich nicht«, meinte sie ohne einen Anflug von Verlegenheit.

Ich atmete auf: »Das ist ja schon ein guter Anfang.«

Wir lachten alle drei und widmeten uns für einige Zeit dem Gemüserisotto mit Cashewnüssen, begleitet von einem Vogerlsalat. Dann bohrte ich nach: »Und abgesehen davon, dass die Bankentrennung, sofern sie denn kommt, ein wichtiges Gesetz werden wird, hast du ein spezielles inhaltliches Interesse an der Richtlinie?«

»*Kalogeropoulos* klingt nicht nur griechisch, ich bin auch Griechin, mit Leib und Seele. Die jüngste Vergangenheit hat tiefe Wunden in uns hinterlassen, und natürlich weiß ich, dass ich sowie meine Brüder und Schwestern dafür keine Genugtuung einfordern können, so will ich zumindest für die Zukunft Gerechtigkeit sicherstellen.«

Staffan warf ein: »Das klingt jetzt ebenso pathetisch wie unverständlich. Geht's vielleicht eine Spur spezifischer?«

»Ich meine, die Finanzkrise 2008, und danach die Schuldenkrise jenes Landes, das ich am besten kenne, darf sich ganz einfach nicht mehr wiederholen, nicht in Griechenland, nirgendwo in Europa und auch nicht in der restlichen Welt.«

»Der Ansicht bin ich auch«, bemerkte Staffan. Ich spürte, wie er Zorn und Ungeduld unterdrückte, dann setzte er fort: »Lediglich gestatte ich mir, darauf zu verweisen, dass es das dir bestens bekannte Land war, das seine vierzehn oder, wenn du dich auf den Raum der gemeinsamen Währung beschränkst, nur elf engsten Verbündeten jahrelang und in voller Absicht mit falschen Zahlen hinters Licht geführt hat.«

»Könnte es nicht sein, dass diese Verbündeten diese Zahlen nur zu gerne für bare Münze genommen, ihre Hälse bis zum Anschlag verdreht haben, um nicht genau hinsehen und danach vielleicht mit der einen oder anderen kritischen Frage nachbohren zu müssen. War nicht das Verlangen der anderen Euro-Staaten, Griechenland dabei zu haben, mindestens genauso groß wie das unsrige, dabei zu sein.«

»Mutmaßungen, Spekulationen, vielleicht die Wahrheit, vielleicht aber auch nicht. Gedulden wir uns noch eine Weile – dreißig Jahre sind rasch um, wenn dann die Archive geöffnet werden, die Dokumente aus der Zeit des mit dem Euro hochschwangeren Europas zugänglich sind, können wir beurteilen, richten, lernen und uns entscheiden, ob wir es das nächste Mal besser machen wollen oder nicht«, sagte ich, »vorerst hole ich für jeden von uns noch ein Glas Rote-Rüben-Apfel-Saft mit Ingwer, wenn es recht ist.«

An der Theke stehend, konnte ich aus dem Augenwinkel betrachten, wie der nunmehrige politische Assistent und die zukünftige den kleinen Apparat am Laufen haltende Assistentin, die im Übrigen über ihre Rolle hinauswachsen würde, da war ich mir sicher, heftig ihre Argumente austauschten. »Auch eine Form von Nord-Süd-Konflikt«, dachte ich bei mir.

Als ich an den Tisch zurückkam, hörte ich Staffan sagen: »Ich gestehe dir zu, das Hereinholen Griechenlands in die Eurozone war eine politische Entscheidung.« Nun war meine Zornesader an der Reihe, anzuschwellen. Der Einsatz des plastifizierten Eurojargons hat mehrere Beweggründe. Einer, und sicherlich kein edler, ist, sich vom Plebs abzugrenzen, nicht jeder, der ein Gespräch zufällig mithört oder einen Wortfetzen aufschnappt, muss gleich im Bilde sein, wo kämen wir denn da hin, wo bliebe hier die Ehrfurcht vor dem Großen Werk? Das Privileg, alles zu verstehen, ohne eine peinliche Nachfrage stellen zu müssen, will über die Jahre hinweg erarbeitet sein. Der zweite, durchaus honorige, besteht darin, dass mit gewissen Ausdrücken Klarheit geschaffen wird, jeder Mitspieler weiß exakt, was mit ihnen gemeint ist, solche Termini entsprechen dem Urmeter oder dem Periodensystem der chemischen Elemente. Bleibt der dritte und letzte Anlass, eigentlich der missratene Bruder des soeben erläuterten, er liegt nicht im Beschönigen und Beschwichtigen, sondern setzt, eine Stufe tiefer, radikaler an: Er verschleiert Unangenehmes. Ein treffliches Beispiel ist das in Überprüfungen und Evaluierungen immer wieder verwendete »... hat bezüglich ... erhebliche Fortschritte gemacht«. Der nicht mit den Usancen vertraute Leser nimmt den Satz zur Kenntnis und zieht den Schluss, dass zwar noch nicht alles – etwa die Kontrolle der Grenzen oder die Wahrung der Lebensmittelsicherheit – im Reinen, der Weg zum Ziel aber nur mehr ein sehr kurzer ist. Tatsächlich aber benutzen Eurokraten diese Redewendung dann, wenn der untersuchte Akteur weit hinter den getroffenen Vereinbarungen und den in ihn gesetzten Erwartungen zurückgeblieben ist und es voraussichtlich noch für längere Zeit bleiben wird, es aber dem Autor des

Berichts nicht opportun erscheint, die Öffentlichkeit mit der Nase auf diesen flagranten Missstand zu stoßen. Der Autor ist dem Missetäter zugeneigt, möchte ihn nicht bloßstellen, und es könnte ja jemand den Einfall haben, ihn träfe eine Mitschuld am Rückstand, zumindest eine moralische Verpflichtung, an dessen Beseitigung mitzuwirken, daher berichtet man lieber – in ausreichendem Maße wahrheitsgemäß – über die Dynamik und nicht über den Stand der Dinge. Ähnlich verhält es sich mit der vollkommen unverfänglich klingenden *politischen Entscheidung*, der Unkundige ist geneigt zu denken:»No na net, eine von Politikern gefällte Entscheidung ist natürlich eine politische.« Die Wirklichkeit sieht anders aus, wird dieser Terminus ins Treffen geführt, weiß der Kundige, dass der betreffende Schritt unter präziser Einhaltung des Rechtsbestandes, der Konventionen und der einst mit großer Feierlichkeit und ernster Miene verkündeten unantastbaren Kriterien niemals so gefällt werden hätte dürfen. Dass es dennoch anders gekommen ist, liegt in tatsächlichen oder in als real empfundenen – meist geopolitischen – Sachzwängen, deren Verständnis der vorsichtige Politiker dem Wähler nicht zutraut, zumindest will er ihm in seiner Fürsorge nicht zumuten, sich mit ihnen tiefer auseinandersetzen zu müssen.

Staffan gab keine Ruhe – wollte er Pantea hinwegekeln, wollte er sie auf die Probe stellen oder ging es ihm fürwahr um die Sache, nicht einmal das wäre auszuschließen – und er meinte:»Gut, ich konzediere dir des Weiteren, gewähre sozusagen einer zukünftigen Kollegin als Eintrittsgeschenk die Arbeitshypothese, dass die von den Nachfahren des listigen Odysseus vollzogene Zahlengaukelei auf bereitwilliges Publikum gestoßen ist, es wollte diese Zahlen sehen, und sie wurden ihm vorgeführt. Die Welt wollte betrogen sein, also sollte sie betrogen werden. Wie aber, Pantea, erklärst du dir und uns die Jahre danach, die ja viel entscheidender zum wirtschaftlichen Zusammenbruch in der Ägäis beitrugen, als es die kreativen Statistiken in Bezug auf die Euroreife getan hatten? Wären die Verantwortlichen nach der Aufnahme in die Währungsgemeinschaft zur Einsicht gekommen, gut, einmal ist uns ein großer Coup gelungen, wir können uns gratulieren und zufrieden sein, aber in Hinkunft sind wir vorsichtig und beachten den Buchstaben des Gesetzes, so wäre Hellas zwar nur eine leidlich morsche Stütze des Euroraums geworden, hätte sich aber nicht zu jener Sprengladung entwickelt, die wir dann mit großem Aufwand entschärfen mussten. Die Verschuldung Griechenlands, vorwiegend im Ausland, die die Grenzen der wirtschaftlichen Vernunft unbekümmert hinter sich lassenden Kreditaufnahmen der öffentlichen Hand und der privaten Hände, die immer großzügigeren Löhne und Gehälter, weit hinaus über das Maß erhöht, das der Zuwachs an Produktivität gerechtfertigt hätte, die fast rührende finanzielle Fürsorge für alle möglichen Bevölkerungsgruppen und deren Wählerstimmen und die entspannte Einstellung der öffentlichen Verwaltung, was eine effiziente und effektive Wahrnehmung der ihr anvertrauten Aufgaben betrifft, um nur einige der von seriösen Kennern der Lage als unbestreitbar dargestellten Ursachen für 2008 und danach zu nennen – warum?«

»Die Umstände waren einander ähnlich, o du kluger Staffan. Jeder wusste, ahnte es zumindest, dass wir die Regeln nicht einhalten, hoffte aber, dass es schon irgendwie gut gehen, dass im Fall des Falles schon irgendjemand einspringen würde. Durfte sich Hellas vor dem Jahr 2002 auf seine ihm wohlgesonnenen Freunde verlassen, so war es vor 2008 nicht anders. Und ich spreche hier noch gar nicht von den vielleicht mit dem Wortlaut der Budgetregeln konformen, aber sicherlich nicht deren

Geist und Intention entsprechenden Währungsswaps und Geschäften mit Finanzderivaten. Diese waren so undurchsichtig, dass meine Regierungen sich in den Klauseln verhedderten, und nach den von ihnen dringend geforderten Nachbesserungen standen sie noch düpierter da als zuvor.«

Staffan warf mit einem süffisanten Lächeln ein: »Darf ich schon jetzt eine Träne, geboren aus nachträglichem, dafür aber umso aufrichtigerem Mitleid, vergießen?«

»Du darfst jetzt einmal den Mund halten. Es ist und bleibt Tatsache – selbstverständlich unter Vorbehalt dessen, was uns die angestaubten Aktenordner und die in trockenen Räumen sorgsam gelagerten Festplatten eines Tages eröffnen werden –, dass die Kreditgeber, die die Leistungsfähigkeit und die Lage Griechenlands kennen mussten und auch genau gekannt haben, ihr Geld mit Einkaufskörben, Schubkarren und Lastwägen bei uns abgeladen haben. Sie taten dies in der Überzeugung, dass, falls die Hellenische Republik sich mit ihren Schulden überheben würde, schon jemand käme und die Last auf seine Schultern nähme. Und wie wir heute wissen, hatten die kühl kalkulierenden Spendierhosen die Lage richtig eingeschätzt. Eine Zeit lang verfielen sie in ein leichtes Zittern, durchaus auch an die Öffentlichkeit gerichtet, am Ende des Tages sind bei ihnen nur sehr bescheidene Verluste, falls überhaupt, hängen geblieben. Die anderen Eurostaaten haben über die einst in harten Verhandlungen geborene und als Schutzschild gepriesene Nichtbeistandsklausel nonchalant hinweggesehen und sich stattdessen an der *Ode an die Freude* orientiert: *Unser Schuldbuch sei vernichtet, ausgesöhnt die ganze Welt!* Eine Großzügigkeit mit gewaltigem Pferdefuß, wenn ich dich an die Rosskur – um in der Sprache der Reiterei zu bleiben – erinnern darf, die die berühmte Troika Griechenland unterzogen hat.«

»Vergaloppierst du dich mit deinen Thesen nicht ein bisschen?«, fragte Staffan und setzte dabei eine provokant unschuldige Miene auf.

»Staffan, du sitzt auf dem hohen Ross, und ich muss jetzt eine Lanze für Pantea brechen«, warf ich ein, »wir können tagelang hier oder lieber woanders sitzen und uns über Schuld und Sühne, Unschuld, tatsächliche und nur scheinbare Hilfsbereitschaft, das Biegen und Brechen der Regeln und so weiter, und so fort unterhalten, wir werden die Wahrheit nicht finden. Tatsache ist aber, dass damals eine anonyme, zumindest intransparente Schwarmintelligenz ein derart gewaltiges Risiko aufgebaut hat, dass es auf einmal kein Risiko mehr war – für sie! Tatsache ist auch, dass unser Thema, die zu trennenden Banken, direkt nur wenig mit der Ambition von Pantea, mit uns zu arbeiten, zu tun hat. Indirekt ist der Zusammenhang sehr wohl gegeben, die gemeinsame Klammer besteht in der Übernahme von Verantwortung für verantwortungsloses Wirtschaften durch diejenigen, die die Probleme zu verantworten haben. Kurz und gut, Pantea bist du an Bord?«

»Ja, vorausgesetzt, ich darf dieses Ekel erziehen«, antwortete sie und bewegte dabei ihren Kopf in Richtung Staffan.

Der soeben Angesprochene reagierte trocken: »Das, was du als Ekel bezeichnest, ist das trockene Brot der Wahrheit, und von diesem wirst du dich in Zukunft ernähren müssen.«

»Pantea, ich verspreche dir, darauf zu achten, dass dieses Brot nicht zu scharf gewürzt sein wird, den Rest müsst ihr euch untereinander ausmachen.«

Damit wurden wir handelseins, und wir baten Pantea, uns nach Rücksprache mit Viola das Datum zu nennen, an dem sie zu uns wechseln könnte. Wie immer bei Personalentscheidungen wäre es uns am liebsten gewesen, sie hätte gestern schon mit der Arbeit begonnen.

***

Staffan und ich begannen, die Liste jener Institutionen, die wir zu der Anhörung einladen wollten, zusammenzustellen. Mehr als zwölftausend Interessenvertreter, gemäß der maximal allgemeinen Definition, hatten sich in das interinstitutionelle Transparenzregister, geführt von Kommission, Rat und Parlament, eingetragen. Mit dieser Offenlegung gegenüber ihren Ansprechpartnern, aber auch gegenüber der ganzen Welt, erfüllten sie die unabdingbare Voraussetzung, ihre Funktion tatsächlich wahrnehmen zu dürfen, unter anderem die, mit den Mitgliedern des Parlaments in Gespräche betreffend ihre Arbeit zu treten. Jemand, der nicht in dieser erfreulicherweise einfach zu navigierenden Datenbank eingetragen ist, darf mich nach der Uhrzeit fragen oder mir eine aktuelle Ausstellung im Volkskundemuseum seines Heimatortes empfehlen, mehr aber schon nicht. Wie vieles in Europa, das sich nicht aus der drängenden Notwendigkeit einer chancenreichen Krise ergibt, hat die Entwicklung des transparenten Registers seine Jahre gebraucht, Stillstände erlebt und Schübe erhalten, mittlerweile aber hat es sich zu einer wertvollen Informationsquelle und zu einem sehr tauglichen Instrument gemausert. Für den, der wissen will, wer wie denkt und was dieser plant, stellen besonders die Einträge zu den Mitgliedsorganisationen des jeweiligen Repräsentanten und auch jene zu den von ihm anvisierten Strategien und Legislativvorschlägen der Kommission eine leicht auszuschöpfende Fundgrube dar. Diese Sektion gibt dem, der auf und zwischen den Zeilen lesen kann, ein klares Bild, wessen Lied er singt und für welche Zwecke. Hingegen lässt die Rubrik *Ziele und Aufgaben der Organisation* selbst die im Laufe der Jahrtausende verwitterte und einiges gewohnte Sphinx vor Neid erblassen, so ideenreich sind die dem wissbegierigen Auge der Öffentlichkeit Unterzogenen bei der Übung, ihre wahren Absichten hinter einer Wolke von nichtssagenden Worten zu verstecken.

Das Verzeichnis der Beeinflusser ist nicht alleine auf der Welt, auf der Seite der zu Beeinflussenden findet es seine Entsprechung im *legislativen Fußabdruck*, dieser erfasst alle von potenzieller Manipulation initiierten Händedrücke. Ich als Berichterstatter werde ein Verzeichnis führen, in dem ich die Kontakte vermerke, von denen ich während der Ausarbeitung meines Berichts hilfreiche Hinweise, gut unterfütterte Behauptungen, umfangreiche Mitteilungen sowie Erklärungen, Bemerkungen, Feststellungen aller Art erhalten habe. Der sorgfältig dokumentierte Abdruck ist eine glänzende Idee, denn er wird vor allem Historikern erlauben, das Gezerre und Gezurre rund um einen Rechtsakt Jahrzehnte später kundig zu interpretieren, die Generationen nach uns werden besser wissen, was mit uns passiert ist und was wir eigentlich wollten, als wir selbst. Auf die noble Idee fällt lediglich ein kleiner Schatten, und zwar der, dass in der zweiseitigen Mitteilung des Präsidiums, die festlegt, in welcher Art und Weise der Fußabdruck zu dokumentieren ist, stolze sechsmal darauf hingewiesen wird, dass die Aufzeichnungen auf einer rein freiwilligen Basis, im Ermessen des Abgeordneten, erfolgen.

Wen würden wir nun versuchen, zu hören, und einladen, seinen Abdruck zu hinterlassen? Da wäre einmal die Seite derer, die von der Richtlinie betroffen sein werden, die Zahl ihrer Vertretungen geht in die Hunderte. Allein die schiere Menge an Vertretern des Finanzwesens stellt ein dickes Lob an Brüssel und ein Anerkenntnis seiner Macht dar. Firmen, die auf lange Sicht beinhart kalkulieren, leisten sich, unmittelbar als Unternehmen, über Verbände oder über Dachverbände, Hunderte hochqualifizierte Agenten, die den ersten Rauch einer Gesetzgebung aufspüren und je nach Sachlage das entdeckte Feuer anfachen oder auslöschen sollen – beziehungsweise auch das eine oder andere Feuer im Dienste der guten Sache selbst legen sollen. Wir schrieben auf: *EBIC – European Banking Industry Committee, EBF – European Banking Federation, AFB – Association of Foreign Banks, FEBEA – Fédération Européenne de Finances et Banques Ethiques et Alternatives, LBA – Liechtenstein Bankers Association, Bundesverband deutscher Banken, AFME – Association for Financial Markets in Europe, Eurocomment Limited, TheCityUK, Morgan Stanley, The Goldman Sachs Group, bwf – Bundesverband der Wertpapierfirmen, CECA – Cerberus European Capital Advisors, LLP, SIFMA – Securities Industry and Financial Markets Association, SFC – Swiss Finance Council, Verband österreichischer Banken und Bankiers* und das *Deutsche Aktieninstitut.* Mit dieser Wahl waren wir uns sicher, eine zuverlässige Stichprobe getroffen zu haben, sowohl hinsichtlich der inhaltlichen Schwerpunkte, die Vertreter würden in Summe in der Lage sein, alle Fragen der Mitglieder zu beantworten, als auch geografisch, denn zusätzlich zur selbstverständlich zentralen EU werden auch der Europäische Wirtschaftsraum, die andere Seite des Atlantiks und die noch seine Rolle im internationalen Geschehen suchende Insel, die sich kürzlich von uns losgesagt hat, das Gehör der Mitglieder finden.

Um die andere Seite des Bankschalters zu hören, recherchierten wir bei den Beschützern der Konsumenten und der Steuerzahler. Hier fiel die Ernte trotz intensiver Recherche und gutem Willen deutlich geringer aus, aber wir fanden dennoch genügend Namen, zwar nicht, um ein Gleichgewicht zur geballten Kraft der Finanzindustrie herzustellen, aber um ein ausreichendes Verständnis ihrer Anliegen, Sorgen und Vorschläge zu gewährleisten. An erster Stelle stand natürlich

BEUC – Bureau Européen des Unions de Consommateurs, das gestützt auf über vierzig Mitglieder in allen Sparten dafür kämpft, dass der Käufer nicht unter die Räder kommt. *Die deutsche Verbraucherzentrale, ULC – Union Luxembourgeoise des Consommateurs* als Verband, der im Auge des Tornados sitzt, das *Institut für Finanzdienstleistungen, TACD – Transatlantic Consumer Dialogue*, auch hier soll Uncle Sam zu Wort kommen, denn *FleishmanHillard*, eine vielseitige PR-Agentur mit Erfahrung im Konsumentenschutz, nahmen wir hinzu, und schließlich *TAE – Taxpayers Association of Europe*. Dann kamen wir zu den Gewerkschaften, es lachten uns transparent entgegen: *ETUC – European Trade Union Confederation* ebenso wie *ITUC – International Trade Union Confederation*, vielleicht eine doppelte Mühe für ein und denselben Standpunkt, aber es erschien uns wichtig, uns mit diesen breit angelegten Schwergewichten auszutauschen, die *FSU – Finance Sector Union* aus Norwegen würde vielleicht nicht erwartbare Argumente von außen einbringen, und schließlich die *Bürgerbewegung Finanzwende*, die sich in ihrer Selbstdarstellung als Gegengewicht zur Finanzlobby bezeichnet.

Die dritte Denkwelt, an der wir nicht vorbeigehen wollten, waren die Denkfabriken, auf unterschiedlichste Art und Weise finanzierte Forschungsinstitutionen, darauf spezialisiert, Erkenntnisse zu liefern, die gut recherchiert sind und innovative Lösungen vorschlagen und trotzdem sowohl vom Entscheider als auch vom Normalbürger verstanden und nachvollzogen werden können. Mit anderen Worten: Im Unterschied zu akademischen Forschungen sind bei ihren Berichten nicht die Fußnoten, sondern der Text das Wichtigste. Wir entschieden uns für fünf allgemein bekannte Häuser, nämlich für *EPC – European Policy Centre, Bruegel*, endlich einmal ein kurzer, knackiger Name, für *Notre Europe – Institut Jacques*

Delors sowie für das alternative, sanfte Pfade suchende *Institut Veblen pour les réformes économiques*, letztendlich durfte das in Finanzfragen firme *Ludwig von Mises Institute – Europe* nicht fehlen.

Staffan meinte:»Es reicht.«

»Es reicht«, meinte auch ich. Das rasche Nachschlagen, die Konzentration auf das absolut Wesentliche, keine Gelegenheit, die Gedanken schweifen zu lassen, und das Aussortieren irrelevanter Bemerkungen hatte uns erschöpft und in eine mürrische Stimmung versetzt.

»Gut, dann werde ich unseren Vorschlag an unseren Koordinator, an Pedro senden, mit der Bitte, ihn zügig an die anderen Fraktionen weiterzuleiten. Wie du weißt, werden sie es sich nicht nehmen lassen, weitere Sänger zu nominieren, zuweilen von geringem künstlerischem Wert, aber ideologisch gefestigt und verlässlich.«

»So läuft das Spiel, olé!«, bestätigte ich Staffans Diagnose.

***

Ich hatte genug von meinem Büro gehabt und mich wieder einmal in die *Mickey Mouse Bar* gesetzt, diesmal auf einen der kleinen runden Tische mit den lustigen aufgebauschten Sitzpölstern und Rückenlehnen. Unweit von mir, auf einem Gemälde, lief Mickey Mouse höchstpersönlich, mit aufgerissenem Mund und in die Höhe gestreckten Armen, panisch durch einen dichten Birkenwald. Den Entwurf meiner Richtlinie hatte ich mitgenommen, ich studierte den Text sorgfältig und las gerade einen der zahlreichen Erwägungsgründe: *Mit dieser Richtlinie sollten unter anderem die Kriterien festgelegt werden, anhand derer ein Kreditinstitut einwandfrei als Kommerzialbank oder als Investmentbank anzusehen ist, um solcherart eine ebenso nachvollziehbare, überprüfbare wie eindeutige Zuordnung zu einer der beiden Gruppen zu ermöglichen.*

Ich fand diese dem eigentlichen Rechtstext vorangestellten Erläuterungen immer etwas feierlich, auch wenn ich nicht mit den bösartigen Zungen übereinstimme, die in ihnen ein Lob des Gesetzeschreibers an sich selbst sehen wollen, darüber, dass er so viele betrübliche Umstände erkannt hat und so edle Zwecke verfolgt. Vielmehr stellt die Zeit, sie durchzuackern, eine wertvolle Investition dar, der Erschöpfung Lohn ist vor allem eine Kenntnis des Umfeldes, in das das neue Gesetz eingebettet werden soll, der Zusammenhänge und warum die Welt nach der Annahme des Rechtstextes eine bessere geworden sein wird. Diese vorangestellten Seiten helfen nicht nur dem eifrigen Parlamentarier, die nachfolgenden, essenziellen besser zu verstehen, sondern auch eines Tages den europäischen Richtern in Luxemburg, in ihren dunklen oder bordeauxroten Talaren, das Gesetz im Sinne seines Erfinders auszulegen. Diese Symbiose zwischen Gesetzgeber und Richter, zwischen rechtssetzenden Artikeln und Erwägungsgründen kann weit gehen. So weit, dass, um in einer umstrittenen Frage endlich zu einer Einigung zu kommen, ein Artikel bewusst unscharf formuliert wird, in der Absicht, ihn dann vom Gericht im Zuge des ersten Verfahrens, das so sicher kommt wie das Amen im Gebet, auslegen zu lassen. Die Natur duldet kein Vakuum, und der Spielplatz der Interessen, die Politik, duldet keine rechtliche Unschärfe. Um sicherzustellen, dass an diesem Tage der Auslegung sich die richtige Waagschale senkt, werden in den Erwägungsgründen unschuldig wirkende Phrasen als kleine Gewichte versteckt. So vertieft war ich in die brisante Lektüre, dass ich ihn erst bemerkte, als er sich schon, ohne gefragt zu haben, an meinen Tisch gesetzt hatte – Lieven Goossens.

»Fälschen Sie jetzt auch schon Ausweise?«

223

Ich überlegte mir, ob ich mich dumm stellen und ihm – ähnlich dem Wiener in dritter Generation, der dem fündig gewordenen Straßenbahnkontrollor trickreich in einem mit eindeutigem Meidlinger oder Döblinger Akzent (Schwarzfahren kennt keine Klassenschranken) behafteten Englisch Rede und Ausflucht steht – in Finnisch antworten sollte. Die Wirkung dieses Einserschmähs könnte höchstens eine aufschiebende sein, denn – Multilinguismus hin, Multilinguismus her – auch der letzte Hinterwäldler hier im Haus musste über umgangssprachliche Basiskenntnisse in Englisch verfügen, um im parlamentarischen Betrieb zu überleben. Außerdem hätte er dann einen sprachkundigen Kollegen als Übersetzer hinzuziehen können, was meinem Bedürfnis nach Schutz und Inkognito zuwidergelaufen wäre. Selbst wenn es mir gelingen würde, mich als der Finne auszugeben, für den mich schon jeder hielt und der zunehmend an Wertschätzung gewann, und wenn ich es schaffen würde, ihn bei diesem einen Treffen, hier und jetzt, zu überrumpeln, würde die Ungewissheit an ihm nagen und seine in weiterer Folge unausweichlichen Nachforschungen würden unabsehbare Folgen nach sich ziehen. Vor allem aber, jede Art von Verstellung erschien mir schäbig und als Verrat an unserer außergewöhnlichen Beziehung. Lieven war entgegenkommend und klug gewesen, ähnlich jenen pragmatisch denkenden Kriminalbeamten, die einen Taschendieb oder einen Einbrecher an der langen Leine ihre Untaten erledigen lassen, um mit deren ihre Schuld tilgenden Tipps an die großen Kaliber und Drahtzieher heranzukommen. Ihm war abseits der von mir bei unserem ersten Treffen gezeichneten fragilen Drohkulisse klar, dass er, indem er mein Treiben beobachtete und analysierte, wertvolle Erkenntnisse über Sicherheitslücken und darüber, wie sie zu schließen wären, gewinnen könnte. Aber wie lange würden seine letztendlich eigennützigen Überlegungen anhalten? Ich durfte meinen Gönner daher nicht verärgern und musste ihn bei Laune halten.

»Herr Goossens, das ist aber eine Überraschung!«, sagte ich, als hätte ich seine Frage nicht gehört und würde mich über das unerwartete Treffen freuen.

»Das will ich meinen, nochmals, wer hat für Sie den Ausweis eines Mitglieds gefälscht?«

»Niemand.«

»Das auf dem Foto sind aber Sie.«

Ich schwieg mit einer leicht zusammengezogenen, aber selbstsicheren Mimik, er begann nach und nach zu begreifen. Schließlich holte er sein Mobiltelefon hervor, dann beugte er sich zu mir, um den Namen auf dem Tür und Tor öffnenden Kärtchen zu entziffern, und überprüfte, was zu überprüfen war. Er schüttelte den Kopf, mehrmals, dann sagte er: »Jetzt brauche ich eine Zigarette, kommen Sie mit mir.«

Es war schwer zu glauben, aber das Europaparlament, dem vor zehn Jahren die raucher- und rauchhemmende Tabakrichtlinie nicht weit genug gehen konnte, dem die abschreckenden Bilder auf den Packungen nicht grauslich genug waren, betrieb ohne jegliches Schamgefühl eine Raucherlounge; sie lag übrigens gleich hinter der bunten Bar, wir hatten nur einige wenige Schritte zu gehen und konnten unsere Getränke mitnehmen. Zur Ehrenrettung der Institution muss ich hinzufügen, dass die Örtlichkeit der gut abgeschirmten Sünde trotz der edlen Materialien, trotz des großzügigen Platzangebotes äußerst ungemütlich wirkte und den Süchtigen ihren Appetit auf den Glimmstängel noch mehr vergällte als die Illustrationen mit den schwarzen Zähnen, der verkrebsten Lunge oder dem blutdurchsetzten Auswurf. Allein die Abtrennung vom belebten Gang mit der weitgehend durchsichtigen Glaswand vermittelte das Gefühl, ein gefährliches Tier zu sein, das tunlichst wegzusperren war, damit es die unschuldigen Passanten nicht anfiele und verletze. Daran konnten die angenehmen Stahlrohrsessel mit dem cognacfarbenen Rindsleder nichts ändern.

Mehrere dicke Absaugrohre, die technische Notwendigkeit wurde bewusst als auffallendes Gestaltungselement konzipiert, ein Lehrstück gut durchdachter, kluger Architektur, verrichteten gut hörbar ihren Dienst, und wer taub war, konnte ihre Wirkung nicht nur an der – gemessen an den Umständen – guten Luft, sondern vor allem an der unangenehmen Kälte des Raums verspüren. Die Aschenbecher am Boden neben den Sesseln erinnerten an wiederverwertete Artilleriegranaten. Das hervorspringende Gestaltungsmerkmal der Lasterhöhle bildete ein Wagen, voll mit übereinander aufgeschichteten Tabletts, diese wiederum voll mit gebrauchten Tassen, Tellern, Gläsern und Essensresten. Ein Blick auf das in drei Sprachen gehaltene Schild neben der mobilen Skulptur der Überreste des Genusses lehrte mich, meine Spötteleien über die zurückgehende Notwendigkeit an Übersetzern einzustellen. In der deutschen Version, allem Anschein nach von einer bescheidenen künstlichen Intelligenz übersetzt, wurde der Gast aufgefordert: *Aus Respekt und »das Gutes sein« für andere Gäste, bitten wir Sie Ihre Gläser oder Tassen auf dem Trolley zu befreien, wenn Sie den Raucher raum verlassen.*

Hier waren wir also und Lieven bot mir auch eine Zigarette an. Ich, Nichtraucher aus Vernunftgründen, aber bei Weitem kein militanter Gegner des blauen Dunstes, nahm sie gerne an, denn natürlich war ich aufgeregt, und ein emotionaler Brückenschlag über das Zündholz hinweg konnte in meiner Lage kein Nachteil sein.

»Herr Mödlhammer, welchen Coup planen Sie als Nächstes? Wollen Sie den Bankomaten leeren, die Skulpturen und Gemälde auf den Gängen durch Kopien ersetzen, die Flagge eines Schurkenstaates auf dem Dach von *Paul-Henri Spaak* hissen, die EDV des Parlaments hacken, und damit die Abstimmungsergebnisse nach Ihrem Gusto manipulieren, oder den Fuhrpark der Mitglieder an einen Gebrauchtwagenhändler verkaufen? Klären Sie mich bitte auf.«

»Halten Sie mich für einen Kriminellen?«

»Ja, wofür denn sonst?«

»Für einen Wohltäter!«

»Der gesamten Menschheit, wie ich annehme?«, antwortete Lieven spöttisch. So viel Ironie hätte ich ihm gar nicht zugetraut, er war mir bislang als vollkommen humorlos erschienen, ohne dass er unter diesem Mangel an Begabung erkennbar gelitten hätte.

»Das gerade nicht, meine Bescheidenheit gebietet mir, diese schmeichelhafte Vermutung zurückzuweisen, aber ein Wohltäter der Europäer sicherlich und des Herrn Hilvonen auf jeden Fall.«

Er hauchte ein resigniertes »Ja freilich«.

»Im Unterschied zu den dreizehn anderen Abgesandten Suomis, die jeder für sich ihrer Aufgabe als Volksvertreter korrekt bis mustergültig nachkommen, ist Herr Hilvonen der faule Apfel in der Steige. Vielleicht nicht in seiner gesamten Lebensführung, sehen Sie sich seinen Betrieb im Internet an, da steckt viel Arbeit dahinter, aber als Parlamentarier bleibt seine Leistung eindeutig unter den legitimen Erwartungen, um es wohlwollend auszudrücken. Was kann ich dafür, dass wir einander wie ein Ei dem anderen gleichen und dass ich über seinen Ausweis mehr oder weniger gestolpert bin? Nichts. Und was habe ich aus diesen Zufällen oder Fingerzeigen des Schicksals gemacht, ebenfalls nichts, ich meine: nichts Böses, nichts, was zu Tadel Anlass gäbe. Im Gegenteil! Ich setze meine Lebenszeit ein, um seine Arbeit zu verrichten. Ich setze

mein Geld ein, um die Bürger Finnlands zu vertreten. Ich setze meinen Geist und meine Energie ein, um ein wichtiges, ein gutes Gesetz zu verabschieden. Das alles tue ich ohne jeglichen Nutzen für mich, ohne jeglichen Dank, ohne jegliche Anerkennung, denn ich bin ja nicht ich – Sie wissen, was ich meine.«
»Die Bürger haben Timo H. gewählt und nicht Sie.« Der schlichte Lieven hatte seine Lanze mit unglaublicher Präzision in meine Achillesferse gestoßen. Indirekte Demokratie obliegt nicht dem Besten, Klügsten oder Tüchtigsten – nehmen wir einmal um der Einfachheit des Modells willen an, dass diese Beschreibung auf mich zuträfe –, sondern dem, der gewollt wird. Nicht umsonst gehen sowohl *wählen* als auch *wollen* auf das gotische *waljan* zurück, und niemand hatte mich gewollt, die Leute haben sich die Mühe gemacht, 2019 in die frühsommerliche Wahlkabine zu gehen, um ihrem Timo ihre Stimme zu geben. Die Gründe dafür mögen vielfältig gewesen sein, sicherlich waren auch einfältige darunter zu finden: *Timo ist der Nachbar, schon der Vater hat diese Partei gewählt, ein Bauer hat beide Füße am Boden, er schaut besser aus als die anderen Kandidaten.* Ganz schlichte Gemüter nehmen sogar Wahlversprechen als bare Münze, oder jemand wählte ihn, weil seine unsympathische Schwester den Gegenkandidaten unterstützte – und vieles Weitere mehr. Und wenn der mit diesem breit gefächerten Vertrauen Ausgestattete nun der Ansicht ist, er vertrete die Interessen seiner Anhänger am besten, indem er rein gar nichts unternimmt – im Übrigen ein beachtenswerter und bedeutsamer Denkansatz zur weisen Staatsführung, den ich bei passender Gelegenheit vertiefen sollte –, dann hat er auch das Recht dazu, dann ist es so. Schweiget, ihr auf Leistung versessene Moralapostel, ihr Sklaventreiber der indirekten Demokratie! Wer bin ich, Franz Mödlhammer, dass ich mir anmaße, die demokratische Beute und Verpflichtung zugleich,

das unantastbare Mandat des Timo Hilvonen, an mich zu reißen und es zu vergewaltigen?

Ich ging über meine Überlegungen hinweg und fragte in innerer Dialektik Lieven:»Wäre es nicht ewig schade, das Potenzial, das in dem Mandat des ehrenwerten Mitglieds Hilvonen liegt, ungenutzt zu lassen? Ich stehe nicht an, Ihnen vollkommen recht zu geben, der Wille des Wählers war ein anderer.

Nur, betrachten wir beide unser eigenes tägliches Leben, wie oft wollen wir dies oder das, und nach einiger Zeit kommen wir drauf, dass uns etwas anderes lieber gewesen wäre, wir aber nicht mehr in der Lage sind, die Situation oder das Ergebnis zu ändern? Stimmt Sie das nicht traurig? Und hier, in dieser ehrlicherweise nicht alltäglichen Konstellation, bekommt die abgegebene Stimme nun eine zweite Chance, der Mann ihrer Wahl enttäuscht und ein anderer nimmt uneigennützig seine Stelle ein und die Arbeiten auf. Und ist es nicht besser, dass irgendwas – natürlich getragen vom Geist der Verantwortung und von der einem Staatsorgan obliegenden Fürsorgepflicht sowie innerhalb der weltanschaulichen Bandbreite der Parteienfamilie des tatsächlich Gewählten – geschieht, als dass sich rein gar nichts tut? Eigentlich ist meine Geschichte fast zu schön, um wahr zu sein, finden Sie nicht?«

»Sie tragen ganz schön dick auf, finden Sie nicht?«

»Ertappt«, räumte ich ein,»aber kratzen wir den Firnis der beschönenden Selbstgefälligkeit ab, so bleibt immer noch ein ansehnliches Stück Wahrheit zurück.«

Wir zündeten uns noch eine Zigarette an. Der Raum war nur von wenigen Personen, die es nicht lassen konnten, ihrer Sucht nachzugehen, besucht, in erster Linie waren es, an ihren dunkelblauen Pullovern oder Overalls leicht erkennbar, Arbeiter, die gerade eine Pause einlegten. Von diesen hilfreichen Geistern sah man immer einen am Werk, oder einen, der sich gerade zu diesem hinbegibt, denn bei den insgesamt mehr als fünfundsechzig Hektar Fläche im Brüsseler Parlamentsgebäude – das wäre schon eine schöne Landwirtschaft mit weidenden Kühen und Biogetreide – fällt immer irgendwo eine Reparatur oder Wartung an.

»Leben Ihre Eltern noch?«, fragte er mich in ernstem Ton.

Ich verneinte.

»Haben Sie Kinder?« Wieder antwortete ich wahrheitsgemäß mit »Nein«.

»Frau oder Freundin?«

»Nein.«

Lieven begann, unruhig zu werden: »Welcher Religion gehören Sie an?«

»Keiner, ich bin Agnostiker, nicht Atheist, Agnostiker.«

»Ihnen ist wirklich nichts heilig?«, bohrte er nach.

»Wenn ich ehrlich sein muss ...« Schön langsam spürte ich, worauf er hinauswollte. »Herr Goossens, so leid es mir tut, es gibt nichts, worauf ich Ihnen einen Eid ablegen könnte«, räumte ich bedauernd ein.

»Sind Sie wenigstens Hypochonder?«

»Sie haben mich erwischt.«

Ein leichter Triumph in den Augen und Mundwinkeln von Lieven, und mit festem Tonfall sagte er: »Sie werden alle möglichen Krankheiten bekommen, wenn Sie mich hintergehen. Galle, Haarausfall, Schwerhörigkeit, Herzrhythmusstörungen und ein hinkendes Bein. Schwören Sie bei Ihrer Gesundheit, dass Sie weder dem Bauwerk noch denen, die hier ein und aus gehen, irgendeinen Schaden zufügen werden? Schwören Sie. Jetzt!«

»Ich schwöre.« Dabei legte ich die Zigarette auf der Granate ab, hob meine rechte Hand, brachte alle für den Akt notwendigen Finger in die korrekte Position und blickte Lieven fest in seine Augen. Mehr konnte ich nicht tun.

»2009, bei der Finanzkrise«, sagte er und lachte dabei verächtlich, »habe ich jede Menge Geld verloren. Die Staatsanleihen, angeblich so sichere Papiere, waren auf einmal nur mehr die Hälfte wert. Der Kredit aber, mit dem ich sie gekauft hatte, war weiterhin hundert Prozent wert – plus Zinsen, versteht sich. Beide Geschäfte hatte ich bei ein und derselben Bank getätigt. Heute noch zahle ich jeden Monat meine Schulden ab und zum Leben bleibt nicht viel. Sagen Sie selbst, ist das gerecht? Ich bitte Sie, Herr Mödlhammer, zeigen Sie es denen, die dürfen damit nicht noch einmal durchkommen.«

Mit dieser überraschenden Eröffnung seines Privaten hatte ich nicht gerechnet, und ich versprach ihm, mein Bestes zu geben, dass die Sache in seinem und meinem Sinne verlaufen würde. Damit war unser Gespräch beendet, wir verfuhren mit dem Geschirr wie gewünscht und traten ins Freie, genau genommen auf den Gang, ich empfand ihn aber als Freiheit. Zufällig ging in diesem Moment Domenica, schon in Arbeitsuniform, an uns vorbei.

»Guten Morgen, Herr Hilvonen«, sagte sie, ohne eine Antwort abzuwarten oder ihren Schritt zu verlangsamen.

»Die kennen Sie auch?«, fragte mein Priester überrascht.

»Ja, so wie mittlerweile alle Kellner hier im Haus«, verwässerte ich den Wahrheitsgehalt. Ich hatte keine Lust, jetzt auch noch ein Keuschheitsgelübde abzulegen.

»Vorsicht«, meinte er eindringlich, »passen Sie bitte auf.«

Danach verabschiedeten wir uns.

***

Pedro war mit unserer Liste zufrieden gewesen, wie erwartet, gab es die eine oder andere Ergänzung, auch da und dort ein Murren dahingehend, ob wir diesen oder jenen Verein tatsächlich anhören sollten, man wisse ja ohnehin schon jetzt, welche Plattitüden die guten Männer und Frauen von sich geben würden, aber insgesamt verlief die Abstimmung mit den anderen Koordinatoren reibungslos. Eine freundschaftliche Rüge musste ich jedoch hinnehmen, und nach Prüfung der Sachlage konnte ich ihr kein Argument entgegensetzen – ich hatte vergessen, *Finance Watch* einzuladen. Sie ist der Homunkulus unter den NROs, denn es handelt sich um eine Nichtregierungsorganisation, die von einer Regierung ins Leben gerufen wurde. Sie musste nicht den klassischen Weg einer Bürgerbewegung gehen, die von einem notdürftig als Büro eingerichteten Kinderzimmer aus – in das die Mutter des von seiner Vision Begeisterten nur kurz eintreten durfte, wenn sie einen frisch gebackenen Kuchen vorbeibrachte und beim Verlassen den Aschenbecher ausleerte – nach und nach an Größe und Schlagkraft zugelegt hat. *Regierung* ist hierbei als Metapher zu verstehen; die Initiative ging von mehreren Abgeordneten des Europaparlaments aus, über alle ideologischen Gräben hinweg, den Geldbeutel öffnete 2011 in bewährter Manier die Kommission, und das tut sie auch heute noch, Jahr für Jahr. Nicht alleine, denn dieser Denkfabrik haben sich mittlerweile mehr als hundert Organisationen weltweit angeschlossen, und es gibt auch mit dem Gütesiegel *philanthropisch* versehene Einrichtungen, die ihren Betrieb am Laufen halten. Daseinszweck der Aufpasser des Finanzwesens ist es, ein Gegengewicht zu den bekanntlich personell und finanziell gut ausgestatteten und ergo dessen höchst aktiven Vorposten des Objekts ihrer Beobachtung zu bilden, sie sollen mit ihren Flöten und Triangeln jenes Fachwissen zur Finanzwirtschaft liefern, das den Institutionen fehlt – und das sie von den Pauken und Fanfaren nicht zu hören bekommen werden. Ich fragte zuerst mich und dann Pedro, warum diese zweifelsohne wichtige Aufgabe nicht von der eigenen Beamtenschaft erledigt wurde und die mächtigen Organe auf diese rechtlich einwandfreie, aber ungewöhnliche Konstruktion zurückgriffen, weder ihm noch mir gelang eine befriedigende Antwort. Vergleiche hinken zuweilen, selbst wenn sie von mir kommen, daher auch der, dass *Finance Watch* quasi der Pflichtverteidiger der Bürger und Steuerzahler wäre, aber ein besserer fiel mir nicht ein. Meine Erkundigungen zeigten, dass in der Rue Ducale, übrigens ganz in der Nähe meiner Zimmer und meines Parks, beeindruckende Stellungnahmen und Expertisen erstellt wurden, die Organisation konnte aber nicht ihre bürokratische Elternschaft verleugnen. Im Unterschied zu den klassischen Nicht... – eh schon wissen – war sie jeglichem Aktionismus abhold, ihre Mitarbeiter waren somit auch keine Aktivisten, sondern gut ausgebildete, engagierte Fachleute, und sie besprühten nicht die Hauswände von Banken, hielten keine Geldtransporter im Straßenverkehr auf, verbrannten keine ikonografischen Figuren aus Stroh oder Holz, errichteten keine Protestcamps und eröffneten auch keine Bankschließfächer, nur um dann dort stinkenden Quargel einzulagern. Insofern war dieses Vorgehen unüblich, aber das spielte keine Rolle, *Finance Watch* würde im Verfahren gehört werden, und zwar auf ausdrücklichen Wunsch des Publikums. Expertise, das war es, was im konstruktiven Lobbyismus letztendlich zählte, nicht die billige, provokante Schlagzeile oder das Foto von nicht alltäglichen, immer störenden, zuweilen auch zerstörerischen Aktionen.

Die Arbeit an der Richtlinie kam in volle Fahrt, aber auf andere Weise, als der Vorzugsschüler im Fach *Politische Bildung* es erwarten würde. Tatsächlich trat der *ECON* vor dem Hearing noch zu Sitzungen zusammen, und alle Fraktionen, auch die meinige, tagten, um ihre Eier auszubrüten. Die Diskussionen während dieser formellen Zusammenkünfte verliefen in einer sterilen, zwar nicht lustlosen, aber doch von geringer Dynamik geprägten Atmosphäre, es fehlte der intensive Austausch von Gedanken, Meinungen und Ansichten. Ganz anders die sonstigen Stunden. Ich, und Staffan in meinem Windschatten, konnte mich vor Terminanfragen meiner Kollegen kaum retten. Auch die meisten Organisationen, die wir eingeladen hatten, wünschten ein ausführliches Gespräch, die ihnen zustehenden fünf Minuten Redezeit, verbunden mit der Abgabe ihres Positionspapiers, empfanden sie als zu wenig. Zu wichtig war ihr Anliegen, zu viele Daten, Fakten, Zusammenhänge mussten ich und meine Abgeordnetenkollegen unbedingt noch berücksichtigen, und sie lagen mit ihrer Ansicht nicht notwendigerweise falsch. Aus jedem Gespräch ging ich klüger hinaus, als ich es davor gewesen war, manchmal war ich in meiner Meinung bestärkt, dann auch wieder verunsichert, ob ich mit meinen Absichten nicht zu weit ginge. Es wurde mir klar, dass mir für diese Phase der Gesetzwerdung von den Lobbyisten die Rolle der *SMIP*, der *Single Most Important Person*, zugefallen war, was nicht heißt, dass nicht viele andere Econisten auch eine Indoktrination nach der anderen erfuhren.

Nach und nach begann ich, den Unterschied zu verstehen, den die geschriebene Verfassung auf die gelebte Wirklichkeit ausübte. Die Grundstimmung und die Art und Weise, zu einer Meinung für die Abstimmung zu gelangen, war daheim, in den Mitgliedstaaten, eine andere als hier. Spielten die Abgeordneten in den heimischen Parlamenten auf einer Puppenbühne, so lebten die Mitglieder hier in einer Kommune. In Wien, Dublin, Lissabon etc. bestimmen die Regierung und die sie tragenden politischen Parteien auf der einen Seite und der Rest, die Opposition, das Spiel. Der eine ist der Kasperl, dem anderen fällt die Rolle des Krokodils zu. Kaum kommt der muntere, proaktive Geselle mit seinen gut gemeinten Vorschlägen für ein neues

Gesetz daher und erklärt es dem schon gespannt an seinen Fingernägeln kauenden Publikum, dauert es nicht mehr lange, bis das oppositionelle Schuppentier die Bühne betritt und ihn am liebsten fressen, sofern ihm dies nicht gelingt, zumindest von der Bühne vertreiben würde. Aber sosehr es auch faucht und schnappt, die Regierung und ihre Parlamentsmehrheit – vereint unter dem bunten Kittel und der Schellenmütze – sind stärker, mit einer deprimierenden Gewissheit schlagen sie mit ihrem Knüppel das ungehobelte Untier in die Flucht. Eine solche, auch für das schlichteste Gemüt klar ausmachbare Trennung von Gut und Böse ist in der Schmiede Europas nicht zu finden, den größten Teil der Abgeordneten eint zuallererst der Wille, der Vorgabe von *Artikel 1* des *Vertrags über die Europäische Union* zu entsprechen. Sie weben daher Tag und Nacht am bunten Teppich einer immer engeren Union, allerdings nicht verbittert wie die bedauernswerten Schlesier von Heinrich Heine, sondern voll Optimismus und Willen, Gutes zu tun. Sie unterscheiden sich nur in Geschmacks- und nicht in Grundsatzfragen, sie streiten über die Farbe der Fäden, aber nicht über Motiv und Muster des meisterlichen Werkstücks. Die Kommission, deren Funktion mit Abstrichen als *regierungsähnlich* bezeichnet werden darf, hat keine parteipolitische Prägung, sie ist weltanschaulich ein Kompositum aus den Regierungsverhältnissen und Machtausübungsüberlegungen, die zum Zeitpunkt, zu dem die Kommissare nominiert wurden, vorherrschten, und so ist es nicht vorstellbar, dass eine Fraktion des Parlaments sich grundsätzlich hinter oder gegen die Exekutive stellt. Als ob diese Harmonie nicht schon außergewöhnlich genug wäre, spielen die Länder und Kulturen, die die Abgeordneten entsenden, eine weitere, zum Teil gegenläufige Rolle. In einer Fraktion müssen bis zu siebenundzwanzig unterschiedliche nationale Grundierungen einen

Konsens finden, anstatt sich vom Fraktionsvorsitzenden, im Englischen treffend als *Party Whip (Parteipeitsche)* bezeichnet, vorschreiben zu lassen, was sie, ohne Widerstand zu leisten, zu denken hätten. Nicht dass die Peitsche keine Vorschläge machen würde, sie werden nur nicht immer befolgt und der Unbotmäßige hat keine Sanktionen zu befürchten. Was bedeutet diese Freiheit im tagtäglichen parlamentarischen Leben? Es muss geworben werden, bei jedem Gesetz aufs Neue, jeder wirbt um jeden, und der Feind von gestern ist heute Freund und übermorgen schon wieder Feind. Dazwischen gibt es Perioden, in denen kann er weder nutzen noch schaden; auch das kommt vor. Hunderte von kleinen Konsensen sollen am Tag der Entscheidung zum großen führen und gewoben und geworben wird auf unterschiedliche Art. Das sachliche Argument, die Übereinstimmung in der Wahl der Ziele und der Mittel, ist die eine und die wohl wichtigste. Zur Wirklichkeit gehört aber auch die *Parlamentarische Spar- und Vorsorgekasse* mit ihren siebenhundertfünf plus sieben Konten, mit ihrer Einheitswährung, der Stimme zu dem Zeitpunkt, zu dem sie gebraucht wird. In dieser virtuellen kontoführenden Stelle, die sich aus den Erinnerungen und Empfindungen ihrer Kunden speist, werden sämtliche Entgegenkommen und Inanspruchnahmen derselben im Lauf der Zeit verbucht und miteinander abgerechnet. Wer hat wann für welches Anliegen gestimmt, aufgrund oder gegen seine Überzeugung, wie wichtig war die Sache damals, wie wurde der Wunsch, eine Funktion zu übernehmen, vom anderen unterstützt oder bekämpft, verhielt sich jemand neutral oder hielt er öffentlich dagegen, wenn ein Projekt vorgeschlagen worden ist? Alle diese Ein- und Auszahlungen werden fein säuberlich in der inneren Blockchain eines jeden Mitglieds jeder Fraktion verbucht, ohne dass es einen Beleg über die Bewegungen oder Kontostände geben würde.

Und doch kennt jeder Mitspieler die Positionen und Salden, und es ist nicht schlechter Stil, sondern Kern des Systems, seine Schuldner daran zu erinnern, wenn jemand ein Guthaben aufbrauchen will oder einen Kredit benötigt. Koalitionen bestehen nur im konkreten Einzelfall, nicht für die Dauer einer Gesetzgebungsperiode, und so tritt jeder dem anderen gegenüber freundlich und entgegenkommend auf. Prinzipielle ideologische Gräben kann sich hier niemand leisten. Ich fragte mich, wo der Unterschied zur dörflichen Gemeinschaft der wie immer guten alten Zeit liegt, in der jeder jeden, seine Nöte, Anliegen und Begehren kennt und weiß, was er von ihm erwarten kann und was nicht, und fand keinen. Alles in allem kommt das vereinte Europa dem idealen Parlamentarismus deutlich näher, als es den Volksvertretungen in den Hauptstädten möglich ist, bei denen das viel zitierte freie Mandat oft nur eine Schimäre ist.

***

Nach den ersten Gesprächen wurde mir klar, wie die Lobbyisten vorgingen, durchaus geschickt, muss ich sagen. Sie greifen mit der Artillerie und der Infanterie im Verein an, die Dicke Bertha macht den Anfang, und bevor sich die Ohren von dem dumpfen Wumms erholt haben, setzen sie mit den Sturmgewehren präzise nach. Ihre grundsätzliche Linie stellen sie im Positionspapier ausführlich da, leicht verständlich, aber doch so tiefgehend, dass der Leser sich nach der gelungenen Rezeption über frisch erworbenes Wissen erfreuen darf, jedenfalls enthält es alle Sichtweisen, die dem Beeinflusser wichtig erscheinen, und die Gesamtheit der ihm hilfreich scheinenden Argumente, nach den Regeln eines logischen Aufbaus hierarchisiert und zusammengefasst. Auch wenn das absichtsvolle

Œuvre ein Muster an Klarheit ist und keinen Raum für Zweifel übrig lässt, ist dessen Autor dennoch klug genug, zumindest eine Alternative anzubieten. Kann der Favorit die Ziellinie nicht nehmen, so ist eine wohlwollende Zustimmung der Abgeordneten zur zweitbesten Option immer noch ein Erfolg, und er wäre kein guter Lobbyist, wenn er seinen Hintermännern nicht auch dieses Ergebnis in den schönsten Farben schildern würde, als das bestmögliche, das herauszuholen war. Ein Lob auch noch an die mit Ausdauer, Liebe zum Detail und Unverdrossenheit gesegneten Sekretäre, die geschickt alle Register des MS-Office-Pakets ziehen, jeden Drop und jeden Down der Bedienungsführung sowie den Pfad zu ihm kennen und solcherart perfekt gestaltete Unterlagen erstellen, die allein durch ihre visuelle Aufbereitung die Zustimmung zum Inhalt einfordern. Was so schön aussieht, kann gar nicht falsch sein.

Vor diesem Hintergrund bringen die Lobbyisten dann ihre Wünsche und Forderungen – Pardon: Verbesserungsvorschläge, Hinweise zu Denkfehlern und zu gefährlichen Irrtümern – für jeden einzelnen Artikel des Gesetzes vor, der ihnen auch nur die leiseste Unbill bereiten könnte. Sie kennen den Text fast auswendig und kommen nicht etwa mit einer verschämten offenen Frage, ob der Ausschuss dies und das nicht vielleicht doch irgendwie ändern könne, sondern wissen genau, was sie wollen, und haben den Text des Abänderungsantrages schon im Detail vorbereitet. Im äußersten Fall bringen sie eine gänzlich neue Idee ein, viel häufiger sind es aber unschuldig wirkende Präzisierungen und Ergänzungen, der Wechsel vom Indikativ zum Konjunktiv, eine Ober- oder Untergrenze für die Auslöseschwelle der Regelung, ein solches Limit kann sich auf Geldbeträge, Personenzahl, Entfernungen, Temperaturen, chemische Konzentrationen, Kalenderdaten, Fristen und vieles andere mehr beziehen, ein Verursacher wird hinzugefügt, die eine oder andere Gruppe aus dem Kreis der Betroffenen herausgenommen, das Datum des Wirksamwerdens verschiebt sich nach vorne oder nach hinten, es werden bestimmte Institutionen als Referenz- und Kontrollorgane vorgeschlagen und unbedingt zu berücksichtigende Sonderfälle werden herausgearbeitet. Der Strauß der Wünsche ist ein ebenso großer wie bunter. Unverdrossene Kämpfer für Sauberkeit in der Politik monieren zuweilen, dass so mancher Abgeordnete den ihm submissest unterbreiteten Abänderungsantrag wortwörtlich übernimmt, ohne sich darüber Gedanken zu machen, ob er noch zu adaptieren wäre; sie sprechen angeekelt von *gekaperter Gesetzgebung*. Der unvoreingenommene Zuhörer ist geneigt, in die Empörung ein- und diesen Puristen zuzustimmen, bei näherer Betrachtung aber legt sich die Aufregung, aus gutem Grund. Wenn Abgeordneter und Einflüsterer in der Sache übereinstimmen, so wird auch der vorbereitete Text den Intentionen des Adressaten entsprechen, und es wäre vergeudete Energie, noch an ihm zu feilen und, nur um das Gesicht zu wahren, eine persönliche Note anzubringen. Nach Literaturpreisen strebt der Abgeordnete nicht.

Von den exotischen Lobbyisten, sprich denen, die sich nicht den Rang eines Platzhirschs erarbeitet haben, fiel einer besonders auf: Witold von Finkenstein. Ich sah wenig Grund, mich mit dem Standpunkt seines Brötchengebers, des *Philanthropischen Verbands für eine umfassende Finanzwirtschaft*, auseinanderzusetzen, denn Vertreter des Kapitals sind schon reichlich zu Wort gekommen und wenig Neues war zu erwarten. Die Webseite der kurz als *PVUFI* firmierenden Organisation, ihre erweiterte digitale Visitenkarte, wirkte bescheiden, sie erweckte den Eindruck, als würde sie als lästige Pflichtübung empfunden und weniger als Werkzeug, sich und sein Anliegen gefällig und wirksam zu präsentieren. So beschied ich sein Ansinnen, mich zu treffen, zweimal abschlägig, bis er dann bei einem weiteren Versuch deutlicher wurde und in einer ausführlichen E-Mail die Karte der Verpflichtung aus Vergangenem heraus ausspielte. 2019 hätten wir – sprich Timo und Witold – einander so gut verstanden, als Personen sowieso, aber auch in der Sache Canis lupus, und wenn zugegebenermaßen unserem gemeinsamen Ansinnen bislang kein durchschlagender Erfolg beschieden war, so hat unsere Kooperation vielleicht doch Schlimmeres verhindert. Und warum sollten wir auch diesmal nicht ein Stück des Weges gemeinsam gehen, selbst wenn wir aus unterschiedlichen Richtungen kämen und unterschiedlichen Bestimmungen folgten. Jedenfalls hoffe er auf Fairness und freue sich schon sehr auf ein Wiedersehen. Ich verstand nicht, worauf er sich bezog, und schreckte auch davor zurück, die drei Jahre zurückliegende Korrespondenz, sofern sie überhaupt aufzufinden wäre, durchzuackern und die Zusammenhänge zu rekonstruieren. Ich musste daher Staffan konsultieren, durfte aber nicht vollkommen unwissend erscheinen. Ein heikles Unterfangen.

»Staffan, wie ist denn eigentlich deine Erinnerung an Witold, wie hast du ihn empfunden, damals?«

»Ein seltsamer Vogel, aber das soll jetzt kein Wortspiel sein.«

»Wir sind unter uns«, beruhigte ich ihn.

»Die Wände haben Ohren und der Teufel schläft nicht.«

»Und zu Tode gefürchtet ist auch gestorben«, fügte ich eine weitere Volksweisheit hinzu, »aber was meinst du mit *seltsam*?«

»Er agiert anders als die meisten unserer Lieferanten von Wissen und Fakten. Wie Eisbären gehen sie, ohne jede Scham, ohne sich auch nur irgendwie infrage zu stellen, direkt auf ihre Beute los. Herrn von Finkenstein hingegen empfand ich immer als einen listigen Fuchs, bei dem ich nie genau wusste, worauf er wirklich hinauswollte. Es gab ja auch wirklich keinen ersichtlichen Grund, warum er unsere Wanderausstellung zu den Wolfsrissen großzügig mitfinanziert hat.«

»Jaja, die Wolfsrisse«, sinnierte ich, denn ich fühlte, dass ich der Sache nahegekommen war, »das war eine doch recht gelungene Aktion, wo überall haben wir diese Bilder gezeigt, hilf mir bitte auf die Sprünge.«

»Helsinki, Turku und Tampere natürlich, Göteborg, Navarra, Potsdam und München. Ja, und vor dem Eingang zum *Multifunctional Restaurant* war die erste Station, die Uraufführung, aber nach Protesten von allen Seiten mussten wir die Stellwände und Installationen im hinteren Teil des dritten Stocks von *Altiero Spinelli* aufstellen.«

»Wolf unser, der du bist im Wald ...«

»Das hat ihnen nicht gefallen, das blutige Durcheinander auf den Bildern, die aufgerissenen Bäuche und ausgeräumten Gedärme, die Reste der verzehrten Gliedmaßen und die durchgebissenen Kehlen. Zu barbarisch, zu archaisch empfanden die verwöhnten Gaumen den Anblick, wenn sie zum Lunch strebten, um ihr Steak medium rare zu verzehren. Für sie muss auch das Grausame adrett und gepflegt daherkommen.«

»Ich würde meinen, die Bilder haben Wirkung entfaltet«, sagte ich und fand rückwirkend an der mir unbekannten Aktion Gefallen, »und mit wie viel hat sich der Finkenstein-Club beteiligt?«

»Fünfzehntausend Euro, aber der finanzielle Zuschuss war ja nicht das Wichtigste.«

Ich musste mehr erfahren, spürte aber, dass ich auf dünnem Eis ging, also fragte ich im Widerspruch:»Na ja, eigentlich hat uns diese zusätzliche Liquidität schon geholfen.«

»Muss ich mir Sorgen um dich machen? Du selbst hast damals fast einen Luftsprung gemacht, als Witold die deutschen

Bürgermeister nicht nur dazu gebracht hat, die Ausstellung gegen die Proteste der Anhänger von Isegrim zuzulassen, sondern sogar bei den Eröffnungen eine freundliche Rede zu halten.«

»Einverstanden, so gesehen hast du recht.« Ich wusste genug, der lästige Bittsteller hatte sich tatsächlich um meine Anliegen bemüht, nicht nur die Geldtasche geöffnet, sondern auch seinen Einfluss geltend gemacht, für eine Politik, die ihn nicht im Geringsten tangierte, er hatte also vorsorglich auf das Hilvonen-Konto eingezahlt und bislang keine Gegenleistung verlangt, wie denn auch, wenn es keine Anlässe zum Einhaken gab. Ich sah ein, wollte ich nicht als Brecher der ungeschriebenen Gesetze gelten, musste ich seiner Bitte um eine ausführliche Unterredung nachkommen. Ich fühlte mich unsicher, denn es war nicht zu eruieren, wie tief die Verbindung damals gegangen war, wie viel Witold über Timo wusste. Auf eine Gratwanderung folgt die nächste. Ich würde mich sicherer fühlen, wenn ich aus welchem Titel heraus auch immer den Anschein eine Alphatieres erwecken könnte, und zu diesem Zweck lud ich Witold, den Hartnäckigen, in das Abgeordnetenrestaurant im obersten Stock von *Paul-Henri Spaak*, mit atemberaubendem Blick über die Stadt, ein.

***

Ich war einige Minuten vor dem Termin eingetroffen und wartete, bis Staffan den Gast vom Erdgeschoss in den dreizehnten Stock gebracht und der Empfangs- und Kontrolldame am Eingang übergeben hatte. Zwar verfügte Witold über einen Ausweis, der ihm während der Bürozeiten unbeschränkten Zugang zum Haus gewährleistete, aber ein Akt der Höflichkeit konnte nicht schaden – außerdem erwärmt ein solcher das eigene Herz aus der Freude heraus, für einen solch edel gesinnten Geist schlagen zu dürfen. Hätte ich früher von dieser den Interessenvertretern eingeräumten Annehmlichkeit gewusst, so wäre das Wohnen und Übernachten bei Viola vermeidbar gewesen, lediglich hätte ich meinen Coup lange im Voraus planen müssen. Zuerst wäre eine NRO zu gründen gewesen, aus meiner Kompetenz heraus wohl mit dem Schwerpunkt *Finno-Ugristik* oder *Finnische Sprache und Kultur*. Zwar nicht der rote, aber immerhin ein rötlicher Teppich wird jenen Organisationen ausgebreitet, die glaubhaft darstellen, sich um die Angelegenheiten einer Minderheit zu kümmern, das ist in diesem Zusammenhang leicht zu bewerkstelligen. Und letztlich gilt: Je breiter angelegt jemand ist, desto mehr Türen gibt es, die er öffnen kann. Angesichts solcher Orientierungspflöcke hätte sich für mich angeboten: *European Association for the Preservation of the Finno-Ugric and Samoyedic Languages and for the Promotion of the Sami Way of Life and its Customs.* Damit wären mehrere Erfolg versprechende Saiten gezupft. Die hauptsächlich in Sibirien, sich aber gemächlich nach Westen hin verbreitenden samojedischen Sprachen zählen auch zu den uralischen, sind also logische Schicksalsgenossen der finnisch-ugrischen, und das indigene Volk der Samen, das nicht mehr *Lappen* genannt werden, sondern sich über das Vehikel des Namens seines Ursprungs als *Sumpfleute* erinnern will, schätzen Forscher auf hunderttausend bis zweihunderttausend Angehörige ein, verteilt über Norwegen, Schweden, Finnland und Russland. Das ist eine ausreichende Größe, um in Brüssel Aufmerksamkeit zu erlangen, und der Umstand, dass sie sich über mehrere Staaten verteilen, schreit förmlich nach Europa. Ja, und wie wäre die Vereinigung zu akronymisieren gewesen, hier hätte ich zweifellos Abstriche an die Vollständigkeit machen müssen, zu viele inhaltliche Substantive tummeln sich im Namen der sprach- und völkerverbindenden Vereinigung, sodass *PFUSS* oder von mir aus noch *EUROP-FUSS* in die engere Wahl gekommen wären. Ich könnte mich ja am Ende meines Abenteuers noch dieser Aufgabe annehmen und versuchen, verwandte Universitätsinstitute wie das *Nordeuropa-Institut* der Humboldt-Universität zu Berlin oder das *Finnisch-Ugrische Seminar* der Georg-August-Universität Göttingen und einige in den skandinavischen Weiten samende Kulturvereine zur Mitwirkung zu gewinnen. Aber wird sich der Bankenbändiger von heute morgen noch damit zufriedengeben, für den samischen Animismus, für die improvisierten jodelartigen Gesänge *Joik* und für *Duodji*, das Kunsthandwerk aus Haut, Knochen und Horn vom Rentier sowie aus Holz und Rinde, zu werben? Abwägend zwischen der um eine Spur zu kurzen Couch und *PFUSS*, empfand ich als Resümee – für mich als Wissenschaftler – meinen ursprünglich gewählten Zugang als den richtigen, denn schon Friedrich Nietzsche stipulierte in seiner *Fröhlichen Wissenschaft*, dass das Geheimnis, um die größte Fruchtbarkeit und den größten Genuss vom Dasein einzuernten, darin liege, gefährlich zu leben!

Mittlerweile war Witold in Fleisch und Blut in meine Luftschlösser getreten. Er sah aus wie ein Banker am Wochenende beziehungsweise wie jener niedere englische Adel, der auf dem Landsitz seine Schrullen pflegt und den die Manager des Kreditwesens, kaum haben sie sich ihrer schwarzen Arbeitsuniform entledigt, so gerne imitieren. Hellbeige Cord-Hose, dazu ein Harris-Tweed-Sakko mit Weste im selben Tartan, Grautöne, durchbrochen von roten und blauen Gitterlinien, offenes weißes Hemd, und um den Mangel an Krawatte andeutungsweise wettzumachen, trug er ein Stecktuch, Paisley-Muster. Es fehlte nur die handliche Tabakspfeife mit gebogenem Mundstück, aber vielleicht wollte er ja nach dem Dessert mit mir noch in die Raucherlounge gehen. Nach der perfekt dosierten korrekt-freundlichen Begrüßung unterhielten wir uns über das aktuelle Politikgeschehen im Brüsseler Weltraum. Potenzielle Nachfolger für Spitzenpositionen, die in den nächsten Monaten frei würden, davon gab es ja genug, sowohl Positionen als auch selbstbewusste Männer und Frauen, die sich als den bestmöglichen Kandidaten erachteten, das Postenkarussell war bei schwierigen Konversationen immer ein Eisbrecher, vorausgesetzt, man saß nicht gerade mit einer Person zusammen, die abgelöst werden sollte oder die sich Hoffnungen machte, zum Zug zu kommen. Auch ein paar allgemeine Bemerkungen zur Erweiterung der Europäischen Union um Länder des Westbalkans standen zurzeit hoch im Kurs, gab es doch wieder einmal Spannungen und Scharmützel zwischen den benachbarten Klein- und Kleinststaaten über eine Angelegenheit, die ihren Ausgang vor mehreren Jahrhunderten genommen hatte, über die der nur mit oberflächlicher Sachkenntnis Versehene ebenso nachdenklich wie weltmännisch den Kopf schütteln konnte.

»Schon eine Ewigkeit her, seit wir uns das letzte Mal gesehen haben«, näherte sich Witold jovial der Sphäre des Persönlichen.

»Umso schöner, dass wir jetzt wieder zusammensitzen«, blockte ich ab, »wollen wir bestellen?«

Wir wollten, Witold nahm einen Salat als Vorspeise, Spaghetti danach, und ich die Forelle Müllerin, davor gebratene Entenleber. Ich bemerkte, dass mein Tischgenosse meine Speisenwahl mit dem Heben der Augenbrauen quittierte, maß dieser, seiner Regung aber keine besondere Bedeutung zu.

Witold wirkte auf mich vorerst nicht unsympathisch, aber er war nicht der Mensch, dessen Nähe ich freiwillig suchen würde. Mein Unbehagen wurde mir bald klar, es erklärte sich aus dem Umstand, dass er in vielem einer Maschine ähnelte. Jedes Wort, jede Bewegung und somit auch jegliches Schweigen und Stillehalten hatten etwas Absichtsvolles an sich, nichts geschah von selbst, aus der eigenen Persönlichkeit heraus. Herr von Finkenstein spielte die Rolle Herr von Finkenstein, und das mit großem Ernst, ja beinahe mit einer gewissen Pedanterie. Wie würde er sich daheim aufführen, alleine, wenn ihn niemand beobachtete? Würde aus ihm ein Gimpelfels oder ein Krähengipfel werden und Ungeahntes zutage treten, oder bliebe er derselbe, aus unterschiedlichen Motiven – weil er gar nicht mehr anders konnte und sich seiner Selbstkontrolle nicht bewusst war oder auch weil ihm sein wirkliches Ich unheimlich, langweilig, auf jeden Fall unattraktiv erschien?

Egal, ich hatte jetzt vor, ihm die Timo-Show zu veranstalten, und gleichzeitig durfte ich mich bei meinem Dossier vom eingeschlagenen Kurs nicht abbringen lassen, zumindest nicht ohne überzeugende Argumente. Dass diese noch kämen, bezweifelte ich, zu viel hatte ich schon gehört, und meine Meinung, dass das Universalbankensystem mehr Unheil brächte, als seine Vorteile wert wären, hatte sich schon gut gefestigt. Das heißt nicht, dass ich Vorschlägen, die der Verbesserung und Verfeinerung dienten, abgeneigt gewesen wäre, aber die übermittelte Position wurde bald klar, Witold wollte eine Wendung um hundertachtzig Grad, der Name *Philanthropischer Verband für eine umfassende Finanzwirtschaft* war mit Sorgfalt gewählt worden, er war, abgesehen vom beschönigenden, fast schon aufreizenden Adjektiv, seine politische Botschaft.

»Warum in aller Welt haben Sie denn dieses Dossier übernommen?«, fragte er mich prüfend.

»Ich wurde darum gebeten.«

Witold versuchte, mich zu provozieren: »Und wenn die Parlamentarierschaft Sie nun bäte, den Vorsitz des *Ausschusses für bürgerliche Freiheiten, Justiz und Inneres* wahrzunehmen, würden Sie dann wieder Ja sagen?«

»Nein, jetzt finde ich für eine zusätzliche Aufgabe nicht mehr ausreichend Zeit.« Ich fühlte mich sowas von nordisch trocken und pragmatisch, wie aus dem Bilderbuch. Ich musste aufpassen, nicht in ein Lachen auszubrechen.

»Und die Schuhgröße, die Sie sich zugemutet haben, bereitet Ihnen keine Schwierigkeiten?«

Das war jetzt vielleicht auf der Tribüne eines Fußballplatzes eine witzige Bemerkung, über die der Adressat mit einem ausweichenden Grinsen hinweggehen hätte können, im Biotop des wort- und nebelreichen Verklausulierens und der vorgestanzten Phrasen, der listigen, eleganten Wortgefechte jedoch hatte Witold einen erheblichen Affront gewagt, und ich musste mit gleicher Münze zurückzahlen: »Eine scharfsinnige Beobachtung, so wie ich es von Ihnen gewohnt bin, ja, ich wurde tatsächlich in eine Welt, in eine Aufgabe hineingezogen, die mir nicht in die Wiege gelegt worden war, aber wie Sie ja sicherlich bemerkt haben werden, sind alle unsere Änderungsanträge auf der Höhe der Zeit. Das liegt zum einen am gut durchdachten Vorschlag der Kommission, zum anderen an den seriösen Leuten, denen ich bis gestern noch gegenübersitzen durfte.«

»Der Allmächtige erhalte Ihnen Ihr Selbstvertrauen und Ihren Optimismus.« Die Maschine in Tweed war sichtlich auf Angriff programmiert. Sie hielt mir einen ausführlichen Vortrag, warum am Universalbankensystem kein Weg vorbeiführe und warum jegliches Abweichen davon Europa schweren Schaden zufüge, und damit auch dem Wohlstand seiner Bürger, ja dass sogar eines der in *Artikel 3* des *Lissabon-Vertrages* aufgeführten Ziele der Union, eine wettbewerbsfähige Marktwirtschaft mit Vollbeschäftigung und sozialem Fortschritt, in Gefahr wäre. Das Gute an umfangreichen Gesetzeswerken – und der nach der portugiesischen Hauptstadt benannte zweigeteilte Verfassungsvertrag, der so nicht heißen durfte, mit seinen zahlreichen Protokollen, Anhängen und Erklärungen ist zweifelsohne ein solches – besteht darin, dass bei genauem Lesen jeder ein Stückchen Text findet, das seine Ansichten unterstützt. Besonders internationale Verträge neigen dazu, in ihren Präambeln und einleitenden Bestimmungen bombastische Allerweltsbehauptungen mit feierlich-ernstem Ton zu verkünden. So konnte ich kurz und knapp entgegnen, dass im selben Artikel auch das Wohlergehen der Bürger deklariert wurde, und nichts anderes hätte ich im Sinn.

Witold hielt die Banken für einen besonders schützenswerten Geschäftszweig, einen, für den andere Regeln gelten müssten als für Frittenbuden und Vorhangnäher, an den großzügigere, nachgiebigere moralische Maßstäbe anzulegen wären und für den die Gesamtheit sich im Ernstfall opfern müsste, denn ohne die Banken würde die Gesamtheit nicht so gut dastehen, wie es ihr mit deren Existenz gelungen ist. Ich bejahte die besondere Rolle seiner Auftraggeber, dass ohne sie die Wirtschaft im Allgemeinen und das Wirtschaftswunder im Besonderen nicht vorstellbar wären, widersprach aber heftig, dass sich aus den eigennützig geleisteten Wohltaten das Recht auf einen privilegierten Status ableiten ließe. Ich verstieg mich sogar, um der Schönheit des Gedankens willen, in die paradoxe These, dass das Höhere, das fast Spirituelle, das dem Wirken der Finanzinstitute immanent wäre, sie zu besonderer Bescheidenheit und zurückhaltender Lebensführung anhalten müsste, bestünde ihr Lohn doch vor allem darin, dass sie in gewissem Sinn ein Werkzeug Gottes, Sendboten unter den gewöhnlichen Sterblichen wären. Ich führte einige christliche Orden an, die durch ihren Verzicht auf irdische Güter bei gleichzeitig aufopferungsvollem Dienst an der

Gesellschaft nicht nur inneren Frieden fanden, sondern ad personam auch längere Zeit auf Erden weilten als die profanen Menschen, die nur auf ihren Genuss und Vorteil aus waren – die Benediktiner zum Beispiel. Ob ein langes irdisches Leben für jemanden, der fest an das ewige glaubt, ein überzeugendes Argument ist, sei dahingestellt, für einen Kreditreferenten oder Wertpapierberater hingegen gilt es allemal. Nach dem beiderseitigen Ausflug ins Himmlische kamen wir wieder auf die Erde zurück, Witold, der Wortreiche, gab unverdrossen sein Bestes. In kerzengerader Haltung, mit klarer Stimme, voll auf mich konzentriert, präsentierte er in unterschiedlichen Variationen sein Mantra, dass der Schutz der Banken über allen anderen volkswirtschaftlichen Überlegungen stehen müsse. Mittlerweile war alles gesagt worden und das Gespräch an seinem Ende angelangt, aber zum Trotz bestellte ich noch einen Nachtisch, und zwar Käse. Wiederum blickte mich Witold kurz erstaunt an, hatte sich aber gleich wieder unter Kontrolle. Jetzt reichte es mir bald, sollte ich wegen ihm vielleicht den Hungertod sterben?

Nach dieser ausführlichen Grundsatzdiskussion fühlte ich mich verpflichtet, auch noch seine ganz konkreten Änderungsanträge entgegenzunehmen, und wir vereinbarten zu diesem Zweck einen Termin für die kommenden Tage. Ich begleitete ihn zum Ausgang, wir verabschiedeten uns sachlich. Das bescheidene Quantum an vorauseilender, dankschuldiger Sympathie, das ich zu Beginn noch für ihn empfunden hatte, war verschwunden, verdampft. Vor dem Abschied bat er mich noch, ein Bild von uns beiden aufnehmen zu dürfen, ich willigte ein, denn was war heutzutage ein Politiker ohne Fotos, und der Security an der Schranke erledigte die Aufgabe zuvorkommend und routiniert; wahrscheinlich hatte er jeden Tag zig solcher Bitten nachzukommen. Ich bemühte mich, dem Lobbyisten nicht unrecht zu tun. Seine Bestimmung konnte schwerlich darin liegen, jedem Betrüger zu gefallen, und sei es auch ein sich noch so für die Gesellschaft aufopfernder, wie ich es war. Er erledigte die ihm obliegende Aufgabe, so wie ein Fleischhauer Kälber tötet oder ein Parksheriff Strafzettel austeilt. Der sich aus Hunderten sowohl schriftlichen als auch ungeschriebenen Quellen speisende Gesellschaftsvertrag gab seiner Rolle eine Existenzberechtigung, und es lag nicht in meinem Ermessen, Witold in seiner Funktion zu degoutieren oder nicht, ihm als Person hingegen durfte ich meine Wertschätzung versagen. Ein Parlamentarier hat aber niemals mit Personen zu tun, ausschließlich mit Funktionsträgern, selbst die Personen seiner unmittelbaren Fürsorge, die Bürger und potenziellen Wähler seines Heimatbezirks, treten an ihn als Vertreter ihrer ureigensten Interessen heran, niemals als Menschen, die mit ihm lachen, wandern, ins Theater gehen oder ohne Absicht in entspannter Stimmung ein Bier trinken wollen. Dessen ungeachtet – genug dieser humanistischen Anwandlungen – ärgerte ich mich über die Unverfrorenheit, mit der er als Emissär der Reichen und Superreichen und jener, die es noch werden wollten, unterwegs war. Witold war für mich der Zyniker im klassischen Sinn, nicht in der inflationären Anwendung des Begriffs, die jedes missglückte Witzchen als zynisch brandmarkt und in aufgeplusterter Selbstgerechtigkeit verurteilt, sondern ein Mensch, der sich, ohne zu erröten, vor den Augen der Öffentlichkeit über allgemein gültige ethische Normen hinwegsetzt, einzig und allein um seines persönlichen Vorteils willen. Ich verspürte neben einem seelischen auch ein körperliches Unbehagen und brauchte Erholung. Wo würde ich sie finden, wenn nicht in den Räumen hinter der Beethoven-Büste? Domenica und ich hatten mittlerweile ein entspanntes Verhältnis entwickelt, jeder von uns freute sich, den anderen zu sehen, in welcher Konstellation und zu welchem Anlass auch immer, gleichzeitig ließen wir uns in Ruhe und keiner drängte auf den klassischen Entwicklungspfad zweier Menschen, die wärmende Gefühle füreinander empfanden.

»Ich freue mich, Ihnen gratulieren zu dürfen, die Welt nimmt Notiz von Ihnen, endlich!«

»Domenica, Sie sprechen in Rätseln, oder wollen Sie sich als *die Welt* bezeichnen?«, fragte ich nach, denn ich hatte keine Ahnung, wovon sie sprach.

»Herr Hilvonen, ich bin die eine Welt, gewiss, aber es gibt auch noch andere. *Politico* hat zwar nur auf einer Viertelseite, aber immerhin, Ihre Verdienste als unermüdlicher, der Sache des Guten verpflichteter Berichterstatter erwähnt.«

Grundgütiger, das war jetzt der Anfang vom Ende meiner Karriere im Parlament. Nicht dass ich es nicht hätte kommen sehen, schon am Anfang meiner Robinsonade war mir klar, dass ich früher oder später an das Licht der Öffentlichkeit gezerrt werden würde, aber mit jedem weiteren Schritt, den ich, ohne erkannt und ertappt zu werden, setzen konnte, wurden meine Sorgen vor dem Tag X geringer. Ich könnte gar nicht sagen, dass meine Hoffnungen auf einen guten Ausgang gestiegen wären, nein, es erschienen mir mit der Zeit alle meine Taten normal und folgerichtig, denn es funktionierte ja, die anderen Mitglieder mochten mich, ich tat Sinnvolles, ich war tuendes Teilchen eines riesigen Systems geworden. Ein ungewöhnlicher Weg vielleicht, aber einer, der ganz einfach fortgesetzt werden musste. Vielleicht haben Tyrannen eine ähnliche Laufbahn wie ich genommen, auf einige willkürliche Gefangensetzungen von politischen Gegnern folgt irgendwann das erste verschämt in Auftrag gegebene Morderl, auch dieses »geht durch«, ebenso wie die Forderungen an ausländische Unternehmen nach Schutzgeld, die diese in ihrer Kalkulation

ohnehin bereits als regionaltypische oder branchenspezifi-
sche Allgemeinkosten eingeplant hatten, die punktuell-präzi-
sen Tötungen von Uneinsichtigen, Störenfrieden häufen sich,
bis eines Tages eine gegen die schamlose Bedienung am Volks-
vermögen protestierende Gruppe der Einfachheit halber in ihrer Gesamtheit niedergemäht wird. Der Unterschied zwischen
mir und dem arrivierten Warlord war ein gradueller, kein prin-
zipieller. Und was würde der Tyrann jetzt an meiner Stelle, an
der Schwelle der Aufdeckung seiner Untaten tun? Einsicht zeigen, sich schämen, einen bescheidenen Teil seines Vermögens
in Sporttaschen stecken, unter Tränen abdanken, um danach
unerkannt in einem anderen Land ein neues Leben zu beginnen, eine Strandbar eröffnen? Nein, er würde selbstverständlich weitermachen, und so werde auch ich es halten, ich werde
mich weder stellen noch ohne Aufheben meinen Koffer packen
und mich vom parlamentseigenen Fahrdienst nach Zaventem
bringen lassen, um in weiterer Folge stets einen großen Bogen
um Brüssel zu machen. Das Blatt *Politico*, genau genommen
dessen europäische Ausgabe, denn seine amerikanische Mutter trägt denselben Namen und berichtet täglich darüber, was
sich in Washington tut oder nicht tut, ist das Schaufenster
der Brüsseler Politik. Sein ambitioniertes Motto, *Wir bringen
Fachleute durch unabhängigen Journalismus und verwertbare
Nachrichten über die europäische Politik miteinander in Kontakt und unterstützen sie*, ist nicht zu hoch gegriffen, was der
Osservatore Romano für den kirchlichen Würdenträger, das ist
das Wochenmagazin für den EU-Beamten und -Politiker. Auch
wenn es nur von der Brüsseler Blase gelesen wird, sehen Eu-
ropakorrespondenten aller Welt *Politico* als Leitmedium, als
Themensetzer an und greifen seine Ansichten, Analysen und
Artikel kräfteschonend auf. Hilvonen war jetzt in den Köpfen
des berichtenden und kommentierenden Europas, und dem

einen, ersten Artikel würden weitere folgen, in *Politico* selbst, in allen EU-Ländern, ergo auch in finnischen sowie in österreichischen Zeitungen, wobei mir letztere gleichgültig sein konnten, solange der Redakteur mich nicht als eines Fotos würdig erachtete und so nicht jene meine Freunde, die in der Lage waren, zwei und zwei zusammenzuzählen, zum Nachdenken anregte.

Domenica kam mit der gedruckten Ausgabe, bereits auf der richtigen Seite aufgeschlagen, zu mir und sagte:»Hier, sehen Sie, wohlwollend und doch inhaltlich korrekt.« Sie sah mich dabei auffordernd-fragend an. Tatsächlich, in kurzen Worten enthielt der Artikel alles Wesentliche: *Hinterbänkler startet durch [...] krönender Abschluss der Bankenpakete [...] breiter Widerstand der Finanzbranche [...] endlich ein sicherer Hafen für Finanzminister und Steuerzahler [...] Ausgang noch vollkommen offen ...*

»Stimmt, inhaltlich korrekt und daher wohlwollend«, sagte ich. Mehr fiel mir nicht ein.

»Ja, es gibt die erstaunlichsten Karrieren, wo soll das noch enden?«, meinte Domenica vieldeutig und ließ mich in meiner Mischung aus Stolz, Angst und Unsicherheit zurück.

***

Der Tag des Hearings war gekommen. Genauer beäugt: die Tage, denn aufgrund der langen Lise derer, die gehört werden wollten und gehört werden sollten, wurden drei aufeinanderfolgende Vormittage veranschlagt. Der Saal JAN 4Q1 war gut besucht, den Anzuhörenden waren Plätze in den vorderen Reihen des Halbrunds zugewiesen worden, daneben und dahinter saßen die Parlamentarier. Jemand, der die Personen nicht kannte, konnte ohne diskreten Blick auf das auf der Bank aufgestellte Schild nicht unterscheiden, wer zu welcher Gruppe gehörte, es gab keine Wir-und-die-Aufstellung. Keiner der Eingeladenen hatte von der Möglichkeit Gebrauch gemacht, sich über Videokonferenz zuschalten zu lassen, zu viel stand auf dem Spiel, als dass die Lobbyisten sich mit dem pflichtgemäßen Absetzen einer Botschaft, die die Gefühle der Zuhörer weder erkennen noch ansprechen konnte, begnügen hätten wollen. Außerdem, der Austausch in der formellen Sitzung, die über Streaming von jedem Erdenbürger mit einer stabilen Internetverbindung verfolgt werden konnte, war eine Sache, die kurzen persönlichen Austäusche zwischen Lobbyisten und Lobbyiertem eine andere. Hélène eröffnete die Sitzung souverän, sie hatte sich sichtlich gut vorbereitet. Nach den üblichen Floskeln über die Wichtigkeit des Gesetzes sowie des heutigen Zusammentreffens – dass sie sich freue, fruchtbare Diskussionen würden erwartet – verlas sie die Liste der anwesenden Eingeladenen. Schließlich fasste die Vorsitzende konzise den Kern der vorgeschlagenen Trennbankenrichtlinie zusammen und in welcher Relation sie zu den anderen, schon verabschiedeten Regelungen zur Bankenunion stünde, insbesondere zur *Eigenmittelverordnung* und zur *Eigenmittelrichtlinie* sowie zum *einheitlichen Aufsichtsmechanismus.* Sie hielt auch unmissverständlich fest, dass die Adressaten der Gesetze zwar die Banken wären, dass der Kreis der Betroffenen aber weit über diese hinausginge, denn das Bankwesen berührte jeden Einzelnen, selbst der größte Sonderling und Modernisierungsverweigerer könnte sein Leben nicht organisieren, ohne auf eine Kontoverbindung zurückzugreifen. Hélène Angoulvant trat heute viel bestimmter und energischer auf als bei den Sitzungen, bei denen wir Mitglieder unter uns waren, das begann schon bei ihrem geschäftsmäßigen Kostüm mit Nadelstreif – war das vielleicht ein Signal, dass sie mit der Bankenseite sympathisierte?

Auch das brünette Haar war strenger zusammengefasst als sonst, und ich leugne nicht, dass ich bei dieser Präsentation Gefallen an ihr fand. Meine Gedanken schweiften ab, mein Feuer, das Finanzwesen zu zügeln, verlor an Kraft, dafür stiegen wärmende Erinnerungen an Personen, die der heutigen Angoulvant ähnelten, auf – und irgendwann landete ich bei meiner entschlossenen Geografielehrerin in der Unterstufe. Erst nach einiger Zeit holte ich mich pflichtbewusst in den Sitzungssaal zurück und den Ausführungen der Präsidentin zu.

Schließlich gab die Vorsitzende das Wort an den ersten Redner, den Vertreter der Kommission, um die Vorlage seines Hauses zu erläutern und um die ihm wichtig erscheinenden Überlegungen herauszustreichen. Marjan Marolt war der aufstrebende Hochbürokrat aus dem Bilderbuch, dunkler, gut geschnittener Anzug, hellblaues Hemd und eine passende, auffallende, aber nicht auffällige Krawatte. In diesen Kleidern steckte ein schlanker, sportlicher Körper, und ein glatt rasiertes Gesicht schaute aus dem Kragen heraus, gekrönt von mittellangem, exakt gescheiteltem Haar. In vollkommener Ruhe trug er das Dossier vor, und in keinem Moment war eine Unsicherheit, ein Zögern zu verspüren. Die inhaltliche Perfektion war nicht weiter verwunderlich, denn er und seine Kollegen hatten jahrelang an dem Text gearbeitet; es gab keinen Beistrich, den er nicht mehrmals hin und her gedreht, durchgestrichen und nochmals gesetzt hätte, bevor er schließlich ins Dokument aufgenommen wurde. Zuerst ging er auf die Hintergründe ein, etwa auf die *G20-Erklärung zur Stärkung des Finanzsystems*, den Bericht der *Hochrangigen Expertengruppe für Finanzaufsicht* unter dem Vorsitz von Jacques de Larosière, einer hochbetagten Ikone des internationalen Finanzsystems, auf *Basel I* bis *III* und auf den *Lissabon-Vertrag* sowieso, auf die Äußerungen des *Europäischen Ausschusses für Systemrisiken* und vor allem auf den Bericht der *Hochrangigen Experten-gruppe zur Reform des Bankensektors der EU*, benannt nach ihrem Verantwortlichen, meinem neuen Landsmann und früheren Kommissar Erkki Liikanen. Was die Wahl des Rechtsmittels der Richtlinie betraf, so war der Kommissionsvertreter von verblüffender Ehrlichkeit. Da das Finanzwesen schon allein aufgrund der vierten Grundfreiheit des Binnenmarktes, jener des Kapitalverkehrs, und darüber hinaus seines hochgradig virtuellen Charakters mit Leichtigkeit die nationalen Grenzen überwindet, wäre eine Verordnung, die unmittelbar in allen Ländern zu identischen Maßnahmen führen würde, das Mittel der Wahl gewesen. Aber leider, die Politik agiere eben politisch, ansonsten wäre sie ja keine Politik, meinte er – dieser kurze Anfall einer resignierenden Ironie überraschte mich, er passte nicht zu ihm, so mussten hier tiefe Wunden geschlagen worden sein –, und der Bankensektor sei für jedes der vereinten Länder zu wichtig, als dass er das Heft komplett aus der Hand geben möchte. Eine Richtlinie, die das Ziel vorgibt und den nationalen Gesetzgebern samt ihrer administrierenden und beaufsichtigenden Korona einen Spielraum lässt, welche Maßnahmen sie setzen, um es zu erreichen, hat eher die Chance, vom Rat angenommen zu werden, als eine Verordnung, deren Bestimmungen sie nicht mehr klug umschiffen können. Die Signale aus dieser Ecke waren klar gewesen, und sie waren gehört worden, denn welcher Kapitän hält bewusst auf ein Riff mit Leuchtturm und Nebelhorn Kurs? Seine Ausführungen untermauerte er mit Zahlen und Namen, er nannte Banken, deren Bilanzsummen größer als das Bruttonationalprodukt ihres Landes waren oder die zehn Prozent der jährlichen volkswirtschaftlichen Leistung der gesamten Union überstiegen. Mit anderen Worten, ein gesamtes Land müsste länger als ein Jahr arbeiten und keinen Groschen für andere

Zwecke ausgeben, nur um ein einziges seiner Unternehmen erwerben zu können. Er erwähnte auch, dass der Finanzsektor gemäß seinen Unterlagen – er wüsste, dass es hierzu andere, aber ebenfalls astronomische Zahlen gäbe – in den Jahren 2008 bis 2015 mit zwei Billionen Euro Staatshilfe umsorgt wurde, eine Zahl mit zwölf Nullen, der Normalbürger kommt ab der dritten ins Schwitzen. Ich blickte hin zu Witold, es war ihm nicht anzumerken, was er dachte, ja nicht einmal, dass er irgendwas dachte, er hatte sich vollständig unter Kontrolle.

Womit begründete die Kommission nun den Vorschlag, Kommerzialbanken und Investmentbanken als zwei unterschiedliche Spezies zu sehen und zu behandeln? Abseits der bekannten Position, dass Casinokapitalismus legitim sei, sofern unerfahrene Anleger klar und verständlich gewarnt würden, bevor sie sich mit ihm einlassen, dass dieser aber die sogenannte Realwirtschaft von der Buchhandlung ums Eck angefangen über das internationale Transportunternehmen bis hin zum Stahlkonzern nicht mehr in Gefahr bringen dürfe, nahm der kundige Marjan die Argumente der Anhänger des Universalbankensystems eines nach dem anderen auseinander, sodass sie sich als das erwiesen, was sie waren: geschickt aufbereitete, künstlich aufgeblasene Schutzbehauptungen. Immer wieder höre man, dass die vielen Geschäftsfelder einer Universalbank, ihre Diversifikation, es gestatten, einen gerade hinkenden und rote Zahlen produzierenden Geschäftsbereich mit guten Ergebnissen aus den anderen quer zu finanzieren und zu unterstützen, und somit zu einer höheren Stabilität des Instituts beitragen. Gerade das sollte ja unter der Prämisse einer hygienischen Finanzwirtschaft vermieden werden! Wieso soll der Kreditnehmer, der Besitzer der Schnitzelbude, als erste Verteidigungslinie vor dem Steuerzahler für die Eskapaden von Derivaten auf Schweinehälften – na ja, da wäre ja noch ein Zusammenhang – sowie auf Baumwolle und Kupfer aufkommen und höhere Zinsen zahlen, als das verständliche Verlangen nach einem bürgerlichen Gewinn der Bank es erfordert? Das immer wieder vorgebrachte Gegenargument, dass eines Tages die an der Chicagoer Warenbörse erzielten Spekulationsgewinne der Superlative die Zinsen für Kredite an Kleingewerbetreibende um einen halben Prozentpunkt senken könnten, ließ der Beamte, der, bevor er sich Europa zugewandt hatte, in Ljubljana in den Diensten des Finanzministeriums gestanden war und die Gegebenheiten aus erster Hand kannte, nicht gelten.»Eher geht ein Kamel durchs Nadelöhr, als dass ein Investmentbanker auf seinen Bonus verzichtet«, meinte er trocken. Ich hatte ihn offensichtlich falsch eingeschätzt, unter der Teflonmaske versteckte sich ein Mensch mit Gefühlen und Regungen. Große Unternehmen bräuchten breit aufgestellte Institute, die ihren Bedarf an einer breiten Palette von Finanzdienstleistungen aus einer Hand decken können. Stimmt, aber was spricht dagegen, Kredite und Einlagen in der *Huber Bank – Ihr finanzieller Nahversorger* und das würzige Geschäft in *Huber Banking – Innovative Financial Solutions* zu bündeln und den Kunden höflich, aber nachdrücklich auf die Leistungen des Schwesterinstituts hinzuweisen? Beim Leasing, das dem Autokäufer mit knapper Kasse leichter von der Hand geht als ein altbackener Kreditvertrag, ist die Abspaltung in eine separate Gesellschaft seit Jahrzehnten gang und gäbe. Die Aktionäre der beiden Hubers könnten dieselben sein, nur eine Verflechtung beider Unternehmen, die über direkte oder verschlungene Wege eines für das andere in Haftung nehmen könnte, musste ausgeschlossen werden. Schwerer zu entkräften waren Schlagworte, mit denen Betriebswirte, Unternehmensberater und Managementexperten gerne um sich werfen: *Skalenökonomie* und *Informationsarbitrage* wurden immer wieder genannt. Ja, es sei richtig, so Marjan, je größer ein Unternehmen, zu umso günstigeren Stückkosten könne es herstellen. Dies sei Fakt, aber kein Dogma. Zum einen weiß der Forscher und Controller, dass zuweilen ab einer gewissen Größe die Produktionskosten für ein Stück Kredit wieder ansteigen – Stichwort *Komplexität* –, zum anderen hindere niemand die Banken daran, Arbeitsschritte und Funktionen, die unerlässlich sind, vom Kunden aber nicht wahrgenommen werden, in spezialisierte Gesellschaften zusammenzulegen und mithilfe der somit erreichten Größe den Aufwand zu senken. Dies geschähe im Übrigen seit Langem in großem Stil, insbesondere bei der Datenverarbeitung, einem in puncto Bedeutung und Kosten immens wichtigen Bereich, denn in letzter Konsequenz wäre eine Bank nichts anderes als ein riesiges Datencenter mit ein paar Agenten, die für eine Auffrischung und Ausweitung der Herde der Datenbringer und der Datenströme sorgen. Ebenso könnten Bonitätsauskünfte, die Beschaffung von Valuten – der bunten, mit Viren, Bakterien und Schmutz aller Art behafteten Geldscheine aus der ganzen Welt – sowie der Zahlungsverkehr fusioniert werden, ohne dass der Wettbewerb darunter litte oder dass das Leistungsangebot beschnitten werden würde. Auch stimme es, dass gut kanalisierte, reich gegliederte Informationsflüsse in den Führungsetagen zu Erkenntnissen führen würden, die sich auf die Ertragslage, die Kompetenz und das Angebot des Hauses wohltuend auswirken, aber das b-Moll, die maximale Informationsqualität nicht zu erreichen, müsse eine verantwortungsvoll denkende und handelnde Bank für das größere Ganze eben hinnehmen.

Damit beendete er seine lange, aber keineswegs langweilige Stellungnahme. Hélène dankte ihm und verteilte nun das Wort an den ersten Redner aus dem Biotop der Anwälte der Anliegen aller Art, nicht ohne vorher den Ablauf der Anhörung zu präzisieren. Vorerst dürfe jeder der Aufgerufenen fünf Minuten lang sein Anliegen vorbringen, nach dem Ende der Serie an Vorträgen käme die Fragen-Antworten-Runde. Die Frage eines Abgeordneten dürfe maximal drei Minuten dauern, die Antwort darauf ebenfalls drei, eine einzige Nachfrage sei gestattet, nicht länger als eine Minute, die Antwort darauf müsse unter zwei Minuten bleiben. »Bitte respektieren Sie unbedingt die zeitlichen Vorgaben«, sagte die Zuchtmeisterin und zeigte dabei mit dem linken Arm auf einen ansehnlichen Bildschirm unterhalb des Präsidiums, der jedem Redner und allen im Saal seine bereits in Anspruch genommene Zeit auf die Sekunde genau vor Augen führte. Ich war der Meinung, die elektronische Uhr an der Wand gegenüber vom Halbkreis wäre ausreichend informativ – sie zeigte Stunden und Minuten in arabischen, sprich mittlerweile europäischen Ziffern an und darum herum einen sich unbarmherzig füllenden und nach seiner Vollendung wieder verlöschenden Kreis aus sechzig Punkten, alles in grellem Rot –, täuschte mich aber. Wer wirklich redefreudig war, ließ sich weder vom einen noch vom anderen Zeitmesser beeindrucken, erst Hélène konnte seine Mitteilungsfreude bremsen.

Die Stellungnahmen brachten für mich, der ich mittlerweile tief mit beiden Beinen im Dossier stand, kaum Neues, es war aber aus einer informationsorganisatorischen Perspektive durchaus apart, die diversen, stark voneinander abweichenden Standpunkte neben- und durcheinander zu vernehmen. Wir hatten nämlich die Tage der Anhörung nicht nach Gruppenzugehörigkeit eingeteilt – also nicht etwa die Branchenvertreter am Tag eins, die Schutzmantelmadonnen des kleinen Mannes am Tag zwei und am letzten jene, die geruht hatten, von ihren Elfenbeintürmen herabzusteigen, um ihre Weisheit zu verkünden –, sondern für eine bunte Mischung gesorgt. Die

Hoffnung war, die Diskussion zu befruchten, und wir wurden nicht enttäuscht. Am Ende des Triduums waren alle Mitglieder ehrlich erschöpft. Auf die substanzreichen Präsentationen folgten angeregte Frage-Antwort-Runden, in denen die Mitglieder natürlich nicht nur fragten, um Gesagtes besser zu verstehen, um Lücken zu schließen, sondern auch den Anwesenden mit Begeisterung ihren eigenen Standpunkt mitteilten. Bei aller Unterschiedlichkeit der Auffassungen blieb die Atmosphäre sachlich, und die Debatte konzentrierte sich auf das Argument, das natürlich höchst unterschiedlich war. Subtile Untergriffe und boshafte Diffamierungen fehlten gänzlich, obwohl es für diese Methoden, den einen zu verärgern und den anderen gleichzeitig zu erheitern, genügend Gelegenheit gegeben hätte, nicht einmal in der Hitze des Gefechts verlor der Ausschuss seine systemimmanente Contenance. Einiges an Redezeit wäre zweifelsohne vermeidbar gewesen, insbesondere die unausrottbare Neigung jedes Diskussionsteilnehmers, als Dankwart aufzutreten; jeder dankt jedem, zuerst der Vorsitzenden für die Erteilung des Wortes und gleich danach dem Vortragenden für seine (äußerst) interessante Präsentation. Für den Dankspender übersteigt der Gewinn dieser inhaltlich nutzlosen Übung den Schaden des nervenden Zeitverlustes der leer ausgehenden Zuhörer bei Weitem, hilft sie doch dem Auditorium, seine Ohren auf die Stimmlage und -stärke des das Wort Ergreifenden einzustellen, noch bevor er zur Sache kommt, und unterdrückt sie – im Falle von Widerspruch oder eines dümmlichen Anliegens – das Aufkeimen von Aggression auf der anderen, der befragten Seite. Wer möchte schon jemanden anblaffen, der sich gerade auf so manierliche Weise eingestellt hat?

Die Einschätzung, die ich anlässlich meines ersten Treffens mit den Schatten gewonnen hatte, war weitgehend richtig gewesen. Auch nach der Anhörung verblieb die Volkspartei in ihrer Gegnerschaft zu den Trennbanken und dieser Ansicht hingen auch fast zwei Drittel meines Stalls an. Alles, was rot oder grün gefärbt war, begrüßte den Richtlinienvorschlag freudig und hatte schon jede Menge Bemerkungen und Anregungen in der Schublade, um ihn zu verschärfen, um seine Wirksamkeit abzusichern, und die auf unterschiedliche Weise skeptischen Europäer konnten sich durchaus für das Trennbankensystem erwärmen. Jetzt begann mein abschließender Einsatz, ich musste alle Abänderungsanträge einsammeln, sichten, nachfragen, im einen oder anderen Fall darüber verhandeln – und ich musste all das in ein kohärentes, konsistentes logisches Ganzes überführen.

***

Das Hearing war bedeutend genug gewesen, oder das von mir verfluchte *Politico* hatte der Richtlinie ausreichend Aktualität verliehen, um mehrere Journalisten in den Saal zu locken. Diese durch die Zwänge der Ökonomie im Allgemeinen und der Informationsökonomie im Besonderen stets von Termindruck geplagte Sorte Mensch war wahrlich nicht zu beneiden. Innerhalb kurzer Zeit müssen sie sich in ein Sachgebiet einarbeiten, von dem sie am Tag zuvor keine Ahnung hatten, und zwar genau so tief, dass sie in der Lage sind, Fragen zu stellen, die Sinn machen und auf den Kern des Themas zielen, dass sie die gegebenen Antworten dahingehend beurteilen können, ob sie tatsächlich Aufschluss geben oder nur Ausflüchte in das Beliebige oder auf Nebengeleise darstellen, und schließlich, dass sie die erhaltenen und gesammelten Bruchstücke und Schnipsel an Wissen und Meinung in einer Art und Weise zusammenführen können, die nicht nur richtig – zumindest nicht erkennbar falsch – ist, sondern die darüber hinaus auch noch den Ahnungslosen wie auch den mit dem Sachgebiet Vertrauten in ausreichendem Maße zufriedenstellt. Damit hat es sich auch schon, eine Aneignung zusätzlicher Expertise ist seitens des Verlegers zwar nicht unerwünscht, in der rauen Wirklichkeit des Redaktionsalltags aber aussichtslos, denn der nächste Artikel wartet schon darauf, geschrieben zu werden. Stehen an einem Dienstag die Notfallmaßnahmen zur Verhinderung der Ausbreitung der Schweinepest am Tapet, so geht es am Mittwoch darum, wie der Einsatz von künstlicher Intelligenz die Berufsbilder von Rechtsanwälten und Steuerberatern verändern wird. Der finanzielle Lohn für das hektische Hüpfen von A nach B hält sich zumeist in bescheidenen Grenzen, umso höher schlägt der immaterielle zu Buche. Der umgangssprachlich zum *Journo* Verkürzte ist Teil der vierten Macht, zu dem sich die wirklich Mächtigen aus zwei der drei durch die verfassungsmäßige Gewaltenteilung installierten Mächte – obwohl, auch das Rechtswesen beginnt sich zu politisieren und damit den Medien gegenüber zu öffnen – herabbeugen, um zumindest weiterhin an der Macht bleiben zu dürfen, bevorzugt aber, um sie auszubauen.

Weder war ich bedeutend und einflussreich, noch hatte ich vor, es zu werden, aber sowohl Hélène als auch ich wurden gebeten, im Anschluss an die Sitzungen für Interviews zur Verfügung zu stehen. So begaben wir uns zum kurzen Boulevard der Eitelkeit, an dessen Seiten alle nur erdenkbare Technik für ein gelungenes Interview bereitstand, gelegen zwischen dem *Traktor* und der lückenlosen Bildergalerie jener glücklichen Persönlichkeiten, die das Amt des Parlamentspräsidenten wahrnehmen durften. Ich gebe zu, dass mir das Sprechen zu Unbekannten Unwohlsein bereitete, das Sich-Öffnen, wenn hinter der Linse der Fernsehkamera, am Ende eines langen, x-fach verzweigten Kabels, verstreut in ganz Europa, zigtausend Zuseher saßen, die sich nach meinen Erläuterungen ihrem Sitznachbarn auf der Couchgarnitur zuwandten und in der Manier eines römischen Kaisers den Daumen nach oben oder nach unten streckten. Ob sie ihr Urteil wegen meines Kinns, ihrer Einstellung zur EU im Allgemeinen oder tatsächlich aufgrund des Gehörten fällten, kam keine Bedeutung zu, die Tatsache, dass der Daumen in die falsche Richtung weisen könnte, war Anlass genug für meine Aufregung. Pantea aber war mir in diesen aufwühlenden Minuten eine große Unterstützung. Zum einen hatte sie die hilfreiche Prise Menschenverachtung, über die ein Politiker bei aller ebenso notwendigen Menschenliebe in einer geglückten schizophrenen Symbiose verfügen muss, um seinen Beruf ohne größere Schäden an der eigenen Seele ausüben zu können, und sie lud mich unmittelbar vor meinen Auftritten mit dieser Geisteshaltung auf, schon durch ihr Gehabe, aber auch durch ein paar knackige Bemerkungen, der Funke sprang verlässlich auf mich über. Zum anderen erinnerte sie mich immer wieder eindringlich an die Grundregeln eines erfolgreichen Interviews, kurze, verständliche Sätze von mir zu geben, ohne dabei in einen Fachjargon zu verfallen, mich auf wenige Aussagen zu konzentrieren, positiv zu formulieren, das Wichtigste gleich am Anfang zu bringen und, anstatt das Problem in Euphemismen zu kleiden, verständliche Begründungen für meine Lösungsvorschläge anzuführen. Diese goldenen Regeln, so sinnvoll sie auch waren, standen in heftigem Widerspruch zu meiner früheren und zukünftigen Tätigkeit als Professor, und ich merkte, dass Wissensvermittler und Informationsvermittler zwei Paar Schuhe sind. Im Hörsaal musste ich nicht innerhalb von einer Minute und fünfundvierzig Sekunden die ganze Welt erklärt haben, dort konnte ich gemütlich in den Gegenstand des Tages einsteigen, meine Argumente aufbauen, Wissenswertes hinzufügen, Seitengassen nehmen, mir selbst widersprechen, unerwartete Gedankensprünge machen und vor allem: Ich konnte mich vergewissern, ob ich verstanden worden war, nicht nur durch eine explizite Frage, schon allein das gelegentliche Beobachten des Gesichtsausdrucks und der Gesten der Studenten gab mir Auskunft darüber, ob ich nachlegen musste, mich verrannt hatte oder unverändert weitermachen konnte. Zu meinem gezierten Selbstmitleid meinte Pantea, dass jemand, der die Hitze nicht aushalte, eben nicht in der Küche stehen sollte.

Ich fügte mich den Anforderungen der Medienwirtschaft und gab mein Bestes – sitzend, wenn es sich um eine Zeitung oder Radio handelte, bei Fernsehinterviews stand ich stramm vor einem für das Seherauge möglichst ruhigen Hintergrund. Vor der Kamera haben Politiker gefälligst zu stehen, seit Jahrzehnten werden sie dazu gezwungen, ohne dass es eine wirklich schlüssige Erklärung dafür gäbe. Ich vermute, dass *Stehen* und *Geständnis* weitschichtig miteinander verwandt sind, zumindest in den Köpfen der Fernsehmacher und der Zuschauer in der Ferne, also von uns allen, und dass eine nicht eingestandene, ja nicht einmal ausdrücklich bewusste Boshaftigkeit der Interviewer den Ausschlag dafür gegeben hat, dass sich der Redner – durch die Möglichkeit, sich mitzuteilen, privilegiert – nicht allzu wohlfühlen soll, wo kämen wir denn da hin?

Während der Tage, die ich in mühsamer Kleinarbeit damit verbrachte, die Abänderungen zum Kommissionsvorschlag in kursiver, fetter Schrift gut erkennbar in das zweispaltige Schriftstück einzufügen, meldete sich Witold, der Hartnäckige, nochmals mit der dringenden Bitte um ein abschließendes Gespräch. Ich hatte gehofft, er hätte auf die von mir leichtsinnigerweise gemachte Zusage vergessen und wäre zufrieden, dass er am dritten Tag der Anhörung mit einer guten Zahl an

Fragen konfrontiert worden war, für deren Beantwortung er sich alle Zeit der Welt gelassen hatte. Mehrmals hatte die Vorsitzende ihn ermahnen müssen, die zeitlichen Limits zu respektieren, mit mäßigem Erfolg. Am liebsten wäre ich um zwölf Uhr dreißig, der Stunde des maximalen Andrangs, mit ihm in die Kantine gegangen, hätte mich bei der Station für Gegrilltes für ein Entrecôte mit buntem Gemüse angestellt, von der Nachspeiseninsel noch eine Mousse au Chocolat auf das Tablett gestellt, mich auf einen Tisch mit sechs anderen Gästen gesetzt und ihn gegen die brausende Kakophonie der Hunderten Tischgespräche anreden lassen, ihn mit dieser unschuldig wirkenden Methode so rasch wie möglich physisch erschöpft. Auf dieses taktische Manöver würde er sich nicht einlassen, und so entschied ich mich, die Kröte in Anwesenheit von Mickey Mouse zu schlucken. Der Blick auf den vor sich hin grünenden Park würde mir guttun und mich beruhigen.

GEWITTER, STURM

Wie ausgemacht, kam ich um Punkt neun Uhr zu unserer Unterredung, frisch rasiert und geduscht – ich roch sein Shampoo sowie die Creme, mit der er sein noch glänzendes Gesicht eingeschmiert hatte – wartete mein Gast schon auf mich.

»Herr Hilvonen, sind Sie Kommunist?«, kam Witold nach den üblichen belanglosen Einleitungssätzen zur Sache.

»Nicht dass ich wüsste.«

Er bohrte nach: »Auch nicht Marxist, Leninist, Trotzkist oder gar Maoist?« Was sollte das jetzt? War er bei Lieven in die Schule der Inquisition gegangen, oder umgekehrt? Ich mochte diese Technik nicht, jemanden durch Fragen zu verunsichern, deren Endzweck er nicht wissen, nicht einmal erahnen konnte, sein Gegenüber mit allen möglichen Vermutungen und Unterstellungen zu traktieren, um es in Ratlosigkeit zu versetzen oder es mit vorauseilenden Schuldgefühlen aufzuladen, um dann seinen scharf zugespitzten, bereits gespannten Pfeil abzuschießen.

»Nein, im Wesentlichen bin ich Hilvonist, und das füllt mich hinlänglich aus«, antwortete ich ihm trocken, ohne mir meine Verärgerung anmerken zu lassen. »Im Übrigen wäre ich liebend gerne Cellist«, ergänzte ich.

Leicht überrascht, dass ich keine Anstalten machte, seinen aufreizenden Gesprächsbeginn zu ergründen, fuhr er fort: »Ich frage Sie nämlich deshalb, weil Sie mir nicht nur ein Feind des Bankwesens zu sein scheinen, sondern weil Sie offensichtlich die Banken in den Ruin treiben wollen.«

»Dieser Ansicht sind Sie also?«

»Die Kommission hat mit ihrem Vorschlag einen gefährlichen Schäferhund abgerichtet, und Sie – Sie in Ihrem verantwortungslosen Hass gegen die Stütze der Wirtschaft – verwandeln ihn in einen Wolf.«

Ich fragte ihn: »Sie scheinen mir ein kultivierter Mensch zu sein, besuchen Sie zuweilen die Salzburger Festspiele?« Nun war ich es, der die perfide Taktik anwandte und bemerkte, dass sie sich für den aktiven Part recht angenehm anfühlte.

»Wie bitte?«

»Besuchen Sie zuweilen die Salzburger Festspiele?«, wiederholte ich ungerührt.

»Ja, natürlich, wer tut das nicht?«

»Zum Beispiel alle jene, denen netto zu wenig dafür übrigbleibt, weil sie ... ja unter anderem deswegen, weil sie keine Banker sind.«

»Sehr witzig«, meinte Witold, und er hatte mit seiner Missbilligung recht, darauf hatte ich gar nicht hinausgewollt.

Ich erklärte mich: »Salzburg ist ja nicht nur die Mozartstadt, sondern auch die Paracelsusstadt, sie hat sich auch jenen großen Mediziner einverleibt, der kaum drei Jahre seines unsteten Lebens an diesem Ort verbracht hatte. Jeder treffliche Mann, der an Salzburg auch nur anstreift, wird vom Stadtmarketing ohne Erbarmen für alle Ewigkeit zwangseingebürgert und mit der Stadt untrennbar verschmolzen, um ihm dann mittels Schokolade in Kugel-, Taler- oder Würfelform zu huldigen. Aber ich verliere mich in meinen Gedanken, verzeihen Sie, um auf Ihre Giftmetapher zurückzukommen, Sie kennen sicherlich auch die berühmte Erkenntnis des großen Heilers: *Alle Dinge sind Gift, und nichts ohne Gift. Allein die Dosis macht, dass ein Ding kein Gift ist.* Wenn Sie nun die Bankentrennrichtlinie sine ira et studio durchlesen, können Sie nicht anders als zum Schluss kommen, dass tatsächlich ein neues Denken notwendig ist, dass die Geschäfte neu sortiert werden müssen, die wichtigen ins Töpfchen, die riskanten ins Kröpfchen, dass aber niemand ungebührlich zur Ader gelassen wird oder – sofern er es nicht darauf anlegt – wegen der Hilvonen-Richtlinie seinen Ruin bekanntgeben muss.«

Ohne auf meine Versachlichung seines kindisch herausgeprusteten Vorwurfs einzugehen, holte Witold aus:»Hochverehrtes Mitglied des Europäischen Parlaments, gestatten Sie, dass ich mich erkläre, und zwar von Anfang an. Sind wir uns einig in zwei Feststellungen: erstens, dass Europa weiterhin ein lebendiger Wirtschaftsraum bleiben soll, der – unter einer Reihe von ökologischen und sozialen Nebenbedingungen – letztendlich für Wohlstand seiner Bürger sorgt, und zweitens, dass ein kompetenter Finanzsektor ein unabdingbarer Motor für die von Leuten Ihres Kalibers wertschätzend als *real* bezeichnete Wirtschaft ist?«

»Und die Sonne geht im Osten auf. Gut, weiter im Text.«

»Und für Ihre täglichen Einkäufe, gehen Sie da zuerst zum Bäcker, dann zum Käser, zum Fleischer ums Eck, einen Gemüsehändler finden Sie auch noch, und suchen als Nächstes ein Kolonialwarengeschäft auf, um schließlich in eine Drogerie für das Aufstocken der Putzmittelvorräte zu gehen, oder kaufen Sie doch eher im Supermarkt ein?«

Er wartete keine Antwort ab, sondern fuhr fort:»Sehen Sie, und warum verlangen Sie von den armen Unternehmern, dass sie Beziehungen zu mehreren Banken haben müssen, die ihnen nur Zeit kosten und sie verwirren? Zumal, gutes Management vorausgesetzt, eine Bank mit breitem Sortiment bessere Konditionen einräumen kann als eine, die ihren allgemeinen Aufwand nur auf wenige Angebote aufteilen kann? Herr Hilvonen, Banken sind zu wichtig, als dass man ihnen Prügel vor die Füße werfen dürfte. Geht's den Banken gut, geht's uns allen gut. Ich bitte Sie dringend, setzen Sie die ideologische Brille ab und kommen Sie zur Vernunft. Durchkreuzen Sie den Kommissionsvorschlag oder verwässern Sie ihn zumindest so sehr, dass er wirkungslos bleibt, abgesehen von ein paar zusätzlichen, nichtssagenden Berichten, die dann halt alle Jahre von einem Wirtschaftsprüfer zu verfassen sind; das tut niemandem weh, die Ausgaben dafür steckt die Kreditwirtschaft leicht weg. Reduzieren Sie endlich die Überdosis an Bankenhass!«

Nichts Neues seit dem Hearing, er hatte sein Pulver endgültig verschossen. Dann übergab er mir einen Ausdruck des Kommissionsvorschlags und fein säuberlich eingefügt in Rot die Botschaften seiner Auftraggeber. Ich blätterte sie durch und fand bei den vorgefertigten Abänderungsanträgen das Erwartete vor: Die Pflicht zur Trennung wurde in eine Option im alleinigen Ermessen des Finanzministers umgewandelt, Vorschriften zur Vorhaltung eines ausreichenden Eigenkapitals wurden auf eine gefinkelte, verschachtelte Art und Weise aufgeweicht, dass der allgemein gebildete Zeitungsleser, die Mühe des Entzifferns scheuend, rasch darüber hinwegliest, die aber dem Investmentbanker ein kundiges, zufriedenes Lächeln in sein von Börsengewittern zerfurchtes Gesicht zaubert, ein neu hinzugekommener Artikel forderte – wiederum den Finanzminister – auf, bei Not leidenden Banken deren Bedeutung für die nationale und europäische Wirtschaft zu berücksichtigen, um dann verantwortungsbewusst zu Hilfe zu eilen. Nicht zuletzt wurde bei den Kriterien für die Zuordnung der Geschäftstypen ein weiter Raum für Ermessen und Interpretation eingeräumt, der in weiterer Folge die Grenzen zwischen Investment- und Kommerzialbanken stark verschwimmen lässt. Bei den Erwägungsgründen hatte Witold drei zusätzliche Absätze eingefügt, die ein Loblied auf die breit aufgestellten Banken im Allgemeinen und auf die Investmentbanken im Besonderen sangen. *Innovationskraft, Synergieeffekte, Modern Finance, High-Value-Banking, Informationsökonomie* und andere Schlagwörter, die gut klangen, den Beweis ihrer Existenz und Wirksamkeit aber in jedem einzelnen Fall erst liefern mussten, reihten sich beschwörend, fordernd aneinander. Ich las die Zusätze aufmerksam und prüfte ebenso sorgfältig die Streichungen. Objektiv war nur eines zu sagen, nämlich: Gute Arbeit!

»Herr von Finkenstein, reden wir über den *Glass-Steagall-Act*.« Hiermit spielte ich auf die beiden Gesetze an, die in den Vereinigten Staaten während der Weltwirtschaftskrise erlassen worden waren und die als eine von mehreren Maßnahmen zur Konstruktion eines wirtschaftlich nachhaltigen Bankensystems die Gemeinde der Kreditinstitute in zwei Teile teilten. Sie wurden vor dem Hintergrund der enormen Finanzmacht von J.P. Morgan und John D. Rockefeller erlassen und gaben den Instituten ein Jahr Zeit, sich für die eine oder die andere Seite zu entschieden. Deren Väter, Henry B. Steagall, Mitglied des Repräsentantenhauses, und der Senator George Carter Glass, beide beileibe keine linken Utopisten, genießen auch heute noch fast einen Heiligenstatus.

»Mein Gott, das war im Jahr 1933! Wollen Sie die Uhr so weit zurückdrehen?«

»Wenn sie die falsche Zeit anzeigt, ja.«

»Und Sie wissen auch, dass dieses Steinzeitgesetz nach und nach verbessert und 1999 gänzlich aufgehoben worden ist, dafür muss es ja gute Gründe gegeben haben.«

»Gründe sicherlich, ob sie auch gut waren, wage ich zu bezweifeln. Ich glaube eher an einen vollen Erfolg der von Finkensteins dieser Welt.«

»Mag sein«, meinte er selbstbewusst.

»Ich werde Ihnen nun, ein für alle Mal, für das Protokoll, bitte schreiben Sie mit, das mitteilen, was Sie bestens wissen und immer wieder unter einem falschen Licht darstellen wollen. Ich werde Ihnen mitteilen, was das Volk will, vertreten durch mich, vertreten durch den Ausschuss *Wirtschaft und Finanzen*, vertreten durch das *Europäische Parlament* in seinem Plenum. Und zwar sollen sich in Hinkunft die Wölfe von den Wölfen ernähren und nicht mehr von den Schafen. Machen Sie jegliche Arten von Geschäften, die Sie sich ausdenken können, begeben Sie und handeln Sie mit Futures, Swaps, Optionen, Forwards, Zertifikaten und Differenzkontrakten, spekulieren Sie auf alles, was es in der Finanzwelt gibt, nicht nur auf simple tägliche Börsenkurse, sondern darüber hinaus auf Zinsschwankungen, Wechselkurse, Verfalltermine, Zielkurse zu festgelegten Stichtagen, Aktiengesellschaften aller Größenklassen, auf Indizes, deren Zusammensetzung kein Mensch versteht, kaufen und verkaufen Sie innerhalb von Millisekunden, den ganzen Tag lang, entwickeln Sie Trading-Algorithmen, die keinen anderen Zweck verfolgen, als die Schwachstellen anderer Algorithmen auszunutzen, führen Sie jeden Tag eine neue Kryptowährung ein, und erzielen Sie dabei Gewinne, bis Sie platzen. Soll mir recht sein, obwohl ich zugeben muss, dass es einer großmütigen, fast stoischen Haltung bedarf, dem aufkeimenden Neid keinen Raum zu geben. Aber ... schweigen Sie am Tag des Jüngsten Gerichts! Schweigen Sie und halten Sie nicht

Ihre Hand auf, sondern suchen Sie mit ihr in der eigenen Hosen- und Westentasche nach Scheinen oder Münzen, dann, wenn das Kartenhochhaus einstürzt, und es stürzt immer wieder ein, denken Sie an den Schwarzen Donnerstag 1929, den Schwarzen Montag 1987, die virtuellen Internetmilliarden, die sich im Jahr 2000 ins Nichts aufgelöst haben, und 2008 werden Sie ja noch im Gedächtnis haben. Denken Sie an die Pleiten einzelner riesiger Geldverleiher und -jongleure, die außerhalb der Krisen des gesamten Sektors stattgefunden haben, an die *Portuguese Banco Espírito Santo*, an die britischen Institute *Co-operative Bank* und *Northern Rock*, oder an die älteste Bank der Welt, an die *Banca Monte dei Paschi di Siena*. Immer wieder dasselbe, die fantastischen Gewinne der Jahre zuvor sind mit Butz und Stingl an die Eigentümer und Manager verteilt worden, und als dann die Krankenschwester, der LKW-Fahrer und der Elektromonteur von einer Zerknirschung und Sinn für große Verantwortung vorgebenden Regierung zur Kasse gebeten worden sind, da haben sich die Krösusse in den hintersten Winkel ihres gut bestückten Weinkellers zurückgezogen, damit niemand ihr schallendes Lachen über die unvermutet und ungefragt zur Kasse Gebetenen hört. Mit dieser Methode, sich immer wieder neues Leben einhauchen zu lassen, ist es kein Kunststück, eine uralte Bank zu werden. Und daher führt an zwei Grundsätzen kein Weg vorbei. Den ersten kennen Sie, darum sitzen Sie ja hier, und darüber hinaus werden wir darauf bestehen, dass in Hinkunft Kommerzialbanken in ihrer Größe beschnitten werden sollen. Punkt.«

»Ich verstehe nicht.«

»Sie verstehen sehr wohl, aber jetzt hole ich erst einmal ein Croissant für Sie und mich. Sie sehen aus, als ob Sie eines brauchen könnten.«

Inzwischen war es elf Uhr, wir hatten uns lange unterhalten, und die Vitrine mit den Croissants und deren Brüdern und

Schwestern, wie dem Pain au Chocolat oder dem Pain aux Raisin, war schon leer, der französische Kulturkreis nahm es mit dem Terminus *Frühstücksgebäck* genau, Langschläfer kommen in ihm zu kurz, und so kam ich mit leeren Händen zurück.

»Danke für das Croissant«, sagte mein Gesprächspartner, das Ventil für seinen Ärger nutzend.

»Bitte, gern geschehen.«

Dann fuhr ich fort: »Risiken gibt es natürlich auch bei Banken, die nur Kredite vergeben und Einlagen annehmen, und auch diese sollen nicht mehr mit dem Mantra *Too Big to Fail* die Herzen der Regierungschefs und Fachminister erweichen. Ein Kreditinstitut darf nicht mehr ein so bedeutendes Kreditvolumen anhäufen, dass es nicht vom Markt verschwinden könnte, ohne größere Verwerfungen zu verursachen, ohne einen größeren Flurschaden zu hinterlassen.«

»Und wie stellen Sie – der gewiefte Finanzexperte, jetzt, nach seinem Abschluss des zweiten Bildungswegs – sich das vor?«, fragte Witold.

»So wie alle anderen tatsächlichen Finanzexperten auch. Kriterium für die maximale noch gesunde Größe eines Kreditgebers ist ein Verhältnis seiner Bilanzsumme zum Bruttonationalprodukt, natürlich unter angemessener Berücksichtigung von Geschäften im europäischen und sonstigen Ausland, und wenn die Glocke klingelt, so muss er einen Teil der Aktiva verkaufen, zeitnah natürlich.«

»Bravo, ganz einfach so?«, meinte Witold, der sich beim Versuch, meinen Vorschlag lächerlich zu machen, ein leichtes Händeklatschen nicht verkneifen konnte.

»Tun Sie nicht so, als ob Operationen dieser Art nicht gang und gäbe wären, und – als Zuckerl für Sie und Ihre Schutzbefohlenen – Sie brauchen die abzugebenden Kredite nicht einmal verbriefen wie die windigen Hypothekardarlehen auf

der anderen Seite des großen Teichs, sondern können sie verkaufen, wie sie sind – ein kalbender Gletscher, sozusagen.
Bonität der Kunden, Kreditbedingungen, Kosten der Kunden-
akquisition, all das lässt sich ja berechnen, abschätzen, bewerten und nach gewitztem Hin-und-her-Rechnen in einem
Preis zum Ausdruck bringen. Das ist ja das Wunderbare an
der Wirtschaft, dass die Summe aller Hoffnungen, Erwartungen, Ängste und Überlegungen in einer einzigen Zahl, im
Verkaufspreis mündet – als gerechtes Urteil am Ende eines
langen Prozesses.«

»Von all dem steht aber nichts im Vorschlag aus dem
Berlaymont.«

»Richtig, aber die Rue Wiertz wird es als Abänderung hinzufügen, und Sie sind einer der Ersten, der es erfährt. Schätzen
Sie sich glücklich.«

Witold lehnte sich zurück und dachte nach, er sprach nichts,
und die Situation begann, für mich unangenehm zu werden.
Schließlich blickte er mich mit seinen wasserblauen Augen
fest und kalt an und sagte:»Herr Hilvonen, das ist Wahnsinn,
Wahnsinn, produziert von Wahnsinnigen. Jetzt kann nur noch
einer helfen.«

»Und wer, bitte schön, soll das sein?«, genoss ich den
Moment meines Triumphs.

»Franz Mödlhammer, der vielseitige und flexible Franz
Mödlhammer, niemand Geringerer.«

***

»Ich glaube, jetzt benötigen Sie eine kleine Stärkung«, meinte
er betont gelassen und hatte damit recht. Während er weg war,
überlegte ich hektisch, welche Taktik ich einschlagen könnte. Leugnen ging keinesfalls, er hatte ja keine in die korrekte

Richtung zielende Vermutung geäußert, sondern präzise Ross und Reiter genannt. Daher konnte es nur noch um Schadensbegrenzung gehen, und eine solche Operation bedarf zweier Umstände, Zeit und Überlegung, also einer strukturierten wie kreativ-erratischen Lösungsfindung gleichermaßen. Als er vom Automaten zurückkam, hatte er einige dunkle Schokoriegel und Päckchen mit bunten Schokolinsen in der Hand; er legte alles, abgesehen von einer Packung mit den intensiv gefärbten Knöpfen, vor mich hin, er war offensichtlich der Meinung, dass ich Nervennahrung benötigte, und hatte sich nicht lumpen lassen. Auf meinen Eröffnungszug, wie er eigentlich auf diesen Mann eigenartigen Namens gekommen wäre, erklärte er mir, nicht ohne eine gewisse Selbstzufriedenheit, seine Vorgehensweise. Bei unserer ersten Besprechung im *Multifunctional Restaurant* hätte ich Fisch bestellt und der echte Hilvonen, für den Besitzer einer Rentierherde nicht außergewöhnlich, hatte stets dem Fleisch Vorzug gegeben und sich seiner Wahl noch gerühmt. Hilvonen hatte sich über die Laienapostel und Missionare einer gesunden Ernährung – mit ihrer Beschwörung und Anbetung der Omega-3-Fettsäuren, deren Namen jeder kannte, von denen aber kaum einer wusste, was sie im chemischen und biologischen Sinn darstellen – lustig gemacht. Die Wahl des Schuppentiers allein war höchst auffällig gewesen, aber noch kein hinreichend deutliches Alarmsignal. Jedoch beim Käse war klar, dass etwas nicht stimmen konnte. Hier nämlich wurde der selbstbewusste, spöttelnde carnomane Finne zum Apostelchen seiner Beschwerden, denn das Histamin würde ihm den Juckreiz über den Körper treiben und Schmerzen in den Kopf. Ich hingegen hatte mit fast triumphierender Gier – das hatte er vollkommen korrekt beobachtet – den Comté de Savoie, den Chaource und besonders den Reblochon de Savoie verzehrt. Als gewissenhafter Banker, er meinte, dass an ihn als deren Herold und Emissär dieselben Maßstabe angelegt werden müssten wie an die Wächter und Mehrer des Geldes selbst, musste er sich nach diesen Beobachtungen des Ungewöhnlichen natürlich noch mehrfach vergewissern. Kaum war er nach unserem Treffen im Büro gewesen, hatte er am Festnetz der polarkreislichen Farm angerufen und lediglich Hilvonens Frau am Apparat gehabt. Timo säße gerade mit ein paar Nachbarn in der Sauna, es würde wohl länger dauern, wen er denn zurückrufen könne, worum es denn ginge? Es wäre nicht so dringend, meinte Witold, er würde ihn schon einmal erreichen ... Dann hatte Witold das bei unserem Abschied absichtsvoll geschossene Foto bearbeitet, es um sein eigenes Gesicht bereinigt und das meine mithilfe einer Software zur Gesichtserkennung durch das allwissende Internet gejagt. Diese Werkzeuge waren wohlfeil, einfach zu bedienen und zählten zur Standardausrüstung für jeden, der über sein unbekanntes Gegenüber mehr wissen wollte, als jenes preiszugeben bereit war. Und siehe da, als Ergebnis tauchten sowohl der Finne als auch ich, der Freund alles Finnischen, auf.

»Und«, begann er, während er mit dem Zeigefinger seiner rechten Hand in die Höhe fuhr und es gerade noch vermied, mit der Zunge zu schnalzen, »natürlich habe ich dann bei Ihrer Fakultät angerufen, und die Dame am Telefon sagte mir, nicht ohne einen verärgert-verwunderten Unterton, dass Sie seit Monaten verschollen wären, aber in großen Abständen Lebenszeichen von sich gäben, und dass ich es am besten mit einer Mail versuchen solle, nütze es nichts, so schade es auch nichts. Meine abschließende Frage, ob auf Sie ein Kopfgeld ausgesetzt wäre, wurde nicht als Witz rezipiert, sondern mit Unverständnis quittiert, was ich eigentlich schade fand.«

»Humor ist also nicht nur die Verteidigungswaffe der Bedrängten, sondern dient auch dem sich seines Sieges bewussten Angreifer«, dachte ich bei mir, aber das nutze mir jetzt nichts.

»Na ja, das ist ja eine sehr interessante Theorie, fast ein Plot für einen spannenden Roman, würde ich sagen, aber was bedeutet das jetzt für unser Verhältnis?«, fragte ich mit möglichst neutralem Blick und ebensolcher Stimme.

Witold von Finkenstein erklärte sich:»Gar nichts, wir hatten nie eines und werden auch nie eines haben, mit Hasardeuren habe ich nichts gemein, ich hoffe, Herr Mödlhammer, Sie können das verstehen. Ich bin ein anständiger Mensch. Aber Sie müssen jetzt für sich überlegen, wie Sie gesichtswahrend den Ausgang finden.«

»Ich würde mit einer bedingten Strafe davonkommen, damit kann ich gut leben.«

»Wozu wollen Sie sich das antun, oder sehen Sie, sagen wir, sechs bis zwölf Monate auf Bewährung als Diplom für höhere Weihen, gar als Adelsprädikat? Es steht außer Streit, Sie wissen es selbst, dass Sie Ihre Fantastereien, Ihre Großmannssucht, Ihre niederträchtigen Angriffe auf den nobelsten und zugleich verletzlichsten Teil des Wirtschaftsgeflechts auf der Stelle zu den Akten legen werden. Die Frage, die Sie für sich und Ihre Familie – ich weiß natürlich auch, dass Sie keine haben, nur gesetzt den Fall, und sie zu erwähnen klingt immer gut – beantworten müssen: ob Sie eine weiche Landung oder eine harte hinlegen wollen.«

»Was meint der wohlwollende Fluglotse genau?«

»Harte Landung: Ich gebe eine Pressekonferenz morgen und ...«

»Okay, ich habe verstanden.« In meiner Verzweiflung verwendete ich sogar diesen aus den amerikanischen Kontoren nach Europa herübergeschwommenen Ausdruck; er war mir zutiefst zuwider, schon allein deswegen, da sich um seine

Entstehung und Bedeutung verschiedene Geschichten rankten, die alle nicht schlüssig waren. Eine Zeit lang hatte ich in meinem Büro ein Sparschwein aufgestellt, das pro Verwendung des unerträglichen Wortes mit einem Euro gefüttert wurde. Dem Schwein tat es gut, meine Kollegen freuten sich, nach dessen Schlachtung mit mir zum Heurigen gehen zu können, geholfen hat es nichts. Okay, meine Schlamperei sollte jetzt vielleicht nicht meine größte Sorge sein.

»Die weiche Landung wird Ihnen einiges an Arbeit und Canossagängen abverlangen, wird das der verwöhnte Franzi aushalten?« Er hatte sich offensichtlich gut über mich erkundigt und erklärte weiter: »Sie haben zwei Wochen Zeit, das Blatt zu wenden. Fangen Sie Ihre Bolschewiken ein, erklären Sie Ihnen mithilfe Ihres Einfallsreichtums, warum die Träume Schäume werden müssen, die Welt wäre nun einmal so, Gott sei Dank hätten Sie die Irrtümer in den Argumenten und Überlegungen noch rechtzeitig bemerkt, das Nächstliegende wäre nicht immer das Beste ...«

»Ja, freilich, ganz einfach, Howgh, Witold hat gesprochen.«

»Alles andere als einfach, machen Sie sich darauf gefasst, von Ihrer neomarxistischen Rasselbande verspottet zu werden, und trösten Sie sich mit der anerkennenden Zustimmung der Konservativen und der anständigen Liberalen.«

»Zwei Wochen, sagten Sie? Werden Sie mir, falls es erforderlich sein sollte, helfen?«

»Selbstverständlich, jetzt, wo wir Freunde geworden sind.« Er kostete seinen Triumph auf widerliche Weise aus, aber ich musste einschlagen, um Zeit zu gewinnen.

»Schauen wir mal, dann werden wir schon sehen«, sagte ich in der Hoffnung, eine kleine Hintertür zu öffnen.

»Tun Sie mal, ich habe schon lange genug zugeschaut.« Hintertür geschlossen.

***

»Domenica, Sie Kluge, meine Göttin, Stern des Nahen Südens, ich brauche Sie. Dringend!«

»In sechs Stunden, früher geht es nicht. Sie versprechen, sich bis dahin kein Leid anzutun? Sie sehen ja ganz aufgelöst aus.« Sie wusste Pflichtgefühl und Mitgefühl miteinander in Einklang zu bringen.

Ich sah auf die Uhr, es war Mittag, und ging in Richtung meiner Bleibe. Auf dem Weg dorthin – über die Rue Ducale – fiel mir das erste Mal das Schild von *Finance Watch* auf, an dem ich schon viele Male vorbeigegangen war, ohne es jemals bemerkt zu haben. War das vielleicht ein Zeichen, einer, der ausgezogen ist, die Geldtaschen der Bürger zu schonen und zu retten, erkennt in der Stunde der Not den Bruder im Geiste, den gleichgesinnten Kampfesgefährten? Selbstverständlich nicht, aber meine kurzfristig aufgeflammte Hoffnung, dieses Strohfeuer, illustrierte sehr schön das irrationale Denken, das in den weiter zurückliegenden Jahrhunderten gang und gäbe war. In der Stunde der Not – ohne Kenntnis von Ursache und Wirkung des Bedrohlichen, damit auch ohne Ahnung, wie es zu bekämpfen oder raschest hinter sich zu lassen wäre – klammert sich jeder an den dünnsten und dümmsten Strohhalm, er verflucht, fleht, schwört, ruft alle möglichen Geister, Heiligen und als letzte Instanz Gott höchstpersönlich an, in diesem Fall den *lieben* natürlich, und er versucht, Anzeichen für eine Wende, Hinweise des Schicksals zu erkennen, so wie ich jetzt. Wieder zu Verstand gekommen, sah ich ein, dass Domenica die einzige reale Hoffnung für mich blieb. Sie war in die Geschehnisse nicht involviert und daher keinem inneren Druck ausgesetzt, hatte einen klaren Verstand und war eine begnadete Pragmatikerin. Um die Zeit bis zu unserem Treffen zu überbrücken, suchte ich den Doktor auf, der gerade einen Steinwurf von daheim entfernt war. Ich konnte seine ärztliche Kompetenz nicht mit Sicherheit beurteilen, aber er gefiel mir und ich schätzte ihn sehr, Männer wie er halten die Welt zusammen und sorgen dafür, dass sie sich weiterdreht – Dr. Wei Chen, Allgemeinmediziner und Akupunkteur. Nach seinem Studium der chinesischen Medizin hatte er sich nach Europa aufgemacht und die Kenntnisse der unsrigen zusätzlich erworben.

Ich tat mir schwer, das Alter dieses dürren quicklebendigen Mannes zu schätzen, das siebte Jahrzehnt hatte er auf jeden Fall vollendet, dass er auf den Hunderter zuging, war denkbar, aber nicht wahrscheinlich, irgendwo dazwischen musste die Wahrheit liegen. Ich war aufs Geratewohl, ohne einen vereinbarten Termin, zu ihm gegangen und hatte Glück: Die unspektakuläre, aber Geborgenheit vermittelnde Praxis war frei von wartenden Patienten. Nach meiner kurzen Beschreibung, dass ich aus blauem Himmel heraus unter Druck gesetzt worden wäre und weder ein noch aus wüsste, erklärte er sich bereit, die geeignete Akupunktur vorzunehmen, und wies mir das Bett im Nebenraum zu. Während er die Nadeln sachte in meine Ohren, Arme und Hände steckte, erzählte er mir freundlicherweise nicht von Meridianen und Energiepunkten, sondern von seiner Flucht aus China. Den *Großen Sprung nach vorn*, das gründlich misslungene wirtschaftspolitische Experiment, das als Resultat die tödlichste Hungersnot der Geschichte zeitigte, hatte Wei, das Kind, mit mehr Glück als Verstand überlebt. Chen, der Erwachsene, war bei der ersten sich bietenden Gelegenheit auf ein Schiff gesprungen, sein Bedarf an Reformen und Visionen war gedeckt. Einmal in Europa angekommen, hatte er sich schließlich für Belgien, bekannt für seine gute und deftige Kulinarik, entschieden, auch wenn das für ihn bedeutete, zwei bislang unbekannte Sprachen von Grund auf zu lernen. Die kleine Ablenkung durch ein anderes, aufregendes Schicksal war mir eindeutig lieber als medizinische Erklärungen zu dem, was er gerade an mir vornahm. Nach dem Smalltalk, der so small nicht war, lag ich gut gespickt eine halbe Stunde alleine, ließ die Gedanken Revue passieren und merkte gar nicht, dass tatsächlich so etwas wie Ruhe in meinen Körper einströmte.

Der angenehme Zustand hielt an, und daheim im Schlafzimmer betrachtete ich, ohne viel zu denken, die Zeiger der Wanduhr, bis ich mich auf den Weg zu meiner letzten Hoffnung machte; eine Viertelstunde vor der vereinbarten Zeit stand ich neben John Cockerill und seinen musterhaften Arbeitern.

»Na ja, Sie sehen schon eine Spur besser als zu Mittag aus, aber da ist noch Luft nach oben. Mal sehen, was uns heute gelingen wird.« Domenica spürte den Ernst der Lage.

»Ich habe mich geduscht und umgezogen, das wirkt.« Ich wollte ihr von meiner Chenerei nichts erzählen, allzu leicht führten solche Themen auf das Glatteis der festen Überzeugungen und zu unfruchtbaren Streitgesprächen.

Sie schnupperte an meinem Hals: »Der Angstschweiß ist auch weg, alles wird gut werden.«

Im frühabendlich dicht besetzten Bus fuhren wir Richtung Innenstadt und fanden einen Platz im *Le Cirio*. Es war wie immer so voll und so laut, dass ein anderer Gast bestenfalls den einen oder anderen Gesprächsfetzen mitbekommen, aber niemand unserer Konversation sinnerfassend hätte folgen können.

Domenica hatte genügend lange gewartet, noch bevor der Ober die Bestellung für die Spezialität des Hauses, den *Half and Half*, aufnehmen konnte, wollte sie wissen: »Und wer bedrängt, was bedrückt unseren unermüdlichen Robin Hood heute?«

»Es ist kompliziert.« Ich wusste nicht, wie ich das Geständnis aufbauen, sie logisch und doch so rasch wie möglich zur Wahrheit hinführen sollte.

»Sie lieben mich, aber das können Sie ja ruhig sagen, ich gewähre und verzeihe Ihnen Ihren Übermut.«

»Sehr witzig.« Mittlerweile wurde das Getränk im seit über hundert Jahren eingespielten Ritual serviert. Der Kellner stellte die zwei Sektflöten auf den Tisch, goss zuerst den Sekt ein und füllte nicht nur den Rest des Glases mit Weißwein auf, ja, die Kellnerehre verlangte es, das Phänomen der Oberflächenspannung publikumswirksam auszunutzen und sogar einen kleinen Gupf einzugießen, ohne dabei das Ganze zum Überlaufen zu bringen oder auch nur einen einzigen Tropfen zu vergießen. Regelmäßig gerät der überraschte Tourist über die routinierte Kunstfertigkeit in Entzücken, die Kellner quittieren die tausendfach vernommene Anerkennung mit stoischer Ruhe. Gegenüber dem pompösen Jugendstillokal steht der prunkvolle Tempel des Geldes, die Brüsseler Börse, und die Legende raunt, dass nach Handelsschluss sich die Gewinner am Champagner berauschten, während sich die weniger Glücklichen mit dem billigeren Mischgetränk begnügen mussten. So gesehen stellt die Maximalfüllung eine nette Geste des Wirtes dar, der dem Manne in der Stunde der Not Gutes tut, in der unausgesprochenen Hoffnung, dieser würde es ihm in besseren Zeiten danken – die Börse ist ein launenhaftes Wesen und beschert auch dem größten Verlierer ab und zu einen Glückstag. In Bezug auf meine Lage hatte ich instinktiv genau die richtige Wahl getroffen.

Die zierliche Domenica sah auf der Bank mit der fast bis zu ihrem Kopf reichenden Rückenlehne hinreißend aus, was meine Lage nicht einfacher machte. So blieb mir nichts anderes übrig, als die Bombe ohne Vorankündigung zu werfen: »Ich liebe Sie tatsächlich, aber ich bin nicht Timo Hilvonen.«

»Schön, und haben Sie mir auch was Neues zu berichten?«

»Sagen Sie jetzt nicht, Sie hätten es auch gewusst!«

Sie lächelte.

»Und seit wann?«

»Schon lange, ich hatte so ein unbestimmtes Gefühl und bin Ihnen eines Tages nachgegangen. Übrigens, Sie sollten sich beim Gehen gerader halten, die Schulterblätter nach unten ziehen und das Becken nach vorne schieben. Von hinten gesehen, wirkt Ihr Gang ein bisschen nachlässig.«

»Zur Sache bitte.«

»Und dann habe ich Sie verloren, weil Sie einen Aufzug genommen haben, ich hätte ja kaum in dieselbe Kabine wie Sie einsteigen können. Wie in den mittelmäßigen Kriminalfilmen habe ich mir jedoch das Stockwerk gemerkt, bei dem Sie mutmaßlich ausgestiegen waren, die Anzeigetafeln bei den Aufzügen sind bei der Konzeption der Datenschutzgrundverordnung einfach vergessen worden. Können Sie sich ein solches Versäumnis vorstellen?«

»Das Lokal schließt um Mitternacht«, drängte ich.

»Da habe ich ja noch viel mehr Zeit als notwendig. Es war ja an sich nichts Außergewöhnliches, dass Sie in den Gebäudeteil der Volkspartei gefahren und nicht in den Ihrigen gegangen sind, aber wie gesagt, weibliche Intuition. So ging ich zu Ihrem Büro, sprich zu jenem des echten Hilvonen.«

»Und Sie haben mich dort natürlich nicht vorgefunden, das will überhaupt nichts heißen.« Mein Versuch eines Widerspruchs war vollkommen unnotwendig, genau genommen kindisch. Ich wollte ja nicht verhandeln, sondern Hilfe erhalten; vielleicht hätte der Arzt zwei oder drei zusätzliche Nadeln verwenden sollen.

»Nein, aber Ihr Lockenköpfchen saß gemütlich im Vorzimmer, mit den Füßen am Tisch, und las den *Zauberberg*. Er hat sich übrigens Timo gegenüber äußerst korrekt verhalten und auf meine Frage, ob ich den Herrn Abgeordneten kurz sprechen könne, geantwortet, dass er leider gerade diese Woche nicht anwesend sei und seine nächsten Termine in Brüssel noch nicht mit Sicherheit feststünden. Ich war auf Ihrer Spur, schon bevor Sie sich entschlossen hatten, Ihre Identität zu wechseln. Mit einem Male wurde der wenig attraktive vermeintliche Sparfuchs Hilvonen Timo, von dem ich schon einige Zeit ahnte, dass er seine Nächte in seinem Büro verbringt, zum reizvollen Mysterium Hilvonen, das ich mir nicht sofort erklären konnte.«

»Ich werde es Staffan ausrichten, dass Sie seine Diplomatie schätzen, und mir selber, dass Sie mich als Person, als welche auch immer, schätzen«, versuchte ich wieder einmal, witzig zu sein, nur um mich gleich darauf zu fragen, warum ich gerade bei Domenica so viel Unsinn von mir gab. Vielleicht war es ja wirklich Liebe?

Sie überging meinen Einwurf und schloss ihren Bericht: »Kurz und gut, den Rest können Sie sich denken. Bei einem Ihrer folgenden Besuche in der Lounge bin ich dann gleich nach der Bezahlung – an dieser Stelle: Danke übrigens für die stets großzügig bemessenen Trinkgelder, die sind in Brüssel alles andere als selbstverständlich – noch vor Ihnen in Ihr mutmaßliches Stockwerk gefahren, habe mich hinter einem der vielen Töpfe mit Grünzeug, die ja überall herumstehen, versteckt und habe, nachdem meine Zielperson erwartungsgemäß aus dem Aufzug gestiegen war, die Verfolgung aufgenommen, sie vollendet. Und nachdem mir nach und nach alles klar geworden war, konnte ich nicht umhin, Sie intensiv zu schätzen, nennen wir es einmal so, aber bilden Sie sich nicht zu viel darauf ein.«

»Eine an Warmherzigkeit nicht zu überbietende Liebeserklärung«, sagte ich und wandte mich der Bedienung zu, »noch zwei, und einen Salat Belle Époque, bitte.« Ich wusste, dass sie diese Komposition mit den kleinen grauen, intensiv nach Meerwasser schmeckenden Crevetten mochte und dass die Portion, der aufgeschnittenen Baguette sei Dank, für uns beide ausreichend sein würde.

»Eine weiblicher James Bond«, resümierte ich.

»Wer weiß?«

»Und warum haben Sie mich nie darauf angesprochen?«

»Sie wussten es ja ohnehin, und ich wäre nach der Enthüllung einem langweiligen Assistenzprofessor gegenübergesessen, der mir von seinem Ärger mit der Verwaltung und den Studenten erzählt, oder einem ertappten Schurken, der mir immer wieder aufs Neue erklärt, warum er so und nicht anders handle, warum er ein viel besserer Mensch wäre, als man gemeinhin annehmen sollte, und der mich danach um Vertrauen und Verschwiegenheit anfleht. Beides finde ich gewöhnlich, ohne Esprit, nichts für mich.«

»Jetzt wird es aber gewöhnlich werden«, mimte ich eine leichte Resignation, um gleich darauf das Feuer der Neugierde anzufachen, »vielleicht auch nicht, jedenfalls – ich werde erpresst.«

»Großartig! Sagen Sie schon, von wem?« Ihre Augen leuchteten, sie beugte sich über den Tisch vor zu mir und wartete ungeduldig auf meine Eröffnungen.

»Von Witold von Finkenstein, dem Vertreter des *Philanthropischen Verbandes für eine umfassende Finanzwirtschaft.*«

»Finky? Vieles hätte ich ihm zugetraut, das aber nun doch nicht.«

»Sie kennen Witold?«

»Ich kenne viele, und gerade diese umtriebigen Einflüsterer nicht zu kennen ist fast ein Ding der Unmöglichkeit. Finky ist stets auf seinem Posten, der Lobbyist, der niemals schläft. Aber los jetzt endlich, was, wann, wie, wo und warum? Das Wer ist geklärt.« Ihre Begierde, mehr zu hören, war so groß, dass ich den Eindruck bekam, sie begrüßte die dramatische Wendung meiner Lebensgeschichte, nicht weil sie mir Böses wollte, sie schien einfach eine Freude am Ungewöhnlichen zu haben. Mich überkam das beruhigende Gefühl, eine Verwandtschaft unserer Seelen zu erkennen.

Ich berichtete wahrheitsgemäß und ließ sie auch wissen, dass ich noch zu keiner abschließenden Meinung gekommen wäre, ob ich eine sanfte oder harte Landung bevorzugen würde. »Wie viel Zeit, haben Sie gesagt, zwei Wochen? Das ist kurz. Anweisung von Domenica: Zwei Tage tun Sie jetzt nichts, mit *nichts* meine ich *nichts*. Sie kommen nicht einmal in die Nähe des Parlaments, das Magritte-Museum hat wieder geöffnet, und Sie mögen sicherlich Buchen, Eichen und Eschen, geht Ihnen der Wienerwald nicht ab? Begeben Sie sich in den Forêt de Soignes, um dort ausführliche Spaziergänge zu unternehmen, das wird Ihnen guttun. Ich melde mich bei Ihnen und dann entwerfen wir unseren Schlachtplan. Keine Angst, es wird alles gut werden, vertrauen Sie Ihrer Domenica.«

Ich dachte bei mir, dass meine potenzielle Retterin ein bisschen zu kräftig auf die Pauke haute, andererseits hatten die vielen Gläser ihre Wirkung getan, und ich war bereit, das auf mich wartende, das auf mich zurasende Schicksal anzunehmen, daher käme es auf die beiden Tage auferlegte Passivität auch nicht mehr an. Die westliche Spiritualität ist und bleibt der östlichen überlegen, diese erfordert jahrelange Meditation unter Anleitung und Aufsicht eines erfahrenen Meisters, jene kommt mit ein paar Gläsern Gepantschtem zum gleichen Resultat.

***

Nach den zwei verordneten Kultur- und Naturtagen machte ich mich wieder zum Ort des Geschehens auf, meine Stimmung war lustlos. Auch ein Besuch bei *Guy Alexandre*, dem Friseur knapp hinter dem Eingang und noch vor den gesund aufkochenden Mädchen, schaffte es nicht, meine Stimmung zu heben. Der diensthabende Figaro tat sein Bestes, mit seinem tieffliederfarbenen Hemd war er der einzige bunte Punkt in dem ganz in Schwarz gehaltenen Salon, er schnitt flott und routiniert, plauderte Belangloses und verteilte zum Abschluss mit seinen Handflächen Parfum auf meinem Gesicht. Ich fragte mich, wie viele der Mitglieder seine Dienste in Anspruch nähmen – problemloser als bei Guy und seiner Truppe war die immer wieder im Spiegel ihr Recht einfordernde Prozedur nicht zu absolvieren, außerdem lag für den eintreffenden Kunden ein ansehnlicher Stapel an renommierten Comics auf; die Wartezeit war eindeutig zu kurz. Nach der Entrichtung des Werklohns bemerkte ich, dass ich noch Bargeld brauchte, genau genommen brauchte ich es nicht, ich wollte aber aus einer Laune heraus darüber verfügen – und durfte mich an einem der beiden hochmodernen, schön gestalteten Ausgabegeräte der umfassenden Fürsorge ihres Betreibers erfreuen. Wie jeder Bankomat gab auch dieses Gerät die Schritte, die für eine erfolgreiche Geldausgabe zu absolvieren waren, im Detail auf dem Bildschirm vor. Aus unerfindlichen Gründen schien die Betreiberfirma sich selbst, ihren Verhaltenspsychologen und Programmierern nicht zu trauen, oder sie hatte mit den Mitgliedern des Parlaments einschlägige Erfahrungen gemacht. Oberhalb der beiden Geräte waren zwei A4-Papiere schlampig und lieblos angebracht, mit braunem glänzendem Transportklebeband an der Wand befestigt. In insgesamt zehn Schritten erklärte die zusätzliche Bedienungsanleitung in den beiden europäischen Arbeitssprachen, wie die Karte einzuführen sei, dass es sich um einen nicht motorisierten Automaten handle, dass der Kunde nicht vergessen dürfe, seine Karte am Schluss der Operation auch wieder herauszuziehen, und vieles andere mehr. Die zwei Automaten wurden, wie man vermuten könnte, nicht von irgendeiner überfürsorglichen Provinzbank mit wenig Erfahrung im automatisierten Bankgeschäft betrieben, sondern von einem – gemäß Selbstdarstellung – *weltweit agierenden Spezialisten für das Management von Bargeld.* In dieser Rolle müssten er und seine Methoden technologischer Vorreiter sein, und ich fragte mich, ob diese rustikal gestalteten Zusatzerklärungen bald überall in Europa vorzufinden wären.

Der Vormittag verging rasch, und als ich gegen Mittag wieder einmal den Sportclub aufsuchen wollte, kreuzte Domenica meinen Weg, sie war Richtung Ausgang *Place du Luxembourg* unterwegs und deutlich eleganter gekleidet als sonst. Gleichermaßen überrascht wie erfreut fragte ich nach ihrem Ziel.

»Business Lunch.«

»Mit einem Ihrer Professoren?«

»Für die würde ich mich nicht so herrichten, sehe ich aus wie eine wissbegierige Studentin auf der Suche nach den letzten Geheimnissen der Nationalökonomie? Und nebenbei bemerkt, auf dieses Glatteis begibt sich kein Lehrender, der auf eine Verlängerung seines Vertrages hofft. Eigentlich schade.«

»Und eigentlich geht's mich nichts an«, griff ich dieses alles Unangenehme abschwächende Adverb auf und nahm die Rolle des resignierenden Großzügigen ein, um weitere Peinlichkeiten zu vermeiden.

»Sie geht es am allermeisten an, schließlich treffe ich mich nicht zu meinem Vergnügen mit Finky.« Da war sie nun, die Peinlichkeit, und ich war getroffen. So sehr, dass ich mich nicht entblödete zu fragen, ob sie nun die Seiten wechsle.

»Ich bin Ihre Hirtin, Ihnen wird nichts mangeln, aber ein bisschen Vertrauen muss schon sein, wir sehen uns am Abend in der Rue de la Révolution.« Damit verabschiedete sie sich, ohne meine Reaktion abzuwarten.

***

»Keine Fragen bitte, Sie erhalten alle Antworten, und noch mehr«, sagte sie, als sie zur Tür hereinkam, und ließ keinen Zweifel daran, dass der Gesprächsverlauf des Abends allein in ihren Händen lag. Ich fügte mich, und wir setzten uns in die kleine Küche, die an den Innenhof grenzte, ein Tischchen und zwei Klappsessel boten uns ausreichend Platz. Ich überließ ihr die Sicht auf den langen Flur, der mit seinen Gemälden und Accessoires den Charakter eines Wohnraumes hatte und eine angenehme Stimmung vermittelte. Er war weniger ein Gang oder Stiegenhaus, das auf dem Weg vom Zimmer zur Haustür zu durchschreiten war, sondern eher ein Ort, der zum Aufenthalt einlud. Sie hatte die Lady von heute Mittag in ihren Kleiderschrank verräumt, und ich saß der sportlich-eleganten Domenica gegenüber, die ohne viel Aufwand attraktiv war. Als ich mich anschickte, eine Flasche Rotwein zu öffnen, fragte sie: »Wo bleibt heute der Champagner?«

»Gibt es einen Grund?«

»Erstens braucht ein lebensfroher Mensch keinen Grund, es sich gut gehen zu lassen, zweitens gibt es einen und drittens trinke ich ohnehin lieber Ihren Cahors.«

»Ich stelle Ihnen keine Frage«, betonte ich und hob das Glas zum Zuprosten, da ich merkte, dass sie ohnehin fast platzte, um mit ihren Neuigkeiten herausrücken zu können.

»Ihr Witold ist ein hochkultivierter Mensch, das ist mir heute wieder zu Bewusstsein gekommen. Ein äußerst anregendes Treffen.«

»Wie ich mich freue.«

»Wir haben uns lange unterhalten, alte Meister, Jagd, Perserteppiche und deutsche Geschichte – Wittelsbacher, Hohenzollern und Habsburger. Aber gehören die Habsburger nicht eigentlich Ihnen, Franz?«

»Nein, wir gehörten ihnen.«

»Ist ja auch gleichgültig. Was ich noch sagen wollte, Finky zieht seine kürzlich an Sie gerichtete Bitte, die eine oder andere kleine Änderung an der Richtlinie vorzunehmen, ihr den letzten Schliff anzulegen, zurück. Er meint, der Vorschlag des Ausschusses wäre mit den Änderungsanträgen in der jetzigen Form durchaus brauchbar.«

Ich nahm Domenica nicht ernst, wie denn auch, und meinte: »Sie sind alt genug, um den Unterschied zwischen Humor und Blödsinn zu kennen.«

»Sie erst recht. Ich komme vom Humor zur Sache.«

»Schon?«

»Alles beginnt damit, dass Witold ein beachtliches Vermögen sein Eigen nennen darf.«

»Das soll ja bei Adeligen nichts Außergewöhnliches sein, sie hatten ja Jahrhunderte Zeit, ihr Sparbuch aufzufüllen. Im Resultat sind sie entweder reich und tun so, als ob sie arm wären, oder vice versa. Irgendwie schimmert das Vermögen immer durch. Das Modell Bertrand, in größerem Maßstab halt.«

»Grundsätzlich liegen Sie, mein sozialkritischer Franz, richtig, aber unser Witold wurde als *Herr Krämer* geboren, in Wuppertal, und er hieße auch heute noch so, wenn ihn nicht einer aus dem verzweigten Hause von Finkenstein adoptiert hätte. Der Landadelige Emmerich von F. hatte die Familienerweiterung weder aus allgemeiner Liebe zur Menschheit noch aus besonderer zu diesem einen Menschen vollzogen, aber von der Spende der in Adelskreise hineinstrebenden Männer und Frauen lässt sich einige Zeit auskömmlich leben und auch das Dach des Anwesens sanieren. Witold hat im Übrigen noch drei Schwestern und einen Bruder, die aus demselben Holz geschnitzt sind wie er. Ohne jetzt vom Hundertsten ins Tausendste zu kommen, Witold hatte von früher Jugend an den Zug zum Tor, er hat seine berufliche Laufbahn und seinen sozialen Aufstieg strategisch geplant. Für seine Annahme als Kind und Aufnahme in den niederen Adel hat er schon in seinen Studentenjahren gesorgt, und das war ihm keineswegs leichtgefallen. Alles kostet seinen Preis, und er entrichtete ihn mittels einer langjährigen Ratenvereinbarung, denn er musste das Geld für seine Veredelung erst verdienen. Geld findet sich vor allem dort, wo mit Geld gearbeitet wird, und der noble Name im Verein, mit seiner Ausbildung und seinem Auftreten, hat dem jungen Banker geholfen, die Aufmerksamkeit der Direktoren und Personalverantwortlichen auf sich zu ziehen, er hat ihm Türen geöffnet, auch zu den Hochburgen im Finanzdistrikt von Manhattan.«

»Er durfte bei den großen Buben mitspielen? War er denn selber einer?«

»Er war auf dem Weg dazu, aber dann ist er gestolpert.«

»Gestolpert, aber nicht gefallen«, warf ich ein, um Domenica zu zeigen, dass ich nicht nur zuhörte, sondern auch mitdachte.

»Ohne es zu wissen, haben Sie den springenden Punkt erkannt, nein, nicht erkannt, angesprochen.« Sie wollte mir den kleinen Zufallserfolg nicht gönnen. »Begonnen hat er mit der Ochsentour, da muss jeder, der an der Wall Street Erfolg haben will, durch, egal ob Wolf, Fuchs oder Schakal, und er ist den ganzen Tag am Telefon gesessen, hat die Kundendatei des Brokers von oben nach unten durchtelefoniert, um Anleihen oder Aktien zu verkaufen, auch die Hochfinanz beschäftigt ihre Staubsaugervertreter.«

»Wofür ein Doktortitel und ein Hochwohlgeboren nicht alles nützlich sein können …«

Domenica ging weiter im Text: »Niemand hält diesen Verkaufsdruck, erzeugt durch die Chefs, die Kollegen und vor allem durch die eigene Gier und die Notwendigkeit, die monatliche Miete zu begleichen, lange durch, und nach zwei, drei Börsenmaklern hat er dann bei einem Indexprovider angeheuert. Sie wissen sicher, was das ist, ich erkläre es trotzdem.«

»Selbstverständlich weiß ich, was das ist, erklären Sie mir bitte trotzdem, was Sie darunter verstehen«, gab ich ihre Ironie zurück, ohne den Ausdruck jemals zuvor gehört oder gelesen zu haben.

»Indexprovider sind Unternehmen, die mehrere Aktien oder Anleihen zusammenstellen, denen sinnvoll eine Gemeinsamkeit zugesprochen werden kann, und die diese Selektion dann XY-Index nennen. Den Dow Jones der New Yorker Börse kennt jedes Schulkind, den DAX ebenfalls, und es gibt noch viele andere mehr. Kleine Quizfrage: Wie viele Aktienindizes gibt es weltweit?«

»Dreitausend, denke ich, nein, sagen wir zehntausend«, verbesserte ich mich sogleich, denn in den letzten Wochen hatte ich einen Eindruck von der Dynamik und Innovationskraft der Geldmacher erhalten, die mir, dem bescheidenen Konjugierer, Deklinierer und Interpreten kultureller Phänomene, Bewunderung abrangen.

Sie freute sich sichtlich über ihren voraussehbaren Triumph.

»Nicht schlecht geschätzt, es gibt drei Millionen dieser Börsenbarometer. Nicht nur Handelsplätze, Länder und Regionen, auch Branchen und Produkte bieten sich als Kriterium zum Bündeln der Wertpapiere an. Nichts bewegt sich so sehr wie die Börse, das ist ja ihr Sinn, und der stete Wandel an Bewertung und Werten erklärt auch, warum die Provider ihre Bündel in regelmäßigen Abständen aktualisieren, sprich Aktien, die den Kriterien nicht mehr entsprechen, heraus- und frisch qualifizierte hineinnehmen. Die Aufnahme in diesen Kreis dürfen Sie sich wie die Ernennung in den Adelsstand vorstellen, eine einfache Fink-Aktie mausert sich dadurch im Ansehen zum Von-Finkenstein-Papier. Ein Abgänger aus dem Index verliert an Wert, sein Kurs sinkt unweigerlich, während der Parvenu gewinnt. Und Finky war einer von denen, die das Urteil vorbereiteten und fällten, zweimal im Jahr.«

»Ich beginne zu ahnen, verstehe aber noch nichts«, gab ich zu.

»Geduld, wir nähern uns dem Kern der Sache. Es gab ... gibt ... eine unauffällige Kindergärtnerin in Nordrhein-Westfalen, die über erstaunliche wahrsagerische Fähigkeiten verfügte. Kornelia Crux, geborene Krämer, ahnte immer wenige Tage vor einer Entscheidung über die zukünftige Zusammensetzung eines Index zuverlässig, was sich tun würde, wer aufgenommen und wer vor die Indextür gesetzt werden würde, und sie deckte sich mit den dazu passenden Put- und Call-Optionen ein, in großem Stil. Wie das die Hüterinnen unserer Kleinsten zwischen Bastelstunde und Schokoriegel halt üblicherweise so machen. Noch in derselben Woche verkaufte sie die Derivate wieder mit gut gehebeltem Gewinn, blickte zufrieden auf ihr Konto und tat sechs Monate lang nichts, an der Börse, meine ich. Sagen Sie selbst, ist das nicht eine herzerwärmende Geschichte?«

»Und weil mein Witold, Ihr Finky, wie kommen Sie überhaupt dazu, diese Person mit einem Kosenamen zu belegen, ein Insidertrader war, hatte er nun bei einem ausführlichen Lunch mit Ihnen ein Erweckungserlebnis bezüglich meiner Richtlinie?«

»Im Endeffekt ja, aber da gibt es noch ein paar Zwischenstationen, an denen wir nicht achtlos vorbeifahren sollten. Dies alles spielte sich um die Jahrtausendwende ab, damals schrieb man, im Vergleich zum neopuritanischen Heute, *Insiderhandel* noch mit kleinem i, und das bedeutete, dass unser Mann nicht der Einzige war, der sich und seiner Familie auf diese Weise Gutes tat. Adrenalingeladen, wie es das Milieu rund um Wertpapiere nun einmal ist, gab jeder vor dem anderen an, welche Gewinne er gerade gemacht hat und wie gerissen er dabei vorgegangen war. Was ist ein Gewinn, ein Coup, von dem niemand weiß?«

»Nichts«, warf ich kundig ein.

»Richtig und falsch zugleich, denn so wichtig die Prahlerei unter Gleichgesinnten ist, so wenig soll davon nach außen dringen, aber das wissen Sie ja inzwischen besser als ich. Und einer von diesen Helden prahlte zwar mit, notierte aber auch fleißig, protokollierte das Gesagte und erstellte im Lauf der Zeit ein explosives Dossier. Methoden, Namen der Akteure, betroffene Indizes und Aktien, Zeitpunkte, alles war gewissenhaft aufgeführt und kundig interpretiert, sogar nicht wenige Belege, an die er, wie auch immer, herangekommen war, hatte er seinem Akt hinzugefügt. *Finky* bedeutet übrigens so viel wie *talentiertes Bürschchen*, und als solches ging er in Begleitung von zwei Rechtsanwälten zur Börsenaufsicht und legte das Ganze auf den Tisch. Wie er es erwartet hatte, der Skandal war zu groß, als dass die Behörde die öffentliche Verfolgung aufnehmen hätte können. Das Vertrauen nicht nur in die involvierten Gesellschaften, sondern in den gesamten Markt wäre gefallen, die Aktienkurse gesunken und die aus den Gewinnen der Fondsgesellschaften gespeisten Pensionszahlungen für den kalifornischen Rentner ebenfalls, zumindest für einige Zeit. Gleichzeitig wäre es unmöglich gewesen, die Geschädigten zuverlässig in Höhe und Ausmaß festzumachen und ihnen Ersatz zu leisten, zu vielfältig sind die Gründe für den Erwerb oder das Abstoßen einer Aktie, zu unsicher das Was-wäre-gewesen-wenn, als dass auf Seite der Geschädigten die Transaktionen kausal korrekt zuordenbar gewesen wären. *Es soll Gerechtigkeit geschehen, und gehe die Welt darüber zugrunde*, darauf hatte nun wirklich niemand Lust, abgesehen von den Anwälten vielleicht.«

»Kleine Zwischenfrage, woher wissen Sie das alles? Finden hierzu Seminare oder Vorlesungen statt?«

»Später. Alle Involvierten arbeiteten mit Engagement an einem Arrangement, und sie fanden es. Die Schurkenhändler mussten ihre individuellen unrechtmäßigen Gewinne, die im Unterschied zu den Verlusten der Masse durchaus nachvollzogen und berechnet werden konnten, zurückzahlen und dreißig Prozent Strafe dazu. Im Gegenzug gab es keine Strafanzeigen, sie durften weiterarbeiten, natürlich unter Beobachtung, jeder Indexprovider bekam einen zusätzlichen behördlichen Aufpasser und neue Berichtspflichten wurden eingeführt. Für einen einzigen der Missetäter galt der Handel nicht, als Hinweisgeber und eine Art Kronzeuge ohne Prozess durfte Witold die Hälfte seiner Beute behalten, musste sich aber verpflichten, innerhalb eines halben Jahres sein Gastland zu verlassen und nie wieder für ein US-amerikanisches Unternehmen zu arbeiten. Mit dieser Vereinbarung verblieb ihm und seiner kooperativen Schwester immer noch mehr als genug, absolutes Stillschweigen wurde selbstverständlich vereinbart, und so konnte Witold von einer komfortablen Position aus ein neues Leben beginnen.«

»Der Krimi liegt zwanzig Jahre und mehr zurück, hat sechs Flugstunden von hier stattgefunden, die besten Anwälte haben Geheimhaltung vereinbart und Fräulein Galotti ist bestens über die Geschehnisse informiert. Vorausgesetzt, ich habe mich nicht, ohne es zu ahnen, in eine Märchenstunde verirrt, möchte ich jetzt bitte wissen, woher Sie das alles wissen.«

»Das kann ich Ihnen nicht sagen.«

»Ich will es aber wissen«, beharrte ich.

»Kennen Sie die Geschichte vom pedantischen Schiffbrüchigen?«

»Gibt es die überhaupt?«

»Jede Geschichte gibt es irgendwie, alles nur Denkbare und noch mehr ist schon einmal geschehen. Zählen Sie alle sowohl des aufrechten Gangs und der artikulierten Sprache fähigen Lebewesen, die unsere Erde jemals bevölkert haben und gerade bevölkern, zusammen, multiplizieren Sie die Zahl mit der durchschnittlichen Lebenserwartung und halbieren das Ergebnis, operieren Sie mit dieser Division unter der vorsichtigen Annahme, dass jeder Mensch alle zwei Jahre *eine* Geschichte erlebt, und sie werden sehen: Milliarden werden nicht reichen, die Erzählungen, die das Leben schrieb, gehen in die Billionen. Der Protagonist unserer Episode ist ein Steuerbeamter aus Florida, der nach einem Schiffbruch seit Tagen im Meer treibt, und – kaum zu glauben – es kommt ein Frachter vorbei und die Besatzung schickt sich an, den Unglücklichen zu retten. Sogar der Erste Offizier steigt die Strickleiter hinab, um den nun glücklichen Unglücklichen aus seinem kleinen Rettungsboot zu holen, und knapp vor der Bergung sieht der Beamte, dass das Schiff unter einer Billigflagge fährt. Registriert in entgegenkommenden, weltoffenen Kleinstaaten, wird nicht nur bei Mindestgehältern und Sicherheitsvorschriften ein Auge zugedrückt, auch die Steuerlast des Reeders wiegt deutlich leichter als in seinem Heimatland. Wer denn der wirkliche Eigentümer des Schiffes wäre, der, der hinter dem Briefkasten sitzt, fragt der in Rettung Begriffene. Wir wissen es nicht, es kümmert uns auch nicht, antwortete der Erste Offizier erstaunt, aber immer noch höflich. Er, als Beamter des Schatzmeisters, könne keinesfalls bei einem Steuerhinterzieher mitfahren, bekommt der überraschte Hilfsbereite zu hören. So geht es eine Weile hin und her, schließlich verliert der Erste Offizier seine Geduld, und nach einem Ultimatum verbleibt der Pedant in seinem Boot, der Frachter nimmt an Fahrt auf, und den Rest können Sie sich denken. Herr Mödlhammer, seien Sie nicht dieser Schiffbrüchige, stellen Sie keine Fragen, die zwar nicht nichts zur Sache tun, die aber keinen Mehrwert in sich tragen.«

Ich antwortete trotzig:»Der Mehrwert läge in der Glaubwürdigkeit.«

»Und die Glaubwürdigkeit manifestiert sich im Resultat. Und damit möchte ich meinen Bericht nun auch zu Ende bringen, auch wenn ich fast keine Lust mehr dazu habe, denn es schwebt hier wenig Dankbarkeit in der Luft.«

»Das Vöglein der Dankbarkeit landet nur auf festem Aste.« Heimlich überlegte ich mir nach dieser metaphorischen Eingebung, ob ich nicht einen Abreißkalender mit Sinnsprüchen – einen für jeden Tag des Jahres – entwerfen sollte, den ersten hätte ich ja jetzt schon aus dem Nichts heraus geboren.

»Wenn für Sie der Ast nicht stark genug ist, für Finky war er es. Er hatte, ohne dass ich es aussprechen musste, begriffen, worum es ging. Solche Männer gibt es auch.«

»Im Sinne des Programms *Domenica Galotti für Dummies* bitte ich Sie submissest, auf das Niveau des unbedarften Philologen herabzusteigen und ihm die Auflösung, zugleich die Erlösung, zuteilwerden zu lassen.«

»Bitte. Geheimhaltung, Sie erinnern sich, sprich der *Phil-anthropische Verband für eine umfassende Finanzwirtschaft* hat keine Ahnung, dass er seit Jahren auf einen ehemals hochaktiven Insiderhändler setzt. Die honorigen Herren würden den guten Witold morgen vor die Türe setzen, wüssten sie Bescheid über seine Betrügereien, auch der einstige Verrat an den Seinigen ist nicht dazu angetan, weiterhin Vertrauen in ihn zu haben. Jeder hat Unangenehmes, Kompromittierendes, Skandalträchtiges zu verstecken, glaubt es zumindest, das gilt für den Schuljungen ebenso wie für die ehrwürdigste Institution, und es gilt, vermeidbare Risiken für die Reputation diskret zu eliminieren. Die Kündigung wäre zwar nicht sein Ruin, denken Sie an die erwähnte Hälfte, das Schandgeld, auch wäre dem Verband ein Witold'sches Schweigen einiges wert, aber ein Mann wie er braucht die Bühne, muss tun, will an Rädern drehen und Hebel in Bewegung setzen, möchte gehört und gesehen werden, dürstet nach Applaus. Können Sie sich Finky als Briefmarkensammler vorstellen?«

»Falls es in dieser Branche auch Insiderhandel gibt, schon.«

Sie ging auf die mir sehr klug erschienene Bemerkung nicht ein und kam zum Schluss: »Feuer bekämpft man am besten mit Feuer. Er hat sie erpresst, ich habe ihn erpresst, er hat verstanden und Sie nun hoffentlich auch.« Damit riss sie mich hoch, umarmte mich voller Freude wie ein Torschütze im Endspiel, und nur die Enge in der Küche verhinderte, dass wir gemeinsam auf den Boden fielen.

***

Die Ereignisse der letzten Tage hatten mich mitgenommen, und dass ich nun den Sack bald zumachen müsste, verbesserte meine Stimmung nicht, ich hatte an Zuversicht und Gewissheit verloren. Mein analytischer Geist schalte mich einen Dummkopf, jemanden, der trotz eines unbestreitbar großen Sieges mit seinem Schicksal haderte, Franz, der Gefühlsmensch, stimmte ihm zwar zu, war aber nicht aus seinem Tief herauszuholen, zu rasch und zu unerwartet hatten sich die Ereignisse entwickelt. Außerdem hatte Staffan seinen Dienst quittiert, er hatte ein Angebot eines Betreibers von Kurzentren und Gesundheitseinrichtungen erhalten, der ihm ein solide langfristige Berufsperspektive bot. Vielleicht hatte er sich ja deswegen die Mühe angetan, das in den Schweizer Alpen spielende Monumentalwerk von Thomas Mann zu lesen. Ich konnte ihm seinen Schritt nicht verdenken und wollte ihn auch nicht mit Versprechungen, die ich ohnehin nicht einhalten könnte, zum Verbleib überreden, denn eines der Geheimnisse langfristig erfolgreicher Berufsausübender aller Art besteht darin, die ihnen Nahestehenden nach Kräften in ihrer Laufbahn zu fördern. Der Mitarbeiter von gestern ist der Türöffner von morgen. Er übergab mir sein Diensttelefon, erklärte Pantea umsichtig das wenige, das sie nicht ohnehin schon wusste, und servierte uns noch im Rahmen eines improvisierten Abschiedstrunks selbstgemachtes Vispipuuro, eine köstliche Creme aus Grieß und Preiselbeeren. Ich entschied mich, für Staffan keinen Ersatz zu suchen, denn der größte Berg der Bankenarbeit lag hinter uns und Überlegungen für die Zeit danach, die es ohnehin nicht geben würde, wären Zeitvergeudung.

Leicht niedergeschlagen, hielt ich es für unangebracht, mich mit der Endredaktion des Berichts herumzuschlagen, und schlenderte durch das Gebäude, ohne Absicht, ohne geplante Route. Schließlich stand ich vor dem menschenleeren Plenarsaal, in ihm könnte sich eines Tages das endgültige Schicksal meiner Richtlinie entscheiden. Die Wahrscheinlichkeit war gering, denn den achtundvierzig geplanten Sitzungstagen in

Straßburg stehen hier nur zwölf gegenüber, aber auszuschließen war es nicht. Das Bullauge an einer der Zugangstüren gab den Blick auf den Halbkreis frei, in mächtigen Stufen zogen sich die Reihen mit den Sitzbänken für die anwesenden Abgeordneten hinunter. Am Ende der fünf Blöcke dann ein kleiner freier Raum mit Rednerpult, die Arena, in Form eines Hufeisens, und dahinter baute sich die breite Bank für die Mitglieder des Präsidiums auf. Der imposante Saal lag im Dämmerlicht und verströmte eine feierliche Stille. Mein Bedarf an Kontemplation war durch den Blick in die Herzkammer noch nicht gestillt, und so wandte ich mich den Zusammenflüssen zu, sie hingen unmittelbar vor dem Plenarsaal und füllten über geschätzt sieben Stockwerke zuerst das riesige Auge der Wendeltreppe, die vom Eingang zu *Paul-Henri* hinauf zum Plenarsaal führte. Die Skulptur zog sich dann weiter in die Höhe, hinauf in den überdachten Innenhof. Olivier Strebelle hat Hunderte von gebogenen oder gewellten Edelstahlrohren miteinander zu einem langgezogenen Etwas versschweißt und dieses struppige, borstige, amorphe Konvolut mit einem Stahlseil am Dach des Gebäudes befestigt, sodass es den Anschein erweckt, zu schweben. In alle Richtungen greifen die Bündel an Rohren, berühren einander, verknoten sich, um danach wieder dem Rand, den sie selbst bilden, entgegenzustreben. Der pflichtgemäßen Interpretation, dass dieser einzigartige Wirrwarr die Zusammenarbeit Europas versinnbildlicht, wird sich kaum jemand verschließen, es sind aber einige pragmatische und politische Fragen hinzuzufügen. Vor allem: Wie hat der belgische Künstler das Kunstwerk zusammengefügt und in Position gebracht, wo soll der Unruhe verströmende galaktische Nebel noch hinfließen, müssen die Putzfrauen sich vom Dach herunter abseilen oder verfügen sie über meterlange Stangen, mit denen sie die Entstaubung und das Aufpolieren von der Seite her bewerkstelligen, und hängt das Schicksal Europas nicht an einem seidenen Faden? Den sich an die Politik heranschmeißenden Verschönerer der Plätze, Straßen und Parks, wer kennt ihn nicht? Ich bin öffentlich für dich, also sorge bitte dafür, dass in der Öffentlichkeit ein Werk von mir aufgestellt oder aufgehängt wird, so lautet der Konsens zwischen jenen Künstlern und Inhabern öffentlicher Ämter, die durch ihr Können nur bedingt überzeugen können. Dieser Vorwurf ginge bei dem schöpferischen Freund der Biegungen und runden Formen ins Leere, denn die von ihm geschaffenen Kunstwerke stehen nicht nur auf seinem Heimatkontinent, sondern auch in Singapur, Peking, Moskau, und sogar in den Vereinigten Staaten kann der Passant an ihnen vorbeigehen, der Tourist sie mit dem Reiseführer in der Hand aufsuchen. Olivier Strebelle und seine Kurven aus Metall waren augenscheinlich bei allen Ideologien gut gelitten.

Das Erhabene ist dem Lächerlichen oft nahe, denn ein Herr mittleren Alters unterbrach meine tiefschürfenden Betrachtungen zur Europapolitik und zu Weltanschauungen mit der Bitte, ob ich kurz zur Seite treten könnte. Ich konnte und bemerkte erst jetzt, dass ich vor einer der vielen Abfallentsorgungsstationen gestanden war, *Mistkübel* trifft die Sache nicht, und ihm den Zugang versperrt hatte. Aufgestellt waren diese Behälter vorwiegend am Rande der hausinternen Hauptreiserouten. Begleitet von einem Karton mit zwei separaten Zonen für PC-Mäuse und Ladekabel einerseits sowie für Batterien andererseits, standen die eleganten schmalen Kästen – an diesem Platze zufällig, harmonisch angepasst an das alle Aufmerksamkeit auf sich ziehende Meisterwerk, auch aus Edelstahl gefertigt – und warteten mit fünf kräftig eingefärbten Schlünden geduldig auf Nahrung: grün für Glas, rot für Getränkedosen, weiß für Papier, gelb für Restmüll und schließlich blau für Kunststoff. Die Farbgebung empfand ich als sehr verwirrend, denn den letzten Container dieser Art hatte ich knapp vor meiner Abreise aus Österreich am Bahnhof in Baden gesehen, allerdings mit einem ganz anderen Leitsystem. Dort musste Kunststoff ins gelb umrandete Loch, für Restmüll war ein schwarzes vorgesehen, wer sein Papier loswerden wollte, war mit Rot gut bedient, und die Liebhaber der blauen Farbe mussten einen Metallgegenstand mit sich führen, um sich nähern zu dürfen. War es schon schlimm genug, dass die Österreichischen Bundesbahnen dem Bedürfnis, eine Glasflasche loszuwerden, nicht entgegenkamen – dass die Mäuse am Bahnsteig nichts zu suchen haben, auch nicht vorübergehend, fand ich verzeihlich –, so sorgte die inkohärente Farbgebung beim mobilen Europäer für unnötige Verwirrung. Bei keiner Kategorie des seine Wiederverwertung erwartenden Mülls stimmte die Farbwahl zwischen Baden und Brüssel überein. Wie sollte der beschäftigte Vielreisende bei all dem Stress mit Terminen und Verspätungen in der Eile noch die richtige Wahl treffen, die Zahl der denkbaren Farbkombinationen und damit der Irrtümer ließ selbst den erfahrenen Statistiker vorsichtig werden. Eine europaweit einheitliche Farbgebung nicht nur für die allerorts aufgestellten Behälter, sondern deckungsgleich für die Müllsäcke in den Haushalten war ein dringendes Gebot der Stunde, und ich fragte mich, wo denn die EU wäre, wenn man sie einmal brauchte.

Derart von der Notwendigkeit eines agilen Europas überzeugt, begab ich mich in Richtung meines Büros, um am Text zu arbeiten. Am Weg dorthin lief ich Lieven Goossens in die Arme. Er schien sich mit der ungewöhnlichen Lage abgefunden zu haben, denn er grüßte mich freundlich, ohne gleich wieder zu einer Aktion, getrieben von Dienstbeflissenheit und Angst, anzusetzen, und wir kamen in ein belangloses Gespräch. Ich wollte die Gelegenheit nutzen, meine nicht mehr hinnehmbare und daher schmerzende Ahnungslosigkeit zu lindern, und fragte ihn:»Erinnern Sie sich noch, dass ich in Bezug auf Frau Galotti vorsichtig sein solle?«

»Sicherlich.«

»Könnten Sie einen Deut konkreter werden?«

»Nein.«

»Warum nicht?«

»Weil offiziell alles in Ordnung ist. Ihr Leumund ist ausgezeichnet, bei keiner der obligatorischen Sicherheitsüberprüfungen ergab sich ein Grund, ihr den Zutritt zu verwehren, oder auch nur ein Anhaltspunkt, um weiterzuforschen, und darüber hinaus ist sie bei den Gästen höchst beliebt. Wer wüsste das besser als Sie? Und dennoch, irgendwas stimmt nicht, sie wirkt perfekt, zu perfekt, finde ich. Ich rieche das.«

»Warum melden Sie den strengen Duft nicht Ihren Vorgesetzten?«

»Gerade Sie sind der Richtige, um mir eine solche Frage zu stellen. Ist Ihnen schon einmal die Idee gekommen, dass Sie mit zweierlei Maß messen?«

Nicht nur war sein Vorwurf unzweifelhaft richtig, ich bemerkte, dass ich drauf und dran war, der Person, der ich zu tiefstem Dank verpflichtet sein musste, Schaden zuzufügen, und korrigierte mich umgehend.»Stimmt, lassen wir das, eine mehr als dumme Frage.«

»Keine dumme Frage, aber wir, der Sicherheitsdienst, sind keine außer Rand und Band geratene Geheimpolizei. Es gibt kein Substrat, und ich kann nicht mir nichts, dir nichts Nachforschungen anstellen oder auch nur empfehlen, nochmals hinzuschauen. Jeder würde gleich an ein missglücktes Mann-Frau-Ding denken.«

Teils war ich beruhigt, dass Domenica von dieser Seite keine Gefahr drohte, teils unbefriedigt, denn jedes Rätsel schreit nach einer Lösung, noch dazu ein so offensichtliches wie ihr Zugang zu gut vergrabenen Informationen. Lieven und ich verabschiedeten uns.

Ich verbrachte die Tage mit telefonieren, E-Mail schreiben – an einen einzigen Adressaten, wenn ich eine noch offene Frage hatte, an mehrere, wenn ich einen Antrag abschließen wollte – sowie mit letzten kurzen Treffen in meinem Büro. Wie ich es auch anstellte, Morel blieb mein Gegenspieler, er setzte alles daran, die Richtlinie zu Fall zu bringen. Ich konnte diese Allgemeinplätze nicht mehr hören, die auf den ersten Blick richtig klangen und förmlich nach Unterstützung verlangten, die sich aber bei genauerem Hinsehen als schillernde Seifenblasen erwiesen, nichts anderes. *Wir brauchen nicht mehr Bankenkontrolle, wir brauchen mehr Anreize für Investoren; auf mehreren Beinen stehen wir alle sicherer; Europa muss seinen eigenen Weg gehen; nur ein starker Finanzsektor ist Garant für Wachstum; es gibt zu viele Banken, um überlebensfähig zu sein, müssen sie fusionieren; die Krisen kommen ja eigentlich aus dem Finanzsektor insgesamt, nicht von den Banken im engeren Sinn; das Universalbankensystem ist alternativlos* – und dergleichen mehr. Den Franzosen würde ich nicht ins Boot bekommen, jetzt blieb nur noch zu hoffen, dass ihm nicht seine gesamte Fraktion in blindem Gehorsam folgte. Der Grüne Botond und Jaromir, der konservative Reformer, waren beide eine große Hilfe, sie zeigten sich nicht nur flexibel, was eventuelle Umformulierungen der Änderungsanträge ihrer Fraktionen betraf, ohne dabei ihr Ziel aus den Augen zu verlieren, sie unterstützten mich auch in meinen Bemühungen, mit den anderen Fraktionen zu einem einvernehmlichen Standpunkt zu kommen. Bei den Verhandlungen mit ihren Seelenverwandten, in einem Fall den Linken, im anderen *Identität und Demokratie*, räumten sie Steine aus dem Weg und erzielten Kompromisse, die ein Franz/Timo alleine niemals aufheben hätte können. Bei den Sozialdemokraten war das nicht notwendig, Eireen dachte wie ich, und die Gespräche mit ihr waren von einer erfrischenden Sachlichkeit und Kürze. Blieben noch die Meinigen, die Nicht-mehr-Liberalen und nunmehrigen Erneuerer. Es gelang mir, einige Unentschlossene auf meine Seite zu ziehen, aber es blieben genug Mitglieder übrig, für die die Linie von Jean-Marie Morel die einzig wahre war und die mir am Tag der Abstimmung die Gefolgschaft verweigern würden.

Ich arbeitete gerade bei offener Türe zum Assistentenbüro, wahrscheinlich sträubte sich etwas in mir gegen allzu konzentrierte Arbeit, und so bekam ich die Telefongespräche von Pantea mit. Die mitgehörten Worte und Sätze hatte ich, kaum dass sie beendet waren, schon wieder vergessen, aber jetzt war aus ihrer Stimme eine leichte Verwunderung herauszuhören, was natürlich meine Neugierde weckte.

»Ja, Herr Hilvonen ist hier, worum geht es? [...] Ach so, Sie wollen ihn gar nicht sprechen [...] Nein, ich brauche nicht nachzusehen, die Tür ist offen [...] Kommen Sie halt vorbei, wenn Sie wollen.«

»Timo, unten beim Eingang steht jemand und behauptet, er wäre du. Was sagst du dazu?«

»Nichts.«

Zu meiner unschuldigen Hilfskraft sagte ich nichts, mit mir selber jedoch hielt ich eine zwar stumme, dafür umso heftigere Zwiesprache.

»Jetzt fliegst du auf, es war ja nur eine Frage der Zeit.«

»Ich weiß.«

»Der Teufel hat dich geritten, dass du so viele Interviews gegeben hast. An deiner Eitelkeit wirst du jetzt zugrunde gehen. Recht geschieht dir.«

»Was hätte ich denn sonst tun sollen? Die Bitten um ein Gespräch ablehnen, darauf bestehen, dass die Berichte von Finnland aus nicht gesehen, gehört oder gelesen werden können?«

»Du wirst im Gefängnis landen.«

»Denk nicht gleich an das Schlimmste.«

»Jetzt tu endlich was!«

Meine Verlegenheit konnte dieser Aufforderung meines verzweifelten Zorns nicht nachkommen, denn zwei Sicherheitsbeamte erschienen vor dem Eingang zum Assistentenbüro. Pantea zeigte mit ihrer linken Hand, fast triumphierend, auf mich und sagte:»Bitte, überzeugen Sie sich.«

Das taten sie auch, sie sahen mich und meinen Ausweis an, dabei hatte ich das Gefühl, sie genossen es, misstrauisch und unfreundlich sein zu können. Dann sprach der eine in das Funkgerät:»Hilvonen überprüft, alles in Ordnung!«, während der andere, mir gegenüber pflichtbewusst, eine Floskel der Entschuldigung für die Unannehmlichkeiten hervorbrachte, die allerdings nicht überzeugend wirkte. Damit war die Überprüfung vorbei und die Wächter zogen in gemächlichem Schritt von dannen.

»Die Lobbyisten versuchen jetzt schon mit allen Mitteln, Sand ins Getriebe zu streuen«, scherzte ich zu Pantea. Wir wechselten noch einige Worte, mit denen ich versuchte, dem Ereignis die Bedeutung zu nehmen, während sie weiterhin ihrer Verblüffung über das soeben Geschehene Ausdruck verlieh.

Zurück in meinem Büro, zog die Tür hinter mir zu, legte mich auf die Couch und ordnete die Gedanken. Es dauerte zwar einige Zeit, aber dann war ich mit mir im Reinen, ich hatte die Linie gefunden und war fest entschlossen, mich nicht von ihr abbringen zu lassen. *Erstens:* Ich werde vor der Gefahr, aufgedeckt zu werden, nicht fliehen, ich werde auch keinen Rückzieher bei der Richtlinie machen. *Zweitens:* Ich plane ab sofort den Tag X, sowohl operationell als auch kommunikativ. *Zwei a:* Wenn sie mich holen, so würde alles vorbereitet sein. Das Bett in der Unterkunft gemacht, die Miete im Voraus bezahlt, die Schuhe geputzt, das Köfferchen könnte rasch fertig gepackt werden, und die Joghurts und Orangen, die ich im Anschluss an meine Verhaftung nicht mehr essen würde, kämen in den Restmüllsack, weiß, mit dunkelblauem Aufdruck. Die Akkus für Handy und PC werden von nun an immer gut geladen sein, und ich werde immer Bargeld in kleinem Nennwert mit mir führen, um meine täglichen Ausgaben, sei es auf der Polizeiwache oder im Untersuchungsgefängnis, problemlos bestreiten zu können. Ich malte mir aus, wie die Verhöre ablaufen würden, die Unzahl der schablonenhaften Krimis, die ich über Jahrzehnte hinweg in meiner Langeweile an mir habe vorbeirauschen lassen, mit ihren ewig gleichen Szenen und Phrasen, gaben meiner Fantasie ausreichend Nahrung. Ich hatte auch schon eine Vorstellung, wie das obligate Pärchen aus Kommissar und Kommissarin aussehen würde, aber noch nicht, wer der Harte und wer der Entgegenkommende sein würde. Auch werde ich von nun an täglich das Gesicht rasieren, nicht mehr nur jeden zweiten Tag, ein Stoppelbart kann attraktiv wirken, unter ungünstigen Rahmenbedingungen allerdings, und diese herrschen jetzt ja wohl vor, verstärkt jeder Anflug des Ungepflegten die Aura des Verbrechers. *Zwei b:* Ich werde nichts leugnen, nichts unterdrücken, nichts beschönigen. Ich werde sachlich und unaufgeregt Rede und Antwort stehen, aber nicht mit der Wahrheit in einem von Stolz oder Panik getragenen Wortschwall herausplatzen. Eine Frage, eine Antwort, nächste Frage, nächste Antwort, aber kein »Ich bin ja so froh, dass sie mich endlich gefasst haben«. Eine einzige Ausnahme wäre Lieven Gossens und seine Rolle, den gutmütigen Gönner meiner Existenz müsste ich unter allen Umständen aus der Sache heraushalten. Zu den Medien werde ich schweigen wie ein Grab, nicht dass ich ihnen, die mit ihrer Informationspflicht als Kollateralschaden zu meiner Enttarnung beigetragen haben, gram wäre, aber jeder kleine Informationsschnipsel könnte meinem Ruf abträglich sein – Schadens- und Schandebegrenzung waren angesagt. Kein Wort zu meinen Motiven, nur die Bekanntgabe von Fakten und Daten. Und ja, einen Rechtsanwalt werde ich mir auch nehmen, gleich morgen. Hoffentlich teilt er meine Linie, dass ihm eine einfiel, die mir mehr nutzen würde, daran wagte ich nicht zu denken. *Drittens:* Ich beende die Arbeiten am Bericht und lasse ihn heute noch von Pantea absenden, um ihn der nächstmöglichen Abstimmung im Ausschuss zuzuführen. Zwar könnte ich noch daran feilen, aber er ist jetzt gut genug, jede weitere Verbesserung würde mir zur Ehre gereichen, aber in der Sache nur mehr wenig ändern. So gesehen tut es fast gut, vom Schicksal einen Tritt in den Hintern zu bekommen, es vermeidet überflüssige Arbeit. *Viertens:* Ich werde Domenica Galotti außen vor halten und das, was noch kommen würde, meinen Sturz in den Abgrund werde ich alleine durchstehen. Natürlich hoffte ich insgeheim, dass sie auch in diesem Fall die gute Fee mit dem Zauberstab sein könnte, die gerade in jenem Moment auf der Waldlichtung erscheint, in dem der Drache den verschreckten, hilflosen Prinzen anfaucht, um sogleich das Monster mit ihrem Zauberstab in Luft aufzulösen, aber diese verlockende Option widerstrebte mir. Ich zog es vor, in einsamer Größe unterzugehen, als mir wie ein Tölpel schon wieder aus der Patsche helfen zu lassen. Bei diesem Gedanken an das selbst erwählte Heldentum strich der scharfe Odem des Großartigen durch meine Nasenlöcher, ich hoffte, er würde nicht allzu rasch versiegen.

ORCHESTER DER POLITISCHEN HIRTEN, FROHE UND DANKBARE GEFÜHLE NACH DEM STURM

Pantea hatte sich beiläufig erkundigt, wie die Sache mit dem Eindringling ausgegangen wäre. Der echte Timo hatte keinen Ausweis mit sich geführt, so wurde er von der Wachmannschaft nicht als Betrüger, nur als Sonderling eingeschätzt, und sie erachtete es nicht als notwendig, die belgischen Behörden hinzuzuziehen. Es war ihr ausreichend erschienen, ihn mit Nachdruck des Ortes zu verweisen und ein kurzes Protokoll für alle Fälle zu verfertigen. Timo hatte meine volle Anerkennung, er hatte allem Anschein nach nicht herumgeschrien, keine Drohungen ausgestoßen oder gar selbst nach der Polizei verlangt, sondern sich mit der neuen, vollkommen unerwarteten Situation natürlich nicht abgefunden, sie aber vorerst zur Kenntnis genommen und sich zurückgezogen, um die Lage zu beurteilen und danach weitere Schritte zu setzen. Um diesen Pragmatismus war er zu beneiden, wäre ich an seiner Stelle gewesen, aus dem Blauen heraus als Unperson abgestempelt worden, so hätten alle Nadeln des Dr. Chen nicht gereicht, mich zu besänftigen.

Zu allem Überfluss rief mich jetzt noch Witold an. Ich nahm das Gespräch nicht an, beim dritten Versuch innerhalb kurzer Zeit sah ich ein, dass ich mich seinen Nachstellungen nicht auf Dauer entziehen konnte, und meldete mich mit einem »Herr von Finkenstein, was verschafft mir die Ehre?«, um solcherart ohne den Austausch von Höflichkeiten gleich zum Kern der Sache zu gelangen.

»Hat Ihnen Frau Domenica Galotti von unserer angenehmen Unterredung erzählt?«

Ich log: »Davon, dass sie angenehm gewesen wäre, hat sie nichts erwähnt.«

»Das Resultat aber sehr wohl? Ich meine unseren wechselseitigen Nichtangriffspakt, unser Stillhalteabkommen.«

»Ja, hat sie.«

»Und?«

»Was und?«, erwiderte ich. Ich konnte mir nicht vorstellen, worauf mein Kontrahent hinauswollte.

»Bleibt es dabei?«, fragte er mit einem leichten Schwanken in der Stimme.

Jetzt erst glaubte ich, den Grund seines Anrufes zu erfassen, er hatte Domenica als Vermittlerin missverstanden, geglaubt, dass sie in meinem Auftrag, also von mir instruiert, losgezogen wäre. Dass sie die Regisseurin war und ich lediglich ihr Statist, das passive Objekt ihrer Fürsorge, war ihm nicht in den Sinn gekommen. Und jetzt wollte er wissen, ob ich seine Zugeständnisse billige und ob ich zu den vermeintlich meinigen, dem Ruhenlassen der Finkenstein'schen Untaten im Big Apple, stehe.

»Ich freue mich, dass Sie die Reife hatten, Ihre Meinung zu ändern, und versichere Ihnen, dass mir an Ihrem Seelenfrieden ebenso viel gelegen ist wie an dem meinigen.«

»Ich stehe selbstverständlich unverbrüchlich zu meinem Wort, Ihre Identität nicht bekanntzugeben, wollte mich lediglich vergewissern, ob Sie sich vielleicht nicht doch eines Besseren besonnen hätten, sich vielleicht doch mit dem einen oder anderen Vorschlag von meiner Vereinigung anfreunden könnten.« Das war es also, Herr von Finkenstein wollte nachtarockieren, eine Taktik, die mir äußerst zuwider war – zuvörderst aus praktisch-egoistischen Erwägungen heraus, denn sie erzeugte seelischen Druck und barg das Risiko zusätzlichen Aufwandes in sich. Aber auch aus dem Blickwinkel der teleologischen Soziologie war der unvermutete Vorstoß zu verurteilen. Um voranschreiten zu können, muss eine Gesellschaft auf Erworbenes und Vereinbartes vertrauen können, sie kann sich nicht jeden Morgen, nach dem Frühstück, aufs Neue jener Probleme annehmen, die sie am Nachmittag zuvor gelöst hat.

»Nein, Herr von Finkenstein, es ist alles im Lot, auch und vor allem dank Ihrer Hilfe und Großzügigkeit. Bitte belassen wir es dabei.« Das *Bitte* sprach ich dabei im Tonfall der unmissverständlichen Drohung aus. Damit war der unappetitliche Versuch abgewehrt, das Gespräch beendet, aber es kehrte keine innere Ruhe ein, denn ich malte mir neues Unheil aus.

Ich begann neuerlich damit, meine Gedanken zu sortieren, das bedeutete zuallererst, zwischen meinem Schicksal und dem der Richtlinie zu unterscheiden. Was nun den vorwitzigen Franz betraf, so klopfte der Supergau schon an die Tür, es war nur noch eine Frage von Tagen, bis die Köpenickiade Thema Nummer eins in den Gängen des Parlaments wäre, dann von Print, Funk und Fernsehen begeistert aufgenommen – endlich wieder einmal ein g'schmackiges G'schichterl abseits der trockenen Rechtsmaterie – und je nach Einstellung zum Leben und aktueller Laune vom Bürger daheim mit Kopfschütteln und Schmunzeln oder mit einer Verwünschung all dessen, was nur irgendwie mit Politik zusammenhängt, quittiert werden würde. Das Schicksal der Richtlinie hingegen stand in den Sternen. Würden die bisherigen Arbeiten zulässig sein, obwohl sie von einer nicht zugelassenen Person, von mir, moderiert worden waren, oder müsste das Parlament zurück an den Start gehen, bis hin zu jenem Tag, an dem der glückliche Nikola sein Ministeramt angenommen hatte und Pedro eine unglückliche Hand bewies, indem er mir sein Erbe übertrug? Oder wäre alles trotzdem in Ordnung, das heißt, das Verfahren wäre zwar von der falschen Person, aber dennoch entsprechend den Regeln der Kunst geführt und die Standpunkte und Beiträge der anderen Ausschussmitglieder durch die Existenz und Machenschaften eines Scharlatans nicht beeinflusst worden?

In einer solchen Sichtweise ist ein Berichterstatter nichts als ein Katalysator, ein besserer Sekretär, während er doch sonst gerne als der führende Kopf, als der Strippenzieher hinter den Kulissen, der Macher mystifiziert wird. Das ist ja das Schöne in der Politik, dass je nach Opportunität ein und derselbe Sachverhalt als Weltuntergang wie auch als Erlösung interpretiert werden kann, ohne jetzt mit einer Prise Abgeklärtheit und Pessimismus näher darauf einzugehen, ob Ersteres nicht ohnehin zu Letzterem führen würde. In dieser bescheidenen Bewertung meiner Rolle würde es genügen, die bisherigen Abstimmungsergebnisse um meine Stimme zu bereinigen, und die Arbeiten könnten ohne Verzug fortgeführt werden.

Bleibt noch die Ungewissheit, welche Richtung der echte Timo der Richtlinie geben würde. Er könnte nicht umhin, allein um die Gesichter zu wahren, das seinige und das des Parlaments, künftig die Aufgabe des Berichterstatters auf sich zu nehmen, auch wäre keines der Mitglieder begeistert, müsste es das besudelte Dossier übernehmen. Aber wie würde der unfreiwillige Retter des Verfahrens seine Rolle anlegen? Er hatte die Wahl, das Boot mit möglichst geringem Wellenschlag in den Hafen zu führen, sich in inhaltlicher Zurückhaltung zu üben oder in eine Jetzt-erst-recht-Haltung zu verfallen, zu beweisen, dass er der bessere Hirte der Volkswirtschaft wäre als ich. Auch wenn ein solcher Aufschwung zum parlamentarischen Superhelden unwahrscheinlich war, ausschließen konnte ich ihn nicht. Ein waidwundes Tier kann ungeahnte Kräfte entwickeln. Und im Fall des agilen Timo kam wiederum Witold ins Spiel, der sich ganz eindeutig noch nicht mit der für seine Schützlinge ungünstigen Richtlinienversion abgefunden hatte. Wäre ich noch länger an unser Abkommen gebunden, in das genau genommen er mehr eingebracht hatte als ich? Im Kern bestand es darin, dass ich mich zur Verschwiegenheit hinsichtlich seiner länger zurückliegenden Vergangenheit verpflichtet hatte und er sich zur Diskretion über meine jüngere. Über dieses ausgewogene Quidproquo hinaus hatte er darauf verzichtet, seine aktuelle Herzensangelegenheit fortzuführen. Aus taktischen Überlegungen heraus müsste ich mich nicht mehr an das Vereinbarte halten, denn Witolds Pfand Nummer eins war ohne sein Zutun wertlos geworden, das in meinem Namen von Domenica abgegebene Ehrenwort erachtete ich aber als bindend. Und was die zusätzliche Verpflichtung meines Kontrahenten betraf, so durfte sie mich nichts mehr angehen. Witold hingegen wäre frei und könnte von Neuem intervenieren, denn sein Vertragspartner wäre ihm ja abhandengekommen. Allerdings hatte er keine Gewissheit, dass ich die Sache so korrekt sehen und eng interpretieren würde, wie ich es vorhatte. Ich wäre nicht der Erste, der aus Zorn und Verzweiflung über seinen Untergang Unbeteiligte mit sich gerissen hätte.

Jetzt musste ich nur noch mit mir selber ins Gericht gehen, um zu einer abschließenden Meinung zu gelangen: Genügt es mir, die Schäden an meiner Person so gering wie möglich zu halten, oder möchte ich auch noch mein parlamentarisches Kind retten? Ich neigte der Rolle des Retters zu, nicht nur weil ich von der segensreichen Wirkung des Vorschlags in seiner jetzigen Form überzeugt war, zu dieser altruistischen Gesinnung gesellten sich auch persönliche Motive. Sollte meine ganze Arbeit umsonst gewesen sein, ein Raub der Flammen der Wirklichkeit? Sicherlich nicht, dafür hatte ich zu viel Zeit und Herzrasen in das Projekt investiert, als dass ich es nun ohne einen Anflug des Bedauerns fallen lassen könnte. Obwohl ich zu diesem Stand der Überlegungen schon wusste, was ich zu tun hatte, konnte ich mich nicht sofort dazu aufraffen, aber schlussendlich siegte der Mann über das ängstliche Kind, und ich schickte mich an, mit meinem finnischen Alter Ego in Kontakt zu treten. Mithilfe einer Buchungsplattform erkundete ich, welche Hotels es in der Nähe des Parlaments gab. Ich bemerkte, dass die aufgeführten Häuser alle mit *fabelhaft*, *außergewöhnlich*, *hervorragend* oder *sehr gut* bewertet worden waren, eine solche Konzentration des Himmels auf Erden überraschte mich, aber ungeachtet der mangelnden Glaubwürdigkeit des digitalen Marktschreiers verschaffte er mir einen raschen Überblick, wo Timo sein Quartier aufgeschlagen haben könnte. Ausgehend von der Übersicht, hangelte ich mich, klickend auf die Webseiten der Hotels, selbst weiter, um deren Telefonnummern herauszufinden. Nachdem meine Anrufe von der Grauzone Vermittlung–Rezeption–Buchungszentrale angenommen waren, fragte ich nicht, mich vorsichtig erkundigend, ob Herr Hilvonen dort zu Gast sei, sondern bat darum, ihn zu sprechen. Jegliches Scheitern infolge einer Unsicherheit musste vermieden werden, auch wenn es mich bei den Fehlanzeigen gespielte Verwunderung kostete. Der Kampf für das Ideal verlangt seine Opfer, und sei es nur ein ratlos zurückgelassener Hotelangestellter. So erging es mir bei *Thon*, *Radisson*, *Aloft*, *Sofitel* und auch bei NH, aber beim fabelhaften *Moxy* war ich endlich an der richtigen Adresse.

Ich gebe zu, dass ich nach der zuvorkommenden Weiterleitung meines Anrufes äußerst aufgeregt war und das Gespräch am liebsten abgebrochen hätte, noch bevor es zustande kam. In meiner linken Hand rieb der Daumen unangenehm an den vier anderen Fingern, mein rechtes Ohr verschwitzte das Display des Mobiltelefons. Eine gewinnende Männerstimme sagte »Hei« in mein Ohr. Die Kugel war aus dem Lauf.

»Herr Hilvonen, Herr Timo Hilvonen aus Kummunkylä?«, fragte ich. Er bejahte meine Frage knapp.

»Hier ist Franz Mödlhammer vom Institut für Finno-Ugristik an der Universität Wien, verzeihen Sie die Störung. Ich möchte Sie um ein Treffen bitten, hätten Sie vielleicht noch heute Zeit?«

Etwas überrascht, aber ohne Misstrauen antwortete er mit dem Selbstverständlichen: »Wenn es dafür einen guten Grund gibt, gerne.«

»Wäre Ihr gestriges Erlebnis im Parlament Grund genug?«

»Ja, aber was haben Sie damit zu tun?«

»Ich bin dessen Ursache.«

Zwei Stunden später saß ich im Restaurant *Le Boniface*, das seinen Namen von der Straße, in der es lag, geborgt hatte. Ich hatte es gewählt, da es von Timos Hotel aus mit wenigen Schritten zu erreichen war – ich wollte ihm so wenige Unannehmlichkeiten wie möglich bereiten – und auch weil es in seiner Einfachheit mit den rot-weiß karierten Tischdecken eine heimelige, beruhigende Atmosphäre ausstrahlte. Schließlich wollte ich auch mir so wenige Unannehmlichkeiten wie möglich bereiten. Die französische Landküche würde ihr Übriges tun, hoffte ich. Mein Gast verspätete sich ein wenig, ich saß mit dem Rücken zum Eingang und hörte die Stimme der diensteifrigen Kellnerin: »Ihr Bruder wartet schon auf Sie, da vorne links.«

»Noch drei Sekunden«, dachte ich bei mir. Ich stand auf und drehte mich um. Timo sah hervorragend aus, ein sehr sympathisches Gesicht und ein gut gebauter Körper, fand ich. Ich konnte es ihm nicht verdenken, dass er vor Überraschung kein Wort über seine Lippen brachte und mich von oben bis unten musterte. Dass die Augen an den Nebentischen auf uns gerichtet waren, merkte er nicht, mir wurde die Szene zunehmend unangenehm. Endlich sagte er mit einem abgeklärten Nicken seines Kopfes: »Ich beginne zu verstehen«, gab mir seine Hand zur Begrüßung und wir setzten uns.

Verständlicherweise lag es vorerst an mir, das Gespräch zu führen, und ich erzählte ihm fast alles, begann bei Adam und Eva: Warum ich seine Sprache so gut beherrsche; dass ich nicht schon allein wegen des Akzents aufgefallen wäre; aus welchem Anlass ich nach Brüssel gekommen war; meinen spontanen Einfall, mich im Parlament zu verstecken; die ersten Hinweise darauf, dass es einen Doppelgänger von mir geben müsse; die schließliche Verwechslung mit ihm; mein leichtsinniges Schnappen nach der unerwarteten Gelegenheit, frei von jeder Überlegung oder tieferer Absicht, einfach ihr Wahrnehmen um des Wahrnehmens willen; und wie ich dann immer tiefer in den Strudel des Parlamentsbetriebs geraten war, bloß weil die Bulgaren eine aus meinem jetzigen Betrachtungswinkel unglückliche Entscheidung über ihren Cyberminister getroffen hatten. Ich sprach nicht über die besonderen Rollen von Domenica und Witold, Lieven erwähnte ich ebenfalls mit keinem Wort, und die Inhalte der Richtlinie und den Verfahrensverlauf ließ ich sowieso beiseite, Timo hatte schon mit meinen Eskapaden genug zu verdauen, warum sollte ich ihn mit einer weiteren schwierigen Materie belästigen? Mir fiel es schwer, in ihn hineinzuschauen, hätte er mich mit Vorwürfen konfrontiert, mich einen krummen Hund genannt oder mir mit verächtlichen oder von mir aus auch anerkennenden Bemerkungen seine verständliche Fassungslosigkeit kundgetan, wäre er wortlos oder polternd aufgestanden, all das hätte ich verstanden. Timo aber hörte einfach meinen Ausführungen zu und fragte nach, wenn ich über eine für mich selbstverständliche Angelegenheit, die für ihn nur verschwommen und undurchsichtig sein konnte, zu schnell hinwegerzählte, nicht auffordernd wie ein Polizeiinspektor, nicht bohrend wie ein Journalist, nicht betroffen wie ein Betroffener, sondern in einer Mischung aus Neugierde und höflicher Konversation, wie jemand, der gerade eine seine Aufmerksamkeit erregende Geschichte hört und sie tatsächlich verstehen möchte. Irgendwann war ich am Ende meiner Ausführungen, und ich fühlte mich erleichtert, fast glücklich. Die Monate des Verstellens würden nun ein Ende haben, ich könnte zurück in mein kleines, aber beherrschbares Leben treten. Von meiner Angst immer noch im klaren Denken eingeschränkt, verstieg ich mich zur Annahme, dass Timo genauso glücklich wie ich sein musste, weil nun alles auf dem Tisch lag und fast wie von sich aus in Ordnung kommen würde.

Das war er natürlich nicht. Bislang hatten wir uns ausschließlich in seiner Landessprache unterhalten, mithilfe des linguistischen Entgegenkommens hatte ich versucht, seine Beißhemmung im Zaum zu halten, nun wechselte Timo ohne Vorankündigung oder erläuternde Bemerkung ins Deutsche über.

»Herr Mödlhammer, eine nicht alltägliche Geschichte. Weiß ich jetzt alles?«

»Alles, was mit Ihrer Person in Zusammenhang steht, ja. Wenn wir jetzt anfangen, über die Trennung der Banken zu sprechen, dann sitzen wir morgen Mittag noch da.«

»So umwerfend sind Sie auch wieder nicht, als dass mir eine durchgearbeitete Nacht Vergnügen bereiten würde«, scherzte Timo.

Ich entgegnete erleichtert, dass ich sein Äußeres als bemerkenswert einnehmend empfände.

»Ich habe das mit den Banken gestern recherchiert. Eine aufregende Sache. Sie haben sich einen der mächtigsten Gegner ausgesucht und ein gesellschafts- und wirtschaftspolitisch brisantes Feld beackert.«

»Erst seit gestern wissen Sie von dem Gesetzesverfahren?«, fragte ich ehrlich verwundert.

»Haben Sie etwas anderes erwartet, zu welchem Zeitpunkt wäre es Ihnen denn angenehm gewesen?«

»Dann, wenn ich schon wieder daheim in Wien sein würde, unerkannt und unbedankt. Im Ernst, Sie werden ja wohl einen der Berichte über mich, eines meiner Interviews gelesen haben, und danach haben Sie sich hierher nach Brüssel aufgemacht, um nach dem Rechten zu sehen?«

»Dass Sie eitel sind, fällt mir schon die ganze Zeit auf. Die Zeitung von heute ist das Toilettenpapier von morgen, damit gebe ich mich nicht ab. Und übermorgen ist sowieso wieder alles anders.«

»Sie sind also gekommen, um ...«

»Einfach so, ich hatte Zeit. Sie hatten ja offensichtlich auch Zeit, jeder, der Zeit hat, besucht das Parlament, ist es nicht so?«

»Ich habe mich also die ganze Zeit umsonst gefürchtet.«

»Mitleid dürfen Sie jetzt nicht erwarten. Es hat sie ja niemand gezwungen, in die Rolle des eifrigen Phantoms, das die Welt retten will, zu schlüpfen.«

»Jaja«, entgegnete ich und wehrte mit einer ungeduldigen Handbewegung ab, »eine ganz andere Sache, ich hatte nicht erwartet, dass Sie ein beachtlich gutes Deutsch sprechen.« Seine Aussprache war nicht perfekt, er sprach die Konsonanten noch weicher aus, als es in Österreich üblich ist, und die meisten Worte betonte er auf der ersten Silbe, was dem Gesagten eine eigentümliche Melodie gab. Ab und zu rollte er auch das R, aber sein Wortschatz und die Konstruktion der Sätze konnten sich durchaus sehen beziehungsweise hören lassen.

»Sie wollen mir schmeicheln?«, fragte Timo mit einem prüfenden Blick.

»Auch, aber abgesehen davon bin ich tatsächlich überrascht.«

»Das kann an meiner Mutter liegen, sie kam aus Köln.«

»Aha, ich gehe jetzt mal für einige Zeit nach Finnland, um einen Timo zu empfangen, zu gebären und aufzuziehen«, gab ich spöttisch zurück. Seine kargen Wortspenden fingen an, mich zu nerven.

»Im Wesentlichen, ja. Sie kam als Au-pair-Mädchen in unsere Breiten, sie war mit ihrer Bewerbung spät dran, alle französischen und englischen Familien hatten ihre Wahl frühzeitig getroffen, und so musste sie mit dem geografischen Trostpreis vorliebnehmen. Nicht Paris, nicht London, sondern Oulu. Und wie das Leben so spielt, ist sie von den Gastgebern freundlich aufgenommen worden, es hat ihr gefallen, sie ist länger geblieben als vereinbart, und das eine hat das andere ergeben, unter anderem mich.«

Ich war überrascht und zugleich beeindruckt von diesem ungewöhnlichen Lebensweg. »Von Köln nach Kummunkylä. Glauben Sie, dass Ihre Mutter glücklich war?«

Er schnaubte kurz durch die Nase und meinte: »Eine dumme Frage. Warum nicht? Braucht es für das Glück dreihundertfünfundsechzig Tage im Jahr Stadt? Was macht glücklicher, wenig von vielem zu haben oder viel von wenigem? Wie kann ein Kind wissen, ob seine Eltern glücklich sind, jeder Teil für sich und beide miteinander? Und vor allem, ist Glück überhaupt erstrebenswert? Ja, natürlich ist es das, wenn man sich darüber im Klaren ist, dass Glück nur ein vorübergehender Ausnahmezustand sein kann. Auf längere Sicht wird es bestenfalls Zufriedenheit geben, mehr sollte der Mensch auch nicht anstreben, das macht unglücklich.«

Ich schloss daraus, dass weder Timo noch seine Mutter besonders glücklich sind oder waren, und redete mich aus dem verminten Gelände, auf das ich ohne Sinn und Zweck eingebogen war, heraus:»Das geht mich ja wirklich nichts an, lediglich, Sie werden mir zustimmen, dass der Weg Ihrer Mutter kein alltäglicher war.«

»Und Ihr Weg schon? Wochenlang auf der Couch schlafen, seinen Körper mit nassen Handtüchern reinigen und dann den einflussreichsten Lobbys die Stirn bieten? Das ist alltäglich?«

»Nein, und ich bin auch nicht glücklich. Aber bis gestern war ich zufrieden.«

Die verständliche Feindseligkeit war verschwunden und machte einer leichten Ironie Platz.»Ich bitte um Entschuldigung, Ihrem Treiben zu früh ein Ende gesetzt zu haben. Würde Sie eine weitere Flasche Wein mit Ihrem Schicksal versöhnen?«

»Sie würde zumindest helfen«, antwortete ich aufrichtig.

Timo ließ sich die Karte bringen und las sie sorgfältig durch. Dabei fragte er, mehr an sich selbst als an mich gerichtet:»Was werden wir kiesen?«

»Kiesen?«, fragte ich verwundert nach.

»Ja, kiesen, wählen, auswählen, was passt Ihnen jetzt wieder nicht?«

»Kein Mensch spricht so«, belehrte ich ihn.

»Viele sprechen so, Hans Sachs, der Schuster, Fritz Kothner, der Bäcker, der krumme Zwerg Alberich ebenso wie der Riese Fasolt und schlussendlich Wotan höchstpersönlich.«

Mit einem Mal wurde mir klar, dass Timo Hilvonen ein Anhänger von Richard Wagners Musik sein musste, das erklärte auch das Passwort seines PCs: *wellG§2205* – Wellgunde, eine der drei Rheintöchter, und 22. Mai, der Geburtstag des großen Komponisten. Er musste vor seinem Rückzug ins Private Staffan den Auftrag gegeben haben, den in regelmäßigen Abständen anstehenden Wechsel des Passworts nach Figuren aus Wagner-Opern zu vollziehen.

»Was dringst du her? Kampf kiesten wir nicht, verlangen nur unsern Lohn«, zitierte ich aus dem *Rheingold*.

»Fasolt, zweite Szene«, sagte er, ohne lange zu überlegen.

»Brünnhilde stürme zum Kampf, dem Wälsung kiese sie Sieg!«, fuhr ich fort.

»Wotan in der *Walküre*«, erkannte er, »das weiß doch jedes Kind.«

»Erwarte dein Los, wie sich's dir wirft; nicht kiesen kann ich es dir! Abermals Wotan«, kam ich ihm in heller Freude zuvor.

»Jetzt, Herr Hilvonen«, sagte ich in scherzhaft-strenger Pose, nachdem er passenderweise einen Rheinwein ausgesucht und bestellt hatte, »jetzt sagen Sie nicht, dass Sie nur wegen der aktuellen Aufführung des *Ring des Nibelungen* in La Monnaie nach Brüssel gekommen sind.«

»Wenn Sie darauf bestehen, dann sage ich es halt nicht«, antwortete er verschmitzt und wirkte dabei wie ein kleiner Junge, den die Mutter nach einer routinemäßigen Überprüfung der vorweihnachtlichen Keksdose zur Rede stellt.

»Haben Sie auch eine Karte für morgen Abend?«, fragte ich ihn.

Damit war das Eis zwischen uns endgültig gebrochen, das Parlament wie auch mein Streich lagen in weiter Ferne, und wir unterhielten uns den restlichen Abend ausführlich nicht nur über die bedeutendste Tetralogie aller Zeiten, sondern auch über den *Fliegenden Holländer* sowie über *Tristan und Isolde*. Natürlich unterhielten wir uns auch darüber, inwieweit es logisch war, dass wir als wohltemperierte Menschen, aufgeklärt und dem modernen Staatswesen zugewandt, uns für einen Komponisten begeisterten, der von den beiden antagonistischen Massenmördern des zwanzigsten Jahrhunderts verehrt worden war. Und der weiterhin zu mehr als bedenklichen Inspirationen Anlass gab, schließlich wurde das seit dem Ukraine-Krieg jedem Zeitungsleser bekannte russische Söldnerheer nicht nach Felix Mendelssohn Bartholdy oder nach Franz Joseph Haydn benannt. Wir kamen zum Schluss, dass wir auf der sicheren Seite waren. Die rasche Erklärung erschöpfte sich darin, dass es sich mit Wagner ebenso wie mit Shakespeare verhielte: Eine großartige Musik beziehungsweise Sprache wird von einer Handlung unterlegt, über die sich jedes Studieren verbietet, so aberwitzig und fern jegliches Denkbaren ist sie konstruiert. Wir dachten aber weiter, auch über die Aussagen und Botschaften der Opern, und stellten fest, dass Richard Wagner alle seine Helden untergehen hatte lassen, nirgendwo deutlicher als in der *Götterdämmerung*, in der die Autokraten ihr eigenes Grab schaufeln. Auch wenn der Komponist keine Zukunft gezeichnet, keinen Entwurf für eine Verfassung vorgelegt hatte, ließ er in seinen verschlungenen Texten keinen Zweifel daran, dass Eigenmächtigkeit und gebieterisches Verhalten in den Untergang führen. Wagner war nicht weniger als ein früher Demokrat, nicht umsonst hatte er seine Arbeiten am *Ring* 1848, im Jahr der Deutschen Revolution, aufgenommen.

Wir befanden uns in tiefem philosophischem Fahrwasser, unsere Unterhaltung ging weit über eine kulturell verbrämte Gefühlsduselei hinaus. Gegen Ende der Flasche, die mit dem Beginn der Sperrstunde zusammenfiel, nahm Timo meine Bitte um einen möglichst unauffälligen Abschluss meines Aufenthalts in Brüssel an.

»Franz, was du getan hast, war unverzeihlich, aber es hatte eine Wagner'sche Größe, einzigartig, unvorhersehbar, von Idealismus und sanftem Wahn gleichermaßen getrieben, vorher gab es nichts Vergleichbares, und ich glaube auch nicht, dass du Epigonen haben wirst. Wir bringen dein Maulwurfdasein jetzt gemeinsam zu einem guten Ende. Ich weiß noch nicht wie, aber morgen werden wir klüger sein.« Mit diesem großzügigen Entgegenkommen hatte Timo auch das *Sie* hinter uns gelassen, angesichts der Ausgangslage keine Selbstverständlichkeit, und wir vereinbarten, dass wir über die Richtlinie gemeinsam nachdenken würden, morgen, wenn wir wieder bei klarem Verstande wären, morgen Mittag, am selben Orte.

Vor der Tür des heiligen Bonifatius verabschiedeten wir uns laut lachend mit Woglindes Eröffnungsgesang: *Weia! Waga! Woge, du Welle, walle zur Wiege! Wagalaweia! Wallala weiala weia!*

***

Die Morgentoilette erledigte ich gewissenhaft wie immer, rasierte mich auch entsprechend der Linie, die ich mir vor Kurzem vorgegeben und die ich trotz zu Optimismus Anlass gebender Aussichten noch nicht aufgegeben hatte, legte mich aber wieder ins Bett. Eine Mischung aus Melancholie, Stolz, Dankbarkeit und Ratlosigkeit bemächtigte sich meiner. Mit heutigem Stand der Dinge durfte ich davon ausgehen, dass ich in Bälde wieder sanft in mein altes Leben in Wien gleiten würde. Niemand würde wissen, was geschehen war, welches außergewöhnliche Rad ich gedreht hatte, niemand, abgesehen vom Kleeblatt Domenica, Lieven, Timo und Witold. Ich würde wieder forschen, unterrichten, junge Menschen beim Weg in ihr Leben als Spezialisten für wirtschaftlich nicht Notwendiges, aber die Gesellschaft Bereicherndes begleiten. Bisher war ich mit diesen, meinen Aufgaben stets zufrieden, ab und zu auch glücklich gewesen, ich hatte mir mein Schicksal ja bewusst ausgesucht und mich nicht in eine Notwendigkeit hineingebogen, nicht eine Opportunität an mich gerissen.

Mit meinem kleinen Kochlöffel im unermesslichen Kochtopf der Politik herumzurühren, die Suppe für das nach guter Verwaltung, nach Reformen, nach Eröffnung neuer Lebenschancen, nach Beseitigung von Unbill verlangende Volk zuzubereiten und zu würzen, ich gebe es zu, gefiel mir außerordentlich. Nicht dass es einfach wäre, zu wissen, dass ich selbst eine Sache am besten weiß, und sich mit Mitmenschen auseinandersetzen zu müssen, die irrtümlich derselben Ansicht sind wie ich, dabei aber ganz andere Mittel, Wege und Instrumente vorschlagen. Auf der Basis gleichen Werts, gleicher Berechtigung und gleicher Rechte gilt es, mit ihnen zu einem Ergebnis zu gelangen, das mich nicht unzufriedener macht als meine Widersacher und Mitstreiter zugleich, meine Schicksalsgenossen. Irgendwann ist ein Ergebnis erreicht, und auch wenn es nicht das ist, das ich erhofft habe, wäre es ein anderes geworden, hätte ich nicht mitgekämpft, mich nicht der Sache angenommen. Eine solch tröstende Bilanz kann nicht immer gezogen werden, aber doch in den meisten Fällen. Der Lohn für die angespannten Stunden ist die wärmende Gewissheit, dass der eigene Wille zu einer besseren Welt geführt hat. Wobei, wer – abgesehen von meinem Selbstvertrauen – gibt mir die Gewissheit, dass gerade meine Beiträge segensreich waren und dass nicht die anderen, indem sie mich bekämpften, das Schlimmste verhindert haben? Die alles entscheidende Person für diese Frage ist wiederum der Wähler, der, indem er seinen Jeton auf mich setzt, mir mitteilt, dass er mir mehr als allen anderen vertraut. Ich hatte den mühsamen Weg durch die Wahlurne vermieden, bin ihn umgangen, das ist unverzeihlich, ich kann es nicht mehr ändern, eine stabile Demokratie muss halt auch einen Franz Mödlhammer aushalten. Schade nur, dass ich nun in der Mitte zwischen vierzig und fünfzig Jahren aus diesem Abenteuer heraus nichts entwickeln kann. Nichts von dem Gelernten und Erfahrenen werde ich an die Universität bringen können, und es ist undenkbar, mich mit Verweis auf meine parlamentarischen Leistungen für weitere Aufgaben der Demokratie empfehlen. Mangels Glauben und Zugehörigkeit zur katholischen Kirche steht mir nicht einmal ein Priester für eine erleichternde Beichte zur Verfügung. Ich muss der Tatsache ins Auge sehen, dass ich im Endeffekt eine außergewöhnliche, aber ergebnislose Auszeit genommen habe, ohne eine Weltreise angetreten zu haben, ohne Selbstfindung an einem verschmutzten Palmenstrand, umgeben von streunenden räudigen Hunden, oder in einer zugigen Berghütte, den Flug der Krähen beobachtend. Ich empfand meine Lage als unwirklich, geheimnisvoll, nicht umsonst befand ich mich im Land großer surrealistischer Maler.

Weiterhin in meine Betrachtungen über mich selbst vertieft, machte ich mich zum Treffpunkt auf, ging aber langsameren Schrittes als sonst und kam daher mit einer leichten Verspätung an. Timo saß am selben Tisch wie am Vorabend und war in sein Tablet vertieft, er begrüßte mich geistesabwesend, und so dauerte es eine kleine Weile, bis wir anfingen, miteinander zu sprechen.

»Arbeit, nichts als Arbeit, was du mir da antust. Zuerst musste ich den Vorschlag der Kommission lesen, dann einen

Eindruck gewinnen, was die Reporter dazu sagen, und nicht zuletzt auch noch so viel wie möglich über dich herausfinden.

Fangen wir beim letzten Punkt an, du scheinst ja ein ganz normaler Mensch zu sein, nein, eigentlich nicht, denn ich habe dich auf keiner der digitalen Mülldeponien der Mitteilsamen entdeckt. Das ist fast schon verdächtig. Es scheint so, als würdest du regelmäßig im Untergrund arbeiten.«

»Natürlich tue ich das nicht.«

»Würdest du es wieder tun?« Seine Frage war durchaus ernst gemeint.

»Ja, wahrscheinlich schon«, schloss ich an meine wehmütigen Überlegungen an.

»Das habe ich mir gedacht«, meinte er amüsiert, »das ist dieselbe Entwicklung wie bei einem Wolf, gegen den du dich nicht wehrst, zuerst streicht er in angemessenem Abstand um deinen Hof herum, nach und nach zieht er die Kreise enger, seine erste Beute sind die Tiere auf deiner Weide, wenig später begibt er sich in deinen Hühnerstall, oder du fragst dich, wo denn die Hauskatzen hingekommen sind, und eines Tages knurrt er dich an, wenn du vom Traktor steigst, und du kannst von Glück reden, wenn er nicht schon die Großmutter verspeist hat und in deinem Bett liegt.«

»Willst du mich erschießen, sitze ich hier bei meiner Henkersmahlzeit?«

»Erschießen nicht, vergrämen aber werde ich dich auf jeden Fall. Bevor ich mich entscheide, ob lautes Rufen genügt, ob ich eine Leuchtrakete abfeuern soll oder ob gar ein Gummigeschoß das Mittel der Wahl ist, muss ich wissen, wo jetzt das Dossier genau steht, worauf du noch hinauswillst.«

Meine Erklärungen hielt ich so knapp wie möglich, so lange wie notwendig, und das war ziemlich lange. Ich begann damit, wie ich Berichterstatter geworden war, legte die Ergebnisse des

Hearings dar, auch die sonstigen markanten Beiträge, vergaß auch nicht jenen des Herrn von Finkenstein, beließ die näheren Umstände aber im Nebel, und schließlich legte ich ihm den Ausdruck meiner Fassung der Richtlinie vor. Timo sah sich die Änderungen an, zügig, jedoch eingehend genug, um sie in ihrem Wesen zu erfassen und deren Bedeutung zu verstehen.

Schließlich meinte er:»Gute Arbeit, Bruder!«

»Deine Arbeit«, gab ich mit einer leichten Bitterkeit zurück.

»Wie lange wird das Ganze noch dauern, meinst du?«

»Auf die Verabschiedung im Ausschuss folgt der Trilog mit Kommission und Rat, dann die Abstimmung im Plenum. Wenn es gut geht, schätze ich, drei, eher vier Monate.«

»Das glaube ich auch. Du weißt, was das bedeutet?«

»Nein.« Ich war von meinen ausführlichen Erklärungen, um ihm einen Einstieg in die Angelegenheit zu ermöglichen, erschöpft und hatte keine Lust auf Quizfragen mit mehreren richtigen Antworten.

»Franz, wir sind mitten in der legislativen Furt, und wer wird an dieser heiklen Stelle die Pferde wechseln? Auf mich warten daheim genügend andere Aufgaben. Du hast dir deinen abschließenden Erfolg verdient, und vor allem, wenn es jemandem gelingt, die immer noch beträchtlichen Widerstände auszuräumen, dann dir. Kurz und gut, Herr Berichterstatter, du wirst weiterarbeiten wie bisher und die Sache zu einem guten Ende bringen. Das ist kein Vorschlag, keine Bitte, kein Befehl, das ist eine Feststellung.«

Ich war mir nicht sicher, was ich davon halten sollte, daher fiel mir auch keine passende Antwort ein. Jemand anderer bestimmte über mich, ohne im Geringsten daran zu denken, mein Einverständnis einzuholen oder zumindest meine Meinung. Er würde alles Lob, das vielleicht gespendet werden würde, einheimsen, ja mehr noch, seine politische Karriere würde durch das beschlossene Gesetz, mein Gesetz, befeuert werden. So gesehen versklavte mich Timo, ich wurde der Ruderer seiner Galeere. Indes, indem ich mein Tun fortführte, wäre ich in der Lage, mein politisches Kind selbst in die Freiheit zu entlassen, es bis zum Erwachsenwerden zu begleiten, und – aus pragmatischer Sicht noch wichtiger – die Chancen, nicht mehr enttarnt zu werden, standen jetzt so gut wie noch nie. Ich durfte mir Timo keinesfalls zum Feind machen.

»Ich arbeiten, du ernten?«, fragte ich.

»So ist es.« Ein schlechtes Gewissen konnte ich beim besten Willen nicht erkennen.

»Läuft das so in der Politik?«

»Dein Fall ... unser Fall ... ist ehrlicherweise schon außergewöhnlich, aber ja, getätigter Einsatz und erworbener Ruhm stehen nicht immer in einer gerechten Relation. Aber warum bekomme ich jetzt das Gefühl, dass du dort verhandeln willst, wo es nichts zu verhandeln gibt?«

»Ist schon Ordnung.« Ich streckte den rechten Arm über den Tisch, mit kräftigem Händedruck schlug er ein, und damit war unser Abkommen geschlossen.

»Und was machen wir, wenn die Sache doch auffliegt?«, fragte ich in einem Versuch, praktisch zu denken.

»Wird sie nicht. Du wirst weiterhin vorgehen wie bisher, und ich werde so wenig wie nur möglich in der Öffentlichkeit in Erscheinung treten. Und für den Fall, dass ein aufmerksamer Nachbar, der die Geschehnisse in Brüssel verfolgt, misstrauisch werden sollte, wird mir schon eine ausreichend annehmbare Erklärung einfallen. Das einzige Risiko sind die Parteifreunde, die Kannibalen. Ich werde höchste Vorsicht walten lassen und mir genau überlegen, wann ich mit wem Kontakt aufnehme. Wir werden uns absprechen.«

Ich nickte zustimmend.

»Noch eine Frage, Franz: Stört es dich, wenn ich ›meine‹
E-Mails lese?«

»Ja, stört mich, aber was soll ich dagegen tun?«, parierte ich
seinen kleinen Angriff, »du findest sie alle im Ordner *Allgemeine Verwaltung/Diverses/Ablage*, danach gibt es jede Menge
nach Thema geordnete Unterordner.«

»Gut getarnt, da hätte ich ja noch lange suchen können.«

»So war es auch beabsichtigt, aber alles hat sein Ende.
Übrigens sollten wir nicht schön langsam aufbrechen?«

Timo blickte zuerst auf seine Uhr, dann auf die Theater-
karte und meinte: »Wotan schätzt es sicherlich nicht, auf uns
warten zu müssen.« Wir gingen gemeinsam bis zum Opern-
haus, trennten uns aber in der Straße davor, um an diesem Ort
der Öffentlichkeit nicht miteinander gesehen zu werden. Wir
vereinbarten, dass ich meine Loge während der Pausen nicht
verlassen und Timo, der vorne im Parkett saß, nicht in deren
Nähe kommen würde. Sein Rückflug war für morgen, später
Vormittag, gebucht, dann würde ich wieder der Platzhirsch im
Parlament, in Brüssel sein.

***

In bester Stimmung und voller Tatendrang begab ich mich ins
Büro. Bislang hatte ich mehr Glück als Verstand gehabt, und
bei aller Bescheidenheit war ich der Meinung, mit dieser Gabe
durchaus gesegnet zu sein, daher musste mein Glück beachtlich sein. Die Klänge von *Rheingold* hatte ich noch im Ohr, vor
allem das flirrende, durch Harfenklänge unterlegte Goldmotiv
und das mächtig dröhnende Riesenmotiv, das mir immer wieder Angst und Ehrfurcht zugleich einflößte. Richard Wagner,
würde er noch leben, wäre auf jeden Fall ein Kandidat für das
Hearing gewesen, stellte er doch im *Ring* – wie Timo und ich

fachkundig festgestellt haben – dramatisch wie kein Zweiter dar, welches Unheil die Gier nach Gold und das Streben nach absoluter Macht gebiert. Reichtum und Macht sind wie eine Seilschaft am Berg, einer alleine würde den Aufstieg nicht schaffen, klettern beide gemeinsam, sichern sie sich gegenseitig ab und ziehen einander wechselseitig hinauf, ist die Gefahr eines Unfalls gering, der Erfolg kaum zu verfehlen. Vielleicht sollte ich unmittelbar vor der Abstimmung über meinen Bericht den gesamten Ausschuss zu einer Vorstellung in die Oper einladen, mit dieser emotionalen Grundierung wäre eine mehrheitliche Zustimmung gesichert.

Die letzten Arbeiten gingen gut von der Hand, Pantea prüfte nochmals alle Abänderungsanträge auf ihre Richtigkeit und Konsistenz und ich verfasste die Begründung für den Bericht. Auf diesen wenigen, dem Gesetzestext angefügten Seiten darf sich der Berichterstatter selbst verwirklichen, denn die Begründung gelangt nicht zur Abstimmung. Hier ist der Platz, um alles zu sagen, niederzuschreiben, was ansonsten durch eine Mehrheit hinweggewischt werden würde, der Platz, um die Welt aus der einzig wahren, seiner eigenen Warte darzustellen und sich selbst in das bestmögliche Licht zu rücken. Die Grenzen der Freiheit, das Regulativ, lagen im Recht des Ausschusses, den Bericht in seiner Gesamtheit abzulehnen. Der von sich, seiner Klugheit und seinem segensreichen Wirken berauschte Berichterstatter dürfte es somit nicht allzu bunt treiben. Eingedenk dieses Risikos vermied ich es, originelle Standpunkte hineinzunehmen, und hielt mich auch in der Wortwahl zurück, obwohl die Versuchung, pointierte Bemerkungen zu machen, groß war. Am frühen Abend konnten wir die Redaktion endgültig abschließen, und wir sandten das Dokument sofort an den Vorsitz des Ausschusses, damit dieser es an die Übersetzer weiterreiche. Ihre Arbeit würde ungefähr zwei Wochen in Anspruch nehmen und dementsprechend legte der Vorsitz den Termin für die nächste Tagung fest, selbstverständlich kalkulierte er genügend Zeit ein, um den Mitgliedern, und vor allem ihren Mitarbeitern, eine gründliche Durchsicht des Berichts zu ermöglichen.

Der von mir mit Ungeduld erwartete Tag war endlich gekommen, gemäß den Verfahrensregeln wurde an diesem Termin der Bericht nur besprochen, die Abstimmung war noch nicht vorgesehen. Ich hielt diese Aufspaltung in zwei getrennte Zusammenkünfte für entbehrlich, zumindest in meinem Fall, da aufgrund der intensiven Vorarbeiten bereits alles klar sein sollte. Womöglich war ich ungeschickt gewesen, hätte weniger Vorgespräche führen sollen und die Auseinandersetzung auf den heutigen Tag konzentrieren. Dafür war es nun zu spät, geschehen ist geschehen, somit war stilles In-sich-Hineinjammern ohne Sinn und Zweck, vor allem, weil ich in meiner optimistischen Vorahnung nicht enttäuscht wurde. Die Diskussion brachte tatsächlich nichts Neues mehr, zu wichtig war die Sache gewesen, als dass meine ehrenwerten Mitparlamentarier ihr Pulver bis zu diesem späten Zeitpunkt aufbewahrt hätten, alles war bereits bei den zahlreichen formellen und informellen Zusammenkünften mitgeteilt, vorgetragen und verhandelt worden. Das heißt jedoch nicht, dass wir rasch über diesen Tagesordnungspunkt hinweggegangen wären, denn der Umstand, dass jemand nichts zu sagen hat, bedeutet noch lange nicht, dass er nicht spricht. Und so mussten die Anwesenden mehrere Akte der substanzlosen Selbstdarstellung der anderen Anwesenden über sich ergehen lassen. Hélène war zu danken, dass sie ausufernde Redner zur gebotenen Kürze mahnte. Dennoch wurde die Demokratie im Allgemeinen beschworen, das Europaparlament im Besonderen gelobt, die Wichtigkeit der europäischen Werte und des europäischen

Gesellschaftsmodells herausgestrichen, auch ein Hinweis auf die Gewaltenteilung durfte nicht fehlen, wir müssten den Kurs setzen, Einheit und Einigkeit wären unabdingbar, ein Europa, das zuhört, versteht und handelt, das Ideal der europäischen Familie tauchte zuverlässig auf, ebenso der Hinweis auf die Beschwörung des großen Friedensprojekts. Jede einzelne der Feststellungen war nicht nur richtig und auf der Höhe der Zeit, sie gehören alle zum Rückgrat von Europa, ihr Wesen macht Europa aus. Jedoch, der zu jedem beliebigen Anlass gegebene Hinweis auf das Fundamentale – wobei, vielleicht war ja mein Bericht gar nicht irgendetwas Alltägliches, sondern historisch – entwertet seine Bedeutung, zieht es in den Bereich des Lästigen. Welcher Ehepartner möchte beim allmorgendlichen gemeinsamen Frühstück pathetische Ausführungen über die Macht der Liebe, die harmonische Familie als unabdingbares Element für eine funktionierende Gesellschaft und die Gnade des gemeinsamen Altwerdens hören? Der Rückgriff auf das große Ganze kaschiert oftmals eine mangelnde Kenntnis des Konkreten, verbunden mit dem Wunsch, sich dennoch zum aktuellen Anlass zu äußern. Eine besondere Spezies ist der *glühende Europäer*, denn er ist weltweit der Einzige, der glüht, bislang habe ich noch keinen glühenden Chinesen, Marokkaner, Österreicher, Finnen oder Mistelbacher getroffen, auch keinen glühenden Komponisten, Bürgermeister oder Tiefbauingenieur – nicht einmal Schmiede oder Vulkanologen glühen. Die Motive, sich solcherart zu bekennen, dürften mannigfach sein, zuallererst handelt es sich um eine hohle Phrase, die irgendwie gut klingt und die nicht schaden kann. Dem oft als seelenlos gesehenen Politiker tut ein kleiner Hinweis auf seine Emotionen gut, wer glüht, verschmilzt auch gerne mit einem größeren Ganzen, und schließlich macht dieser Zustand seinen Bekenner und auch seine Handlungen und Absichten unangreifbar, denn er steht ja auf der festen Basis eines altruistischen Idealismus.

Die Vorsitzende schloss den Tagesordnungspunkt und damit war der Weg für den nächsten Schritt frei: die Abstimmung. Alle waren sich einig, diese noch in derselben Woche vorzunehmen.

***

Ich nutzte die Zeit, die mich der Fristenlauf zwang zu warten, dazu, Brüssel zu erkunden, und setzte auch die ersten Schritte, das nun absehbare Ende meines derzeitigen Lebens vorzubereiten. Zuweilen konnte ich das eine mit dem anderen verbinden und so lud ich Lieven auf einen Spaziergang im Parc du Cinquantenaire ein. Zuerst war er meinem Ansinnen abgeneigt, denn ein Treffen im Parlament hätte er als Dienstzeit verbuchen können, was sie ja tatsächlich auch war, so musste er sein privates Leben für mich aufbringen. Schließlich willigte er ein und meinte, dass ihm die Abwechslung ohnehin guttäte. Er war einer der zigtausend Pendler, die Tag für Tag mit dem Zug aus Flandern oder Wallonien anreisten, in einem der zahlreichen unter die Erde gelegten Bahnhöfe ausstiegen, schnurstracks ihrem Arbeitsort zueilten und die Stadt nach getanem Werk rasch wieder verließen, ohne sich in ihr umzusehen, ohne von ihrem reichhaltigen Angebot Gebrauch zu machen. Wir zogen einige Runden im Uhrzeigersinn, vom Triumphbogen im Osten des Parks bis zur Großen Moschee auf der gegenüberliegenden Seite, und zurück. Lieven und ich gehörten zu den wenigen, die ziellos auf den seitlich gelegenen Wegen herumgingen, die meisten Besucher waren Läufer, die sich über ihren guten körperlichen Zustand heute und den hoffentlich noch besseren morgen freuten, und wer sich im Schritttempo bewegte, der wählte die breite Schneise in der Mitte des Parks, um auf direktem Wege an sein Ziel zu gelangen. Das Epizentrum von Europa liegt auf der Seite der Moschee, auf der anderen befindet sich der Stadtteil Woluwe-Saint-Lambert, ein Gemisch aus Häusern, in denen vorwiegend Berufseuropäer wohnen, Gebäuden der Kommission und zahlreichen Büros, die in irgendeiner Art und Weise mit Europa zu tun haben. Jeder, der hier von einem Ende des Parks zum anderen eilte, war also auf dem Weg von Europa nach Europa.

»Herr Goossens, ich habe gute Nachrichten für Sie«, hob ich an, »das Phantom wird in Bälde für immer verschwunden sein.«

»Mit Erfolg, wie ich hoffe, Sie werden die Richtlinie durchbringen?«

»Es steht auf Messers Schneide, aber die Chance auf eine Zustimmung ist gegeben.«

»Ich lasse Sie nicht raus, bevor nicht alles in Ordnung ist«, scherzte er.

Ich gab zurück: »Zwingen Sie mich nicht, mich selbst zu stellen. Das hätte so eine theatralische, tragische Note an sich.«

»Als ob Sie das stören würde.«

Während unseres Geplänkels stieg ein Verdacht in mir hoch und ich fragte Lieven: »Hat es nicht vor Kurzem einen Vorfall beim Eingang gegeben?«

»Ja, hat es.«

»Und hatten Sie an diesem Tag Dienst, so ganz zufällig?«

»Ja, hatte ich.«

»Haben Sie vielleicht dazu beigetragen, den Eifer Ihrer Kollegen zu dämpfen, ihn auf das notwendige Mindestmaß zu beschränken?«

»Ja, habe ich.«

Lieven erzählte mir, wie der Versuch von Timo, das Gebäude zu betreten, abgelaufen war. Dass jemand sich für einen Abgeordneten ausgab, war bislang noch nicht vorgekommen, und so gab es auch keine Routine, an die die Mannschaft sich halten hätte können. Die Bandbreite der prinzipiell infrage kommenden Maßnahmen reichte von einem höflichen Zurückweisen und Hinauskomplimentieren bis hin zum Einschalten der städtischen Polizei und diverser, diskret im Hintergrund arbeitender Abteilungen des Innenministeriums, die wirksam für die Stabilität der öffentlichen Ordnung sorgten. Die Wachmannschaft hatte während des Vorfalls zu viert Dienst gehabt, und Lieven hatte dafür plädiert, den Spinner laufen zu lassen, zumal dieser keine irgendwie gefährlichen Gegenstände mit sich führte, und er hatte auch mit Nachdruck darauf hingewiesen, dass einer, der wirklich Böses im Schilde führt, sich wohl geschickter anstellen würde. Nach anfänglicher Skepsis stimmten die Kollegen ein. Inwieweit das knapp bevorstehende Ende der Schicht und der Dienstwechsel, der sich durch die notwendige Fertigstellung des Falls durch dessen Aufdecker verzögert hätte, ihr Übriges zur Entscheidung beitrugen, musste dahingestellt bleiben.

Lieven meinte: »Fingerabdrücke, Identifikation durch das Gesicht oder durch die Netzhaut, die Venen an den Händen, die Systeme sind alle schon entwickelt, sind ausgereift, aber es wird noch seine Zeit dauern, bis wir sie bei uns einführen werden.« Damit spielte er auf eine vor einigen Jahren vorgenommene Abstimmung der Mitglieder an, bei der sie sich mit großer Mehrheit dagegen ausgesprochen hatten, einen Fingerabdruckscanner einzusetzen, der die An- und Abwesenheiten bei Plenarsitzungen zuverlässig nachweisen würde.

Ich stimmte ihm zu: »Das glaube ich auch, nicht unbedingt für das Parlament, aber grundsätzlich. Keine Obrigkeit verzichtet auf Methoden und Verfahren, die Subjekte der ihr unterstellten Gemeinde zu überwachen, dies gilt umso mehr, wenn sie die Kontrolle kostengünstig und automatisiert vollziehen kann. Lediglich, über dem Abgeordneten steht niemand, er ist nur sich selbst verantwortlich, so entfällt der Druck.«

»Das Geheimnis, Neues, das nicht nur Angenehmes nach sich zieht, erfolgreich einzuführen, liegt nicht zuletzt darin, sich ausreihend Zeit zu nehmen, um den Frosch zu kochen.«

»Sie wissen, dass dieser beliebte Vergleich eine Legende ist«, warf ich ein, »die quakende Amphibie springt auf jeden Fall aus dem heißen Wasser, egal, ob sie es rasch oder ganz langsam erhitzen, jeder Biologe wird Ihnen das bestätigen. Aber die Geschichte ist zu schön, um nicht an sie zu glauben, also tun wir das. Vielleicht sprechen ja die Frösche in ähnlicher Weise von uns Menschen? Zöge die Herrschaft den totalen Überwachungsstaat in einem Zug durch, so würden die Bürger revoltieren, nimmt sie sich hingegen ausreichend Zeit, so werden die Betroffenen die Maßnahmen nicht nur akzeptieren, sondern sogar begrüßen. Es fängt ganz harmlos mit einer Videoüberwachung der bedeutenden öffentlichen Plätze an, wer könnte schon Einwände dagegen äußern, Taschendiebe einzuschüchtern und Schlägerbanden rasch auszuforschen, und nach und nach wird jeder profane, auch noch so nebensächliche Ort bedeutend, U-Bahn-Züge sowieso, aber auch Hinterhöfe und Müllplätze. Quak! Und was liegt näher, als die Launen unterworfenen und eigene Absichten verfolgenden Menschen, die die Aufnahmen der Kameras kontrollieren, im besten Fall sind sie unzuverlässige Individuen, im schlimmsten eigenwillige Störfaktoren, langsam, aber stetig durch automatisierte Systeme, durch die vielgepriesene künstliche Intelligenz zu ersetzen? Quak, quak. Auch dieser Schritt hin zu 1984 wird auf Samtpfoten daherkommen, sich bei seinem Debüt auf Ausnahmefälle zum Schutz der nationalen Sicherheit und zur Verfolgung schwerer Straftaten berufen, und niemand wird sich solchen Argumenten ernsthaft verschließen können. Quak, quak, quak! Und eines Tages werden sie merken, dass immer leichtere Vergehen als schwere Straftat gelten, bis schließlich das Trio Kamera, künstliche Intelligenz und gut gewartete Datenbank auch den bravsten Mann vor den Richter bringt. Ausgequakt!«

»In vier oder fünf Jahren wird es keinen Mödlhammer/ Hilvonen mehr geben können.«

»Schade eigentlich«, seufzte ich.

»Ansichtssache«, meinte Lieven, »jedenfalls sind Sie noch rechtzeitig gekommen, um Geschichte zu schreiben.« In dieser partiellen Harmonie verabschiedeten wir uns, und ich machte noch einen Spaziergang, die schnurgerade Avenue de Tervuren hinauf bis zum Square Montgomery, einem ausgedehnten Kreisverkehr, benannt nach Feldmarschall Bernard Montgomery, der mit Erfolg in drei Kriegen gekämpft hatte. Ich stellte mich vor die Statue, die den bedeutenden Militär in einfacher Kluft, mit flachem Barett und in entschlossener Haltung zeigt, und blickte durch seine leicht gegrätschten Beine hindurch auf den Triumphbogen. »Bernard«, sagte ich zu ihm, »morgen findet die Schlacht statt, es ist der Tag der Abstimmung«, und schaute ihm bei diesem Satz fest in die Augen. Ich konnte nicht erkennen, ob er mich verstanden hatte, und falls ja, ob er mir seine Unterstützung zugesagt hatte, fühlte mich aber nach unserem kurzen Gespräch gekräftigt und gut vorbereitet für morgen.

***

Langsam, aber stetig trafen die Abgeordneten im Saal PHS 3C050 ein. Ich war sehr früh dran, aber nicht der Erste und überbrückte die Wartezeit mit einem sinnlosen Blättern im

Berichtsentwurf. Niemand kannte den Text besser als ich, aber dem Menschen ist es nicht gegeben, ruhig in die Luft zu schauen, jedenfalls nicht dann, wenn er unter Beobachtung steht. Wenn alle Mitglieder des Ausschusses zur Abstimmung erschienen, dann stünden meine Chancen gut. *Volkspartei:* fünfzehn Mandate, *Sozialdemokraten:* dreizehn, *Renew:* neun, *Grüne:* sieben, *Identität:* sechs, *Konservative:* fünf, *Linke:* drei – und dann noch drei weitere Mandatare, die keiner Fraktion angehören wollten –, so setzte sich der Ausschuss *ECON* zusammen. Gegen mich stimmen würden, meiner Einschätzung nach, Volkspartei (geschlossen), zwei Drittel meiner Fraktion, herzlichen Dank, ein Drittel der Identität sowie der Konservativen und vielleicht zwei der drei Unabhängigen, macht insgesamt nur siebenundzwanzig der einundsechzig Stimmen. Ich hatte folglich eine Reserve von drei überraschenden Gegnern.

Schließlich hatten sich tatsächlich alle einundsechzig Abgeordneten eingefunden, was mich stark wunderte. Nach der Sitzung klärte mich der Vorsitz auf, dass, um vollzählig zu sein, nicht nur zehn der permanenten Ersatzmitglieder zur Abstimmung gekommen waren, sondern die Fraktion – welche war das wohl gewesen? – in drei Fällen einfach Mitglieder aus anderen Ausschüssen abgestellt hatte. Diese waren beauftragt, im richtigen Moment auf den richtigen Knopf zu drücken, obwohl sie nicht mehr Ahnung als der Normalbürger hatten, worum es bei der Abstimmung wirklich ging. Von der Geschäftsordnung her war der Ersatz durch einen Unkundigen gedeckt, er öffnete einer entspannten Arbeitsauffassung natürlich Tür und Tor.

Endlich, als vierte Aufgabe auf der Tagesordnung, war die Abstimmung dran. Das wichtigste Instrument war jetzt das vielleicht handtellergroße schwarze Kästchen, mit dem jeder einzelne Sitz versehen war. Es verfügte an der Stirnseite über einen Schlitz, in den der Ausweis gesteckt werden musste, andernfalls war das Mitglied von einer Teilnahme an der Abstimmung ausgeschlossen. Und dann die drei Tasten, um seine Meinung kundzutun, nämlich +, – und 0. Die Stimme des Abgeordneten war im Laufe der Jahre zuerst zur gehobenen Hand geworden und im Zuge der technischen Entwicklung hatte die Taste den Bedarf an Hand auf einen einzigen Finger reduziert. Hélène war heute nicht erschienen, einer ihrer beiden Stellvertreter des Vorsitzes leitete das Treffen. Sollte ich ihr ob der Missachtung meinem Werk gegenüber zürnen, oder wollte sie sich nicht offiziell gegen das von der Volkspartei, ihrer Fraktion, angestrebte Nein stellen? Die größte Aufregung gebiert die unnötigsten Gedanken, was hat sich die Evolution bei diesem Mechanismus gedacht? Die kurzen einleitenden, erklärenden, lustlos vorgebrachten Worte des Vorsitzenden waren vorbei, und jetzt rief er dazu auf, die Stimmen abzugeben. Aus einer Laune heraus hatte ich mir vorgenommen, mit dem kleinen Finger abzustimmen, ich wollte mir mit der für niemanden bemerkbaren Geste selbst eine Leichtigkeit der Aufgabe vorspielen, die es nie gegeben hat. Da lag er nun, schon seit Minuten, der Finger vor der Plus-Taste – und zack, ich drückte sie. Wenige Sekunden später lag das Ergebnis zuverlässig vor: zweiunddreißig Stimmen dafür, achtundzwanzig dagegen und eine Enthaltung. Ein knapper Ausgang, aber er reichte aus; der Bericht würde nun in die nächste Phase gehen, in den Trilog. Ich war glücklich.

***

Ich überlegte, ob ich nun, nachdem mein Abbild und ich zu einer gütlichen Vereinbarung gekommen waren, Domenica unterrichten sollte oder nicht. Dafür sprach in erster Linie mein männlicher Stolz, ihr zu beweisen, dass ich mir auch alleine helfen konnte. Es gab weitere Gründe, auch solche, die mehr von Vernunft als von Gefühl durchtränkt waren, vor allem, dass die Vielseitige mir ja durchaus wohlgesonnen war und dass sie für weitere Wohltaten bestmöglich über meine Lage Bescheid wissen sollte. Jedoch war auch Vorsicht geboten, wusste ich doch sehr wenig über sie, hatte sie mich mehrfach mit Aktionen überrascht, die das Potenzial jener Domenica, die ich kannte, deutlich und auf unerklärliche Weise überstiegen, und Lievens kryptische, aber unmissverständliche Warnung klang mir noch im Ohr. Und ich schloss nicht einmal aus, dass sie über einen verschlungenen Weg ohnehin im Bilde war und nun prüfte, wie ich mich verhalten würde. Ich entschloss mich, aus dem Bauch heraus, vorerst zu schweigen, nicht einmal eine kleine Anspielung zu machen, und freute mich auf das vereinbarte Rendezvous. Wir mussten ja die weise Entscheidung des Ausschusses feiern, auch gebot es der Anstand, sie offiziell darüber in Kenntnis zu setzen, was sie ohnehin wissen musste, über den Umstand, dass meine Zeit als Abgeordneter sich dem Ende näherte.

»Sind Sie stolz auf sich?«, fragte sie und zwang mich zu einer Offenlegung meiner Stimmung.

»Wenn ich ehrlich sein muss ...«

»Das dachte ich mir und genau genommen haben Sie alles Recht dazu. Bis vor Kurzem hatten Sie von Tuten und Blasen keine Ahnung, widersprechen Sie mir nicht, waren ein Frischling im parlamentarischen Getriebe, und schneller, als jemand bis drei zählen kann, hatten Sie mit Bravour die erste Stufe in einer heiß umkämpften Streitfrage genommen.«

»Zwei müssen noch folgen«, sagte ich aus einem Aberglauben heraus, der es mir verbot, mich zu früh zu freuen.

»Mithilfe Ihrer Domenica wird Ihnen auch das gelingen, mein Unerschrockener.« So kätzchenhaft kannte ich sie bis jetzt noch nicht, was führte sie im Schilde?

»Vielen Dank, Sie trauen mir nicht zu, auf meinen eigenen Füßen zu stehen?«

»Vergessen Sie nicht, Ihre Füße stecken in fremden Schuhen, da können Sie leicht ins Schwanken kommen.« Wusste sie es nun, oder wusste sie es nicht?

Sie sprach weiter: »Und das Leben hier ist voller Überraschungen, einmal kommt ein Herr Goossens ums Eck, einmal unterbreitet ein Herr von Finkenstein unmoralische Angebote, wer weiß, was noch alles kommen kann?« Sie war im Bilde, ich war mir sicher, jetzt musste ich erst recht schweigen, um nicht jämmerlich zu wirken.

Um einer Unannehmlichkeit auszuweichen, wechselte ich zu einer anderen über: »Wäre das nicht ein guter Moment, darüber zu sprechen, wie es mit uns weitergeht, wenn meine Mission zu Ende gegangen sein wird?«

»Sicherlich, allerdings nur, wenn wir uns darüber einig sind, dass es nicht weitergehen wird.«

Sie schaffte es immer wieder, mich mit ihrer Kaltschnäuzigkeit zu überrumpeln. »Ist Ihr Diktum nicht ein bisschen voreilig?«

»Wahre Liebe muss rechtzeitig enden«, erwiderte sie, »denken Sie an die großen Liebespaare der Geschichte.«

»Der Literatur, meinen Sie wohl?«

»Der Literaturgeschichte, um genau zu sein.«

»Fangen wir an, speziell für Sie, mein schwärmerischer Anhänger von Bayreuth, mit Tristan und Isolde«, sagte sie, »gehen wir weiter – die Italienerin spricht zu Ihnen – mit Romeo und Julia, und wenn nochmals ein bisschen Eifersucht mitspielen darf, dann empfehle ich Pelléas und Mélisande.«

»Schon gut«, murrte ich.

»Es scheint so, als ob keine Liebe schöner wäre als die verbotene?«

»Vielleicht, ich finde unsere aber schön genug.« Dann setzte sie mir in einem Anflug von Nachdenklichkeit fort:»Können Sie sich eines dieser Paare vorstellen, wie sie gemeinsam friedlich alt werden, wie Isolde bei nordischem Herbstwetter die Socken stopft und Romeo auf der Klappleiter steht und Glühbirnen wechselt?«

Ich entgegnete:»Ich denke da an Philemon und Baucis.«

»Ich wusste, dass Sie mir die beiden Spießbürger servieren würden. Tatsächlich ist es ein verlockender Gedanke, Sie als Eiche und ich als Linde, die Zweige, die einander berühren. Aber der Preis dafür, davor über Jahre hinweg ergeben in einem Tempel zu dienen, tagtäglich niedere Arbeiten wie Wischen oder Putzen zu verrichten, nein danke.«

»Da ist das Servieren in der Lounge schon besser«, ätzte ich.

»Getroffen«, gab sie mir zurück,»aber nicht mehr lange.«

»Das haben sich die beiden Vorbäume auch gedacht und reinigten dann tagein, tagaus die Stufen und entzündeten die heiligen Lichter.«

»Nein, mein Lieber Franz, Sie werden schön brav nach Wien zurückkehren und von nun an jede Frau, die Sie kennenlernen werden, an mir messen und dabei das warme Ziehen der Sehnsucht nach mir verspüren. Ist das nicht ein erhebender Gedanke?«

»Und was steht auf Ihrem Programm?«, wollte ich nun doch wissen. Offensichtlich hatte sie bereits einen Plan.

»Einen zweiten Franz wird es nicht geben, hoffe ich zumindest, denn in diesem Fall sollten wir die Demokratie besser gleich abschaffen, aber ich werde mich schon durchschlagen. Vielleicht finde ich eines Tages einen attraktiven Bankenlobbyisten?«

»Sie meinen aber jetzt nicht ...?«

»Und warum nicht, er ist klug, verfügt über einen komfortablen finanziellen Polster und sieht ganz passabel aus, zumindest wenn er die berufliche Maske abgelegt hat.«

»Vielen Dank für dieses letzte Detail!« Jetzt wurde ich auch noch eifersüchtig.

»New York – eine Jugendsünde, Brüssel – sein Beruf, in Rom werde ich die versteckten guten Seiten schon aus ihm herausholen.«

»Monza tut's wohl nicht mehr?«

»Nein«, antwortete sie lapidar.

Wir plauderten noch einige Zeit Belangloses, gingen dann aber auseinander. Ich gebe zu, der Abend war nicht so verlaufen, wie ich es mir gewünscht hatte.

***

Die Stunde des Trilogs, eines der sinnvollsten Verfahrensschritte im europäischen Sichzusammenraufen, war gekommen. Bemerkt hatten sie es schon lange, die zusammenwirken müssenden Gesetzgeber Rat und Parlament, dass das sterile Hin-und-her-Senden von Positionen und Verhandlungsergebnissen dem Bürokraten zwar vorerst Arbeit, vor allem aber Freude ob des Umstandes gewährt, dass nach einer Übermittlung des von ihm abgesegneten Dokuments der Ball nun im Feld des anderen liegt. Der wiederum brauchte anschließend seine Zeit, um sich das runde Leder aufzulegen und es zielsicher zurückzuschießen. Bis dahin war einmal Ruhe, und der Absender konnte sich anderen Aufgaben widmen, vorzugsweise sich halböffentlich darüber wundern, warum der andere denn so lange brauche, er selbst hätte ja alles bestens vorbereitet. Dieses Spiel konnte sich über mehrere Partien erstrecken. Der *Vertrag von Amsterdam* zog knapp vor der Jahrtausendwende einen Schlussstrich unter diese Spiegelfechterei, und seitdem kommen wir, die drei Institutionen, zusammen, um so bald wie möglich von Angesicht zu Angesicht zu sprechen, was nicht nur die Dauer verringert, bis ein Gesetz endlich beschlossen wird, sondern auch zu viel besseren Lösungen führt. Das Wieselwort *besser*, das unreflektiert aus allen Mündern quillt, angefangen beim Volksschüler über den bemühten Verkäufer und endend bei den allerhöchsten Ämtern, heißt in diesem Zusammenhang, dass der unmittelbare mündliche Gedankenaustausch zu mehr Klarheit führt, was das Gegenüber überhaupt will, und dass schnell deutlich wird, ob das entsprechende Entgegenkommen der eigenen Seite als solches wahrgenommen und als ausreichend empfunden wird, also ob Aussicht besteht, mit seinen Forderungen, von denen das Gegenüber bislang nichts wissen wollte, durchzukommen. Die Methode war so banal, dass niemand verstand, warum ihre Einführung so viel Zeit in Anspruch genommen hat. Besser spät als nie.

Nichts entgeht dem Auge und der Obsorge des Dogmatikers, des Vertreters der reinen Lehre, so auch nicht das Trilogverfahren. Mit ernster Miene klagt er an, dass es nicht ausreichend transparent wäre, da die Gespräche, im Unterschied zu den Ausschuss- und den Plenarsitzungen, nicht öffentlich stattfinden würden. Über die präzisen, verbindlichen Verhandlungsmandate und die Pflicht zur unmittelbaren Weiterleitung der erzielten Ergebnisse schweigt er sich hingegen aus, das könnte die düstere These des mahnenden Lichtbringers rasch infrage stellen. Vor allem schweigt er darüber, dass es sich bei den im Trilog erzielten Ergebnissen immer nur um vorläufige Vereinbarungen handelt, die im Plenum des Parlaments noch debattiert und abgestimmt sowie im Rat von den Ministern noch besprochen und angenommen werden müssen. Es fällt noch genügend Licht in das Paket, bevor es zugeschnürt wird.

Mit diesem Wissen im Hintergrund zog ich froher Stimmung in den Verhandlungssaal. Wir, das Parlament, hatten eingeladen, daher fand die Sitzung bei uns statt. Die Plätze auf dem langgezogenen, elliptischen Tisch waren zur Gänze besetzt, einige Teilnehmer mussten in der zweiten Reihe sitzen. Belgien hatte die Ratspräsidentschaft inne, entsprechend den Regeln, dass im Lauf der Zeit jeder Staat an die Reihe kommt, das Zepter zu schwingen, »belgte« es auf der Seite des Rates ausschließlich. Marie-Christine Vercauteren repräsentierte die Präsidentschaft in engerem Sinne, Gaspard Declercq saß für den *Ausschuss der Ständigen Vertreter* am Tisch, das ist das politische Gremium, und da ein bisschen Sachverstand zwar immer wieder einer raschen Einigung entgegensteht, sich schlussendlich aber bezahlt macht, durfte auch Inès Michaux teilnehmen; sie saß in diesem Halbjahr der für Banken- und Finanzfragen zuständigen Ratsarbeitsgruppe vor. Was uns betraf, so war die Sache eindeutig: Hélène, ich und mein langer Schatten. Hélène führt den Vorsitz, ich verhandelte für das Parlament, und die sechs Schattenberichterstatter hatten mich zu unterstützen, wenn es brenzlig wurde, sie nutzten aber auch ab und zu die Gelegenheit, ihre bislang nicht in unseren Abänderungsvorschlag aufgenommenen, sprich abgelehnten Ideen hineinzudrücken, nach dem Motto *Der Rat will es ja so.* Naturgemäß war die Kommission in geringerer Formation vertreten, denn ihre Rolle im Raum bestand nicht darin, zu verhandeln, sondern zu beobachten, ins Berlaymont zu berichten und – sollte es sich zwischen den Vertretern der Bürger und jenen der Mitgliedstaaten spießen – einen Text zu erarbeiten, dem sich beide Parteien annähern und den sie schlussendlich annehmen konnten. Aber natürlich waren deren Vertreter weder Heilige noch interessenlose bürokratische Automaten, und sofern sich die Gelegenheit ergab, nutzten sie

sie, um ihren Standpunkt zu vertreten und ihren ursprünglichen Vorschlag möglichst unbeschadet über die Ziellinie zu bringen. Die federführende *Generaldirektion Finanzstabilität, Finanzdienstleistungen und Kapitalmarktunion* hatte wiederum Marjan entsandt und auch Kailey Mifsud. Sie, die Direktorin, verlor, abgesehen von der kurzen Vorstellungsrunde der Teilnehmer, kein einziges Wort, überließ notwendige Antworten, Einwürfe, Erläuterungen ihrem Mitarbeiter, verfolgte aber die Verhandlungsrunde hellwach und mit gespannter Aufmerksamkeit. Wenn einen Moment lang niemand sprach, so bildete ich mir ein, die Geräusche der Zahnräder in ihrem Kopf zu hören. Sie würde auch noch in mehreren Jahren exakt darüber Auskunft geben können, wer heute welche Stellung bezogen hatte. Die Verhandlungen gestalteten sich zäh, da die Position des Rates stark von den Verfechtern des alten Systems beeinflusst war. Je mehr ich darüber nachdachte, desto mehr wunderte ich mich über den vordergründigen Mangel an Logik der Staaten. Jetzt, mit diesem Gesetz, gab es für sie die einmalige Chance, sich ein für alle Mal eines bedeutenden Risikos für den Staatssäckel zu entledigen, dem kein erkennbarer Vorteil gegenübersteht, der lohnen würde, das Wagnis von neuerlichen Bankenrettungen auf sich zu nehmen. Und sie nehmen das Angebot nicht nur nicht an, nein, sie bekämpfen es. Und es kommt noch besser für die Zauderer und Gegner: Sie können die Verantwortung für die künftige Aufteilung der Banken auf die EU abschieben, den Ausdruck tiefen Bedauerns aufziehen und – auch das ist erlaubt – auf die Kommission und ihre Politik schimpfen. Es ist eine der ungeschriebenen Aufgaben des Exekutivorgans, bereitwillig und schweigend die Rolle des Sündenbocks zu übernehmen, um so Spannungen sowohl zwischen den Mitgliedstaaten als auch innerhalb eines Landes zu lindern, zumindest war dies eine Doktrin während der Gründungsjahre, und die Tradition scheint ungebrochen. Entweder haben die trennbankenscheuen Finanzminister Freude daran, wie der heilige Florian Brände großzügig, in heroischer Pose zu löschen, oder sie fürchten sich vor der angeblichen Sensibilität des Finanzkapitals, das, wie ungefragt und zuverlässig kolportiert wird, ebenso rasch wie beleidigt abwandert, wenn es ihm irgendwo nicht gefällt. Vergessen wird bei der Drohkulisse, dass das Menü des Financiers reichhaltig ist, dass er jegliche Art von Nahrung zu sich nimmt – Zinsen, Dividenden, Spannen, Agios und Disagios, Gebühren, Provisionen, Kursgewinne – und dass der verärgerte Wandersmann verlässlich und schnell zurückkommt, wenn sich auf den heimischen Almen der Finanzen irgendein neues Pflänzchen regt, das er verspeisen kann. Gerade im Wunderland der Finanzen lässt sich zwar nicht alles, aber doch sehr vieles gestalten, Nachteile hier mit Vorteilen dort kompensieren, man muss nur *wollen* wollen.

Konzentriert saßen wir alle über dem Dokument mit seinen vier Spalten, ganz links war der Kommissionsvorschlag vermerkt, rechts davon die Position des Rates, danach kam die des Parlaments und rechts außen die wichtigste, von uns allen hier und jetzt auszufüllende: der Kompromiss, auf den sich alle einigen können. Ich war für den Inhalt zuständig, Hélène für den Fortschritt der Sitzung, und tatsächlich gelang es ihr, mit ein paar Allerweltsätzen allzu langwierige Debatten um eine einzige Frage zu einem Ende zu bringen: »Ich glaube, wir können uns alle einigen auf [...] Verstehe ich Sie richtig, Frau [...] dass Sie meinen, dass [...] Exzellent, ich sehe, die Dinge schreiten voran [...] Vereinbaren wir das gleich jetzt so [...] Eine bessere Lösung sehe ich beim besten Willen nicht [...] Vergessen wir nicht das gemeinsame Interesse [...] Ich denke, wir sollten das jetzt hinter uns lassen und zum nächsten Punkt übergehen[...]PolitikisteinMannschaftssport,vergessenwirdas nicht [...] Schauen wir nach vorne.«Mir missfielen diese geist- und seelenlosen Sprechblasen, sie genügten nicht meinen An- spruch an Esprit, an passgenaues Reagieren auf die aktuelle Situation, ja an Ehrlichkeit. Diese Sätze waren primitive Werk- zeuge, gleich einem Hammer oder Schraubenzieher, aber sie verrichteten zuverlässig ihren Dienst, sie funktionierten, denn jeder verstand, dass mit jedem einzelnen von ihnen dasselbe gemeint war, nämlich *Ende der Diskussion*, und das eben mit dem Gewicht, das die Verfahrensregeln der Vorsitzenden zu- gestehen. So kam ich zur Einsicht, dass ich zu viel forderte und meine Erwartungen an Originalität und Authentizität zurücknehmen musste. Politische Verhandlungen sind keine vor Witz und Einfallsreichtum sprühenden Meisterwerke, sondern sie folgen einem simplen Drehbuch und werden in einfacher Sprache abgehalten.

So gelangte auch der heutige Drehtag zu seinem Ende, die Vielzahl der Teilnehmer und ihre unterschiedlichen Dienst- herren, die schon nach ihnen riefen, gestatteten es nicht, ihn spontan zu verlängern und weiterzuverhandeln. Insgesamt sollten es vier Sitzungen werden, bis die Spalte ganz rechts zur Gänze ausgefüllt war, dazwischen wurden die jeweils aktuellen Fassungen an die Mitspieler außerhalb des Verhandlungssaales versandt, die Mandate wurden präzisiert sowie modifiziert, und hinter verschlossenen Türen ging es weiter. Bei einigen Streit- fragen bedurfte es Marjan, seiner tiefen Kunde der Materie und seiner Unaufgeregtheit, um uns, den Mandatsträgern und den Ratsherren, zu erklären, welche Konsequenzen ein geäußerter Wunsch oder eine Forderung nach sich ziehen würde – Aus- wirkungen sowohl auf die einzelne, spezifische Angelegenheit als auch auf die Ausgewogenheit des gesamten Werks. Immer wieder musste ich an die aus der Mode gekommenen, von der

Decke hängenden Mobiles denken, die – berührt jemand auch nur eines seiner Elemente – in ihrer Gesamtheit in unvorhersehbarer Weise zittern und schwanken. Auch wenn die Bemühungen des Rates und seine berühmten roten Linien, die wir nicht überschreiten durften, die Position unseres Hauses hier und dort verwässerten, blieb am Ende der Verhandlungen noch genügend Substanz übrig, um den Leviathan unschädlich zu machen, ihn zu einem Nutztier zu zähmen.

***

Straßburg rückte näher, jeder Parlamentarier bereitete sich mit Eifer auf die Plenarsitzung vor, prüfte die Tagesordnung und überlegte sich, welchen Beschlüssen er zustimmen, welchen er hingegen sein Placet verweigern sollte oder ob es opportun wäre, sich mit einer Stimmenthaltung aus der Affäre zu ziehen, auf diese Weise den Groll der Andersdenkenden so stark wie möglich zu dämpfen. Selbstverständlich wollten auch die Wortmeldungen überlegt sein, das rare Gut, die Redezeit, war bestmöglich zu nutzen. Jede Fraktion bekommt nach einem exakten Schlüssel einen Betrag an Stunden und Minuten zugesprochen, und im Rahmen der Kontingente müssen sich die einzelnen Abgeordneten mit den Silberrücken raufen, um ihren Anteil am Kuchen der Debatte zu erlangen. Jenen mit tragenden Rollen in der Angelegenheit, die gerade zur Verhandlung ansteht, werden fünf Minuten zugestanden, den permanenten Alphatieren eineinhalb, und der Wald-und-Wiesen-Abgeordnete erhält sechzig Sekunden.

Sichtbarstes Zeichen, dass die demokratische Karawane sich wiederum Richtung Südosten bewegen würde, waren die Behälter für die Akten und Unterlagen, die mitgenommen werden durften. Jedem Mitglied stand einer dieser olivgrünen, an Munitionskisten erinnernden Rollkoffer aus Hartplastik zu. Um die kriegerische Allusion fortzuführen, lagen sie in militärischer Präzision aufgereiht vor den Büros der Mitglieder und wurden nun sukzessive gefüllt. Immer wieder kamen die Assistenten kurz auf den Gang heraus, legten Dokumente hinein und prüften mit zunehmend kritischem Blick, wie viel Platz noch zur Verfügung stünde. Nach der Abholung der Kisten durch die Transportarbeiter wirkten die Gänge, ihres charakteristischen Merkmals beraubt, fast leer, das Wochenende senkte sich nieder und Tausende von Menschen bereiteten sich auf ihre Reise in die Bischofsstadt am Rhein vor.

Der Bürger zieht die Augenbraue hoch, sieht er den ungeheuren Aufwand, der Monat für Monat anfällt, und denkt sich dabei seinen Teil über die verschwenderischen Abgeordneten, trifft dabei aber den Falschen. Immer wieder sprechen sich die Hauptdarsteller des Wanderzirkus mit überwältigender Mehrheit dafür aus, alle Plenarsitzungen in Brüssel abzuhalten und fürderhin Straßburg Straßburg sein zu lassen, sie machen dabei aber die Rechnung ohne den Wirt, besser gesagt ohne die Wirte. Zu bedeutend sind die Einnahmen, die Hotels und Gastronomie in den für das Parlament roten, für sie goldenen Wochen erzielen, zu wichtig die Reputation der Stadt als Sitz einer Institution und die durch sie generierte touristische Umwegrentabilität, zu gut vernetzt die lokalen Akteure im Pariser Machtzentrum, als dass die Große Nation sich bereit erklären würde, auf das 1992 im winterlichen, sturmumtosten Edinburgh erkämpfte Recht zu verzichten. Um gänzlich sicherzugehen, wurde die Entscheidung fünf Jahre danach in den *Vertrag von Amsterdam* auf- und weder in Nizza noch in Lissabon wieder herausgenommen. So schrumpfen elegante, verlockende Visionen, kühne Entwürfe zur gemeinsamen Zukunft rasch zur Kirchturmpolitik zusammen, wenn es um die konkrete Wurst geht. In diesem Zusammenhang verwundert, dass die politische Elite sich wundert, dass der kleine Mann, der die Feinheiten und die Komplexität des europäischen Räderwerks nicht kennt, auch nicht kennen muss, zuweilen die Schlagkraft und Durchsetzungsfähigkeit der Union bezweifelt.

Wer nun glaubt, in Buchhaltermanier mit den beträchtlichen Kosten ein Argument gegen zwei – mit dem Sitz seines Generalsekretariats in Luxemburg genau genommen drei – Standorte des Parlaments zu haben, wird rasch belehrt, dass Demokratie ihren Preis hat, ja auch die Geschichte hat einen, gilt das einst heiß umkämpfte Straßburg doch als steinerner Zeuge von Jahrhunderte andauernder menschlicher Dummheit und als Symbol der nun endlich erreichten Einigung. Nicht einmal der neuzeitliche Trumpf aller Trümpfe, der Klimawandel und sein unscheinbarer Verursacher, sticht! Es ist ein Leichtes, die europäischen Landschaften flächendeckend mit immer mächtigeren Windrädern zu überziehen, das Öffnen von Getränkeflaschen durch raffiniert konzipierte Kapseln zu einer Geschicklichkeitsübung ausarten zu lassen und mit hohen Subventionen dafür zu sorgen, dass jeder Eigenheimbesitzer auf seinem Dach die Sonnenstrahlen nutzbringend einfängt. Mit einem Federstrich jedes Jahr zwanzigtausend Tonnen Ausstoß an Kohlendioxid einzusparen, darauf wird großzügig verzichtet, es pflanzt auch niemand die eineinhalb Millionen Bäume, die notwendig wären, um das für Straßburg ausgestoßene unfreundliche Gas zu schlucken.

***

Die große Woche war gekommen und ich saß in dem nur während der Tagungen in Straßburg eingesetzten Hochgeschwindigkeitszug in die Hauptstadt des Elsass. Die vor Jahrzehnten und Jahrhunderten verlegten Eisenbahnschienen wollten es, dass die Fahrstrecke nicht direkt über Luxemburg und Saarbrücken verlief, sondern dass wir ein großes Knie über Paris nehmen mussten, dennoch kamen wir schon ungefähr vier Stunden nach der Abfahrt am Ziel an. Von meinem Zimmer im *Hôtel Régent Contades* hatte ich einen schönen Blick auf die Ill, wie sie in Richtung Europaviertel floss, ebenso auf die St.-Pauls-Kathedrale und auf die alte Universität, und so ließ ich mich noch von der steinernen Manifestation der Antipoden Wissenschaft und Religion inspirieren. Das Hotel hatte ich deswegen gewählt, weil es die Geborgenheit gebende Architektur der Vergangenheit mit den technischen Erwartungen unserer Zeit trefflich verband, nahe am Stadtzentrum gelegen war, und vor allem, weil es erlaubte, am Flussufer entlang einen gemütlichen Spaziergang zum Parlamentsgebäude zu machen, und genau das würde ich tun, nachdem ich das Zimmer bezogen und den Koffer ausgeräumt hatte.

An der Böschung zwischen Kai und Wasser konnte ich die Vermischung der deutschen und der französischen Gartenkultur erkennen. Unberührte Bäume, gewachsen, wie es ihnen eingefallen war, nicht unbedingt schön, aber auch nicht hässlich, reihten sich zwischen den bedauernswerten Opfern des gallischen Baumschnitts ein. Amputiert von allen Zweigen, bestanden sie aus einem Stamm und wenigen mächtigen, wuchtigen Ästen, an deren Enden Knollen standen, die wie Krebsgeschwulste wirkten und aus denen sich Jahr für Jahr ein paar vorwitzige Blätter herauswagten. Ältere und jüngere Villen, deren Stil an den Fachwerkbau erinnerte, wechselten sich mit niedrigen, sich ins Ensemble einfügenden Wohnblöcken ab. Mein kritisches Auge konnte keine Bausünden entdecken, ich beneidete die Straßburger um ihre umsichtige Stadtverwaltung. An einem romantischen Häuschen hing gut sichtbar ein Helm aus Kupfer, um solcherart nicht ganz wahrheitsgetreu auf den Namen des Restaurants hinzuweisen, *Zuem Ysehuet*, auf Deutsch: *Zum Eisernen Helm*. Ein kleines an der Hausmauer angebrachtes Schild erregte meine Aufmerksamkeit, es erinnerte an ein gemeinsames Essen von François Hollande, Angela Merkel und Martin Schulz im Jahr 2015. Politiker aller Ebenen und Gesinnungen durchleben ihre konjunkturellen Zyklen, natürlicherweise ein Hoch, wenn sie beginnen, ihr Amt auszuüben, ansonsten hätten sie es nicht errungen, auch jubelt die Masse fast jedem neuen Kaiser begeistert zu. In den späteren Jahren und besonders nach ihrem Rückzug ebbt die Begeisterung merklich ab, lediglich ein sehr schwacher Nachfolger kann den Verfall der Beliebtheitswerte in Grenzen halten, und nachdem sie genügend Patina angesetzt haben und ausreichend in Vergessenheit geraten sind, werden sie langsam in den Rang des allseits geschätzten Elder Statesman erhoben. Der Wirt würde schon wissen, ob er mit diesem einen Auszug aus seinem Gästebuch mehr gegenüber Politik, Prominenz und Anekdoten aufgeschlossene Feinschmecker anzog, als er abschreckte. Er musste jedenfalls über ein außerordentliches Selbstbewusstsein verfügen, denn die neben der Eingangstür präsentierte Speisekarte bot nicht mehr als vier Hauptspeisen zur Auswahl an.

Den Giraffenmenschen in schwarzer Hose und weißem Hemd vor dem Hauptsitz des Kultursenders *Arte* ließ ich links liegen, nicht alles, was widersinnig oder unverständlich war, musste als großer Einfall und Sinnbild gewürdigt werden, es war und blieb ein Giraffenmensch in schwarzer Hose und weißem Hemd. Mittlerweile war der Gebäudekomplex des Parlaments schon sichtbar geworden. Zwischen mir und meinem Ziel lag noch eine kleine Siedlung von adrett gestalteten, vollkommen identischen Einfamilienhäusern. Die in Apricot gehaltene Uniformität wirkte auf mich tröstlich und erbauend zugleich, obwohl ich im Moment keines von beidem notwendig hatte. Ein in der Region verwurzelter, sozial beseelter Konservenfabrikant hatte die Häuser nach dem Ersten Weltkrieg für seine Arbeiter errichtet, und sie vermittelten in ihren gar nicht so kleinen Gärten den Eindruck, dass hinter ihren Mauern und Fenstern ausschließlich glückliche, zufriedene Familien lebten. Eltern und Kinder, die nichts anderes sein wollten als Eltern und Kinder und die nichts anderes werden wollten als Großeltern und Eltern, die gewissenhaft und anständig einen Beruf ausüben, der sie ernährt, ohne in ein Extrem zu verfallen, weder in das der Karrieresucht noch in jenes des großmäuligen Wirtshauspolitikers, der für immer weniger Leistung stets steigende Entlohnung fordert. Dass sie am Rande des Europaviertels standen, bildete nicht nur einen scharfen Kontrast zwischen der überschaubaren heilen Welt und der schwer fassbaren der internationalen Politik, sondern auch ein schönes Symbol, liegt doch die Aufgabe des Gesetzesschmiedes nicht nur, aber zu einem großen Teil darin, den kleinen Mann vor den Feldzügen des Kapitals und vor den vielfältigen Interessen der Mächtigen und Einflussreichen, die sich gegen ihn richten, zu beschützen.

Unmittelbar vor dem Tempel der Demokratie stehend, konnte ich meine Enttäuschung über den Ort des Geschehens nicht unterdrücken. Sie speiste sich zuallererst aus dem Umfeld, einer riesigen mit Gittern abgesperrten Baustelle, deren Rand sich auf der einen Seite aus kürzlich fertiggestellten, abweisend wirkenden Kästen aus Glas und Stahl bildete. Die Schubraupen und die gewaltigen Erdbohrer verrichteten lautstark ihren Dienst, den Boden für weitere Klötze desselben Stils aufzubereiten. Der unangenehme Nieselregen machte die Sache nicht besser. Um Zugang auf das Grundstück des Parlaments zu erhalten, musste der erste Verteidigungsring durchbrochen werden, lieblos zusammengewürfelte, dem weit hinten gelegenen Gebäude vorgelagerte Container, Baracken und Absperrgitter. Der graue Himmel, die grauen Baulichkeiten, die grauen Schuppen und die grauen Uniformen der Bediensteten lasteten schwer auf meiner Stimmung. Einziger Lichtblick waren paradoxerweise einige bunt gewandete Chinesen, Anhänger der *Falun Gong*. Auf der Straße vor dem Checkpoint machten sie zu fernöstlichen Saitenklängen aus dem mitgebrachten Lautsprecher auf die Repression der chinesischen Staatsmacht gegen ihre Glaubensbrüder aufmerksam, die – gemäß den aufgespannten Transparenten – bis hin zu Gefangenschaft, Folter, Tod und kommerzieller Verwertung der den Falun Gongern entnommenen Organen reichte.

Ich fragte mich, ob die mir so sympathische Baubehörde während der Planung des Parlaments in Streik getreten war oder aufgrund von Verträgen keine Zuständigkeit hatte. Ein schlecht proportionierter, klobiger Zylinder, das war das nach Louise Weiss – einem im Elsass geborenen politischen Tausendsassa, der im Alter von sechsundachtzig Jahren erstmals in das Europaparlament gewählt worden war – benannte Hauptgebäude des Europaparlaments. Der Planer musste sich im letzten Moment dieser Monstrosität bewusst geworden sein, denn er hatte Versuche unternommen, die drückende Wirkung des Stumpfes abzumildern. Leider waren sie nicht von Erfolg gekrönt. Die flachen Ringe um die Glasfassade erinnerten an ein nicht abgebautes Gerüst und die in mehreren Stufen abfallende Unterbrechung der Oberkante, in die vertikale Platten ohne erkennbare Funktion gestellt worden waren, erzeugte Unruhe. Hätte ich eine wertschätzende Interpretation finden müssen, so wäre nur die immer wieder, falls einem sonst nichts einfiel, bemühte Metapher von der immerwährenden Baustelle Europa geblieben, aber für dieses Entgegenkommen fehlte mir im

Moment die Lust, und ich erinnerte mich, dass ich einen Termin mit meinem Zahnarzt vereinbaren musste, denn von einem meiner unteren Stockzähne war ein Stück abgebrochen.

Im Innenhof hatte ich dann endgültig Mitleid mit der Namensgeberin, ein Oval ohne jeglichen Anflug von Lebendigkeit, das trotz des perfekt verlegten schwarzen, weißen und rötlichen Natursteins die Aura eines Gefängnishofes verströmte, die meinen Kopf überragende grüne Kugel in der Mitte des Hofes, ein Brunnen, zumindest heute außer Dienst, war immer noch zu klein, um zur Wirkung zu kommen. So blieb nur zu hoffen, dass die Wohlmeinenden bei der Auswahl der ebenfalls Louise Weiss ehrenden Straße in Paris eine glücklichere Hand besessen hatten. Mit ihrer Politik und ihren Zielen musste ich mich noch auseinandersetzen, wahrscheinlich war in Louises langem Leben so vieles zusammengekommen, dass für jeden etwas dabei ist und auch ein jeder Leistungen und Ansichten findet, bei denen er die Nase rümpfen kann, jedoch nötigte mir ihr Selbstverständnis Bewunderung ab. Die Inschrift auf ihrem Grabstein, *Aristo-Prolo – Aristokratin im Denken, Proletarierin in der Arbeit, gottlos, aber respektvoll*, hatte sie selbst ausgewählt. Endlich wurde ich aus meinen trüben, weitschweifenden Gedanken gerissen, Pantea war schon vor mir in Straßburg angekommen; sie wartete am Eingang zum Epizentrum und führte mich zu unseren Büros. Bis zur Debatte meines Gesetzes würde es noch drei Stunden dauern, und so hatten wir genügend Zeit, über Gott und die Welt zu plaudern, eine durchaus angenehme Abwechslung.

***

Auf der Rückseite des Plenarsaales war ein Plan angebracht, der dem Abgeordneten zeigte, welcher der insgesamt achthundertdreiundsechzig Sitze ihm gehörte. Meine Fraktion war vom Präsidium aus betrachtet leicht links der Mitte angesiedelt, unsere Nachbarn waren die Grünen auf der einen und die Volkspartei auf der anderen Seite. Ich fand heraus, dass Timo Hilvonen, wenig verwunderlich, in die letzte Reihe verwiesen worden war, und nahm seinen/meinen Platz ein, etwas erregt wie ein Gymnasiast am ersten Tag eines neuen Schuljahres. In wenigen Minuten würde die Sitzung beginnen und der Saal war noch weitgehend leer, wie sollte sich das ausgehen? Die Gleichung zwischen verbleibender Zeit und hereinströmenden Abgeordneten löste sich dadurch, dass schließlich nur ein Viertel der Volksvertreter es für wert befunden hatte, das Volk hier und jetzt zu vertreten, die anderen drei hatten sichtlich Gelegenheiten gefunden, bei denen sie ihrer noblen Aufgabe mit noch größerer Wirkmächtigkeit als hier in der Arena nachkommen konnten. Ob das nun für das Engagement und die Findigkeit der Schwänzer sprach oder gegen die Sinnhaftigkeit und Effektivität der formellen Abläufe im Parlament – diese Frage wäre es wert, von allen, die direkt oder indirekt am Parlamentarismus mitwirken, diskutiert zu werden. Da es aber nicht um einen Ausbau der Macht geht und darüber hinaus liebgewonnene Gewohnheiten aufgegeben werden müssten, für die sich sicherlich eine gute Erklärung findet, wird noch viel Wasser die Ill hinunterfließen, bevor jemand sich dieser Mühe unterzöge.

Dabei hatte die Tagesordnung für die kommenden Stunden – neben einigen wolkigen Angelegenheiten und Fragen für Technikbegeisterte – durchaus Bedeutendes zu bieten. Zur Debatte standen unter anderem die Schlussfolgerungen des vor wenigen Tagen zu Ende gegangenen Europäischen Rates, immerhin jenes Gremiums, das die großen Leitlinien verabschiedet, innerhalb derer sich alle Politik, alle Verordnungen und Richtlinien abspielen, außerhalb derer kein Cent und kein

Euro ausgegeben werden darf. Debattiert werden sollte auch der Rahmen für die wirtschaftspolitische Steuerung, das ist jener aufwendige, permanente Überwachungs- und Koordinationsmechanismus, der ins Leben gerufen worden war, um mitzuhelfen, ein neuerliches 2008 zu verhindern – sozusagen ein Gesinnungsbruder meines Berichts und seiner Absichten. Auch der Bericht zur in dieselbe Kerbe schlagenden und gesellschaftlich sowie wirtschaftlich höchst relevanten Bankenunion sowie jener über die Durchführung des siebenjährigen Erasmus-Programms, durch welches nicht nur zig Milliarden Euro für die allgemeine und berufliche Bildung ausgegeben werden, sondern das auch junge, weltoffene Menschen Gleichgesinnten anderer Länder näherbringt, sollten für meinen Geschmack meine Kollegen in beträchtlicher Schar in den Saal bringen, taten es aber nicht. Vom absoluten Höhepunkt, dem Vorschlag für eine Richtlinie des Europäischen Parlaments und des Rates über eine geschäftsfeldbezogene Spezialisierung der Kreditinstitute und die Errichtung eines Trennbankensystems, für den fünfundsiebzig Minuten eingeplant waren, rede ich dabei noch gar nicht.

Es war so weit, einer der Vizepräsidenten stieg auf das dem Halbkreis der Abgeordnetenbänke gegenüber thronende Podium und steuerte auf seinen Sessel in der Mitte zu. Ihm folgte in kurzem Abstand eine Parlamentsdienerin, die, abgesehen vom Beinkleid, die gleiche Amtsuniform wie ihre männlichen Kollegen trug – schwarzen Frack mit schwarzer Weste, weißes gestärktes Hemd und schmale weiße Fliege, und als Hingucker hing um ihre Schultern eine vom Revers des Fracks verdeckte Kette aus Silber, von der, in einen Westenknopf eingehängt, in der Höhe des Nabels eine Plakette mit den zwölf Sternen baumelte. Mit kräftigen, in weißen Stoffhandschuhen steckenden Händen zog sie den Sessel zurück, gleichzeitig rief sie laut und deutlich »Der Herr Präsident!« in den Saal, jener wiederum positionierte seinen Körper routiniert so, dass ihm der Sitz passgenau untergeschoben werden konnte, setzte sich, und mit einem Griff zum Mikrofon eröffnete er die Sitzung.

Dass das politische Europa mit seinem Reichtum an Sprachen und Kulturen nicht nur einen ideellen Wert an sich darstellt, sondern auch gesellschaftliche und ökonomische Ergebnisse in einer Qualität zeitigt, die bei einer Monokultur nicht vorstellbar wären, ist allgemein bekannt. Wie allgemein üblich, hat alles seinen Preis – so auch die konstruktive Zusammenarbeit aus den verschiedenen Hintergründen und Ecken und Enden des Kontinents heraus –, und dieser wird von der bedauerlichen Tatsache flankiert, dass Humor und Ungezwungenheit auf der Strecke bleiben, jene wundervollen Begabungen, mit denen man das Leben – das eigene und das seiner Nächsten – besser meistert. Im Unterschied zu Traktorsitzen und Zementmischungen lässt sich die Gabe, den Widrigkeiten, Senken und Dürreperioden des menschlichen Lebens mit heiterer Gelassenheit, mit einer nicht auf der Hand liegenden Verdrehung in das Unwirkliche zu begegnen, nicht normen. Der Befund mag auf den ersten Blick erstaunen, kennen wir doch alle seit den Tagen des Stummfilms die unverdrossenen Humoristen, die uns durch ihr Stolpern, ihre Fehleinschätzungen der Situation, durch ihren Wortwitz und durch ihr Sich-über-das-Erwartete-Hinwegsetzen in den Kinosälen oder vor den Fernsehgeräten weltweit zum Lachen hinreißen. Die Dinge liegen jedoch anders, wenn der Adressat eines Scherzes, der Bewitzte, unmittelbar Teil des Geschehens wird, selbst dann, wenn er sich nur in der Rolle des unmittelbaren Zuhörers befindet, sich also lediglich auf das Gesagte einstellen muss. Es mag sein, dass er eine Anspielung, eine Referenz auf eine nationale Besonderheit oder auf eine landesweit geachtete

Person mangels Kenntnis derselben gar nicht verstehen kann und für ihn der Sinn der gesamten Aussage im Verborgenen bleiben muss, was ihn natürlich verärgert. Viel dramatischer aber ist die Gefahr, dass eine geistige Volte, die – um jetzt ein hypothetisches Beispiel zu nennen – entlang der Donau auf allgemeines Verständnis stößt und Erheiterung hervorruft, auf der iberischen Halbinsel oder in den Vogesen hingegen ein Tabu bricht.

Daraus folgt, dass gegenüber fremden Kulturen ausgelebter Esprit zumindest Unverständnis, meist aber Ablehnung zuerst des Gesagten und dann des Sprechers hervorrufen kann, mit all seinen Nebenwirkungen, und jeder, dem an einer nach oben zeigenden Laufbahn gelegen ist, sich tunlichst bemüht, sich in der Mitte des engen Pfads des Sachlichen zu halten, um sich nicht an dessen Rändern im dornigen Gebüsch zu verheddern und zu verletzen. So kann es gar nicht anders sein, als dass der Vizepräsident, der heute die Präsidentin vertritt und daher mit *Herr Präsident* angesprochen wird, in leidenschaftsloser und knochentrockener Manier vorgeht. Die einzelnen Punkte der Tagesordnung verliest er wie ein Notar die dreihundertste Position des umfangreichen Erbes vor den trauernden Nachfahren – ein silberner Zahnstocher mit Monogramm, *P. F.* gekennzeichnet. Ebenso blutleer gibt er die Namen der Redner bekannt, die an der Reihe sind und sich bereits an der linken Seite des Plenarsaales in Stellung gebracht haben; sie werden monoton, ohne Blick zum Wartenden oder hinüber zu den Abgeordnetenbänken, verkündet. Obwohl, nach einiger Zeit der Beobachtung kam mir der Gedanke, dass hier, vielleicht ganz unterschwellig, doch Stimmung gemacht wurde, erkennbar nur für denjenigen, der mit den Nuancen und unausgesprochenen Regeln vertraut war. Denn manchmal sagte der Präsident des Tages »Um das Wort hat gebeten, XY«, dann wiederum aber »Unser nächster Redner ist YZ«. Höre ich hier nicht eine Unterscheidung, eine Wertung heraus? Das Ankündigen des Namens des Nächsten ist absolut neutral, ja vielleicht sogar eine Zustimmung, während der Hinweis, dass jemand darum gebeten hat, gehört zu werden, als deutliches Zeichen einer Missbilligung interpretiert werden kann, im Sinne, dass XY zwar sicherlich nichts von Belang mitzuteilen hätte, er aber darum ersucht hat, gehört zu werden, und dem Präsidenten auf Grundlage der Verfahrensregeln kein Mittel zur Verfügung steht, das lästige Ansinnen zu unterbinden.

Gerade ging die Diskussion über die Rolle der präventiven Diplomatie bei der Bewältigung festgefahrener Konflikte in der ganzen Welt zu Ende und der Bericht über elektrische Flugzeuge für die Kurz- und Mittelstrecke musste noch behandelt werden, aber dann! Im Verlauf der bisherigen Sitzung haben einige Mitglieder den Saal verlassen, ohne wieder zurückgekommen zu sein, andere haben sich eingefunden, im Saldo waren wir mehr anwesende, daher arbeitseifrige Mitglieder als zu Beginn. Zu meinem Missfallen hatte sich zwischenzeitlich auch Jean-Marie Morel eingefunden, er grüßte bei seinem Wanken auf den Sitz vorne in der zweiten Reihe demonstrativ und selbstverliebt nach links und nach rechts, und am meisten ärgerte mich, wie er auf subtile Weise seine Nähe zum und seine Ergebenheit gegenüber dem Kapital demonstrierte. Sowohl die Krawatte als auch das übermäßig aus der Brusttasche hervorquellende Stecktuch waren in genau jenem Lila gehalten, in dem die inzwischen leider aus dem Verkehr gezogene 500-Euro-Banknote gedruckt worden war.

»Wir kommen nun zum Tagesordnungspunkt ... unser nächster Redner ist Timo Hilvonen.« Ich hatte mich gerade noch rechtzeitig auf den Weg gemacht, um beim Aufruf meines Namens am Warteplatzerl zu stehen, und konnte so die letzten Meter zum Pult ruhigen Schrittes gehen. Meine Rede hatte ich mir natürlich gut überlegt, ich war aber ungeachtet dessen nervös. Gerade als ich zu sprechen begann, kam Leben in die Galerie, drei oder vier Schulklassen nahmen im Beisein einiger Lehrer ihre Plätze ein, um für eine Viertelstunde europäische Demokratie zu schnuppern; sie hätten keinen besseren Zeitpunkt wählen können. Ich brachte zuerst meine an der Sache und am Inhalt orientierten Begründungen und Erklärungen vor, hatte mir aber die letzte mir zugestandene Minute für Appelle an Herz und Gefühl reserviert. Als sich diese näherte, erwähnte ich die Verantwortung gegenüber den künftigen Generationen – die zufällig eingetroffenen Schüler hatten mich dazu inspiriert –, griff auf die Bibel zurück und wies darauf hin, dass Gier und Habsucht Todsünden wären, während die Mäßigung zu den Kardinaltugenden zählte, und dass wir, die Parlamentarier, nun die drei weiteren Kardinaltugenden – Weisheit, Gerechtigkeit und Mut – aufbringen müssten, um die Kreditinstitute verpflichtend zur ersten hinzuführen. Ich endete mit einem Appell, gegen den schwerlich ein Argument vorzubringen war: »Ehrenwerte Mitglieder, lassen wir uns bei der Abstimmung über die Trennbankenrichtlinie von John Fitzgerald Kennedy inspirieren, von seinem Optimismus der Tat, von seiner Fürsorge für den Mitmenschen und insbesondere von seinem Leitgedanken: *Wir können nicht mit jenen verhandeln, die sagen: Was mein ist, ist mein, und was dein ist, ist Verhandlungssache.* Vergeuden wir nicht wieder Jahre, Jahrzehnte, Milliarden und Billionen, Arbeitsplätze, Firmen, Hoffnungen, Zukunft, sondern nutzen wir jetzt die Chance, die sich uns bietet, nein, eine solche Passivität wird der Wirklichkeit nicht gerecht, sondern die Chance, die die Kommission und wir, als verantwortungsbewusste Diener der Völker, mit Sorgfalt und Mühe vorbereitet und herbeigeführt haben.

Ich danke Ihnen für Ihre Aufmerksamkeit.« Für meinen Geschmack hätte ich einen stärkeren Beifall erhalten können, ich nahm aber, während ich rasch auf meinen Platz zurückging, mit Zufriedenheit zur Kenntnis, dass das Klopfen und Klatschen nicht nur aus meinem politischen Segment kam, sondern vereinzelt auch von links und von rechts. Lediglich in den Reihen der Volkspartei herrschte tosendes Schweigen.

Der übernächste Redner war dann auch schon mein Widersacher, und obwohl er alle Register der Rhetorik zog, um die ewige Walze der um jeden Preis zu schützenden, der per Definition schuldlosen Kreditwirtschaft glaubhaft abzuspielen, blieb er doch wenig glaubhaft. Seine eineinhalb Minuten näherten sich dem Ende, die grünen Zahlen am Bildschirm hinter dem Präsidium – 11, 10, 9 – sausten dahin und sprangen auf Rot, zusätzlich blinkten zwei rote Sternchen. Morel redete weiter. Bei Sekunde minus 10 klopfte der Präsident einmal mit dem Holzhammer, Morel redete weiter, bei Sekunde minus 20 das gleiche Spiel, aber mit drei Hammerschlägen, und bei Sekunde minus 30 schaltete der Präsident, übrigens von derselben Fraktion wie der übereifrige Morel, das Mikrofon ab. Der nunmehr kaum hörbare Bankenversteher hatte eine halbe Minute gewonnen, aber durch seine manifeste Gier zu sprechen deutlich an Statur verloren, dennoch applaudierte ihm sein Block pflichtgemäß, nachdem er endlich abgebrochen hatte.

Die ungefähr drei Dutzend Redner, die sich angemeldet hatten und nun einer nach dem anderen an das Pult traten, das Schwanenhalsmikrofon auf die Höhe ihres Mundes einrichteten und loslegten, deckten in ihrer ideologischen Breite das gesamte Meinungsspektrum ab, brachten aber nichts Neues unter die Sonne. Alles in allem verlief die Debatte höchst steril, wozu vor allem die beachtenswerte Disziplin hinsichtlich der zugeteilten Redezeit beitrug; nur selten musste das in diesem mit leistungsfähiger Aufzeichnungs- und Kommunikationstechnik gespickten Raum rührend archaisch wirkende Holzhämmerchen geschwungen werden. Hinzu kam, so mein Gefühl, dass jedes Mitglied seinen Beitrag abgekapselt, ohne auf seine Einbettung zu achten, abspielte. Sie bezogen sich nicht auf eventuell bereits Gesagtes und unterstützten oder widerlegten es, sie erwähnten auch nicht einen ihrer Vorredner, um ihn zu loben oder zu verdammen, sondern sie feuerten die Wortpatronen, die sie vorbereitet hatten, ziellos ab. Und, eine weitere Überraschung für mich, viele der Redner verließen den Halbkreis, unmittelbar nachdem sie ihren Auftritt hatten. Zuweilen kam es mir so vor, als ob nicht die anderen ehrenwerten Mitglieder angesprochen, unterstützt oder überzeugt werden sollten, sondern dass die Redner sich an eine anonyme Masse im digitalen Irgendwo, in der Cyberprärie richteten. Wahrscheinlich saß der Assistent schon vor seinem PC, um die hochauflösende Version des Beitrags seines Herrn vom internen Zentralrechner des Parlaments herunterzuladen und sie über *Twitter* oder *Insta* an seine hoffentlich zahlreichen Folger zu versenden. Sehet her, das habe ich für euch getan!

Das, was ich bei den anderen verurteilte, tat ich nun selber. Nachdem der nächste Gegenstand aufgerufen worden war, packte ich mich zusammen und suchte die geräumige Cafeteria auf. Zu meinem Glück fand ich einen kleinen Tisch am Rande, von dem aus ich, ohne gestört oder angesprochen zu werden, auf das Becken schauen konnte, in dem die Ill und der Rhône-Rhein-Kanal sich kreuzten. In stiller Ruhe betrachtete ich die fast unmerklichen Wellen und Linien, die die Strömung des braunen Wassers zog, und dachte intensiv und lange an – nichts. Warum auch nicht?

***

Gestern war meine Richtlinie debattiert worden, heute wird ihr Schicksal entschieden werden, als einer der vielen Punkte auf der Abstimmungsliste, die wie immer in einem Block zwischen zwölf und dreizehn Uhr abgearbeitet werden wird. Ich verließ mein Büro eher vor- als rechtzeitig, denn ich war mit dem Gebäudekomplex noch nicht so vertraut, das Gewirr an Gängen, Treppen, Liften, Abzweigungen war dazu angetan, den Neuling in die Irre zu führen, und auf keinen Fall durfte ich zu spät kommen. Dort, wo sich mein Büro befand, wollte man sich an Winston Churchill erinnern und tat dies auch mit einem flachen, in Schwarz-Weiß gehaltenen Pappkameraden, der mit fest entschlossenem, aber auch skeptischem Gesichtsausdruck die Halle und jene, die durch sie hindurcheilten, musterte. Dabei stemmte er die linke Hand fest in seine Hüfte, mit der anderen stützte er sich auf seinen Gehstock. Die historischen Verdienste und Argumente, den überragenden britischen Staatsmann in Erinnerung zu halten, stehen außer Streit, in die stille Verehrung, die beim Vorbeigehen an der Figur aufkeimt, sollte sich aber auch eine Prise kontinentaleuropäische Nachdenklichkeit mischen. Diesseits des Ärmelkanals ist es keine Frage, dass Großbritannien ebenso Teil von Europa ist wie die Lüneburger Heide, andernfalls müssten wir uns ja auch von Sizilien, Korsika, Malta und so weiter, und so fort verabschieden. Die Briten, deren Geschichtsbewusstsein offensichtlich nicht bis in das Jahr 8 000 vor Christus zurückreicht, als sich die Wanderlustigen über das Doggerland gemütlich und trockenen Fußes vom dänischen Esbjerg nach Scarborough begeben konnten, empfinden sich nicht als Europäer wie wir, auch Sir Winston tat das nicht. Immer wieder zitieren die Glühenden mit leuchtenden Augen seine Rede, die er ein Jahr nach dem Ende des Zweiten Weltkrieges an der Universität von Zürich gehalten hat und in der er dazu aufrief, eine Art Vereinigte Staaten von Europa zu errichten. Weiter im Text hat er dankenswerterweise auch gleich die Freunde und Förderer der europäischen Völkerfamilie genannt, das mächtige Amerika, hoffentlich Sowjetrussland und an erster Stelle nicht nur Großbritannien, nein, sogar das gesamte britische Commonwealth. Wer nun glaubt, dass diese unmissverständlich klare Positionierung als solidarischer Begleiter, als wohlwollender Mentor ein Schachzug war, um aus den gerade vorherrschenden Machtverhältnissen das Beste herauszuholen, begebe sich zurück in die Archive und schlage das Jahr 1930 auf. Dort wird er Churchills Satz finden: *Wir stehen zu Europa, gehören aber nicht dazu; wir gehören zu keinem einzelnen Kontinent, sondern zu allen.* Angesichts dieser geopolitischen Prahlerei war es wahrscheinlich eine sehr kluge Entscheidung der Verwaltung, nicht eine Statue aus Bronze oder Gips im Ausmaß von Rodins Denker aufzustellen, sondern sich auf die minimale Variante zu beschränken und so ein Gegengewicht zu schaffen.

Überall auf der Welt sind sie zu sehen, die Ameisen, die durch einen gläsernen Gang über den Köpfen der Straßenpassanten von einem Gebäude in das andere gehen, nun war ich auch eine. Winston Churchill mit seinen Abgeordnetenbüros lag auf der einen Seite des Flussarmes, Louise Weiss und der Plenarsaal auf der anderen, und so durchschritt ich diesen außergewöhnlichen, vielleicht fünfzig Meter langen Gang mit Blick auf Wasser unter den Füßen, um danach zwar wieder auf sicherem Boden, aber in ungewohnter Atmosphäre zu stehen. Zwei Stockwerke unter mir befand sich eine gerade Durchzugsstraße, deren Boden gänzlich mit kleinen, schmalen schwarzen Platten aus Naturstein ausgelegt war. Sie wirkten wie hingeschüttet, waren aber gleichzeitig sehr ordentlich übereinandergetürmt. Hier war wohl mit viel Sorgfalt Zufall vorgetäuscht worden. Diese Straße zu begehen war unmöglich, schon allein deswegen, weil es keine Zugänge gab, um zu ihr hinabzusteigen, und selbst wenn jemand über die Brüstung gestiegen wäre, hätte er sich auf diesem unebenen Geröll, das mich an ein Bachbett erinnerte, einen Fuß verstaucht oder die Bänder gezerrt. In regelmäßigen Abständen waren dünne Stahlseile gespannt worden, die vom Boden bis an die Decke des Gebäudes reichten, an ihnen rankte sich exotistisches Grünzeug empor, der unvermeidliche Gruß aus dem Regenwald. Meine Neugierde war geweckt worden, und so fragte ich einen der stets ausgesucht freundlichen Huissiers, ob er Genaueres zu dieser nicht alltäglichen Installation sagen könnte. Der Befrackte konnte. Die ständig nach Sinnbildern der Einigung und der Verbindung Ausschau haltenden Architekten hatten die romantische und den Liebhaber der Natur ansprechende Idee, den Fluss auf der einen Seite von der Abgeordneten Weiss mit dem großen Kanal auf der anderen mithilfe ebendieses schmalen Kanals durch das Gebäude hindurch zu verbinden. So geschah es dann auch, aber bedauerlicherweise nur für kurze Zeit, denn der sehr geringe, fast unmerkliche Niveauunterschied der beiden Gewässer hatte zur Folge, dass der künstlich angelegte Louisenbach nur sehr langsam floss. Wer hätte das vorher wissen, erahnen können? In weiterer Folge verbreitete das Gewässer einen so markanten Geruch, dass die korrigierende Entscheidung rasch gefällt wurde – man verzichtete auf gezähmte Natur im Hause, auf die Versinnbildlichung des Einigungsgedankens ebenso, und schloss die Schleusen für immer. Überbleibsel dieses schönen Versuches sind die sich an den Seilen in die Höhe windenden Kletterpflanzen, die allerdings ob ihrer Exotik nicht meine Billigung finden können.

Ich werde jetzt gleich im Plenum einen spontanen Antrag stellen, die botanischen Invasoren durch alte europäische Bohnen- und Paradeisersorten zu ersetzen.

Heute wurde die Präsidentin durch eine Vizepräsidentin vertreten, sie hatte sich schon auf den Herrschersessel gesetzt und ging die Liste, deren Punkte sie nun einzeln zur Abstimmung bringen musste, für sich in Ruhe durch. Ab und zu blickte sie auf, um zu sehen, wie die Massen der Abgeordneten knapp vor der Mittagsstunde hereinströmten und sich der Saal beachtlich füllte. Pünktlichst, während einige Spätankömmlinge noch zu den auf sie wartenden Sitzen eilten, eröffnete sie die Sitzung und spulte die Aufgabe genauso hyperbürokatisch und leidenschaftslos herunter wie ihr Homologe am Tag zuvor. Erster Punkt der Abstimmung war ein Entschließungsantrag bezüglich eines Einwands gegen Höchstgehalte und Rückstände von Thiacloprid, danach war der Bericht über die Umsetzung des *Umfassenden Wirtschafts- und Handelsabkommens zwischen der EU und Kanada* an der Reihe. Jedes der Mitglieder hatte die Liste der zur Abstimmung gelangenden Gegenstände ebenfalls vor sich liegen, allerdings angereichert mit der Empfehlung seiner Fraktion, wie er abstimmen sollte – *ja* oder *nein*. Um auch passageren oder permanenten Analphabeten die gewünschte Entscheidung unmissverständlich nahezulegen, haben sich die Vorsitzenden der politischen Fraktionen eine besondere Hilfestellung einfallen lassen. Der Platz für alle sieben Rudelführer war ganz vorne in der ersten Reihe, auf derselben Höhe wie das Rednerpult, sodass sie jedes Mitglied von seinem Platz aus einwandfrei ausmachen konnte. Kaum war die Abstimmung freigegeben, rissen sie ihren linken Arm in die Höhe und streckten dabei den Daumen nach oben oder nach unten, in der Erwartung, zumindest Hoffnung, dass in den Reihen hinter ihnen alle den richtigen Knopf drücken würden.

Nach ungefähr zehn Angelegenheiten kam ich an die Reihe, für alle Anwesenden mehr oder weniger tägliches Brot, für mich die Stunde der Wahrheit. Die Vizepräsidentin verlas den genauen Wortlaut und erteilte mir dann, gemäß der Verfahrensordnung, für eine Minute das Wort. Ich stand auf und verkündete von meinem Platz aus den Sukkus dessen, was ich während der letzten Monate immer gepredigt hatte. So unglaublich viel Arbeit, und in diesem einen Moment würde sich, ohne dass ich noch irgendeinen Einfluss hätte, die Sache entscheiden – alles oder nichts. Gleichzeitig mit dem Druck auf die entsprechende Taste vor ihr erfolgte die Ansage: »Die Abstimmung ist eröffnet.« Fünf Sekunden danach wieder ein präsidialer Tastendruck, begleitet von der Feststellung: »Geschlossen.« Für alle der sechshunderteinunddreißig anwesenden Mitglieder zeigte sich unmittelbar darauf auf dem Bildschirm das Ergebnis: *Dreihundertsiebzehn Stimmen dafür, dreihundertzehn Stimmen dagegen, vier Stimmenthaltungen.* Sieg, Sieg, Sieg! Ich hatte alles erreicht, was ich wollte.

Nach der Feststellung »Angenommen« machte der Vorsitz ohne Pause, ohne Rücksicht auf mein Seelenleben weiter, so als ob überhaupt nichts geschehen wäre. Den Rest des Abstimmungsmarathons bekam ich kaum mehr mit, zu sehr hatte mich das Ergebnis aufgewühlt. Ich weiß nur, dass ich schon noch brav unentwegt auf einen der Knöpfe drückte, aber ohne mich dabei um die Liste oder um die Handzeichen tief drunten im Tal zu kümmern. Zwei Kurzmitteilungen blitzten auf dem Display meines Telefons auf, beide gratulierten mir in kurzen Worten und von einer Reihe von Smileys gefolgt. Die erste kam von Pantea, die andere von Timo, der die Sitzung offensichtlich von zu Hause aus mithilfe des Livestreams mitverfolgte. So viel Anteilnahme und Diensteifer hätte ich ihm gar nicht zugetraut. Dann kam noch eine Nachricht: *Sie sind der Größte, ich liebe Siegertypen.* Dass Domenica auch vor dem strömenden PC sitzen würde, hatte ich ebenfalls nicht erwartet, und ich empfand es in meiner Freude als die viel gerühmte Kirsche auf dem Kuchen. Und gleich danach eine weitere Textnachricht von Domenica: *Drehen Sie jetzt bitte endlich Ihren österreichisch-finnisch-europäischen Kopf nach links und dann nach ganz oben?* Schon sah ich sie auf der Galerie stehen und mir mit beiden Armen zuwinken, ich sah auch schon den Huissier aufgeregt zu ihr eilen, um ihre der Würde der Institution höchst abträgliche Entgleisung in der Sekunde zu unterbinden.

***

Ping! Der Engel über unseren Köpfen schlug mit seinem Stäbchen zart auf die Glocke, daraufhin läutete viel weiter oben ein kleines Kind eine der beiden vom Sensenmann gehaltenen Glocken, nach Erledigung dieser Aufgabe verschwand es hinter der Wand. Es hatte dem nächsten Lebensalter, dem Jüngling, Platz gemacht. Ich ließ den Bildungsbürger heraushängen: »Das nenne ich Präzision, während der gesamten Umlaufzeit des Saturn um die Sonne, das sind ungefähr neunundzwanzig Jahre, weicht die auf der Uhr angezeigte entsprechende Zeit und Position nur ein paar Sekunden von der korrekten ab.«

»Fast wie im Europaparlament«, meinte Domenica, »wenn ich an eure exakten Redezeiten, an das detaillierte Tagesprogramm und an die festgelegten Fristen denke.«

Bei unserem Spaziergang durch die Stadt waren wir ins Straßburger Münster gelangt und standen vor der astronomischen Uhr, einer chronometrischen eierlegenden Wollmilchsau, die von der Minute und Stunde über die Mondphasen bis hin zu den Umlaufbahnen der Erde und der von ihr aus fünf sichtbaren Planeten um die Sonne jede zeitliche und zeitbezogene Ausprägung anzeigte, die der Elsässer Bauer, Bürger, Geistliche und Wissenschaftler hin und wieder abfragen wollte. Allegorien auf die Vergänglichkeit des Lebens, Segnungen durch den Gesalbten, ein flügelschlagender, krähender Hahn aus Messing und zahlreiche Malereien auf dem Gehäuse rundeten die faszinierende Symbiose aus technischer Präzision und Kunst ab.

»Allerdings sind die Inhalte viel weniger vorhersehbar als das Kalenderwerk hier.«

»Wohl wahr, sind Sie jetzt glücklich?«, fragte sie.

»Wenn Sie eine exakte Antwort haben wollen, und nichts anderes scheint mir angesichts dieser Uhr gestattet, so antworte ich wahrheitsgemäß wie folgt: Glücklich war ich wenige Minuten nach der Abstimmung, mittlerweile befinde ich mich im Stadium der tiefen Zufriedenheit. Außerdem durchzieht meine Brust ein Gefühl der wärmenden Freude, ganz einfach deswegen, weil Sie gekommen sind, um mich zu sehen.«

»Wenn Sie jetzt dann weniger mit Politik beschäftigt sind, sollten Sie die Zeit vielleicht nutzen und an Ihrer Romantikkompetenz arbeiten. Da ist noch Luft nach oben.«

»Hier spricht die Richtige«, entgegnete ich.

»Auch ein Raucher kann ein guter Lungenfacharzt sein.«

»Wären Sie Gastroenterologin, wäre Ihnen schon längst aufgefallen, dass ich unter Hunger leide. Wo bleibt die sachkundige Diagnose, die geeignete Therapie?«

»Warten wir noch einen Durchgang der Uhr ab, dann brechen wir auf.«

Die Minuten bis zur nächsten Viertelstunde vergingen rasch, das linke Engelchen meldete sich wieder, auch bei Meister Tod wurde geklingelt und das nächste Lebensalter, ein vollbärtiger Mann in seinen besten Jahren mit Schwert und Rüstung, trat auf die Bühne. Das rechte Engelchen hingegen blieb weiterhin regungslos sitzen und schaute mich seelenruhig an, seine Aufgabe, die Sanduhr umzudrehen, fiel nur zu jeder vollen Stunde an.

Wir entschieden uns, in das *Maison Kammerzell* zu gehen, es lag gleich am anderen Ende des Platzes. Ein mehrstöckiges Fachwerkhaus, mit grünlichen Butzenscheiben und Wendeltreppen aus Stein, in deren Mitte hing ein dickes Seil, das insbesondere beim flotten Abwärtsgehen mehr Sicherheit verlieh. Erbaut vor über fünfhundert Jahren, verströmte es die Klarheit der späten Gotik, dennoch war es äußerst gemütlich. Wollte ich alle Malereien und Schnitzereien innen und außen am Haus ansehen und entsprechend würdigen, müsste ich mich wohl eine Woche lang im Hotel im selben Hause einquartieren. Als einer der ersten Gäste an diesem Abend konnten wir uns den Platz aussuchen, wir ließen uns im *Bischofssalon* nieder.

»Ausreichend romantisch?«, fragte ich angesichts der heimeligen, vornehmen Umgebung.

»Ein guter Anfang, in der Tat.«

»Dann schlage ich vor, dass wir den Tag vor dem Abend loben, denn sicher ist sicher.«

»Wie wird es bei Ihnen weitergehen?«, fragte sie, ohne auf meine Bitte nach Anerkennung einzugehen.

»Der Mohr hat seine Schuldigkeit getan, der Mohr wird gehen«, erwiderte ich, »im Klartext: Das Parlament hat heute in der ersten Lesung den Hilvonen-Bericht angenommen. Dieser hat das Trilogverfahren bereits überstanden, entspricht damit dem, was sich die Mitgliedstaaten wünschen, zumindest dem, was für sie noch verdaulich ist. Nun ist der Rat am Zug, und zwar jener für *Wirtschaft und Finanzen*. Mit hoher Wahrscheinlichkeit wird er den akkordierten Text annehmen, im schlimmsten Fall wird er noch versuchen, die eine oder andere kleine Änderung hineinzuschieben, der wir dann in einer zweiten Lesung zustimmen müssen. Bei einer solchen kalkulierten Unsittlichkeit würde er aber höchst vorsichtig vorgehen, um nicht das Gesamtpaket zu gefährden, um es nicht wieder aufzuschnüren. Denn nichts ist vereinbart, solange nicht alles vereinbart ist.«

Domenica schaute mich spöttisch an: »Vielen Dank für den kurzen europarechtlichen Diskurs, aber eigentlich hatte ich mich nach Franz Mödlhammer, dem Menschen, erkundigt, sofern es einen solchen gibt.«

»Geduld ist Ihre Sache nicht«, spottete ich zurück.

»Nein, gewiss nicht.«

»Und Zurückhaltung ebenso wenig. Jedenfalls zur Sache, zum Fall Franz M.: Der Protagonist wird sich, wie nicht anders zu erwarten war, am tugendhaften Lucius Quinctius Cincinnatus orientieren, der seine Berufung zum römischen Diktator durch den Senat sofort wieder niedergelegt hat, nachdem er seine Aufgabe erledigt, die Aufstände gegen Rom niedergeschlagen hatte. Danach hat er sich wieder auf seinen Landsitz zurückgezogen, um die Felder und Äcker zu bearbeiten.«

»Und hoffen Sie, dass auch nach Ihnen eine Stadt in den Vereinigten Staaten benannt werden wird, *Mödlham* zum Beispiel?«

»Diese Ortschaft gibt es leider schon, übrigens sehr reizvoll in der Nähe eines Salzburger Sees gelegen.«

»*New Mödlham* also?«

»Einverstanden, ich denke mir jetzt Ihren zwinkernden Smiley dazu und möchte endlich die von Ihnen gewünschte Auskunft geben.«

Mittlerweile war der Hauptgang serviert worden, Sauerkraut nach Elsässer Art für zwei Personen, eine Speise, die wohl für Holzfäller oder Eisenbieger ersonnen worden war. Auf einem Berg von gekochtem Kraut türmten sich Würstchen und Stücke von Schweinefleisch, Speck, Schulter und Nacken. Und damit der Bedarf an Kohlehydraten nicht zu kurz kommt, liegen auch noch einige Kartoffeln auf der Platte.

»Um es kurz zu machen, soweit es notwendig ist, werde ich das Verfahren noch begleiten, Auskünfte geben, Ideen einbringen, aber eigentlich könnte das jetzt genauso gut der echte Timo Hilvonen machen. An dem bisschen Arbeit wird er nicht zerbrechen.«

»Ich glaube, er hat Geschmack an der Aufgabenteilung zwischen Ihnen und ihm gefunden.«

»Verständlich. Verständlich auch, dass ich mich schon wieder auf Wien, auf mein Institut freue. So wichtig und richtig die immensen Burganlagen aus Glas und Stahl sind, ebenso die zigtausend Ritter und Knappen, die in ihnen herum-, zwischen ihnen umherwuseln, das menschliche Maß geht mir mittlerweile ab. *Wien-Alsergrund, Spitalgasse 2–4, Hof 7.2.* Wussten Sie übrigens, dass der Campus meiner Universität ursprünglich ein Spital war?«

»Aha.«

»Ich freue mich auf die dicken Ziegelmauern, die massiven Pfeiler, die die Decke stützen, auf die kleinen Hörsäle für vielleicht dreißig Personen, ohne jegliche Übersetzung durch Simultandolmetscher, die quadratischen Innenhöfe mit ihren Brunnenbecken und auch den Geruch des Staubs auf den Büchern, die schon jahrelang niemand in die Hand genommen hat. Das heißt jetzt nicht, dass ich leichten Herzens von dannen ziehe, zurück in mein kleines Leben, in dem ich nicht mehr am großen europäischen Rad drehen werde, ganz im Gegenteil. Abwechslung macht Freude, es ist Zeit, die Tapeten zu wechseln.«

»Die alten, verwaschenen Tapeten wieder aufzuziehen, meinen Sie wohl?«

»Sagen Sie, waren das nicht soeben ...?«

Domenica hatte die beiden Männer, die eben am Eingang zur Stube vorbeigegangen waren, um in einem der Säle Platz zu nehmen, nicht sehen können, insofern war meine Frage dumm, oder auch nicht, denn sie antwortete, ohne überrascht zu wirken:»Vielleicht, ja, durchaus möglich.«

Also doch! Jean-Marie Morel und Witold von Finkenstein hatten sich im *Maison Kammerzell* zu einem gemeinsamen Abendessen eingefunden. Die eine Schlacht war geschlagen, auf ihrem Felde konnten sie keinen Schaden mehr anrichten, aber das Wohl und Wehe der Banken wird ja direkt und indirekt von unterschiedlichsten Gesetzgebungen beeinflusst, und es wird schon eine Materie geben, über die der rührige Witold dem verständnisvollen Jean-Marie geistige Nahrung liefern kann, begleitet vom Verzehr der echten.

»Sie haben von diesem Treffen gewusst?«

»Ja, aber ich wollte nicht woanders hin ausweichen, in irgendeine Bude mit Flammkuchen vielleicht, mit Fertiggerichten aus dem Tiefkühler. Die beiden Herren sitzen ohnehin in einem anderen Saal.«

»Ich komme mir wie ein Idiot vor.«

»Jetzt übertreiben Sie bitte nicht.« Ihre Stimme klang nicht besonders überzeugend.

»Gut, begraben wir die aufkeimende Schwärmerei und Verzückung, wie läuft es mit Ihren Plänen bezüglich einer Domenica von Finkenstein?«

»Plangemäß. Der Keller ist ausgehoben und errichtet, die Fundamente sind gelegt, der Beton gut getrocknet. Bald wird das Erdgeschoss in Angriff genommen.«

Ich leugne nicht, dass mich der Bericht über den Fortschritt ihrer Beziehung unangenehm berührte. Das Einzige, was ihn erträglich machte, war, dass die Architektin ihn ohne jegliche

Emotion vorgetragen hatte. Es war ausgeschlossen, dass sie Witold liebte. »Würde jetzt jemand bitten, die Wirklichkeit vor das vergleichend Bild treten zu lassen, dann bekäme er was zur Antwort?«

»Dann, mein lieber Herr Mödlhammer, würde ich Ihnen sagen, dass ich in zwei Monaten, nach der abschließenden Prüfung an der Universität, nach Bonn ziehen werde, um genau zu sein: in seine Villa, in der wahren Bedeutung des Wortes.«

»Mit Blick auf den Rhein, so hoffe ich?«

»Sie stellen Fragen.«

»Ich gratuliere Ihnen.« Nach diesem Minimum an gesellschaftlich kompatibler Reaktion fiel mir nichts mehr ein, und in meiner nicht gerechtfertigten Enttäuschung bemühte ich mich auch nicht, unsere Konversation fortzuführen. Auch Domenica machte keine Anstalten, wieder ins Gespräch zu kommen, und so schmolz das Sauerkraut dahin. Letztlich hatte ich die schwächeren Nerven und sagte: »Bonn ist nicht Rom.«

»Zeit lassen«, meinte sie, »ein Schritt nach dem anderen.«

»Und wann werden Sie ihren Job in der Lounge kündigen?«

»Ist schon geschehen.« Jetzt war ich an der Reihe, »Aha« zu sagen, allerdings nicht in einem so gelangweilten Tonfall wie sie kurz zuvor.

»Ja, auf eine unangenehme Art sind sie immer lästiger geworden, und das habe ich nicht notwendig.«

»Kann sich das wunderbare rätselhafte Wesen mit den Sommersprossen bitte seinem großen Bewunderer offenbaren?«

»Immer dieses blöde Gerede der Bewacher und Bewahrer, das hat meinen Chef doch stark verunsichert, schließlich will er ja seine Lizenz im Parlament nicht verlieren, das verstehe ich natürlich. Alle wären ja durchaus zufrieden mit mir, und die Überprüfungen bei den Behörden brächten ja auch nichts zutage, aber sie wissen ja, Herr Pächter, wo Rauch ist, da ist auch Feuer. Schließlich ist es mir auch zu blöd geworden, dieses Raunen, ich hätte riesige Ohren, so groß wie die Elefanten, und auch ein solches Gedächtnis, und wir alle wüssten ja, wie viel Vertrauliches, Schützenswertes in der Abgeordnetenlounge besprochen wird. Und wie viele neugierige Einrichtungen auf der Welt gebe es, die für jedes Puzzlestück, das sie bekommen können, dankbar seien, mit denen sie sich dann ein Bild zusammensetzen, das nicht für deren Augen bestimmt ist. Solche Institute fänden sich überall, auch hinter dem großen Teich, und bekanntlich können die Leute dort Gefälligkeiten durchaus verlockend honorieren. Ja, und so weiter, und so fort, das wollte ich mir einfach nicht mehr anhören.«

Mir wurde nach ihrem Bericht so einiges klar, dennoch fragte ich nach einer längeren Schrecksekunde:»Und, ist an diesen Anschuldigungen was dran?«

Fast schon mitleidig sah sie mich an und meinte:»Jetzt sind Sie wirklich schon lange genug im politischen Geschäft, um zu wissen, dass es die eine absolute Wahrheit, die mathematisch hergeleitete und beweisbare, in der Politik nicht gibt. Das Urteil über eine Person, über ihr Tun und Unterlassen sowie über ihr Verhalten, hängt immer vom Betrachtungswinkel ab, vom Zeitpunkt, zu dem es gefällt wird, vom Stand, bis zu dem sich die Dinge gerade entwickelt haben, vom Hintergrund der Tatsachen und der Umstände. Der Schurke von heute ist der Held von morgen, eine gefeierte Tat kann mit den Jahren zu einem Verbrechen verrotten. Wie viele Täter erscheinen heute als Opfer, und umgekehrt?«

»Jawohl, Frau Professor.« Ich fragte nicht weiter nach und sie führte die Beschönigungen und Verschleierungen auch nicht mehr weiter aus, sodass sich die Stimmung am Tisch rasch wieder besserte und wir in eine unbeschwerte Unterhaltung verfielen.

»Was möchten Sie zum Nachtisch?«, fragte ich der guten Ordnung halber, obwohl ich wusste, dass die angebotene einfallslose Torte mit dem Vanilleeis uns zum Platzen gebracht hätte.

»Danke, nichts.«

»Was möchten Sie sonst noch?«

»Ihnen das Abschiedsgeschenk überreichen.«

»Ich dachte, Hotels wären Ihnen unangenehm«, sagte ich und zierte mich, ohne mich zieren zu wollen.

»Für das Gute ist kein Opfer zu groß.«

Ich sollte Domenica nach diesem Abend nie wiedersehen.

***

Es hatte von der Annahme im Parlament an ungefähr noch sechs Wochen gedauert, bis der Rat wie vereinbart dem im Trilog erarbeiteten Vorschlag zugestimmt hat, die Richtlinie war dann knapp nach der Einigung in Kraft getreten, allerdings wurden den Mitgliedstaaten zweieinhalb Jahre zugestanden, um sie in ihre nationalen Rechtssysteme umzusetzen. Natürlich hätte ich mir gewünscht, dass ein Wunder geschehen wäre, um dieses meiner Meinung nach beeindruckende und längst überfällige Gesetz sofort wirksam werden zu lassen, jedoch – und die lange Frist bedeutete implizit einen Ritterschlag – berührte es so viele Vitalfunktionen des Organismus Bank, sowohl der einzelnen als auch der Kreditwirtschaft insgesamt, dass ein juristisch-politisches Hudeln verantwortungslos gewesen wäre. Bilanztechnik, Fragen der Bewertung, Umbau der Geschäftsfelder, Arbeits- und Sozialrecht, Steuerfragen – sprich wie man die Pflicht, sie zu entrichten, umgeht – gab es sowieso immer, das Gesellschaftsrecht würde gefragt sein, Mechanismen der Aufsicht waren zu konzipieren und ins Leben zu rufen, und über allem schwebte der unsichtbare, klebrige Dämon: die Informationstechnologie.

Der politisch vielleicht nicht mit allen Wassern – aber doch mit mehr, als ich gedacht hatte – gewaschene Timo hatte richtig kalkuliert, als er mich vor seinen Karren spannte. Mit dem Trennbankengesetz hat er deutlich an Gewicht und Popularität gewonnen, ja, ohne allzu sehr zu übertreiben, er ist in seinem Heimatland zu einem Star geworden, und in den anderen Staaten kannten ihn nun zumindest jene, die die großen politischen Entwicklungen über alte und neue Medien mitverfolgten. Die Begeisterung ging sogar so weit, dass Kummunkylä zwar nicht zu einem Wallfahrtsort wurde, sich aber viele der guten Sache Zugetane auf den weiten Weg machten, die Kraft des Ortes zu spüren, von dem alles ausgegangen war. So leicht ist es, sich zu täuschen, der suchende Mensch muss nur fest an eine Sache, einen Umstand, eine Versprechung glauben, und er wird sie herbeifantasieren, er wird sie finden. Timo durfte mit seinem freiwilligen Sklaven zufrieden sein, das hatte er mir auch in unseren Telefongesprächen immer wieder mitgeteilt. Angesichts der nun erlangten Berühmtheit und Zugkraft konnte seine Partei nicht umhin, ihn wieder für die in naher Zukunft anstehende Wahl aufzustellen, wiewohl sie seinen Listenplatz schon einem anderen Mitglied der Gesinnungsgemeinschaft zugesagt und den guten alten Timo gedanklich entsorgt hatte. Innerhalb der *Suomen Keskusta* führte das kurzfristige Revirement zurück zu Timo zu einiger Aufregung und verbalen Rempeleien, gespickt mit zeitgeistigen und daher gefühlsgeladenen Argumenten mit geringer Substanz. Letztlich hat aber das machttaktische Faktum, dass Timo, der Bankentrenner, ohne Probleme eine eigene Liste gründen und seiner politischen Heimat genügend Stimmen wegnehmen könnte, um wiederum in das Europaparlament einzuziehen, den Ausschlag gegeben.

Die Dinge traten ein wie erwartet, besser noch, dank der Umstände und auch eines sehr engagiert geführten

Wahlkampfes – er war entweder durch den ihm zugeschriebenen Erfolg euphorisiert oder er wollte es seinen Widersachern zeigen – konnte Timo nicht nur wieder seinen Sitz im Parlament ergattern, seine Partei gewann sogar noch zwei weitere Mandate hinzu. So wurde auch die Köchin, und daher auch gleich Ernährungsexpertin und Lebensberaterin, die seinetwegen nach hinten gereiht worden war, vom timotischen Sog ins Parlament hineingezogen, wodurch der zuvor landesweite Sturm der Entrüstung zu einem im Wasserglas abflaute. Gerade las ich in der Zeitung, dass die Chancen des sympathischen Bauern gut stünden, mit dem Amt eines Vizepräsidenten betraut zu werden. Die zu berücksichtigenden Entscheidungskriterien, *Partei und politische Familie, Land, Geschlecht, Alter, weitere im Parlament ausgeübte Ämter* und – ja, auch das fällt ins Gewicht – *bewiesene Kompetenz,* boten ihm eine reale Chance, einer der auserwählten vierzehn zu werden. Über diese beachtliche Entwicklung versank ich in ein tieferes Nachdenken, sodass ich den Telefonanruf fast überhört hätte, aber das Gespräch dann noch rechtzeitig annahm.

»Mein Bruder, wie geht es dir?«, fragte Timo ins Mikrofon.

»Gut, was treibst du?« Was sollte ich sonst noch hinzufügen, wer außer Mutter und Vater wünscht eine der Wahrheit entsprechende Antwort mit Substanz?

»Es war eine harte Woche. Ich habe jede Menge Schinken geräuchert und Forellen ebenso. Mein Gewand und ich riechen jetzt wie ein mittlerer Waldbrand.« Timo sah das offensichtlich anders.

»Übrigens, ich gratuliere dir, dass du im Gespräch bist«, sagte ich, über seine Offenbarung hinweggehend.

»Zur Wahl des samischen Speckkönigs, meinst du?« So aufgeräumt und freundlich kannte ich ihn gar nicht, er musste etwas im Schilde führen.

»Denk noch einmal nach«, insistierte ich darauf, dass er Farbe bekannte.

»Ach so, ja, diese Kleinigkeit meinst du. Aber, wenn ich dich schon zufällig in der Leitung habe, ich wollte ohnehin mit dir darüber sprechen.«

»So ein Zufall, dass ich deinen Anruf nicht ins Leere habe laufen lassen.«

»Ja, also ich schließe tatsächlich nicht aus, dass die demokratische Arithmetik und die machttaktischen Balanceübungen dazu führen werden, dass ich zu einem der Vizepräsidenten gewählt werde. Das finde ich auch gut so, im Interesse des Parlaments, meine ich natürlich.«

»Natürlich.«

»Natürlich, jawohl.«

Ich spürte, dass ich ihm seinen Erfolg neidete, konnte die menschliche Regung aber nicht unterdrücken.

»Wie bereits gesagt, die medialen Spatzen pfeifen es schon von den Dächern, auch von den österreichischen. Du kennst ja die Virulenz von *Politico*«, sagte ich dann.

»Lediglich, ich werde das Amt nur unter einer Bedingung annehmen.«

»Ich wusste gar nicht, dass die Kandidaten dem Plenum Bedingungen stellen können.«

»Können sie auch nicht. Aber Freunde kann ich vor ein Entweder-oder stellen. Hör mal, Franz, bitte stell dich nicht so blöd an, du weißt genau, worauf unser Gespräch hinausläuft. Entweder du hilfst mir bei dieser Vizesache oder ich lehne sie ab, und zwar heute noch.«

Jetzt, wo er es ausgesprochen hatte, wurde mir klar, dass ich einen Appell in diese Richtung erwartet hatte, aber ich hatte mich weder inhaltlich noch seelisch darauf vorbereitet. »Nein danke, ich habe schon gespendet.«

»Franz, du warst der Beste, und von nun an wird es nur noch besser für dich. Ich biete dir eine 50/50-Beteiligung an.«

»Eine Gesellschaft mit beschränkter Haftung oder eine Aktiengesellschaft?«

»Eine Gesellschaft nach bürgerlichem Recht, so heißt das, wenn zwei natürliche Personen ihre Arbeitskraft oder Vermögensgegenstände zum gemeinsamen Nutzen einbringen. Ich schlage vor, wir nennen sie *Timo & Franz GesbR – Präsidentschaften aller Art*.« Er erheiterte sich kurz über seinen Witz und fuhr fort: »Im Ernst jetzt, ein Monat lang arbeitest du im Parlament, dann komme ich dran, dann wieder du, wir wechseln uns einfach ab. Ich überweise dir pünktlich zu jedem Ersten die Hälfte meines Gehalts, für die Spesenpauschale werden wir ebenfalls einen Modus Vivendi finden.«

»Lass mich überlegen, ich rufe dich in einer Viertelstunde zurück.« Das Angebot war natürlich höchst verlockend, ich hatte ja am politischen Geschäft Blut geleckt und vermisste diesen hochformalen und dennoch prickelnden, vibrierenden Betrieb schon ein wenig. Ich überlegte, wie ich die Sache anstellen könnte, ohne mich auf lange Sicht auf ein Abstellgleis zu begeben und ohne mein Leben kompliziert werden zu lassen. Meine Lehrtätigkeit am Institut würde ich in Blöcken, konzentriert auf eine Woche im Monat, abhalten müssen. Das ließe sich nicht nur gut gestalten, diese Formel würde auch vom Großteil der Studenten geschätzt werden. Auch könnte ich aus der Parlamentsarbeit einen akademischen Kollateralnutzen generieren und einen Forschungsschwerpunkt *Das Finnisch der modernen Bürokratie* entwickeln. Timo und ich könnten uns bei Bertrand einmieten und der eine dort immer den Ausweis für den anderen hinterlassen. Der Wissenstransfer Franz–Timo–Franz erfolgt dann über das Lesen des Eingangspostfaches der E-Mail, die Dokumente würden wir im Abgeordnetenbüro liegen lassen und nicht mit in die Heimat nehmen. Wir müssten danach trachten, einen ähnlichen Kleidungsstil zu entwickeln, seine Hemden: ein bisschen weniger bunt kariert. Und ich: keine goldenen Manschettenknöpfe mehr. Auch das ließe sich hinkriegen. Und, ganz wichtig, es dürfte kein zweites Einfallstor für einen smarten Typen wie den Herrn von Finkenstein geben, Timo müsste seine Lebensmittelunverträglichkeiten auf das absolut Notwendige reduzieren und aufhören, über seine Allergien eitel zu schwadronieren, denn es gibt ja immer wieder Leute, die ihrem Gegenüber tatsächlich zuhören und sich das Gesagte auch noch merken. Ich sah alle Vorbereitungen und Maßnahmen deutlich vor mir und kam zum Schluss, dass wir die Sache wagen konnten.

Ich rief zurück und mein Doppelgänger meldete sich wie einer, der sich seines Sieges sicher war: »*T&F-Gesellschaft*, mein Name ist Timo Hilvonen, was kann ich für Sie tun?«

»Vorerst einmal kannst du mich höflich bitten, dass du dir die Räuberleiter mache.«

»Bitte, lieber Franz, bitte, bitte und so weiter.«

»Und nun meine Bedingungen: Ich will jeden zweiten Monat ein Kilo Schinken oder Trockenwürste von deiner Herde erhalten, und im Monat August bin ich im Amt, nicht du.« Die erste Forderung war natürlich ein seichter Scherz, und es war ein Klacks für ihn, ihr nachzukommen. Die zweite allerdings hatte es in sich, denn August war seit jeher der Monat der europäischen Agonie, und je höher der Norden, desto mehr genießen die Menschen den Monat Juli, in dem die Sonne am höchsten steht, die Tage am längsten sind. Aber ich wollte meinen Preis haben. Timo war einverstanden und so sprachen wir gleich über die von mir gerade getätigten Überlegungen. Er brachte noch ein paar praktische Vorschläge ein wie etwa, dass wir eine einheitliche Politik bei der Vorsitzführung der Ausschüsse und des Plenums anwenden müssten. Es durfte nicht sein, dass der eine auf die Sekunde genau die zugeteilte Redezeit einmahnt und der andere den Herrgott einen guten Mann sein lässt.

»Sind wir fertig?«, fragte Timo.

»Fast, bei den Assistenten lasse ich dir freie Hand, lediglich einen einzigen möchte ich bestimmen.«

»Du verliebter Gockel«, knurrte er, »aber wenn es unbedingt sein muss. Sie hat ja allerhand Bildung und zweifelsohne politisches Geschick.«

»Du irrst dich, ich bin nur jemand, der seine Wohltäter nicht vergisst.«

Er überlegte kurz und fragte dann: »Meinst du etwa den flämischen Wachtmeister?«

»Lieven Goossens, genau. Ich schulde ihm genauso viel, wie du es tust.«

»Du bist ein rechtschaffenerer Mensch, als ich es erwartet habe. Dein Vorschlag geht selbstverständlich in Ordnung.«

Die Dinge entwickelten sich wie von uns geplant, und die Jahre zeigten, dass niemand einen Schaden davontrug, weder unsere Mitglieder und Kollegen noch der Bürger noch die Institution, und der Steuerzahler auch nicht. Im Scherz gelangten wir zur Ansicht, dass unser Modell des geteilten Mandats Schule machen sollte, wobei natürlich von dem Erfordernis des identischen Aussehens Abstand genommen werden müsste. Andererseits, wussten wir es? Womöglich waren wir zwei gar nicht so originell, wie wir dachten, und das Parlament war voll von unerkannten Zwillingen und Doppelgängern. Mit einem kleinen Nebenberuf ließe sich ja auch vom halben Gehalt ein auskömmliches Leben führen.

***

Die wirkliche Bestätigung meines Erfolgs erhielt ich aber über die Aktienbörsen, an allen Plätzen, an denen Aktien der großen Universalbanken gehandelt wurden. Gleichgültig, wohin das urmenschliche Verlangen, sich besser darzustellen, als es der Wirklichkeit und auch der eigenen, milde gesinnten Empfindung entspricht, führt. Gleichgültig, welche Thesen die rührige, kreative und selten verlegene Beschönigungsindustrie in die Welt setzt, die Börse ist vor allem eines: der Platz, an dem der eine den anderen übervorteilen will, an dem der Verkäufer meint, der höchste Wert seiner Aktie wäre jetzt erreicht und die Zeit gekommen, Kassa zu machen, während der Käufer sich sicher ist, dass der andere die Lage falsch einschätzt, und ihm seine Papiere abluchst, um die erwarteten Gewinne auf sein Konto fließen zu lassen. Jeder Aktionär verwendet sein Gehirnschmalz, um die aus den Kursen der Vergangenheit geborenen zackigen Linien zu studieren, um aus ihnen die Zukunft abzuleiten, um aus den orakelhaften Sprüchen der Notenbanker das herauszuhören, was sie vielleicht meinen könnten, und er liest auch die Geschäftsberichte der Unternehmen seiner Wahl sowie die Tages- und Fachpresse, in der Hoffnung, von Entscheidungen des Managements zu erfahren, die den Wert der Aktie nachhaltig beeinflussen. Auch über die Politik, über Wahlerfolge und verkündete Programme, besonders wenn sie finanziell kräftig unterfüttert sind, macht sich der Wertpapierbesitzer seine Gedanken. Und die Wirklichkeit entbehrt nicht einer gewissen Ironie, dokumentiert durch eine wissenschaftlich angelegte Untersuchung, die das Geschäftsmodell zahlreicher Propheten, Auguren und Berater entzaubert. Forscher haben die Anleger hinsichtlich ihres Wissens an der Börse in fünf Kategorien eingeteilt, beginnend beim vollkommenen Laien und endend beim Insider. Geld verloren haben die Menschen in den Kategorien zwei, drei und vier, jene also, die über grundlegendes Wissen, aber auch nicht mehr verfügten, bis hin zu jenen mit vertieften Kenntnissen des Geschehens. Langfristig Gewinne erzielt haben lediglich die Menschen in den Gruppen eins und fünf: Lieschen Müller, die ohne große Überlegung einmal Aktien gekauft oder sie sogar geerbt hat, und der smarte Typ à la Witold, der im Vorhinein im Bilde darüber ist, was läuft, und der diese Einblicke zu nutzen weiß.

Diese Myriaden an Überlegungen – vom Nord- zum Südpol, von Greenwich aus einmal um die Erde bis wiederum nach Greenwich, egal, ob vom Menschen oder durch von Menschenhand geschriebener Software getätigt, gerechtfertigt oder nicht – bilden in Summe die Intelligenz des Marktes, den Vektor aller Erwartungen. Und der Pfeil zeigte eindeutig nach unten. Bald nachdem die Bedeutung und Wirkung des Trennbankengesetzes klar geworden war, nachdem die Vorstände, Aufsichtsräte und hochspezialisierten Juristen gemerkt hatten, dass die Schlupflöcher gut geschlossen waren und keine Umgehungspfade geschlagen werden konnten, begannen die Aktienkurse der Universalbanken langsam, aber stetig zu sinken. Letztendlich pendelten sie sich, bereinigt um alle anderen die Kurse beeinflussenden Effekte, auf einem Niveau ein, das um ein Drittel niedriger lag als zuvor. Dieses Drittel also war der Unternehmenswert, den der Steuerzahler über Jahrzehnte hinweg ungefragt und unbedankt beigesteuert hatte.

An dieser wunderschönen Stelle möchte ich meinen Bericht schließen. Und wenn wir nicht gestorben sind, so leben wir noch heute.

EPILOG

Wenn ich morgen stürbe, mein Leben wäre nicht umsonst gewesen. Das ist leicht gesagt, denn kein Leben ist umsonst. Auch die größten Denker waren bislang nicht in der Lage, in ihm einen allgemeingültigen Sinn zu erkennen, das Leben ist eine neutrale Tatsache, sowohl aus biologischer Sicht als Prinzip als auch aus der individuellen des sich empfindenden Lebewesens, es ist ohne jegliche Zuschreibung, daher weder wertvoll noch umsonst noch irgendetwas anderes. Das Leben lebt um des Lebens willen – in allen nur denkbaren Gefäßen, angefangen beim Einzeller, endend bei mir, oder von mir aus auch bei Timo – und springt von einem in das nächste. Der im Menschen immer wieder aufkeimende Wunsch nach Bedeutung und Substanz aber bewertet die Existenz eines Individuums nach dem, was es geschaffen, insbesondere was es der Nachwelt hinterlassen hat. Unter diesem Blickwinkel des Umsonst darf ich mir einbilden, wenn schon nicht ein Wohltäter der Menschheit zu sein, so jedoch für eine Spur mehr Gerechtigkeit gesorgt, die Gefahr kommender Raubzüge eingegrenzt zu haben. Die Zukunft vieler Normalsterblicher wird anders, besser verlaufen, als wenn ich nicht auf der Couch von Viola geschlafen und Domenica nicht alle Register gezogen hätte, als wenn Lieven nicht über seinen Schatten gesprungen und Timo nicht von der Gelassenheit und Weisheit der Tundra durchdrungen gewesen wäre. Ich bin mir sicher, die Vermögen der Welt werden in Hinkunft gerechter verteilt sein, einige wenige Erdenbürger werden deutlich weniger, viele werden um eine Spur mehr haben.

Doch halt, sitze ich hier nicht einer linear denkenden Schlichtheit auf, die nicht um die Ecke, nicht über den nächsten Hügel hinausblicken kann? Ohne große Vermögen, gleichgültig, ob sie sich in geistlicher oder weltlicher Hand, in staatlicher oder privater befinden, kann es schwerlich große kulturelle Leistungen geben. Wären die ägyptischen Pharaonen engagierte Verfechter der Gleichheit gewesen, wer würde heute über die in Gizeh stehenden Pyramiden der Gottessöhne ins Staunen geraten, über die zu ihrer Errichtung eingesetzte Technik und Organisation sinnieren, und wer könnte im Angesicht der Tempel von Abu Simbel über die ewig menschliche Sehnsucht nach dem Göttlichen nachdenken? Hätten die Khmer im heutigen Kambodscha ihren Untertanen Zeit und Muße gelassen, ihre Hütten aus Bambus und Palmblättern ein bisschen wohnlicher zu gestalten, anstatt sie zuerst kräftig zu besteuern und dann zur Mitwirkung am Bau der Tempelanlagen Angkor Vat und Angkor Thom zu verpflichten, wir wüssten nichts mehr über die Kultur des frühen Buddhismus, könnten die unsrige nicht in Beziehung zu ihr setzen, wären noch blinder, als es ohnehin schon der Fall ist. Die Liste der ikonischen Bauwerke ließe sich seitenlang fortsetzen: die Akropolis in Athen und das Kolosseum in Rom, der unvorstellbar weitläufige Moskauer Kreml, und über die Schlösser Versailles und Chenonceaux mit ihren kunstvollen Parkanlagen, für die

die notwendigen Mittel zur Errichtung nur durch einen rücksichtslosen und menschenverachtenden Absolutismus aufgebracht werden konnten, gelangen wir im Zeitraffer in die Neuzeit. Der ursprünglich umstrittene und fragwürdige, heute aus dem Stadtbild, ja aus dem europäischen Selbstverständnis nicht mehr wegzudenkende Aussichtsturm von Gustave Eiffel musste von der visionären Stadtverwaltung und unerschrockenen Investoren finanziert werden, und gäbe es die schönen Millionen und Milliarden aus dem Ölgeschäft nicht, könnte das Hotel Burj al Arab nicht als Wahrzeichen des Willens nach dem Noch-nie-Dagewesenen stehen.

Und die Bauwerke sind nur ein Teil der Kultur, die ohne massive Konzentrationen von Kapital, die jeglichem Gerechtigkeitssinn widersprechen, nicht erschaffen worden wäre. Wolfgang Amadeus Mozart, Joseph Haydn und viele andere begnadete Komponisten mussten sich deswegen nicht als Straßenmusikanten und Aushilfskellner durchfretten, da gut gelaunte Fürsten und Grafen, die bei ihren Gleichgesinnten Eindruck schinden wollten, einen für sie unmerklichen Teil ihres Vermögens für den Lebensunterhalt der Künstler aufbrachten. Das Gleiche gilt für die Maler und Bildhauer, die ihr Talent nur wegen des glücklichen Umstandes entfalten konnten, dass die Schlösser und Kirchen nach Schmuck und Aufputz verlangten. Francisco de Goya ist ohne die Unterstützung des spanischen Hofes nicht denkbar, und das Jahrtausendgenie Michelangelo Buonarroti hätte sich sicherlich irgendwie entfaltet, aber keineswegs so prächtig, wenn nicht Kardinäle und Päpste eine Symbiose mit ihm eingegangen wären. Mit dem ererbten Reichtum aus den Handelsaktivitäten seiner Vorfahren im Rücken war es für Thomas Mann kein Kunststück, sich auf das Verfassen des *Zauberbergs* zu konzentrieren und ihn über mehr als tausend Seiten hinweg zu entwickeln, und auch Herr François-Marie Arouet, besser bekannt als Voltaire, kam mit dem Denken und Schreiben leichter voran, nachdem er sich mit Raffinesse und Geschick ein Vermögen erwirtschaftet hatte.

Wenn ich an die Jetztzeit denke, so tue ich mir in den Zeiten der hoch entwickelten Staatlichkeit, von der zu Recht eine umfassende Versorgung der Bürger mit Grundgütern erwartet wird, schwer, die Mäzene uneingeschränkt zu schätzen. Selbstverständlich sind die von ihnen gestifteten Krankenhäuser willkommen, und selbstverständlich bilden die öffentlichkeitswirksam und steuerschonend unterstützten Eliteuniversitäten exzellente Absolventen heran, aber Gesundheit und Ausbildung sind in den Händen staatlicher Planung und Gestaltungshoheit besser aufgehoben als in einer Gutsherrenattitüde der Alt- und Neureichen. Aufs Höchste willkommen heiße ich jedoch die finanziellen Impulse für Kunst und Kultur im weitesten Sinne, die deren Geld in seinem Drang, bedeutsam und geachtet ausgegeben werden zu wollen, setzt. Auch wenn ihre fantastischen Villen heute noch im Verborgenen beheizt werden, für spätere Generationen werden sie der Öffentlichkeit zugänglich sein wie das Medeiros e Almeida Museum für angewandte Kunst in Lissabon, im ehemaligen Wohnhaus der mäzenierenden Familie untergebracht, oder einige der Brüsseler Stadthäuser des Jugendstilarchitekten Victor Horta. Unter den Abertausenden Produzenten von Kunstwerken, die im Auftrag der Superreichen arbeiten, wird sich wahrscheinlich weder ein zweiter Johann Sebastian Bach noch eine Wiedergeburt von Benvenuto Cellini einstellen, aber viele Werke, die ansonsten für immer unter der Schädeldecke der Inspirierten und Begabten geblieben wären, werden das Heute überdauern und eine der wahrhaft menschlichen Begabungen, das Staunen, befeuern.

Und sogar der vollkommen dekadente Konsum bringt denjenigen, die von ihm ausgeschlossen sind, die zu einem guten Teil nicht einmal eine Vorstellung vom Angebotenen haben, mit der Zeit einen Gewinn. Auf den ersten Blick ergeben mit Blattgold überzogene Burger oder Pizzen wenig Sinn, ebenso wenig Armbanduhren, von denen ein einziges Stück so viel kostet wie eine ausgedehnte Reihenhaussiedlung am Wiener Stadtrand, eigens für deren Trägerin kreierte Parfums, auf aberwitzige Geschwindigkeiten hochgetrimmte Autos, von gleichzeitig immer abstoßenderem Äußeren, und Schmuckstücke, die den britischen Kronjuwelen Konkurrenz bereiten. Dessen ungeachtet werden in diesem Wahnwitz nicht vorhersehbare Ideen geboren und neue Techniken entwickelt, die nach und nach auf Anwendungen für bescheidener leben müssende Menschen herunterrieseln.

Bleibt zu guter Letzt die ultimative Demonstration der Superreichen, die Luxusyacht, die beste Möglichkeit, viel Geld pro Kubikmeter in ein Ding zu verbauen, das nur selten benutzt wird und das schwer zu stehlen ist. Jedoch auch sie hat ihre Berechtigung in einer sozial orientierten Gesellschaft, die dem kleinen Mann seinen Aufstieg verspricht. Ich denke da an den Jugendlichen, den Studenten, der in den langen Sommermonaten an die Küsten des Mittelmeeres, der Adria, der Ägäis gelangt und dort am Strand, in den Häfen seinen Gedanken nachhängt. Was ist angesichts der guten Temperaturen, der gleißenden Sonne, der zunehmenden Langsamkeit rund um einen und der Abwesenheit von sichtbarer Arbeit natürlicher, als sich den Träumen eines frühen Aussteigerlebens hinzugeben? Das tagtäglich näher heranrückende Erbe der Großmutter wird schon reichen, zwei Jahrzehnte in einem kleinen weißgekalkten Haus mit ein paar Schafen, Ziegen und einer guten Internetverbindung über die Runden zu kommen.

Und am Ende dieser Zeit gibt es vielleicht ohnehin schon das bedingungslose Grundeinkommen. Immer stärker wird die Absicht, Hörsäle, Bücher und Vortragende hinter sich zu lassen und sich auf das Wesentliche, auf sich selbst zu konzentrieren, bis eben eine solche Yacht am Ufer, an seinen Augen vorüberzieht. Nichts Genaues sieht er nicht, aber vorstellen tut sich der Student vieles. Schafe und Ziegen rücken in den Hintergrund, an ihrer Stelle tauchen atemberaubende Schönheiten auf. Aus dem milchigen Ouzo von gestern Abend wird der unvermeidliche Champagner, und statt mit dem ebenfalls ausgestiegenen Nachbarn und seinem struppigen Hund unterhält sich der Student mit witzigen, geistreichen Personen aus Film und Fernsehen, die einer Einladung auf ein Schiff selten die kalte Schulter zeigen. Die neue Fantasie führt ihn in die reale Welt, auf die Universität zurück, auf die Prüfungsbank, nach dem Abschluss in einen Betrieb, in eine Existenz mit Leistung und Erfolg. Natürlich wird er sich im Lauf seines Berufs kaum mehr ersparen können als den Gegenwert von drei Kabinen und einer Schiffsschraube, aber er wird ein tätiges Leben geführt haben, mit dessen Ernte er auch Menschen unterstützen wird, deren Anlagen oder Schicksale sie auf Hilfe angewiesen machen.

Und von all diesen wunderbaren Ausprägungen höchster Kreativität wird nun eine geringere Ernte eingefahren werden, da der monetäre Dünger fehlen wird. Schuld daran ist der Trennbanken-Franz. Es wird weniger Superreiche geben, und die Verbliebenen werden bei ihren Ausgaben vorsichtiger werden, da sie in Hinkunft am Trapez der Hochfinanz turnen müssen, ohne sich auf das robuste, von der Allgemeinheit geknüpfte Netz verlassen zu dürfen. Die Gelder, die sonst in primär Unnützes, kollateral Nützliches und Fruchtbringendes verspritzt worden wären, müssen nun in zuverlässig haltendes

Maschenwerk, in dicke weiche Matten investiert, sprich solide angelegt werden – ohne dass die Allgemeinheit davon einen Nutzen hätte. Dank mir wird die Welt eine Spur grauer werden, ich bin schuld daran, dass sie weniger funkeln wird als bisher.

Habe ich das wirklich gewollt?